W0471280

BASTEI
LÜBBE

Taschenbücher im BASTEI-LÜBBE-Programm:

LARRY NIVEN

20035 Wenn der Zauber vergeht
22082 Der schwebende Wald
23008 Planet der Verlorenen
23028 Ein Mord auf dem Mond
23075 Geschichten aus der Raumhafenbar
24003 Ringwelt
24028 Die Ringwelt-Ingenieure
24064 Geschichten aus dem Ringwelt-Universum
22055 Wenn die Zeit vergeht
22111 Kinder der Ringwelt

LARRY NIVEN/STEVEN BARNES
22072 Traumpark
24079 Die Landung der Anansi

LARRY NIVEN/JERRY POURNELLE
22005 Das zweite Inferno

LARRY NIVEN/JERRY POURNELLE/STEVEN BARNES
23089 Der Held von Avalon

Larry Niven · Steven Barnes

DAS MARS PROJEKT

Science Fiction Roman

Ins Deutsche übertragen
von Uwe Anton

BASTEI
LÜBBE

BASTEI-LÜBBE-TASCHENBUCH

Science Fiction Special
Band 24 146

Erste Auflage: August 1991

© Copyright 1989 by Larry Niven and Steven Barnes
All rights reserved
Deutsche Lizenzausgabe 1991
Bastei-Verlag Gustav H. Lübbe GmbH & Co., Bergisch Gladbach
Originaltitel: The Barsoom Project
Lektorat: Reinhard Rohn
Titelillustration: Joe Burleson
Umschlaggestaltung: Quadro Grafik, Bensberg
Satz: Fotosatz Schell, Bad Iburg
Druck und Verarbeitung:
Brodard & Taupin, La Flèche, Frankreich
Printed in France
ISBN 3-404-24146-0

Der Preis dieses Bandes versteht sich einschließlich
der gesetzlichen Mehrwertsteuer.

Liste der Charaktere und Glossar

Falling Angel
RICHARD ARBENZ: Botschafter von Falling Angel, Charlene Dulas Onkel mütterlicherseits.

Traumpark
MARTY BOBBICK: Griffins Assistent. Spielername: Hippogryph.
ARTHUR COWLES: Gründer des Traumparks.
ALEX GRIFFIN: Sicherheitschef des Traumparks.
THADEUS HARMONY: Technischer Direktor des Traumparks.
MITCH HASAGAWA: Traumpark-Sicherheitsabteilung des Traumparks.
TOMISUBURO IZUMI: Leiter der Forschungsabteilung des Traumparks.
CALVIN IZUMI: Toms Bruder, verstorben.
SANDY KHRESLA: Leiter der Reparaturabteilung des Traumparks.
CARY McGIVVON: Alex Griffins neue Assistentin.
MILLICENT SUMMERS: Ehemals Griffins Sekretärin, nun leitende Angestellte in der Buchhaltung des Traumparks.
DR. VAIL: Psychologe.
DWIGHT WELLES: Computertechniker; Spielmeister des modifizierten Fimbulwinter-Spiels.

Spieler
ROBIN BOWLES: Berufsmäßiger Schauspieler. Schauspieler im Fumbulwinter-Spiel. Talisman: Karibuohr, Hörzauber.
CHARLENE DULA: Spielerin aus dem Null-G-Habitat Falling Angel, Freundin von Michelle Sturgeon. Talisman: ein Stück weißes Robbenfell, Unsichtbarkeitszauber.
EVIANE alias MICHELLE RIVERS alias MICHELLE STURGEON: Teilnehmerin des ersten Fimbulwinter-Spiels.

Spielt hauptsächlich als Tornrait. Talisman: halbautomatisches Gewehr.
FRANCIS HEBERT: Marinemajor der Reserve.
AVRAM HENDERSON: Spieler.
MAZIE HENDERSON: Spielerin.
OLLIE NORLISS alias OLIVER, DER FRANKE: Berufsmäßiger Spieler und Arzt.
MARTIN QATERLIARAQ alias MARTIN DER POLARFUCHS: Zauberer oder Angakok bei den Iniut. Schauspieler beim Fimbulwinter.
GWEN RYDER alias CANDICE alias KANGUQ alias SCHNEEGANS: Berufsmäßige Spielerin. Mit Ollie Norliss verheiratet.
MAX SANDS: Spieler. Unter dem Namen Mr. Mountain berufsmäßiger Catcher. Talisman: Eulenklaue, Kräftezauber.
ORSON SANDS: Max Sands' Bruder. Spieler.
TRIANNA STITH-WOOD: Berufsmäßige Köchin.
KEVIN TITUS: Computerprogrammierer und -spieler. Talisman: ein mit schwarzem Ruß überzogenes Stück Haut, Kräftezauber. »Ruß ist stärker als Feuer.«
JOHNNY WELSH: Spieler; berufsmäßiger Komiker.
YARNALL: Wachmann; Traumpark-Schauspieler.

Andere
ANDREW CHALA: Pan-Afrikanischer Botschafter.
KAREEM FEKESH: Industrieller, steht im Verdacht, die UMAF zu unterstützen.
ROBERT J. FLAHERTY: Produzent von *Nanook des Nordens*, 1922.
TOBY LEE HARLOW JUNIOR: Alias der Person, die das erste Fimbulwinter-Spiel sprengte.
LOPEZ, RICHARD und MITSUKO: Legendäre Spielemeister, nun im Quasi-Ruhestand.
TONY McWHIRTER: Computerspezialist, wegen Industriespionage gegen Cowles Industries in Haft.
MADELEINE: Geheimnisvolle Frau; es besteht möglicherweise eine Verbindung zu Kareem Fekesh.
RAZUL: Lybischer Botschafter.

Glossar

AHK-LUT: Führer des Kabal; Sohn von Martin Qaterliarag, Bruder von Schneegans.

AMARTOQ: Ein kopfloser Troll.

ANANSI: Ein Space Shuttle, vor einigen Jahren Ziel eines terroristischen Anschlags.

ANGAKOK: Zauberer.

BRANTA CANADENSIS alias Tuutangayak alias Kanadische Schneegans.

DAS KABAL: Die Clique der bösen Zauberer.

COWLES INDUSTRIES: Die Muttergesellschaft des Traumparks.

COWLES MODULAR-GEMEINDE: Wohnquartiere für Angestellte des Traumparks.

FALLING ANGEL ENTERPRISES: Industrienation oder -staat außerhalb der Erde.

FAT RIPPER SPECIALS: Spiele, die für die Umerziehung von Ernährungsgewohnheiten modifiziert wurden.

HEILIGES FEUER: Terroristische Organisation, Vorläufer der UMAF.

INTELCORP: Die Firma, die durch die Partnerschaft von General Electric und Falling Angel Enterprises entstand.

INTERNATIONALE FANTASY-SPIEL GESELLSCHAFT: Das Syndikat, das die Welt der Abenteuerspiele überwacht.

KOGUKHPUK: Das Grabende Mammut.

LEVIATHAN IV: Minenvehikel, das beim Terraforming des Mars eingesetzt werden soll.

MARK-KARTE: Eine fast überall akzeptierte Kreditkarte der Gewerkschaft.

OFFIZIELLES IFSG-KAMA SUTRA: Ein Mythos, ein bloßes Gerücht. Es hat nie existiert. Vergessen Sie es. Vertrauen Sie uns.

PAIJA: Riesige Dämonin.

PEWITU: Tabus.

PHANTOM-BANKETT: Ein Diätrestaurant im Traumpark.

DER RABE: Schöpfungsmacht in der Inuit-Mythologie.

SEDNA: Göttin des Meeres und des Meereslebens.

SEELUMKADCHLUK: Wo der Himmel das Meer trifft; die

Grenze zwischen der Wirklichkeit und der übersinnlichen Welt der Inuit.
TERICHIK: Ein riesiges, raupenähnliches Ungeheuer; die Geistform von Ahk-lut.
TIN-MI-UK-PUKS, oder DONNERVÖGEL: Fabelgeschöpfe, dem Vogel Roc ähnlich.
TORNGARSOAK: Sednas Geliebter, Herr der Jagd.
TORNRAIT: Geist, der einem Angakok dient, normalerweise als Informationsquelle.
UMAF oder UNITED MOSLEM ACTIVIST FRONT, VEREINIGTE MOSLEMISCHE AKTIVISTEN-FRONT: Eine radikale Terroristenorganisation des Mittleren Ostens.
USIK: Eine Waffe, die aus dem Schambeinknochen eines Walrosses geschaffen wird.
WINIGO: Yeti der Inuit.
WOLFFALKEN: Hybridengeschöpfe, halb Wolf, halb riesiger Raubvogel.

Prolog

Wie ein Berg erhob sich der Terichik kreischend aus dem kalten, nachtdunklen Meer. Der vielgliedrige, wurmähnliche Körper schüttelte mit einem fürchterlichen Heulen Tonnen von Wasser und Eis in den Ozean, und der Wind peitschte Schnee durch den dunklen, nach Salz schmeckenden Nebel. Der Terichik riß das gewaltige Maul auf, und endlose Reihen scharfer Zähne funkelten, als er seinen geistlosen Zorn hinausschrie.

Bei den Menschen unter ihm handelte es sich um Krieger und Zauberer, um eine Prinzessin und gemeines Volk. Sie waren schwaches Fleisch im Weg des Terichik, die wie Zweige in einem tosenden Sturm schwankten. Sie flohen aufs Land zurück, fort vom Meer, rannten vorbei an den Trümmern des zerstörten Inuitdorfs: zertrümmerte Häuser, eine große Steinhütte mit eingedrücktem Dach, zersplitterte Boote, verstreut wie tote Insekten.

Bulwar war der erste Abenteurer, der starb, und er starb einen guten Tod. Er war der größte Krieger unter ihnen, aber ein Tor, wenn er glaubte, sein verzauberter *Usik*, der Knochen des heiligen Walrosses, könne gegen den Terichik standhalten. Doch obwohl das Ungetüm größer war als zehn Mörderwale, schrie Bulwar trotzig auf und sprang vor. Seine muskulösen Arme spannten sich unter den Bärenfellen, die ihm Kraft und Mut verliehen. Bulwar war einst ein gewöhnlicher Mensch gewesen, ein »Systemanalytiker« in der Welt des weißen Mannes. Doch hier, wo sich Himmel und Erde trafen, war er ein großer Krieger, eine große Macht des Guten.

Doch seine Magie, sein Mut, seine Stärke reichten nicht aus. Der Terichik zerschmetterte ihn, und seine Schreie echoten noch lange in ihren Köpfen, nachdem seine Leiche in dem klaffenden Schlund verschwunden war.

Die Menschen zogen sich zurück. Es waren nun noch zwölf. Sie liefen, bis das Geräusch von Gewehrschüssen ihre Schreie zerriß. Zwei weitere fielen im Kreuzfeuer.

Die geschmeidige, wunderschöne Eviane warf sich hinter einem verlassenen Bootshaus in Sicherheit. Sie hatte kaum den Boden berührt, da nahm sie das Schnellfeuergewehr vom Rücken und drückte den Knauf gegen ihre Schulter. Sie war eine Frau mit flammend rotem Haar und funkelnden grünen Augen. Ihr breiter Mund verzog sich schnell zu einem Lachen oder einem wütenden Fauchen, dann kniff sie die Lippen zu einer kalten Grimasse zusammen.

Sie warf einen Blick über die Schulter zurück. Ihre Gefährten hielten den Terichik in Schach. Der Himmel schimmerte vor Magie, Zauberflammen versengten die Wolken. Es war Evianes Aufgabe, den Hinterhalt zu brechen und die Gesandten des Kabals heulend in die Einöden zurückzuschicken.

Der Terichik erhob sich und verdeckte Mond und Sterne. Seine Schreie ließen die Erde erzittern. Evianes Magen verkrampfte sich vor Furcht.

Doch jetzt durfte sie nicht zögern! Jetzt mußte sie sich konzentrieren, ihre Fähigkeiten einsetzen. Sie sah durchs Zielfernrohr. Zwischen den Schneeverwehungen machte sie einen schwarz gesprenkelten Grat aus Eis und Felsen aus. Irgendwo dahinter befanden sich die Männer, die sie hier in die Zange genommen und den fürchterlichen Terichik auf sie gehetzt hatten.

Das Fadenkreuz teilte eine im Schatten liegende Stirn. Eviane grinste: Einer der Gesandten des Kabals würde sich gleich zu seinen Vorfahren gesellen. Das bemalte Gesicht, die glühenden Augen waren fast eine Einladung.

Sie atmete tief ein, hielt die Luft an und drückte auf den Abzug.

Das Gewehr schlug gegen ihre Schulter. Links neben dem Kabalisten schoß Schnee hoch; überrascht machte er einen Satz. Bevor er loslaufen konnte, schoß sie ein zweites Mal. Er riß die Arme hoch und den Mund auf. Der Rückstoß warf den Gewehrlauf nach oben, und der Kopf des Kabalisten explodierte.

Eviane war schockiert. *Seltsam,* dachte sie. *Normalerweise sieht man nur einen roten Blitz. Ziemlich ungewöhnlich, aber irre.*

Auf der anderen Seite des Grats herrschte Verwirrung, und der Angriff, der Hinterhalt, brach zusammen. Eviane erhob sich mit einem lauten Siegesjubel, und ihre Gefährten standen ebenfalls auf. Die Gewehre und Speere schwingend, stürmten sie über den gefrorenen Boden.

Ein anderer Kabalist erhob sich und nahm die Hände hoch.

Keine Gefangenen! Sie lachte und schoß aus der Hüfte. Der Kabalist griff sich an den Leib und brach zusammen. Anscheinend unter großer Mühe rief er etwas, doch der Wind war zu laut, um die Worte ausmachen zu können. Sein Gesicht war schmerzverzerrt.

Eviane schoß erneut, und sein Körper streckte sich, als hätte man ihm mit einem Knüppel einen Schlag gegen das Kinn versetzt. Dann brach er zuckend zusammen.

Eviane ging zu dem ersten Opfer und sah zu der Leiche hinab. Das Pfeifen des Windes erstarb. Die Schneeflocken blieben nun liegen, und die Luft wurde wärmer, doch sie schüttelte sich trotzdem.

Sie bückte sich und untersuchte die Verletzung des Gefallenen. Der Mann hatte keine Stirn mehr.

Was für unglaubliche ... Effekte.

Als hätten sie einen eigenen Willen, berührten ihre Finger den Toten und krochen zu dem abscheulichen Loch über den Augen, fuhren über dessen Ränder ...

Der Wind erstarb. Bis auf das Stöhnen der Verletzten und das lauter werdende Murmeln der anderen Krieger, die sich mit gesenkten Waffen näherten, war alles still. Stumm zuckte hinter ihnen die gigantische Gestalt des Terichik im Himmel.

Eviane stand mit aufgerissenen Augen und geöffnetem Mund, aber stumm da. Schließlich schrie sie auf und lief los. Sie ließ das Gewehr fallen und warf sich hinter ein Boot.

Sie richtete sich auf die Knie auf und beobachtete fassungslos, wie der Terichik flackerte und sich auflöste. Wie der Mond aus dem Himmel über ihr verschwand. Und die Sterne. Und die fernen Berge. Der gesamte Himmel und Horizont war nun eine leere weiße Kuppel, über die sich riesige Rechtecke zogen.

Mit einem Gebäude nach dem anderen löste sich das verlassene Inuitdorf auf: die steinerne Hütte, das Räucherhaus, die Boote. Das Bootshaus blieb bestehen, doch es war zu weit weg. Eviane schrie leise auf, lief los und versteckte sich erneut, diesmal unter zersplittertem Holz und Eisen, dem einzigen verbliebenen Boot.

Und immer wieder dachte sie: *Was geht hier vor? Was geht hier vor? Ich verstehe nicht ... O Gott, O Gott ...*

Dann verschwand auch das Wrack.

Eviane kniete auf einem leeren weißen Feld. Ihre Gefährten ließen die Waffen fallen und sammelten sich um die beiden Leichen.

Am Rand der Kuppel öffnete sich eine Tür. Männer und Frauen in gelben Uniformen traten ein. Sie sagten etwas von einem ›Zusammenbruch der Effekte‹ und ›optischen Schwierigkeiten‹, während sie die Krieger und *Angakoks* davonscheuchten, die Prinzessin und die Gemeinen, die Lebenden von den Toten trennten. Eviane blieb hocken, ohne etwas zu sehen oder zu hören. Dann wurde sie zum Eingang getragen.

Die Leichen wurden mit Tüchern bedeckt und auf Bahren gelegt. Nur rote Flecken blieben auf dem Kunstschnee zurück.

Schließlich holten einige Männer das Gewehr. Sie behandelten es mit unendlicher Vorsicht, wie eine schlafende Viper oder eine scharfe Granate, wie etwas, das erwachen könnte, um ein neues und größeres Chaos zu erzeugen.

Erstes Kapitel

DAS MARS-PROJEKT

»›Am Anfang.‹ Zwei Worte, die ungezählte Male gesprochen wurden.«

Die Stimme des Sprechers erklang von überall und nirgends zugleich und erfüllte mit ihrer rollenden Resonanz die riesige, dunkle Höhle des Spielbereichs A. Alex Griffin spähte in die Dunkelheit. Phantasie-Wagen tanzten in ausgeklügelten Mustern um ihn herum, zeichneten sich in seiner Infrarotbrille als gelbe Umrisse ab. Die Wagen glitten durch eine endlose, leere Nacht.

»Und doch haben sie nie ihre Magie verloren, ihre Größe eingebüßt, seit wir zu den Wurzeln unserer Kulturen zurückschauen, dem Ursprung unserer Arten, der Genese unseres Planeten.

Begleiten Sie uns nun auf einer Reise in die Vergangenheit unseres Sonnensystems. Betrachten Sie die Entstehung unseres bekanntesten Nachbarn ...«

Eine dunkle Kuppel von ein paar hundert Metern Durchmesser wurde zum Universum: Die Sterne erschienen.

Über und unter Griffin erstrahlten sie in ursprünglichem Glanz. Niemals war der Himmel der Erde so voll, so hell gewesen. Flecke und Streifen dunkler Materie zogen über die Sterne und verdunkelten sie. Niemals hatten die Sterne irgendwelche Geräusche erzeugt, doch nun dröhnten Griffins Knochen mit den Schwingungen des besten Soundsystems in der westlichen Hemisphäre.

Ein trüber Stern flammte kurz heller als alle anderen auf, blendend hell ... und verblich schon wieder, während sich das Feuer der Supernova rasend schnell ausbreitete.

Griffin kicherte leise. Die dreizehnhundert Würdenträger, die sich auf Einladung von Cowles Industries und Intel-Corp hier befanden, bekamen eine verteufelt gute Show geboten.

»Die neuesten Theorien besagen, daß das Sonnensystem aus einer kalten Wolke interstellaren Gases entstand. In dieser Wolke

waren Schneeflocken und Schneebälle verstreut, die Protokometen, Und so blieb es, bis die Schockwelle einer nahegelegenen Supernova ihr Equilibrium störte.«

Die Supernova war verschwunden ... nein, nicht ganz. Griffin machte sie als winzigen aufblinkenden Punkt aus. Dann trafen mit einem rollenden Donner, der weniger den Naturgesetzen als der Magie des Traumparks entsprach, die Schockwellen ein. Die gewaltigen interstellaren Staubwolken wurden von ihm zusammengedrückt, brachen zusammen und verdichteten sich; in der Mitte erschienen Wirbel, die Strömungen absonderten. Überall blitzte es wie bei einem Feuerwerk. Die Mitte begann zu glühen.

»Schwerkraft und Drehung wurden zu den bestimmenden Faktoren. Sterne bildeten sich«, sagte der unsichtbare Sprecher, doch Griffin verdrängte die Worte. Die Illusion wirkte so überwältigend echt, daß er um Atem rang.

Eine neue Sonne blitzte auf, unglaublich hell in ihrer trüben Umhüllung aus Staub und Kometen. In ihrem schrecklichen Licht konnte Griffin Klumpen ausmachen, die sich an den Ringen verdichteten, die die Sonne umgaben. Das Sonnensystem wirkte noch immer trübe; Kometen durchzogen es wie weiße Kugeln.

Das war die große Show, das Projekt, auf das Cowles schon seit über einem Jahrzehnt hinarbeitete, der Anfang des größten Unternehmens in der Geschichte der Menschheit. Und Griffin gehörte dazu ... wenn auch nur als Sicherheitsbeauftragter, der dafür sorgen mußte, daß diese multinationalen Milliardäre sich nicht gegenseitig umbrachten. Die 1333 Männer und Frauen, die sich auf der langsamen Reise ins Herz des uranfänglichen Sonnensystems befanden, würden auch teilhaben können, wenn sie wollten.

Und wenn nicht, würde es kein Mars-Projekt geben.

Und wenn es kein Mars-Projekt geben würde, dann würde es vielleicht sehr bald, nach geologischen Zeitmaßstäben, kein Leben mehr auf der Erde geben.

Der protostellare Wirbel löste sich nun auf. Sonnenlicht verdampfte die näheren Kometen, wobei sich Rückstände bildeten, die zu Asteroiden werden würden, und die Atmosphären der näheren Planeten. Die Planeten blitzten von Zeit zu Zeit auf, wenn kleinere Objekte auf sie schlugen. Das Bild konzentrierte sich auf einen solchen Körper, einen leuchtenden, kraterübersäten Planeten, dessen Atmosphäre sich auflöste.

Griffin riß sich von der Illusion los und berührte das Kontrollpult vor ihm im Wagen. Von den 150 computergesteuerten Fahrzeugen, die durch den Kosmos glitten, ließen sich nur der seine und der seines Stellvertreters Marty Bobbick, der mit verträumten Augen neben ihm saß, manuell bedienen. In einem Notfall konnte er jedes andere Fahrzeug in Sekundenschnelle erreichen.

»Sehen wir uns einen von ihnen an«, flüsterte er Marty zu und tippte Anweisungen in die wärmeempfindliche Vidplatte vor sich ein.

Sie erhellte sich und wurde zu einem in Quadranten unterteilten Bildschirm, und in jedem Quadranten erschien ein Fahrzeug; in jedem Wagen befanden sich zehn Besucher. In dem oben links aufmerksame, ernste Würdenträger aus dem Vereinigten Königreich; nur ein Insasse, eine kräftig gebaute Frau von etwa fünfzig Jahren, lächelte und klatschte mit kindlicher Freude in die Hände.

In dem Wagen oben rechts befanden sich Vertreter der Internationalen Gewerkschaft 207, der Energiegewerkschaft. Die Internationalen Gewerkschaften waren mächtiger als einige Nationen und besonders interessante Kandidaten für das Angebot, das IntelCorp und Cowles unterbreiten wollten.

Die Insassen redeten aufeinander ein oder sahen sich staunend um. Ein riesiger, gasumhüllter Schneeball raste direkt auf Wagen 207 zu. Ein kleinerer Komet streifte ihn, und ein Schrei zerriß die Luft, als der Komet blendend hell aufleuchtete und rechts vorbeiflog.

Die Insassen lachten; niemand wußte mehr, wer von ihnen geschrien hatte.

Unten links die Pan-Afrikanische Koalition ... Mitglieder, die zur Zeit nicht in Kriege verstrickt waren.

Was für ein Elend. Na schön, Afrika war ein Urwald, aber

einer mit künstlich gezogenen Grenzen, die so kompliziert waren, daß sich die Dinge dort im nächsten Jahrhundert wohl noch nicht beruhigen würden. Nationale Grenzen, Stammesgrenzen, Industriegrenzen und Gewerkschaftsgrenzen ... Das Mars-Projekt könnte ihnen einen Grund geben, um der Zukunft willen die Vergangenheit zu vergessen.

Unten rechts schrien und lachten zehn junge Tolkiensche Elfen, übermenschlich groß und schlank, und duckten sich unter einem vorbeifliegenden Kometen. Das war IntelCorp, die Firma, die aus dem Zusammenschluß von General Electric und Falling Angel Enterprises entstanden war. Die klügeren Köpfe in diesen Firmen hatten begriffen, daß gewaltiger Erfolg und gewaltige Trägheit zwei Seiten einer Münze waren, und einige der besten jungen Mitarbeiter aus den Denkfabriken der GE abgezogen. Man hatte ihnen einhundertachtzig Millionen Dollar zur Verfügung gestellt und sie mit den kreativen Wirbelwinden Falling Angels zusammengetan, der Technik-»Nation« in der Mondumlaufbahn. Das Ergebnis war eine der effektivsten Denkfabriken überhaupt gewesen, die bereits acht Prozent der ertragreichsten Patente des letzten Jahrzehnts hielt.

Das Licht der Sonne war schwächer geworden, und das Sonnensystem kam allmählich zur Ruhe. Der orangerote, kratergespickte Planet im Vordergrund trieb näher heran. Er besaß mittlerweile eine dünne, rosafarbene Atmosphäre, und plötzlich wurden große, saubere, weiße Polarzonen und ein Netzwerk langer, graugrüner Linien sichtbar. Zwei kraterüberzogene Monde erhoben sich über den östlichen Horizont des Planeten.

»1877 beobachtete der italienische Astronom Giovanni Schiaparelli ein Netzwerk einzelner und doppelter Linien, das die Oberfläche des Planeten überzog. Canali *bedeutet im Italienischen ›Furchen‹ oder ›Rinnen‹, doch das Wort wurde falsch mit ›Kanäle‹ übersetzt , was einen künstlichen Ursprung impliziert ...«*

»Eine tolle Show, was?« Marty grinste in der Dunkelheit: ein neuer Mond. »Ich würde sofort unterschreiben.«

»Zücke deine Mark-Karte, wenn du das Geld hast. Sie

werden den Hut jetzt ziemlich schnell herumreichen.« Alex schaute an Martys schwarzer Silhouette vorbei. »Wir waren jetzt seit über einem Monat nicht mehr auf der Matte. Hast du dich ordentlich abgestrampelt?«

»Klar. Na ja, nicht täglich.« Er seufzte schuldbewußt. »Dafür werde ich wohl bezahlen müssen, was?«

In etwa sechsunddreißig Stunden würde Martys erstes Spiel beginnen, ein Fat Ripper Special. Die Monstren, die ihn jagten, würden ziemlich langsam sein, und das war nur gut so. Als die Sicherheitsabteilung ihn einstellte, war Alex' Assistent muskulös gewesen. Muskulös, verdammt ... um einen Punkt hatte er bei den Pan-Amerikanischen Spielen 2036 in Mexiko die Bronze-Medaille im Judo verpaßt. Als Griffin 49 von Cowles Seattle zum Traumpark wechselte, war Marty noch immer stark und flink und hätte ihn jederzeit auf die Matte schicken können. Jetzt jedoch hatte er 35 Kilo Übergewicht.

Es hieß, bei diesen Specials würde das Fett nur so wegschmelzen. Reiner Blödsinn. Man wird nicht schlank, wenn man eine Woche lang hinter Ungeheuern und Drachen herzieht.

Im IntelCorp-Wagen (unten rechts) befand sich der Grund, weshalb Marty am Fat Ripper teilnahm. Charlene Dula war zwei Meter und zehn groß, auch für einen Falling Angel eine beträchtliche Größe. Ihr Onkel Richard Arbenz war nur fünf Zentimeter kleiner, hatte zwei Doktortitel und zwei dieser lukrativen Patente entwickelt.

Beide waren mögliche Ziele für Terroristen.

Der genaue Ursprung der Fehde zwischen Falling Angel und der OPEC lag in einem undurchdringlichen Dickicht gegenseitiger Beschuldigungen vergraben. Falling Angel schwor, daß sie mit dem berüchtigten Anansi-Zwischenfall begonnen hatte, bei dem Söldner ein Raumschiff von Falling Angel angegriffen hatten. Man hielt die Vereinigte Moslemische Aktivistenfront dafür verantwortlich, obwohl sie niemals zur Rechenschaft gezogen worden war.

Die VMAF hatte die alleinige Verantwortung für die Beinahe-Katastrophe einem brasilianischen Industrie-Konzern zugeschoben. Niemand schenkte ihr Glauben, und die Organisation war schon vor langem aufgelöst oder von einem Dutzend anderer pro-arabischer Organisationen absorbiert worden, besonders von der abtrünnigen Gruppe Heiliges Feuer.

Es hatte im Lauf der Jahre andere Probleme gegeben – Wirtschaftsboykotte, Militärblockaden, sogar Sabotage. Sie bildeten ein dünn verschleiertes Muster der Feindschaft, das sich nie aufgelöst, aber auch nie zu einem offenen Krieg geführt hatte.

Das Ergebnis war ein Nervenkrieg, und im Augenblick stellte der übersäuerte Magen eines gewissen Alex Griffin das Schlachtfeld dar, Sicherheitschef des Traumparks. Vertreter aller beteiligten Parteien hielten sich im Augenblick im Spielbereich A des Traumparks auf.

Griffin bewegte den Finger. Der Bildschirm blitzte auf, und vierzig neue Gesichter erschienen: Texaco, IBM, Aeroflot und das Konsortium Mitsubishi/Roter Stern.

Die Menschheit hatte es in vielerlei Hinsicht so weit gebracht und hockte in anderer noch oben auf den Bäumen, beschimpfte sich und warf mit Steinen. Wenn nur die Bäume nicht so eng stünden ... oder die Steine kleiner wären.

Vielleicht würde das Mars-Projekt der Menschheit eine zweite Chance geben. Für die Armen oder Unwissenden war auf dem Mars kein Platz. Die menschlichen Schwächen würden der Menschheit zu den Sternen folgen, doch einige der kleineren Gründe für Gewalt würden in der Wiege zurückbleiben.

»... die Viking-Sonden bewiesen, daß die Bedingungen auf dem Mars nicht dem Himmel für extraterrestrisches Leben entsprachen, den sich Burroughs, Wells und Lowell vorgestellt hatten.« Das Bild verharrte über Städten mit hohen, spindelförmigen Türmen an den Schnittstellen der Kanäle. Alex erhaschte einen Blick auf eine Straße voller achtgliedriger Tiere, rot- und schwarzhäutiger Menschen und großen, insektoiden, grünen Tharks, wobei die Gruppen sich sorgfältig aus dem Weg gingen ...

Dann verdunkelte sich der Himmel wieder, Städte und

Kanäle verblichen, die großen Monde schrumpften zu kleinen Klumpen. *»Der Mars ist vielmehr eine kahle Einöde ohne genügend Wasser und Sauerstoff. Dort könnten nur die einfachsten Lebensformen existieren. Seine Atmosphäre ist viel zu dünn, um dem starken Sonnenwind Widerstand zu leisten. Der Mars wird von ultravioletter Strahlung gepeitscht, die alle Mikroben bis auf die widerstandsfähigsten abtöten würde.*

Trotz der Träume der Vergangenheit gibt es kein Leben auf dem Mars. Doch es wird Marsianer geben.«

Die Wagen rollten über die Marsoberfläche. Die Landschaft, eine Ebene aus grauroten Felsen und Sand, die hier und da von einem Berg durchbrochen wurde, erstreckte sich zu einem rasiermesserscharfen, sehr nahen Horizont. Ein dünner, lebloser Wind pfiff. Obwohl Marty neben ihm saß, kam sich Alex unvorstellbar einsam vor. Woran lag das? Am Unterschall? An sublimen Manipulationen der Lichtmuster? Der Effekt war geradezu unheimlich.

Der Mars kam ihm vor wie eine alte Jungfer, die den Lebenskuß erwartete, wie eine Brautjungfer der Erde, die sehnsüchtig über einen dreihundert Millionen Kilometer breiten Abgrund schaute und wartete und wartete …

Auf ewig eine Brautjungfer, niemals eine Braut.

Ein Licht erschien im Himmel, ein funkelnder Stern, der von Osten nach Westen zog. Er wurde größer und heller und *flammte* plötzlich *auf.* Als er den westlichen Horizont berührte, ähnelte er einer Sonne.

Der Boden erzitterte, als sei eine Atombombe detoniert. Über dem Horizont erhob sich kein Pilz (dafür war die Atmosphäre des Mars zu dünn), sondern eine sich schnell ausdehnende Flammenkuppel, die schließlich tosend über sie hinwegzog und sie unversehrt zurückließ.

»In einem Feuerblitz kann Leben auf diese öde Welt kommen …« Ein zweiter Komet zischte durch den Himmel, genau auf sie zu, und füllte Alex' Gesichtsfeld aus. Alex schrie vor entsetzter Freude auf, als die Welt explodierte. Plötzlich goß es Hagel und Regen. Eine Milliarde Tonnen Eis waren verdunstet, tausendmal mehr als am 30. Juni 1908, als ein Komet über Sibirien explodiert war.

»Wir können dem Mars Luft und Wasser bringen ...«

Kein Dichter hatte sich den Mars jemals als weiblich und die Erde als männlich vorgestellt. *Wie schade,* dachte Alex. Das Mars-Projekt würde den Planeten befruchten.

In einem völlig überzeugenden Effekt fiel nun überall um sie herum Regen. Würde seine Hand naß werden, wenn er sie ausstreckte? Alex versuchte es. Sie blieb inmitten eines gewaltigen Wolkenbruchs trocken. Marty lachte nervös.

Der Regen hörte auf. Die kleine Sonne wirkte durch die dichtere Atmosphäre nun nicht mehr so hart.

Sie sahen einen rötlichen Sandboden. Der Staub wurde zu Kies, dann zu Felsbrocken. Alex bemerkte auf der Erde entstandene Bakterien, die ihre Arbeit aufnahmen. Sie wurden immer komplexer; Felsboden brach unter ihrem Angriff auf, und der Regen verwandelte den feinen Marsstaub in Schlamm. Die Wagen fuhren an Wurzeln vorbei, die sich in einen grünen Urwald verwandelten.

Große, kapselähnliche Flugkörper fielen aus dem Himmel. Menschen errichteten das spinnwebfadendünne Gerüst einer Kuppel und füllten es dann mit rhomboidförmigen Platten aus.

Griffin näherte sich der Kuppel. Sie kam ihm sehr groß vor, größer als Spielbereich A, groß genug für eine kleine Stadt, die Techniker und Wissenschaftler beherbergen konnte.

» ...es wird Marsianer geben. Wir werden die Marsianer sein. Und Sie werden dazugehören. Das ist die Zukunft. So wird es anfangen.«

Griffin nahm ein Glas Wein von einem zwei Meter und vierzig großen, indigofarbigen Thark an. Seine vier Arme bewegten sich grazil. Das Wesen bahnte sich vorsichtig einen Weg durch die Menge und servierte eine schier endlose Menge an Wein und anderen Getränken. Einen Augenblick lang fragte sich Alex, wie die Illusion aufrecht erhalten wurde. Vielleicht ein Mensch in einem Exoskelett, dessen Oberarme von Waldos bedient wurden?

Sinnlos. Man mußte die Magie der Traumpark-Techniker einfach akzeptieren.

Ein Engländer erzählte einem halben Dutzend amüsierten Amerikanern, daß »*Cannelloni* auf italienisch ›Pasta‹ oder ›Essen‹ heißt, doch das Wort wurde falsch mit ›Nudeln‹ übersetzt, was einen künstlichen Ursprung impliziert ...«

Japanische Investoren redeten aufgeregt durcheinander, während sie die Phoenix F1 bewunderten, die Weiterentwicklung des Modells, das seit fünfzig Jahren die Strecke Erde-Mond bediente. Aber die Phoenix F1 war nicht nur größer, sie verfügte auch über einen Fusionsantrieb, der mit Deuterium-Plasma arbeitete.

Bei dem Modell mußte es sich größtenteils um ein Hologramm handeln, doch über einen Teil des Sockels kletterten Kinder. Wohl kein Erwachsener im Raum würde lange genug leben, um die Vollendung des Projekts mitzuerleben, diese Kinder vielleicht aber doch. Eines Tages würden sie die Mars-Aktien kontrollieren, und sie würden sich an diesen Tag erinnern.

»Ein toller Trick, was?« Eine tiefe Stimme erklang, und Griffin drehte sich um und sah über sich Harmonys Gesicht.

»Ein guter Schachzug, daß sie die Kinder mitbringen sollten«, erwiderte er.

»Eine Woche kostenloser Aufenthalt im Traumpark. Gibt es eine bessere Möglichkeit, ihnen das Investitionsangebot zu unterbreiten?«

Thadeus Harmony war ein Bär von Mann, doch der Schreibtischjob hatte ihn Fett ansetzen lassen. Harmonys Haar war mittlerweile grau, sein Gesicht gefurcht, und sein Mund hatte einen bitteren Zug, der vor einem Jahr noch nicht vorhanden gewesen war.

In seinem ersten Jahr im Traumpark hatte sich Alex Hals über Kopf in die Arbeit gestürzt. Harmony war es gewesen, der ihn von seinem Schreibtisch gezerrt und zu einem Skiurlaub in Aspen oder einem Badeurlaub auf den Bahamas verdonnert hatte.

Alex wollte diesen Gefallen nun erwidern, hatte jedoch noch keine Möglichkeit dazu gefunden. Er konnte nur hilflos zusehen, wie sich ein enger Freund vor seinen Augen in einen alten Mann verwandelte. Das Gefühl der Hilflosigkeit war betäubend.

Mit einem plötzlichen Rattern rollte das Leviathan IV-Modell heran und blieb vor ihnen stehen. Die Demo-Version des Minenfahrzeugs war zwar nur zwei Drittel so groß wie das Original, aber mit über zwei Metern Höhe noch äußerst beeindruckend. Der Leviathan berichtete von seinen Vorzügen. Alex blieb einen Augenblick lang stehen und beobachtete, wie die Grabwerkzeuge ausgefahren wurden und die Hülle durchsichtig wurde und das Innenleben zeigte: Erzbehälter, Drei-Mann-Kabine, Minilabor, Funkanlage und Antrieb.

»Sieht aus wie eine Krabbe auf Rädern«, sagte er und ging weiter.

Harmony blieb stumm.

Der Sicherheitschef wartete ein paar Sekunden. »Scheint alles hervorragend zu laufen, meinst du nicht auch?« sagte er dann, als ihm noch immer nichts erwidert wurde.

»Ja, hervorragend«, sagte Harmony.

Griffin blieb stehen. Offener Abscheu schwang in Harmonys Stimme mit. Seine Augen waren zusammengekniffen und wachsam, und er bewegte sich zu schnell, als sei er vor etwas auf der Hut.

»Was ist los?« fragte Griffin leise. »Und sag nur nicht: ›Alles in Ordnung.‹ Ich merke es, wenn du lügst.«

Keine Spur eines Lächelns. Harmony schüttelte den Kopf. »Ich habe schwarz auf weiß, daß alles in Ordnung ist.«

»*Hm.* Na ja, das kann ich akzeptieren. Aber sag's mir trotzdem.«

»Was?«

»Falls etwas nicht stimmen sollte ... was natürlich nicht der Fall ist. Doch falls du eine Liste der Leute aufstellen solltest, die du am liebsten auf dem Grund des Ozeans sehen würdest ... wer stünde da ganz oben?«

Harmony lächelte zögernd. »Ah. Vorsichtige Ausdrucksweise.«

»Nun?«

Harmony öffnete den Mund und schloß ihn wieder. »Schon gut, Alex. Man hat mir gesagt, daß sich nichts mehr ändern läßt. ›Eilen Sie der Zukunft entgegen, oder kleben Sie an der Vergangenheit fest?‹ Das hat man mich gefragt.« Harmony lächelte höflich, als ein paar schnatternde japanische Geschäftsleute vorbeigingen. Dann wurde sein Gesichtsausdruck wieder verbittert. »Das haben sie *mich* gefragt.«

Eintausenddreihundert Gäste schlenderten durch den Spielbereich A, sahen sich dieses und jenes an und bildeten Gruppen. Die arabische Delegation inspizierte einen Industriekomplex im Maßstab 1 zu 10, ein computererzeugtes Hologramm. Seine winzigen Lampen bildeten im Licht des Mars-Sonnenuntergangs eine Krone.

Harmonys Gesicht verdüsterte sich. Alex fragte sich, ob es einer von diesen Leuten war. Aber wer? Sein Blick fiel auf den größten Mann der Gruppe, ihren Führer, einen Industriellen namens Kareem Fekesh. Fekesh erwiderte den Blick. Er war einen Meter und achtzig groß, bewegte sich mit müheloser Eleganz, ein dunkler, katzenhafter Typ in einem Anzug, gegenüber dem Harmonys Ralph Lauren wie eine Stiftung der Heilsarmee aussah. Fekesh nickte höflich und wandte sich wieder seinem Gespräch zu.

Sonst jemand? Wenn jemand ein eindeutiges Sicherheitsrisiko darstellte, hätte Harmony trotz seiner Befehle darüber gesprochen.

Wessen Befehle?

Die Gruppe von Falling Angel war in der Nähe. Griffin zog Harmony mit hinüber. »Botschafter?«

Botschafter Arbenz neigte würdevoll den Kopf. »Sie sind der Sicherheitschef?«

Alex nickte. »Alex Griffin. Und das ist Thadeus Harmony, Stellvertretender Technischer Leiter der Cowles Industries. Er war früher mal mein Boß.«

»Die Treppe hinaufgefallen.« Harmonys Lächeln war die reinste Maske.

Harmony mußte zu dem Mann aufschauen. »Ein großer Erfolg«, sagte Arbenz. »So viele verschiedene Nationen und

Gruppen gleichzeitig hier versammelt zu haben ... Ich frage mich, ob irgendeine andere Organisation das hätte bewerkstelligen können.«

»Die Zeit wird zeigen, ob es ein echter oder nur ein symbolischer Sieg ist, Botschafter. Es stehen größere Dinge auf dem Spiel als nur das menschliche Ego.«

Eine schmerzhaft schlanke und ehrfurchterregende große Brünette trat neben Arbenz. »Kennen Sie meine Nichte schon? Charlene, Thadeus Harmony, Alex Griffin.«

Das Mädchen lächelte schüchtern. Sie war nach den Maßstäben der Spacer durchaus hübsch; Alex kam sie jedoch sehr viel zu dünn vor. Aber sie strahlte eine angenehme Freundlichkeit aus, als sie sagte: »Ich freue mich sehr, hier sein zu dürfen.«

»Es waren lange acht Wochen, nicht wahr?«

»Ja, und ich bin erst das zweite Mal unten.« Sie schüttelte bedauernd den Kopf. »Ich habe die Beine in der Zentrifuge und auf den Übungsfahrrädern gekräftigt und mir trotzdem beide Knöchel verstaucht.« Sie bog versuchsweise die Beine durch. »Das Knie tut weh.«

»Hoffentlich können Sie am Spiel teilnehmen.«

»Ich habe zwei Knie. Außerdem gibt es nur einen Traumpark.«

»Sie kennen noch keinen der anderen Spieler?« Wo war Marty?

»Ich habe eine Gefährtin. Wir lernten uns durch das Compunet kennen. Sie ist auch eine Spielerin, und wir nahmen gemeinsam an einigen hektischen Vid-Kampagnen teil. Ich freue mich darauf, hier mit ihr zu spielen.« Ihre Augen strahlten. »Ich kann noch immer nicht glauben, daß ich wirklich hier bin.«

»Ich kenne das Gefühl.« Er hatte es zu oft gehört. Alex stellte fest, daß er nicht mehr viel zu sagen hatte.

Sie zog an seinem Arm. »Diese Effekte. Sie sind so ... echt. Wie machen Sie das nur?«

Alex blinzelte. »Ein Geheimnis. Wissen Sie was – nach dem Spiel stelle ich Sie den Elfen vor. Wie würde Ihnen das gefallen?«

»Prima. Vielen Dank.«

Harmony und Alex entfernten sich von der Menge, und Griffin spürte, wie sich in seinem Freund die Spannung wieder aufbaute.

»Alex ...«

Bevor Griffin etwas sagen konnte, ging der Beeper an seiner Hüfte los. »Das Büro braucht mich. Soll ich ihnen sagen ...«

»Wir unterhalten uns später«, sagte Harmony.

Zum Teufel mit dem Beeper, wollte Alex sagen, doch er hielt es zurück. Was ging nur hier vor?

»Die Pflicht ruft, Alex«, sagte Harmony düster. Er blinzelte gekünstelt, drehte sich um und verschwand in der Menge.

Alex wandte sich einer der Seitentüren zu, betätigte einen Knopf auf seiner Uhr und hörte, wie das Schloß summte. Die Tür öffnete sich. Mit einem letzten Blick auf den Mars – die Vergangenheit und die Zukunft – trat er durch die Tür.

Zweites Kapitel

DAS PHANTOM-BANKETT

Gwen Ryder wußte alles über das Phantom-Bankett, blieb aber trotzdem verwirrt auf der Schwelle stehen.

Es hätte eine Bibliothek sein können. Die Hälfte der Wände war von Büchern bedeckt, zumeist von großen, breiten und reich illustrierten Bänden. Diät- und Kochbücher und sonst nichts. Einige waren ziemlich alt, andere recht neu. Und es waren hunderte.

Aus einem alten Buch, *Die Beverly Hills-Diät*, hatte man die Seiten gelöst und an einer Wand befestigt. Gäste auf dem Weg nach draußen blieben davor stehen und lasen die lustigeren Absätze laut vor. Eine andere Wand war mit verblichenen Fotos üppiger Desserts bedeckt; daneben führte eine

Tabelle auf, wie viele Kilometer des New Yorker Marathons man laufen mußte, um die Kalorien zu verbrennen.

Es war zwanzig nach zwei; in zehn Minuten würde Ollie hier erscheinen, und die Mittagsstunde war schon längst vorbei. Dennoch war das Phantom-Bankett noch gut besucht. Alt und jung, fröhlich oder verdrossen, allein oder in Gruppen – irgendwie sahen die Gäste alle gleich aus.

Sie waren mollig, dick oder krankhaft fettleibig. Überrascht stellte Gwen fest, daß ein berühmter Schauspieler mittleren Alters, Robin Bowles, einer Handvoll Bewunderer gut gelaunt Autogramme schrieb. Sie grinste, nicht, weil auch sie Autogramme sammelte, sondern weil er so *echt* aussah.

Mazie Henderson winkte von einem Tisch für vier Personen, ohne sich zu erheben. Sie war eine rundliche Frau mit rundlichem Gesicht, doch mit einem Meter und sechzig war sie nicht groß genug für ihren Stuhl. Ihr Begleiter war größer und ein paar Jahre älter.

Zögernd ging Gwen hinüber. Der Mann erhob sich, womit er auch schon am Rand seiner Kräfte war. Langes schwarzes Haar, ein schwarzer Vollbart. »Gwen, du kennst doch Avram, meinen Mann. Avram ist jetzt Magiebenutzer.« Avram lächelte, schüttelte ihre Hand und ließ sich erschöpft auf den Stuhl fallen.

Mazie sah nicht viel besser aus. Gwen hoffte, daß ihr Lächeln nicht boshaft wirkte. »Euch scheint das Osttor-Spiel ja gefallen zu haben. Wie wär's mit ein paar Abfahrten? Ich habe die Everest-Skipiste ausprobiert, und es ist ...«

Mazie beugte sich zu Avram und richtete einen müden Finger auf Gwen. »Bring' sie für mich um.«

»Schatz, ich habe nicht die Kraft dazu.«

Gwen legte die Hand auf Mazies Schulter. »War nur ein Scherz.« Halleluja! Vielleicht kam sie ohne eine ermüdende Anekdote davon.

Schon auf der Schule war sie Mazies Geschichten von ihren Spielen gewaltig überdrüssig geworden. Das waren natürlich noch altmodische Spiele gewesen; ein Dutzend Kinder versammelte sich im Wohnzimmer eines Teilnehmers und spielte eine Zwei-Tages-Kassette durch. Die Interaktion war auf grobschlächtige Animationen begrenzt. Gwen hatte die Sache so gut gefallen, daß sie sich schließlich an echten Spielen beteiligte, Traumpark-Spielen, aber die Montag-Morgen-Wiederholungen hatte sie nie ausstehen können.

Der Kellner servierte Avram einen Grillteller und Mazie einen großen Salat. Sie ignorierte ihn, doch Avram tauchte die Gabel hinein. Mazie schien es nicht zu bemerken. »Ich glaube, ich bin dir einen Bericht schuldig, Gwen«, sagte sie. »Schließlich hast du mich dazu überredet.«

Gwen bestellte ebenfalls einen Salat. Er sah wirklich gut aus.

»Ach, nein. Brauchst du wirklich nicht. Ich warte eigentlich nur auf ...« Sie wollte sich erheben, doch ihr Gewissen ließ sie innehalten, noch bevor sich Mazies fleischige Hand um ihren Arm schloß.

Diesmal hatte Mazie es sich verdient.

Im letzten August hatte Gwen sie zum ersten Mal nach zwölf Jahren wiedergesehen. Mazie war ein Fleischberg. Ihr neuer Mann Avram ebenso ... und er war vor Jahren ein Spieler gewesen. Sie hatten Mazie überredet, ein Fat Ripper Special mit Avram zu spielen.

Mazie erzählte von dem Special, doch Gwen hörte nur mit halbem Ohr zu. Wo blieb nur Ollie? In den zwei Jahren, die sie verheiratet waren, hatte ihre gemeinsame Liebe zum Spiel sie zum heißesten Pärchen auf der Spieler/Schauspielerliste des Traumparks werden lassen. Ollie hatte vor elf Monaten das Medizinstudium abgeschlossen, was nur zu seiner Beliebheit beigetragen hatte. Ärzte wurden in jedem Spiel gebraucht, besonders bei den Fat Rippers.

Doch ihre Popularität brachte es auch mit sich, daß sie immer weniger Zeit für sich selbst hatten. Im Geiste zählte sie nach. Es war acht Tage her, daß sie und Ollie etwas Freizeit und ein Wasserbett geteilt hatten.

Sie errötete leicht und konzentrierte sich wieder auf Mazies Spiel.

Die Teilnehmer erzählten stets davon, als hätten sie es

selbst erlebt. In einem anderen Jahrhundert hätte man sie in eine Irrenanstalt gesperrt. Es half, wenn man am Spiel teilgenommen hatte, und einige Spieler waren natürlich auch gute Geschichtenerzähler. Mazie gehörte nicht dazu.

Doch sie hatte Spaß an ihrer Geschichte. »Die Tore waren verrostet, die Scharniere in schlechtem Zustand. Die Wachen waren ziemlich nachlässig, doch als sie uns sahen ...«

Zwischen den Sätzen hatte Mazie ihren Salat zur Hälfte gegessen. Sie schielte auf Avrams Teller und spießte ein Stück Fleisch auf.

»Na ja, die Einheimischen wollten unsere Gewürze nicht kaufen, und wir ...«

Ein Kellner brachte Gwens Salat. Ein gutaussehender Bursche, aber flink; Gwen konnte keinen Blickkontakt herstellen. Na ja, was soll's, dachte sie; sie war ja verheiratet.

Eine Frau fiel ihr auf. Sie stand an der Wand, üppig wie alle anderen, und beobachtete, wie die Beverly-Hills-Diät verblich und Jane Fondas Aerobic-Kurs und weiterer allgemeiner Erheiterung wich. Sie fiel Gwen auf, weil sie weder lachte noch lächelte; sie wirkte ganz verloren. Mit ihrem lockigen roten Haar und den großen grünen Augen wirkte sie etwas ungepflegt.

Grün? Gwen wußte, daß sie zu weit von ihr entfernt war, um die Farbe der Augen auszumachen. Kannten sie sich etwa? Sie unterdrückte den Drang, zu ihr zu gehen, sie zu fragen, ob sie Hilfe bräuchte, und in ihre Augen zu sehen.

»... Avram führte Zaubertricks vor, und mir machte ein großer Schmied Anträge. Ich akzeptierte, und damit war der halbe Nachmittag gelaufen.« Mazies Stimme hatte einen Klang, der absolut nichts der Phantasie übrig ließ, doch Avram reagierte nicht darauf. Mazie mußte ihn zu einem Menschen mit äußerst moderner Einstellung erzogen haben.

Gwen fragte sich, wann bei ihm eine passive Aggression auftreten würde. Ollie war in keiner Hinsicht passiv. Das Flirten gehörte zu ihrem Leben, doch jeder Mann, der eine gewisse Linie überschritt, beschwor einen Mord herauf.

»Als ich zurückkam, waren Jeffrey, Carole und Blag verschwunden. Sie bumsten vielleicht auch. Blag und Carole kamen gegen Sonnenuntergang zurück, Jeffrey nicht. Wir dachten ...«

Wo hatte Gwen die rothaarige Frau zuvor gesehen? Schlagartig fiel es ihr wieder ein: In dem Dossier für das nächste Fat Ripper. Klar, sie war eine der Spielerinnen.

Selbst in dem statischen Holo hatte sie eine unterdrückte Energie ausgestrahlt, die Gwen beeindruckte. Oder doch zumindest ihre Aufmerksamkeit erregte. Ihr Nacken juckte. Sie brauchte Ollie; er hatte ein besseres Gedächtnis als sie.

»... du gehört, was ich gesagt habe, Gwen?«

Gwen fuhr zusammen. Mazie beugte sich herausfordernd über den Tisch. Zwei Worte, die Gwen aus dem Monolog aufgeschnappt hatte, gaben ihr die Antwort. »Du hast Knoblauch gegessen, nur für alle Fälle. Weil die Einheimischen eure Gewürze nicht wollten. Hast du schon an Vampire gedacht?«

Mazie schlug auf den Tisch, und Gwen bekam ihren Salat zu fassen, bevor er herunterfallen konnte. »Genau! Und Carole hatte Gargoyles gesehen. Die Vampire hausten oben in den Minaretten. Wir drangen in die Gebäude ein. Die Türen waren nicht mal verriegelt, die Einheimischen mußten den Kampf schon lange aufgegeben haben.«

»Ich führte meine Truppen ...«, begann Avram, doch Mazie unterbrach ihn.

»Wir setzten das Minarett in Brand«, sagte sie. »Mein Schmied, Hath-Orthen, brach zusammen und packte aus. Die Stadt gehörte den Vampiren. Sie waren schon länger da, als ...«

»Ihre Bestellung, Madam?« erklang eine Stimme hinter Gwen, doch sie mußte sich nicht umdrehen, nur nach hinten greifen, und fand Ollies starken, muskulösen Arme. Sie lehnte sich zurück und küßte ihn lange.

Mazie war immerhin so höflich, ihren Monolog zu unterbrechen, schaute jedoch nicht weg. Sie starrte sie an, als sie nach Luft schnappten.

Ollie war etwa eins achtzig und fünfzig Pfund übergewichtig. Das war eine gewaltige Verbesserung: als sie sich kennenlernten, hatte er noch sechzig Pfund mehr auf die Waage gebracht.

Er nickte Mazie und Avram zu und nahm neben Gwen Platz. Sie fühlte, wie die Spannung sie verließ und sich in Ollies freundlichem, breitem Lächeln verlor. Sie seufzte. »Mein Herr und Meister.«

»Die Göttin, die in meinem Herz tanzt.« Er beugte sich vor und küßte sie erneut. »Wie geht's dir?«

»Jetzt schon viel besser.« Ihr Blick streifte Mazie, die hektisch weiterplapperte, als wolle sie ihre Geschichte beenden, bevor Ollie Gwens Aufmerksamkeit ganz auf sich zog.

»In den unteren Etagen lauerten Helfer der Vampire, und es war völlig dunkel. Wir schwärmten aus, doch als wir die Minarette in Kamine verwandelt hatten, war die Nacht schon angebrochen, und einige Vampire entkamen und ...«

Gwen drückte die Hand ihres Mannes. »Bin ich froh, dich zu sehen«, flüsterte sie ihm zu. »Sag mal, siehst du diese Frau dort drüben?«

Er sah in die Richtung, in die Gwen deutete, und erhaschte einen Blick auf die Rothaarige, als sie gerade schlafwandlerisch langsam den Raum verließ. »Eine komische Tante, aber ziemlich auffällig. Spielerin. Sie ist in unseren Unterlagen für den Fimbulwinter verzeichnet.« Er kniff kurz die Augen zu. »Sie heißt ... Eviane. Wahrscheinlich nur ihr *nom de guerre.*«

Irgendwie war es Mazie mittlerweile gelungen, ihre Geschichte zu beenden. Grinsend lehnte sie sich vom Tisch zurück. »Ich will jetzt nur noch schlafen. Eine Woche lang. Mit Avram.« Sie erhob sich, und Avram tat es ihr gleich, wobei er allerdings so begeistert wie ein Stier an der Schlachthoftür wirkte. »Wir sehen uns dann erst in Portland wieder, oder?«

»Genau. Wir haben in dreißig Minuten unsere letzte Unterweisung. Das Fimbulwinter-Spiel fängt morgen an. Ich bin die schöne Tochter des Schamanen.« Gwen erhaschte ein ungläubiges Flackern in Mazies Augen. »Eskimos dürfen ein paar kleine Pölsterchen haben, meine Liebe.«

Avram lachte zustimmend, und Mazie schob ihn höflich zur Tür. Gwen beschäftigte sich mit ihrem Salat, und Ollie sah den beiden nach, bis sie außerhalb der Hörweite waren. »Ein weiterer umwerfender Traumpark-Erfolg?«

»Vielleicht. Avram ist zu träge, aber möglicherweise lohnt sich die Erfahrung für ihn. Wenn sie ihn eventuell nochmal einsetzen ...«

»Was sie nicht können. Diese Spiele bringen doch kaum die Unkosten herein. Alles nur zu Forschungszwecken, Schatz.«

»Ich weiß. Und Mazie ist völlig untalentiert. Sie lernt auswendig, was sie sagen muß, mehr aber auch nicht. Und das Aufsagen der magischen Sprüche läßt sie weder schlanker werden, noch bringt es ihr bessere Manieren bei, und Leute wie wir müssen die Sache dann ausbaden und ihr zuhören.«

»Herrje. Da hast du dir ja schön die Zeit vertrieben, bis ich kam.«

Gwens große blaue Augen leuchteten dankbar. »Mein Held. Du hast die Jungfrau vor dem Drachen gerettet.« Ihre Fingernägel gruben sich in seinen Handrücken. »Und jetzt fordere deine Belohnung, verdammt.«

Er seufzte. »Wir müssen in zwanzig Minuten in der Spielzentrale sein. Nicht annähernd genug Zeit für eine ernsthafte Indiskretion.«

»Und auch nicht für eine frivole.« Komme nie zu spät zu einer Unterweisung. »Heute abend?«

»Klar. Wer braucht schon Schlaf?«

Drittes Kapitel

DER TURM DER NACHT

Zwanzig Meter Tyrannosaurus Rex tobten hilflos in der Teergrube. Seine graugrüne Haut war von einem Dutzend Kugelwunden rot gefärbt. Er schaute zu ihnen auf und brüllte den Schrei des sterbenden Sauriers – ein Geräusch, das Max Sands' erfahrene Ohren als das Produkt eines Cowles-Mach VIII-Synthesizers erkannten. Es paßte perfekt zu dem Donner des Vulkans, der am südlichen Ende der Schlucht ausbrach.

Es wäre das perfekte Ende eines zweistündigen Mini-Spiels gewesen: der Dinosaurier, die Teergrube, der Vulkan, das hübsche, geschmeidige Mädchen aus dem Volk der Höhlenmenschen, das sich wie feuchte Seide an ihn klammerte. Doch ein Problem blieb ungelöst: Professor Deveroux' Beine strampelten noch immer schwach im Maul des Tyrannosaurus. Das war natürlich unangenehm für Deveroux (»Vergessen Sie nicht, ich bin ein Hologramm! Versuchen Sie diese Kunststücke niemals zu Hause!«), aber auch für Max und den Rest des Teams. Deveroux hatte noch den Zeitschlüssel in seiner Tasche!

Max sah auf seine Uhr. Ihnen blieben nur noch zehn Minuten! Die Lava kroch auf die Teergrube unter ihnen zu, auf die Öffnung der Höhle, wo sich fünf Abenteurer verwirrt zusammendrängten.

»Mist«, zischte Orson Sands. »Jetzt sind wir in den Arsch gekniffen.« Mit einem Meter und zweiundneunzig und dreihundert Pfund wog er zehn Kilo mehr als sein Zwillingsbruder Max.

»Irgendwelche Vorschläge, Eviane?« fragte Max.

Der kleine, sommersprossige Rotschopf schüttelte stumm den Kopf. Sie sagte so gut wie nie etwas. Sie war recht süß, besonders, wenn man auf fülligere Frauen stand. Aber irgendwie schottete sie sich ab. Max mußte sich zwingen, mit ihr zu sprechen.

Orson wiederholte seine Klagelitanei. Sein Gesicht war rot angelaufen, als wolle er sich jeden Augenblick auf den Boden werfen und die Luft anhalten. Die Taktik hatte vorzüglich geklappt, als er ein süßes, dickes Kind von fünf Jahren war, aber in den letzten dreißig Jahren war er noch dicker und weniger süß geworden.

Die Lava hatte den Rand des Wassers erreicht, das die Teergrube bedeckte, und Dampf stieg empor. Der Gestank von Schwefel wurde unerträglich. Graue Asche regnete aus dem Himmel.

Eviane beobachtete die Lava nachdenklich. Sie war zwar still, aber auch spielerfahren. Dieser Schlüssel …

Sie hatten das Skelett eines Tyrannosaurus Rex gefunden – und die Gebeine eines Menschen darin. Eviane hatte mit einem Stock ganz leicht die rechte Hand berührt, um festzustellen, ob sie damit eine Falle auslöste; und dann die linke, wobei der funkelnde Schlüssel zum Vorschein gekommen war. Sie hatte zwischen den Knochen hindurchgegriffen, ohne einen zu berühren, und den Schlüssel an sich genommen, bevor einer der anderen Spieler sich auch nur rühren konnte.

Alura, das hübsche Steinzeitmädchen, das sie geführt hatte, zog an Orsons Arm. »Müssen gehen.«

»Ach, was soll's.«

»Orson, halte die Klappe, ja?«

Eviane nickte zustimmend und ergriff zum ersten Mal seit zwei Stunden das Wort. »Das läuft nicht richtig. Sie haben es versprochen.«

»Schätzchen, die ganze Sache läuft von Anfang an nicht richtig.«

»Jetzt gehen«, sagte Alura in ihrem besten pseudo-paläolithischen Akzent. »Wir gehen und beten. Um Beistand bitten.«

Orson verzog das Gesicht. »Du hast schon alle anderen getötet. Zielst du auf den perfekten Punktestand ab?«

Max lächelte boshaft. »Du wirst beim Ripper ja eine große Hilfe sein.«

»Hätte ich doch nur nicht mitgemacht.«

»Das wünschst du dir nicht als einziger, Orson.« Max sah auf die Uhr. Acht Minuten.

Es waren noch vier Spieler übrig: Max, Orson, Eviane und Kevin. Kevin Titus war noch ein Junge, und er war schlank, fast beängstigend dünn.

In den zwei Stunden, die das Spiel schon lief, waren drei ihrer vier Führer von verschiedenen Fleischfressern getötet worden. Mit Ausnahme des Professors hatte es sich um junge, ein gebrochenes Englisch sprechende Höhlenmenschen gehandelt. Max hatte im stillen über den Anachronismus gekichert und ihre ausgeprägten weiblichen Rundungen begafft.

»Sie haben betrogen«, sagte Kevin vorwurfsvoll. Der Junge war einen Meter und fünfzig groß, schien nur aus Ellbogen, Knien, weißen Zähnen und lockigem braunen Haar zu bestehen. Er keuchte vor Anstrengung. »Sie haben gesagt, alles würde Sinn ergeben.«

Eviane atmete ebenfalls schnell, als könne sie damit ihrem Gedächtnis auf die Sprünge helfen. »Sie haben gesagt: ›Den Spielbedingungen entsprechend hat alles seine Richtigkeit.‹«

»Dann haben sie eben gelogen.«

Die Lava kam näher. Es wurde merklich wärmer. »Nein, sie lügen nicht.« Sie wiederholte das, als sei es ein Dogma. »Der Traumpark lügt nicht. Es muß eine Antwort geben.«

»Wir gehen und beten! Götter helfen müssen«, sagte Alura fast gelassen.

»Haben sie euch schon mal geholfen?« fragte Max hoffnungsvoll.

»Nein.« Sie schüttelte traurig den blonden Kopf. Dann lächelte sie. »Aber vielleicht wir beten falsch!«

»Wenn der Traumpark nicht lügt, müssen sie völlig vertrottelt geworden sein!« klagte Orson. »In der Kreidezeit gab es keine gottverdammten Höhlenmenschen. Dinosaurier waren schon sechzig Millionen Jahre tot, bevor der erste Mensch erschien. Sie haben es verpatzt!«

Lava floß in das Tal. Die winzigen Augen des Tyrannosaurus schienen aus den Höhlen zu quellen, als das Wasser um ihn herum zu kochen begann. Er brüllte mitleiderregend auf, als die Lava ihn berührte. Der Schrei hallte durch Max' Knochen, und dann schlug ein sengender, nach gebratener Echse riechender Luftschwall über ihnen zusammen.

Der Sumpf war verschwunden, der Teer der Lava ausgesetzt. Er explodierte in einem Feuerball. Die Spieler warfen sich zu Boden. Die Luft brodelte und versengte ihre Augenbrauen. Max erhaschte einen Blick auf große, weiße Knochen, bevor die Lava unter ihnen hinwegrollte.

Verdammt! Das ist zuviel, zu echt, sogar für den Traumpark! Gott sei Dank habe ich seit dem Frühstück nichts mehr gegessen.

»Ich hab's ja gesagt, wir sind am Arsch. Ich verlange unser Geld zurück.«

»Hier stimmt etwas nicht«, sagte Eviane nachdenklich. Die Gewißheit in ihrer Stimme erregte Max' Aufmerksamkeit. *Sie mag ja nicht gerade toll aussehen, hat aber etwas im Kopf.*

»Was meinst du?«

»Es ... es ist ein Rätsel. Bei Spielen über fünfzig Minuten sind es immer Rätsel. Es muß einen Hinweis geben.«

»Was für einen Hinweis?« fragte Orson. »Ich habe keinen Hinweis gesehen. Ich bin hungrig und müde, und wir haben noch sechs Minuten zu leben.«

»Denkt nach. Was stimmt hier nicht?«

»Alles. Moment.« *Klick:* man konnte es fast hören. In gewisser Hinsicht lebten die Zwillingsbrüder in verschiedenen Welten. Max verdiente sich den Lebensunterhalt als eine sehr besondere Art von Clown, Orson als Computerprogrammierer. Doch als sich plötzlich der Rätsellöser in Orsons Kopf einschaltete, sah Max fasziniert zu. Das war der Bruder, den er liebte, der mit dem schnellsten Verstand, dem er je begegnet war.

»Du hast recht. Hier dürfte es keine Höhlenmenschen geben. Wir haben nur eine Gruppe gefunden, alle etwa im selben Alter. Alles andere stimmte. Die Sauropoden gehören in dieses Zeitalter. Wir haben einen Diplodocus und Brontosaurier gesehen, aber keine Stegosaurier oder Allosaurier.«

Kevin schlug sich mit einer schmalen Hand an die Stirn. »Was haben die Höhlenmenschen also hier zu suchen ...«

Max lachte auf. »Wenn sie nicht auch Zeitreisende sind!« Er drehte sich zu Alura um. »Bring' uns zur Kirche!«

»Hier entlang!«

Hinter ihnen leuchtete der Himmel. Die Lava füllte das Tal der Dinosaurier aus und würde jeden Augenblick durch den Tunnel strömen. Dann verfielen in einer einzigen heißen Sekunde alle gesammelten Punkte ... sozusagen.

Sie liefen oder bewegten sich zumindest so schnell, wie der Wind und ihre Kleidung es erlaubten. Der flinke Kevin, der nur aus Haut und Knochen zu bestehen schien, erreichte die Kammer gemeinsam mit Alura lange vor den anderen. Er keuchte, sie nicht. Max kämpfte gegen die Erschöpfung an, doch als er die Kammer sah, schmolzen Schwäche und Verwirrung wie Schneeflocken.

Vielleicht hatte ein unterirdischer Fluß sie aus dem Kalkstein gegraben, oder sie war einmal eine gewaltige Gasblase in einer ursprünglichen Lavawelle gewesen. Wie dem auch sein mochte, sie war riesig, eine kristalline Kathedrale mit indirekter Beleuchtung. (Und woher kam das Licht? Ach, was spielte es für eine Rolle, es war jedenfalls umwerfend!)

Stalagmiten erhoben sich wie Zahnreihen vom Boden. An dicken Spinnennetzen in den Ecken der Kammer baumelten fremdartige, fußballgroße Insektenhüllen, aber trotzdem funkelte der Raum noch vor Helligkeit.

Umgeben von einem Lichtkegel, stand das in der Mitte, was Max hier erwartet hatte.

Orson klatschte erfreut in die Hände. »Das ist es!« Eine Plattform mit einem Metallpfosten und einem hüfthohen Metallring, an dem sich mehrere Erwachsene gleichzeitig festhalten konnten. »Eine modernere Version von Deveraux' Zeitmaschine«.

»Eine andere Gruppe kam mit ihren Kindern hierher ... wie zu einem Picknick ...«

»Um die Dinosaurier zu füttern ...«

»Die Kinder strandeten hier und wuchsen ohne Erwachsene auf.« Sie lachten und umarmten sich. Sogar Eviane hatte ihr Schweigegelübde aufgegeben und jubelte lauter als alle anderen.

Max sah auf die Uhr. »Macht schnell!« sagte er. Ihnen blieben noch neunzig Sekunden.

Kevin und Orson untersuchten die Maschine. »Wir brauchen einen Schlüssel!« rief Orson. »Ev – Eviane?«

Der einzige Schlüssel, der noch im Spiel war. Eviane warf ihn Orson zu, der ihn in ein Schloß steckte und drehte.

»Er paßt. Also war es doch ein faires Spiel.«

»Bewegt euch. Wir bekommen gleich Gesellschaft ... so etwa eine Million Tonnen Lava.«

Kevin und Orson probierten an der Maschine herum und

drückten Knöpfe, bis an dem Metallring Lichter aufleuchteten und die Luft zu vibrieren begann. Max fühlte, wie seine Haut prickelte, und lachte befreit auf. Sie würden es schaffen, sie würden …

»Na schön. Kommt alle her und macht euch fertig.« Es wurde wärmer. Die Haare auf seinen Armen richteten sich auf, als das Summen der Zeitmaschine lauter wurde.

Alle fünf ergriffen den Ring und fühlten das elektrische Prickeln, als die Energie eingeschaltet wurde. Der gesamte Raum begann zu vibrieren. Alura nahm eine Hand von dem Ring, ergriff Max' Hemd und drückte ihren kleinen, warmen Körper gegen den seinen. Max war äußerst froh, daß es sich bei Alura – im Gegensatz zum Rest ihrer Familie – nicht um ein Hologramm, sondern um einen echten Menschen handelte.

Im Eingang der Höhle spritzte Lava auf. Einen Augenblick lang zog Furcht seinen Magen zusammen, und ein schrilles Jaulen erfüllte seine Ohren …

Der Raum drehte sich, und dann war nichts mehr, gar nichts mehr. Als sich der Rauch und die Lava auflösten, befanden sie sich wieder in dem sauberen, sterilen Time/Life-Gebäude.

Die Frau, die sich Eviane nannte, verließ das Time/Life-Gebäude. Es war lange her, daß sie im Traumpark gewesen war, wenngleich der Traumpark sie in anderem Sinne überallhin begleitete, wohin sie auch ging.

Die Hologrammfassaden der Attraktionen erhoben sich an der Hauptstraße zehn, zwölf Meter hoch – das Polynesische Paradies, die DrachenWelt, der Fokker-Doppeldecker (Kämpfe mit dem Roten Baron!), die Welt Ali Babas, die berüchtigte Snuff-Show (Töte eine von zweitausend berühmten historischen oder zeitgenössischen Persönlichkeiten!) und die halluzinogene Welt von Little Nemo.

Einige Fassaden stellten hübsche kleine Phantasie-Entwürfe dar: Die rosigen Wangen von Schneewittchen verschmolzen mit dem alpinen Glanz des Skichalets. Aber es waren auch starke groteske Elemente vertreten. Hier das Gesicht eines schreienden südamerikanischen Indianers, über den Ameisen schwärmten …

Vor ihren Augen erschienen bloße Knochen.

Die Marabunta-Herausforderung. Die Androhung von Gewalt ließ Eviane innehalten. Ihr schwindelte; sie blieb stehen, hielt sich an einem Geländer fest und schloß die Augen.

Keine Gewalt. Keine Schmerzen. Nur Spaß. Oder? Niemandem passiert etwas …

Reine Selbstverteidigung. Nachdem die Pläne des Kabals durchkreuzt worden waren, dürstete es nach Rache. Der Terichik …

Sie öffnete die Augen wieder. Der Schmerz in ihrer Brust ließ nach. Vielleicht hätte sie gar nicht herkommen sollen.

Sie schüttelte den Gedanken ab. Sie hatte schon einige nette Leute kennengelernt, von Charlene Dula einmal ganz abgesehen. Charlene war ein Wunder, ein echtes, zwei Meter und zehn großes Elfenwunder. Aber Max Sands war auch nett. Und er schien sie zu mögen. Vielleicht hätte sie mit ihnen gehen sollen.

Wie könnte dich jemand mögen? wies die Stimme sie sofort zurecht. *Du bist eine Mörderin. Eine Verrückte. Und wenn sie dich finden, stecken sie dich dorthin, wo die Vögel nicht singen und die Sonne nicht scheint und der Schlaf in schwarzen Kapseln mit kleinen weißen Streifen kommt.*

Sie schluckte und wollte die Stimmen zurückdrängen. Sie wurden zwar leiser, verschwanden aber nicht. Sie verschwanden niemals.

Aber immerhin konnte Eviane sich soweit zusammenreißen, daß sie weitergehen konnte. Komme niemals zu spät zu einer Unterweisung …

»Ich war noch nie hier«, sagte einer der Spieler, die in Gruppen zusammenstanden. Er war etwa einen Meter und fünfundsiebzig groß, schwarz und untersetzt. In der einen Hand hielt er ein Glas, in der anderen einen Teller mit Sandwiches. Er trug eine pseudo-militärische Uniform, die um die Hüften zu eng war; sein Namensschild wies ihn als *F. Hebert* aus. »Aber nach allem, was ich sehe, ist die Sache viel zu teuer.«

Eine stämmige, überaus hübsche Blondine mit dem Namensschild *Trianna* hielt sofort dagegen. Sie mochte übergewichtig sein, doch das glichen ihr Selbstvertrauen und ihr wunderschön geschnittener blauer Hosenanzug wieder aus. Aber da war noch etwas ... ein Gefühl der entfesselten Sexualität, das Eviane augenblicklich abschreckte. »Womit wollen Sie den Park vergleichen, wenn Sie noch nie hier waren?«

Triannas Opfer war überwältigt. »Äh ... mit anderen Vergnügungsparks.«

»Können die wirklich solche Attraktionen bieten?«

»Na ja ...«

Sie schnaubte verächtlich. »Wie es heißt, kostet die Sache mehr, als Sie bezahlen. Sie schlagen die Verluste der Forschungsabteilung zu und versuchen, sie mit Kassettenspielen hereinzuholen.«

F. Hebert wanderte ungehalten davon.

Eviane winkte Charlene zu, die die meisten, wenn nicht sogar alle Spieler überragte, und wanderte weiterhin am Rand der Menschentraube entlang. Ihr fiel ein Junge mit schmalem Gesicht auf, ein Bursche nur aus Haut und Knochen. Kevin. Sie erinnerte sich von dem Teergruben-Spiel an ihn.

Fat Ripper, so nennen sie es; aber nicht alle von uns sind übergewichtig. Fehlverhalten beim Essen. Körpermißbrauch ... Der Schwarze hatte zwar ein rundes Gesicht, war aber kaum zu fett. Doch irgendwie kam er ihr trotzdem nicht ganz geheuer vor.

In einer Ecke des Raums erklang Gelächter, und Eviane drehte sich zu dem Geräusch um und sah, wie ein kleiner Derwisch gerade eine komplizierte Pantomime beendete. Sie kannte diesen Mann; wer würde ihn auch nicht kennen? Johnny Welsh, einer der Spieler von *Kodak Playhouse*. Er galt als brillanter Komiker, doch sie erinnerte sich, gehört zu haben, daß er einen lukrativen Fernsehvertrag verloren hatte, weil keine Gesellschaft ihn versichern wollte. Zu viel überschüssiges Gewicht ...

Er lachte nun. So hatte sie ihn hundert Mal gesehen; sein rotes Gesicht war schon zu einer Art Markenzeichen geworden. »Und wenn sie wollen, daß ich abnehme, hätten sie mir bei den Verhandlungen keine Pasta servieren dürfen. Wenn ich eine ansehe, schreit sie mir einfach zu: ›Iß mich!‹« Er kauerte, von seinen Fans umgeben, nieder und blinzelte zu ihnen hoch. Mit italienischem Akzent sagte er: »›Johnny! Hier bin ich! Magst du mich nicht mehr?‹«

In der entgegengesetzten Ecke plärrte Musik auf, und mehrere Paare bewegten sich auf der Tanzfläche nach den Klängen der neuesten Verschmelzung indonesischer und lateinamerikanischer Musik.

So nette Leute, dachte Eviane. Das wird eine lustige Sache werden!

Wenn nicht etwas schiefgeht.

Ihr Atem geriet außer Kontrolle, und sie erflehte Magie, Magie in Form einer schwarzen Pille mit weißen Streifen darauf. *Das ist doch sinnlos. Laß die Vergangenheit ruhen. Was bringt es dir?*

Aber ich muß es wissen. Ich muß es wissen.

In jeder Ecke des Raums befanden sich Überwachungskameras. Sie sammelten Informationen über Eßgewohnheiten, Gesprächsmuster und das zwischenmenschliche Verhalten eines jeden Spielers. Die Daten wurden aufgezeichnet, verglichen und auf hundert verschiedene Arten verarbeitet. Computerprogramme wogen Worte und Wortmuster ab. Pro Teilnehmer war ein Techniker abgestellt, der alle Daten begutachtete.

Die Informationen gingen an Ernährungswissenschaftler, Psychotherapeuten, Verhaltensforscher, neurolinguistische Programmierer und die Computerexperten, die alle Aktionen koordinierten.

Und sie kamen auf einen weiteren Schreibtisch.

Hinter diesem Schreibtisch saß ein nachdenklicher Mann. Er runzelte jedesmal die Stirn, wenn eine Kamera das Gesicht der Frau streifte, die sich »Eviane« nannte. Ihr zerzaustes Haar war früher einmal sehr gepflegt gewesen, ihr Körper anmutig, die nun verwirrten, ängstlichen Augen aufmerksam.

Der Traumpark akzeptierte zwar Spielnamen, verlangte aber auch den echten. Diese Frau hatte in ihrer Akte den Namen ›Michelle Rivers‹ angegeben.

Lügen, die Lügen nach sich zogen.

Der Mann hielt das Foto einer jüngeren, schlankeren, hübscheren Frau in der Hand, ein Foto, das er einer acht Jahre alten Akte entkommen hatte. Sie trug den Namen »Michelle Sturgeon«. Es gab Unterschiede, doch die Übereinstimmungen waren nicht zu leugnen.

Unter dem Bild von Michelle Sturgeon befand sich ein kurzes psychologisches Gutachten, das die Experten des Traumparks erstellt hatten. Er fuhr mit einem zitternden Finger über die Zeilen.

Vor acht Jahren hatte Michelle Sturgeon einen Traumpark-Schauspieler getötet und mehrere andere schwer verletzt. Ihr *Alter ego*, eben ›Eviane‹, war jedoch eine Abenteurerin, die sich gegen böse Zauberer geschützt hatte. Anscheinend war die ›Eviane‹-Persönlichkeit zur dominanten Identität geworden.

Wie war sie an der Sicherheitsabteilung des Traumparks vorbeigekommen? Der Name ›Rivers‹ hätte niemanden täuschen dürfen.

»Sie kam mit Charlene Dula. Na schön, sie wollten Charlene nicht aufbringen, sie brauchen das Geld ihres Onkels für den Mars. Also keine gründliche Sicherheitsüberprüfung?« Das klang nicht überzeugend. »Nein, verdammt. Griffin läßt sich von politischen Ränken nicht aufhalten. Was ist also passiert? Vielleicht hat Fekesh ihre Akte manipuliert.« Die Stimme des Mannes zitterte. »Aber falls ja, warum? Denn wenn Harmony und Griffin die Flagge gesehen haben ... hm. Er hatte Angst, sie würden sie irgendwie benutzen. Aber warum zum Teufel hat Fekesh mir nichts gesagt? Verdammt, verdammt.« Er öffnete ein Röhrchen mit Kopfschmerztabletten und schluckte zwei ohne Wasser. »Warum jetzt? Da kann ich nie ruhig schlafen. Was für ein Spiel ...«

Er riß sich zusammen und drängte die Panik zurück. Das Büro war leer und, abgesehen vom Licht des Holoschirms, dunkel. »Ganz ruhig«, murmelte er. »Ich werde damit fertig. Sie ist also zurück. Es ist keine Falle, nur ein Zufall. Sie weiß nichts. Ich kann sie hinauskriegen.«

Er ließ Evianes Akte über den Bildschirm rollen und las sie langsam durch; er war solch eine Tätigkeit nicht gewohnt. »Fekesh muß mir helfen. Er hat genauso viel zu verlieren ...« Schließlich seufzte er. »Na schön. Es begann im Fimbulwinter-Spiel. Da kann es auch enden. Sie fliegt raus. Tot.«

Er drückte auf einen anderen Knopf, und der Bildschirm wurde dunkel.

Viertes Kapitel

DIE PSYCHOLOGIE DER KAMPFHANDLUNG

Das Aroma frisch gebrühten Kaffees hing in der Luft. Alex wandte den Blick von der Kanne ab und stürmte in sein Büro. Die westliche Wand blinkte im Alarmmodus. Das Stimmengewirr wurde leiser, als sich die Tür schloß. Er ging um den Schreibtisch, und als sein Gewicht den Stuhl berührte, erhellte sich der Bildschirm.

Cary McGivvon, Griffins neue Assistentin, erschien darauf. Ihr ovales Gesicht war von Panik verzerrt. »Chef, wir haben ein Problem ...«

»Wir haben immer Probleme. Wenn es kein Notfall ist, fällt es unter die Kategorie ›B‹. Kümmern Sie sich selbst darum.«

»Es ist ein Notfall.«

»Ist es das nicht immer? Atmen Sie tief durch und erstatten Sie mir Bericht.«

Cary tat wie geheißen und wischte sich ein paar braune Haarsträhnen aus den Augen. »Tja, wir hatten eine Prügelei. Delegierte der pan-afrikanischen und der libyschen Gruppe. Beide behaupten, die anderen hätten angefangen. Chef, sie wollten sogar abreisen.«

»Was hat die Psychologie-Abteilung unternommen?« McGivvon konnte zwar schuften, verlor manchmal jedoch den klaren Kopf. Warum belastete sie ihn damit? Er hatte keinen Einfluß auf die Taten dieser Verrückten.

»Vail hat sie bereits in das War-Bots-Szenario eingeschleust.«

»Toll. Dafür hat er es ja entworfen. Wetten, daß er sich freut, es endlich anwenden zu können?« Der Kaffeegeruch aus dem Vorzimmer war verführerisch. »Und?« fragte er.

»Chala und Razul kämpfen die Sache jetzt aus, aber die anderen sind noch ziemlich geladen.« Jetzt, wo sie das Problem auf ihn abgewälzt hatte, entspannte sie sich etwas. Er schaltete den Bildschirm aus.

Er fand sich noch nicht wieder völlig in der echten Raumzeit zurecht. Die Geräusche und Bilder von der Erschaffung des Mars hafteten in seiner Erinnerung; wenn er auch nur einen Moment lang die Augen schloß, explodierte die Dunkelheit zu Licht.

Cary erschien auf der Schwelle. Er achtete nicht auf ihren mißmutigen Gesichtsausdruck und starrte auf den dampfenden Becher in ihren Händen. Würde sie das vor seinen Augen trinken? Konnte sie so grausam sein?

»Sieht aus, als bräuchten Sie den dringender als ich, Chef.«

»Sie sind ein Engel«, sagte er dankbar. »Erschießen Sie Ihren Mann und ziehen Sie zu mir. Am Tag des Jüngsten Gerichts werden Sie ganz vorn marschieren.«

»Danke. Vielleicht hilf mir das, wenn mein Boß beim nächsten Mal drei Stunden lang verschwunden und nirgendwo erreichbar ist.«

Touché. Er nippte an dem Becher und verzog dann das Gesicht. »Nur halbvoll?«

»Ich habe an Ihr Magengeschwür gedacht.«

Er leerte den Becher. Verdammt, das tat gut. Entkoffeinierter Kaffee schmeckte eben nie so gut wie echter. »Geben Sie mir eine Minute, um das zu verdauen. Es kam doch nicht zu Gewalttätigkeiten, oder?«

»Vielleicht sollten Sie sich die Bänder selbst ansehen.«

»Schicken Sie sie mir rüber. Und alle Neuigkeiten in der Sache Dula.«

Es gab einfach zu viel zu tun. Das Panoramafenster hinter seinem Schreibtisch bot einen Ausblick auf die San Gabriel Mountains, doch mit einem Knopfdruck konnte er jeden gewünschten Teil des Traumparks auswählen. Seine Finger spielten mit der Tastatur, und das Fenster teilte sich in Sektionen.

Alex sah sich die Aufnahme der Szene an. Durch eine an der Decke einer Cafeteria angebrachte Kamera beobachtete er, wie zwei Gruppen, alles Afrikaner, aufeinander einschrien. Er erkannte Razul, den Libyschen Botschafter; also mußte es sich bei der anderen, größeren Gruppe um die Pan-Afrikaner handeln. Mitunter hielten sie inne, um nach Worten zu suchen; die Sprachbarriere trieb sie zum Wahnsinn. Ihre Übersetzer versuchten zu beschwichtigen. Jetzt erschienen Sicherheitskräfte und trennten sie voneinander ...

Der Zwischenfall war schnell bereinigt worden. Wer hatte die Aktion geleitet?

»Zoom.« Ein Bildausschnitt vergrößerte sich, und er erkannte Mitch Hasagawa. Ein guter Mann für solche Einsätze, der Griffin an Marty Bobbick erinnerte, bevor Marty einen Schreibtischposten bekommen hatte.

Er vergrößerte das zweite Bildfenster. Es zeigte eine Nahaufnahme Razuls, des Arabers. Griffin erinnerte sich an ihn; er hatte seine Mitarbeiter auf ihn aufmerksam gemacht. Razul war Kareem Fekeshs Mann. Obwohl Fekesh ein Finanzimperium aufgebaut hatte, hieß es von ihm, er sei einer der wichtigsten Unterstützer des Heiligen Feuers, der radikalen politischen Sekte, die aus der Vereinigten Moslemischen Aktivistenfront entstanden war. Es gab keine Beweise, doch ...

Das Heilige Feuer hatte ganz offen Charlene Dulas Leben bedroht. Man hätte Fekesh niemals erlauben dürfen, sich dem Park auch nur auf zehn Kilometer zu nähern, doch sein

Einfluß hatte zahlreiche radikale arabische Sekten hergelockt, die womöglich einige Milliarden Dollar investieren würden. Genug Geld, um die Stimme eines Sicherheitschefs zu ersticken.

»Fünf Minuten bitte keine Störungen, Cary. Ich muß mal durchatmen.«

»Alles klar, Boß.«

Griffin schaute über das Tal hinaus. Er erhob und streckte sich. Die Sonne stand tief, und die Schatten der Berge krochen langsam auf den Traumpark zu. Es gab einfach zu viel zu tun, und alles war zu verdammt wichtig, nicht nur für die Cowles Industries, sondern für die gesamte Menschheit. Afrika konnte vielleicht eine Lektion für sie alle sein. Vielleicht hatten die Grenzen der Nationalstaaten und Gruppierungen die Chancen für diesen müden Planeten gesenkt. Seit über einem Jahrhundert beherrschte die Menschheit die Atomkraft, doch bislang waren erst vier Atombomben in Kriegen eingesetzt worden. Göttliche Intervention, Glück oder ein Zeichen dafür, daß die menschliche Rasse allmählich erwachsen wurde?

Fast über die gesamte Geschichte hinweg hatte die Militärtechnologie das menschliche Wissen vorangetrieben. Erst der Sprung ins All verlangte den natürlichen und intellektuellen Quellen der Menschheit mehr ab. Das Mars-Projekt war der kostspieligste Traum in der Geschichte der Menschheit, ein so großer Traum, daß er vielleicht eine neue Weltsicht schaffen und alle Regierungen zur Zusammenarbeit bringen würde. Das Projekt würde Millionen neue Arbeitsplätze schaffen und Milliarden Dollar in Umlauf bringen. Es konnte zu einem Neubeginn werden.

Die Tür schwang auf, und Marty trat ein. »Das reinste Irrenhaus, Boß.«

Nicht mal fünf Minuten bleiben mir, dachte Alex und unterdrückte seinen Zorn. »Es wird jede Minute verrückter. Was nun?«

»Wir haben die IFSG auf Leitung 3. Wir müssen die Sache gemeinsam klären.«

»Lieber Gott, warum ich?«

Die Frage überraschte ihn. »Du hast schon ein Spiel mitgemacht. Ich brauche deine Hilfe.« Ohne auf Alex' Zustimmung zu warten, beugte sich Marty über den Schreibtisch und stellte die Verbindung her.

Die scharfen Gesichtszüge von Arlan Myers erschienen auf dem Schirm. Das Mann sah ständig aus, als habe er gerade eine Zitrone im Mund. »Mister Griffin«, sagte Myers mit einem leisen Anflug von Abscheu. Wo war Myers? In New York? Und wie spät war es dort?

»Tut mir leid wegen der späten Störung«, sagte Griffin. Er fragte sich, ob man Myers aus dem Bett geholt hatte. Myers war der amtierende Satyr der Internationalen Fantasy-Spiel-Gesellschaft, und einen Augenblick lang schweiften Alex' Gedanken zu der offiziellen IFSG-Kama Sutra ab. »Wir werden in ein paar Stunden mit dem modifizierten Fimbulwinter anfangen. Haben Sie sich die Bänder schon angesehen?«

»Natürlich«, erwiderte Arlan indigniert. »Eine Weiterentwicklung des alten Fimbulwinter-Szenarios.« Zum ersten Mal hellte sich sein Gesicht etwas auf. »Ziemlich clever gemacht. Ich habe vor ein paar Jahren mitgespielt, als die beiden Lopez die Kontrollsequenzen entworfen hatten.« Er schüttelte bedauernd den Kopf. »Für Anfänger ist es jetzt viel zu kompliziert. Ich muß eingestehen, daß ich die Methode hinter diesem Wahnsinn nicht ganz verstehe.«

Der Bildschirm unten links erhellte sich und zeigte Dr. Vail. Er war vierundsechzig, sah aus wie achtunddreißig, war schlank, wettergegerbt und verbreitete die typische »Ich-bin-gesünder-als-du!«-Einstellung der Kalifornier. Seine blauen Augen leuchteten immer hell und aufmerksam. »Da bin ich ja zur rechten Zeit gekommen. Mister Myers, ich freue mich, Sie endlich kennenzulernen. Ihre Arbeit über die Psychologie der Kampfhandlung war richtungsweisend bei der Entwicklung unserer Verhaltensforschungsprogramme.«

»Doktor Vail.« Arlan nickte andeutungsweise. »Was hat meine kleine Abhandlung der Spieltheorie mit Gewichtsverlust zu tun?«

Vail lächelte. »Sie haben die Spieltheorie über die Mathematik der Durchdringung, Umhüllung und Konfrontation hin zu den Aufmerksamkeitsmustern entwickelt, die eine Begegnung beeinflussen. ›Rhythmen den Konzentration‹ haben Sie sie genannt.«

Alex lehnte sich fasziniert in seinem Sessel zurück.

Arlan wirkte geschmeichelt. »Ja, natürlich. Die menschliche Existenz ist zyklisch. Die Kreisbewegungen, die das menschliche Auge macht, wenn es versucht, sich auf einen bestimmten Punkt zu konzentrieren ... Die geistige Konzentration weist ähnliche Bewegungen auf. Einmal ganz abgesehen von Intelligenz oder Konzentration gibt es ›Tiefpunkte‹ in den Zyklen, wahrnehmungsmäßige blinde Flecke, bei denen Informationen einfach unbemerkt durchschlüpfen. Je erschöpfter wir sind, je stärker wir uns konzentrieren, desto größer werden diese Löcher.«

»Ja. Und Sie haben die Kampfhandlungen im ursprünglichen Fimbulwinter zeitmäßig so gestaltet, daß sie einige der offensichtlicheren Hinweise ›verbargen‹. Aus dieser Idee sind die Fat Ripper Specials entstanden. Wir beanspruchen die Spieler auf jeder Ebene, nur nicht auf der bewußt-analytischen. Sie glauben, der Sinn des Spiels sei Körperertüchtigung. Die Körperertüchtigung ist nicht die Medizin, sondern der Löffel.«

»Freut mich, daß Sie meine kleinen Ausführungen auf einer praktischeren Ebene verwenden konnten.« Arlan kicherte. »Aber Sie haben schon mehrere Ripper durchgeführt; warum ist das hier ein Problem?«

Nun meldete sich Alex zu Wort. »Wegen eines Sicherheitsrisikos muß ich einen unserer Leute in das Spiel einschleusen. Es besteht aus dreizehn Spielern und bis zu dreiundvierzig Schauspielern, die teilweise in mehreren Rollen auftreten. Die meisten Spieler standen schon lange auf der Warteliste, bevor feststand, daß die Dula daran teilnehmen wird; in dieser Hinsicht gibt es keine Probleme. Die Schauspieler sind Angestellte des Traumparks und wurden überprüft. Der Park ist für gewöhnliche Touristen geschlossen.«

»Und wo genau liegt Ihr Problem?«

»Ich möchte nicht, daß Mister Bobbick getötet wird und

ausscheiden muß. Ich kann die Regeln aber nicht verändern, um ihm zu helfen.«

Arlan nickte. »Betrug bleibt Betrug, selbst für den besten Zweck.«

Marty rutschte unbehaglich auf seinem Stuhl hin und her. »Ich habe genug Spiele beobachtet. Mir kommt das gar nicht so schwer vor ...«

Arlan Myers lachte herzhaft. »Der Augenschein kann trügen, Mister Bobbick.«

Griffin erinnerte sich an das Spiel, an dem er teilgenommen hatte. »Ich frage mich, ob es möglich wäre, Marty die Spielpläne zu zeigen.«

»Auf keinen Fall!« sagte Myers. »Wenn er die Antwort kennt, wird er sie verraten.«

»Aber da es nicht um Punkte geht ...«

»Nein! Die anderen Spieler werden bemerken, daß er Glück oder Erfolg hat, und sich um ihn scharen.«

Dr. Vail kniff die blauen Augen zusammen. »Das stößt die ganze Struktur des Spiels um. Die Schauspieler sind geschult, ihr Wissen zu verbergen. Sie wären überrascht, wieviel die Körpersprache verrät.«

»Ich stimme mit Vail überein. Sie könnten das Gleichgewicht des gesamten Spiels zerstören.« Myers sah Marty an. »Wieviel Stunden haben Sie noch bis zum Spielbeginn? Drei?«

»Sieben. Der Zeitunterschied.«

Myers spitzte den Mund. »Tja, dann lesen Sie noch schnell *Ich machte die Gruben zu groß: Geständnisse einer Gottheit im Ruhestand*.«

»Die Biographie der beiden Lopez?«

»Ja. Die gibt Ihnen einen Überblick. Kennen Sie die Spielregeln?« Er zählte an den Fingern an. »Erstens, das Spiel dauert drei Tage, das heißt, zweiundsiebzig Stunden.

Zweitens, dreizehn Spieler nehmen teil.

Drittens, die Firma Wessler-Grahm hat eine Variante der üblichen Spielregeln für die Rippers erstellt. Obwohl sie von der IFSG nicht anerkannt werden, stellen sie eine gewisse Hilfe für die Teilnehmer dar. Eine neue Regel.

Viertens«, fuhr Myers fort. »Im Fall des Tods eines Spielers verliert er fünfzig Prozent aller gesammelten Punkte, fünfundzwanzig Prozent, falls er als *Tornrait*, als hilfreicher Zombie, ins Spiel zurückkehrt.

Fünftens, das Spiel wird nach jeweils sechzehn Stunden für acht Stunden unterbrochen ...«

»Aber das Programm läuft für vierundzwanzig Stunden pro Tag weiter«, unterbrach Dr. Vail.

»Ja, richtig. Sechstens, wegen der Natur des Spiels können die Essens- und Ruhepausen gestört oder unterbrochen werden.

Siebtens, das übliche Mondsichel-Symbol weist auf sanitäre Anlagen hin. Das ist alles.«

»Danke, Mister Myers«, sagte Dr. Vail. »Sie werden feststellen, daß unsere Anpassungen das Spiel interessanter machen. Ich kann mir nicht vorstellen, daß unsere Verbesserungen ...«

»Modifikationen«, berichtigte Myers höflich.

»... Verbesserungen die Sicherheitsvorkehrungen beeinträchtigen. Mister Bobbick, Sie werden vielleicht feststellen, daß Sie am Ende des letzten Tages müder als gewöhnlich sind. Das liegt daran, daß Ihr Gehirn einen ständigen Input erhält. Wir gleichen das mit der Nahrung aus ...«

»Wie bitte?«

»Nach neun Uhr abends gibt es nur noch Obst oder rohes Gemüse. So kann sich Ihr Verdauungssystem erholen, während Sie schlafen. Außerdem werden alle Teilnehmer in ihre Unterwäsche eingewebte Sender tragen, die ständig Herz- und Blutdruckwerte funken.

Tja, das wäre es für den Augenblick. Alles andere werden Sie während des Spiels erfahren.«

Die beiden Bildschirme erloschen. Griffin trank den Rest seines Kaffees. »Was hältst du davon?«

Marty lächelte breit. »Weißt du, jahrelang wollte ich an einem Spiel teilnehmen, hab's aber nie getan. Jetzt habe ich die Chance dazu. Wetten, daß ich alle anderen schlage?«

»Ich habe eine andere Wette für dich. Nimm in acht Wochen zehn Kilo ab, und wir sprechen über die Gehaltserhöhung.«

Marty streckte zögernd die Hand aus. »Abgemacht.«

Griffin schüttelte sie ernst. »Es gilt also. Was machen die War-Bots?«

Marty rieb sich die Hände. »Sieh doch selbst.«

Griffin drückte ein paar Knöpfe, und das Fenster erhellte sich und ...

Razul saß in einer winzigen Kabine hinter einem Kontrollpult. Er spürte jeden donnernden Schritt des War-Bots bis in sein Rückgrat.

Der feindliche War-Bot schoß, von Andrew Chala gesteuert, auf ihn zu, sechzig Meter groß, tausend Tonnen mechanisierten Donners, und schwang eine riesige Faust.

Razul ging zu Boden und brachte dabei eine Häuserreihe zum Einsturz. Er rollte durch einen Park und dann in ein Wohnhaus. Schreiende Menschen flohen oder wurden zerquetscht, als er sich wieder aufrichtete.

»Hast du dir nie gewünscht, einen Krieg allein auszufechten? Du als einziger General und einziger Krieger. Kein Verbündeter, der dich betrügt, kein Untergebener, der durch einen Fehler deine Pläne zum Scheitern bringt. Der Krieg auf sein grundlegendes Prinzip zurückgeführt!«

Der Trottel von Psychiater glaubte, Razuls Gedanken zu kennen. Er irrte sich. Razul hatte die War-Bots-Herausforderung akzeptiert, obwohl er Vails Spiel durchschaute.

Er erblickte seinen Feind hinter den Trümmern. Sie waren übereingekommen, ohne Fernlenkraketen zu kämpfen, aber man konnte ja improvisieren. Razul schleuderte einen Betonträger auf seinen Feind.

Bei den heiligen Bergen Allahs! Die Diener des Traumparks hatten gewalttätige, blutige Träume. Würde er nicht die Schreie hören, könnte er die Schlacht genießen, sich darauf konzentrieren, Andrew Chala zu zerschmettern. Doch es wurden Unbeteiligte verletzt, kleine Leute, und er empfand deshalb Scham und Schuld.

Schweiß rann sein Gesicht hinab, als er sich auf den Angriff vorbereitete. Die große, rotschwarze Maschine seines Feindes lief praktisch auf ihn zu. Wenn Chala diese Geschwindigkeit beibehielt, würde er …

Ihr rechter Fuß sank plötzlich bis zum Knie ein!

Razul schrie trotzig auf und holte zum Schlag aus. Chalas Robot hatte das Gleichgewicht verloren. Er traf ihn unterhalb der Kehle. Und jetzt ducken, während der andere ausholte …

Wo Chalas Robotfuß in die Erde eingedrungen war, blitzte weißes Licht auf. Das Erdreich explodierte. Razul drohte zu stürzen. Er konnte sich vorstellen, was passiert war. Chala war in den Chunnel getreten, den Vakuumtunnel zwischen England und Frankreich. Ein Zug mußte mit gewaltiger Geschwindigkeit gegen das Bein geprallt sein und hatte es abgetrennt. Tausende Tote in einem Sekundenbruchteil.

Razul versetzte seinem Feind drei harte Schläge und hatte gewonnen. Er weinte wie ein Kind, als er sich aus der Kabine kämpfte. Der Krieg auf sein grundlegendes Prinzip zurückgeführt. Keine Ehre, nur Erschöpfung, Tod und Blut. Der Krieg auf sein grundlegendes Prinzip zurückgeführt. Oh, ihr Hundesöhne!

Er sah, wie Andrew Chala aus dem riesigen Robot kletterte. Chala schluchzte hilflos.

Wir müssen den Krieg vom Mars fernhalten, sagte sich Razul. *Und wir werden es auch schaffen. Ich werde mit Chala sprechen … später.*

Fünftes Kapitel

WER ES FÄNGT, DARF ES BEHALTEN

»Bewegt euch!«

Max Sands lief, so schnell er konnte. Was war …? Wer war …? Vor einem Augenblick wollten er und die anderen sich zur Unterweisung begeben, dann hatte ein Alarm die Ruhe des Ganges zerrissen, und sie waren in einen verwirrten Laufschritt gefallen. Was war passiert? Er hatte Gerüchte gehört, verrückte Araber hätten es auf das Mondmädchen abgesehen. Hatten sie ...

Max und die Körperertüchtigung waren uralte Widersacher. Sein Herz hämmerte, während hinter ihm Eviane keuchend aufholte. Ihre Freundin, Mondmädchen Dula, bewegte sich wie auf Stelzen, hielt aber mit.

In weiter Ferne hörte er Schüsse. Der Tunnel erzitterte und endete dann vor einem Schott. Eine Reihe von Spielern hatte es schon erreicht.

Der Bursche, der sich ›Hippogryph‹ nannte, drückte dagegen. Schweiß rann seine Wangen hinab, und er atmete bewußt durch die Nase ein und ganz langsam wieder aus. Er benahm sich, wie man sich einen typischen Spieler vorstellte: ständig ein Grinsen und Zitate von Asimov und Chang auf den Lippen sowie unentwegt Anspielungen auf Luke Skywalker und Frodo. Max vermutete, daß er ein Aufpasser der Sicherheitsabteilung war und ein Auge auf Charlene Dula halten sollte.

Bruder Orson stolperte, und eine große, verdächtig hübsche Blondine namens Trianna Stith-Wood hielt ihn fest. Ihre Arme waren kräftig; sie hatte ein unschuldiges Gesicht, kleine weiße Zähne und ein ganz bezauberndes Lächeln.

Zwei weitere Spieler stießen zu ihnen. Francis Hebert war ein kleiner, dunkelhäutiger Berufssoldat. Er lief leichtfüßig. Der zweite war Oliver der Franke, ein Spieler, den man, obwohl er noch Straßenkleidung trug, sofort als Krieger reinsten Wassers erkannte.

Ein Schwall kalter Luft schlug Max ins Gesicht. Spielte die Klimaanlage plötzlich verrückt?

Die Tür öffnete sich, und eine schlanke Frau in einer adretten roten Uniform sah sie ängstlich an. »Schnell!« rief sie. »Die Wachen können die Kannibalen nicht mehr lange zurückhalten!«

Kannibalen? Max sah sich um. Zwei uniformierte Wachposten hatten hinter ihm das Feuer eröffnet, einer schwarz und schlank, einer weiß und untersetzt. Der Weiße griff sich ans Knie und brach zusammen. Mit schmerzverzerrtem Gesicht kroch er zum Schott.

Trianna, Orson und Oliver drängten sich hindurch.

Charlene Dula wirbelte herum, und Max hielt sie am Arm fest. »Das ist die falsche Richtung!«

»Aber dieser Mann ist verletzt!«

Max zog sie zur Tür. Hippogryph hielt ihn dabei genau im Auge. Er gehörte bestimmt zum Sicherheitsdienst!

Die Besorgnis auf Charlenes Gesicht verwandelte sich plötzlich in Entsetzen. Eine Horde Menschen in zerfetzter Kleidung bog um die Ecke, ergriff den verletzten Wachposten und schleppte ihn davon. Seine Schreie wurden lauter und brachen dann abrupt ab.

»Bringt das Ding hoch!« bellte der zweite Soldat sie an.

Die Kannibalen näherten sich wieder, als er einen silbernen Zylinder aus dem Gürtel zog, an einer Öse zerrte und ...

Endlich schien Charlene zu begreifen. Sie zwängte sich durch das Schott; es gehörte nun zu einem Flugzeug.

Der Soldat wurde von den Füßen gerissen, als die Handgranate explodierte; der Tunnel brach ein, und es sickerte etwas hindurch ...

Schnee?

Ein Schneesturm schlug eiskalte Luft in sein Gesicht und warf ihn von der Tür zurück. Der Soldat kletterte in das Flugzeug, das dunkle Gesicht nun weiß verkrustet, und zog die Tür zu. Max warf einen letzten Blick durch das Fenster. Schreiend stürzten die Menschenfresser in Risse im Boden und verschwanden.

»Alles anschnallen, wir starten.«

Max sah sich nach Atem ringend um. Den anderen ging es kaum besser; Hebert mußte Johnny Welsh hineinziehen. Der Komiker keuchte, erholte sich aber schnell.

Es gab insgesamt vier Sitze, und durch die Fenster konnte man Tragflügel ausmachen. Max hatte keine Ahnung, was Flugzeuge betraf, doch dieses hier schien ziemlich alt zu sein, vielleicht ein kleiner Überschalljet. Hinten hatte man Sitze entfernt und bis an die Decke Frachtkisten gestapelt. Niemand schien zu wissen, was hier vor sich ging, aber alle kamen dem Befehl nach. Max setzte sich gegenüber von Charlene und Eviane neben Oliver den Franken.

Charlenes Größe zwang sie, die Knie vor die Brust zu ziehen, und Eviane half ihr beim Anschnallen. Charlenes Stimme war ein hektisches Piepsen. »Eviane, was ist hier los?«

Eviane lächelte unbehaglich. »Scheint das Ende der Welt zu sein.«

Max empfand Bewunderung für sie. Inmitten von Panik und Totschlag schien sie die Ruhe zu bewahren. Irgend etwas hatte die stille, in sich gekehrte Eviane des Zeitreise-Spiels verändert.

Rumpelnd rollte das Flugzeug von einem, wie Max nun ausmachen konnte, in Trümmern liegenden Flughafen-Terminal. Das Dach bog sich unter einer hohen Schneedecke.

»Wir haben Glück, daß der Sturm nachläßt«, sagte die Stewardeß. Sie wirkte erschöpft. »Wir sind das letzte Flugzeug, das San Francisco verläßt. Ich weiß nicht, was aus den anderen wird, kann nur hoffen ...«

Sie verstummte und rieb sich die Augen; anscheinend hatte sie seit Tagen nicht mehr geschlafen.

Das Flugzeug startete. Schneeflocken wirbelten vor den Fenstern, als es sich in steilem Winkel erhob. Max sah an Oliver dem Franken vorbei aus dem Fenster; Häuser und Autos waren schon spielzeuggroß. Als die Maschine eine lange Kurve nach rechts zog, stellte Max fest, daß das gesamte ehemalige Prunkstück der Westküste in Trümmern lag. Die Brücke über die zugefrorene Bucht, in der Schiffe festlagen, war zusammengebrochen, und die gesamte Stadt lag unter einem blauweißen Eismantel.

Studieren Sie die Eskimos, hatte er in der Spieleinführung des Traumparks gelesen. Nun begriff er allmählich den Grund.

Die Stewardeß schaltete ihr Mikrofon ein. »Das Wetter hat sich verschlechtert«, sagte sie. »Wir können nicht nach Süden fliegen; die Flughäfen von Los Angeles und San Diego sind versumpft. Texas und New Mexico schießen fremde Flugzeuge einfach aus dem Himmel. Der Südwesten ist auf so ein Wetter eben nicht vorbereitet. New York ist es besser ergangen; die sozialen Strukturen dort sind erhalten geblieben, während Kalifornien zusammenbricht. Seit Kanada die Ölpipelines beherrscht, können wir dort nicht mehr leben. Alaska ist unsere letzte Hoffnung.«

Das Flugzeug raste durch graue Wolken.

Eviane atmete scharf ein. Charlene runzelte die Stirn. »Was ist los?«

»Die Sonne!«

»Sie sieht doch ganz normal aus.«

Eviane starrte sie an und sah dann aus dem Fenster. »Sieht sie so von Ceres aus?«

»Ich … *oh!* Wenn sie für Ceres in Ordnung ist, dann … ist sie zu klein für die Erde. Nicht genug Licht.«

Max fluchte leise. Warum war ihm das nicht aufgefallen?

Zum ersten Mal seit der unterbrochenen Unterweisung im Turm der Nacht hatte er jetzt Gelegenheit, seine Mitspieler genauer zu mustern. Ein Mann erhob sich und stellte sich vor: »Mein Name ist Robin Bowles. Obwohl Sie es wahrscheinlich nicht wissen, bin ich Ihnen allen etwas schuldig.«

Eviane beugte sich vor. »Robin Bowles, der Schauspieler?« flüsterte sie. »*Er* ist unser Führer?«

Max erinnerte sich nur verschwommen an den Namen, kannte aber das Gesicht. Er lauschte gebannt. Als Spieler lernt man zuerst, daß man von jemandem in das Spiel eingeführt wird, in die Regeln, die Lage, die Mission. Wenn der Führer sprach, hörte man zu.

»Es ist fast zwei Jahre her, als ich dringend operiert werden mußte.« Bowles war etwa einsachtzig und kräftig, wo viele Spieler nur fleischig waren. Sein Haar und Bart waren lang und braun und wurden allmählich grau. »Wegen des Blutbank-Terrors im Jahr 54 herrschte eine akute Blutknappheit. Infizierte Spritzen, infiziertes Plasma … das gesamte System brach zusammen. Und Sie zehn haben Blut gespendet, das mir das Leben rettete.« Er seufzte, und sein Gesicht verdüsterte sich. »Dann begann die Sonne zu sterben.«

Sechs Worte, ganz nüchtern gesprochen, und dennoch bekam Max eine Gänsehaut.

»Nicht nur, daß die Sonne nicht mehr brannte. Keine Fusion, keine Neutrinos, verdammt, das sind Nachrichten vom letzten Jahrhundert. Aber jetzt wird die innere Wärme irgendwie abgeleitet. Innere Wärme verhindert, daß der Stern zusammenbricht. Die Sonne schrumpft. Ihre Oberfläche ist nicht dunkler, aber kleiner geworden.

Das Wetter veränderte sich. Ich blieb in San Francisco, bis offensichtlich wurde, daß die Stadt zusammenbrach. Und ich habe mich an Sie erinnert. Ich habe Sie aufgespürt und Ihnen angeboten, Sie mitzunehmen. Danke, daß Sie mein Angebot akzeptiert haben.« Die Aufrichtigkeit seiner Worte war offensichtlich. Er freute sich, seine Schulden begleichen zu können.

»Das Flugzeug ist vollständig ausgerüstet. Mir gehört eine Tierforschungsstation im Norden. Wir werden Wärme und Nahrung haben. Darüber hinaus ... Wir alle wissen, was uns erwartet. Uns und die Menschheit. Wir können nur hoffen, daß jemand eine Antwort findet. Einige von Ihnen haben technische Fähigkeiten.«

Er nahm eine Handvoll Schnellhefter, schritt durch den Gang und verteilte sie. »Das sind Ihre Dossiers. Bitte berichtigen Sie alle falschen Informationen. Wir müssen uns völlig aufeinander verlassen können. Wir sind eine völlig geschlossene Gesellschaft.«

Max brach das Siegel seines Hefters mit dem Daumen. *Max Sands. 1 m 88. 145 kg. Therapeut.* Was, zum Teufel, bedeutete das? Aber es klang interessanter als das, was er wirklich tat. Er kannte den Burschen in dem Hefter nicht, doch er gefiel ihm bereits besser als der im Spiegel. Dieser Max Sands war zurückgeblieben, als der Schneesturm San Francisco zerstörte ...

Er schielte zu Charlene hinüber. Was für eine Identität hatte sie? Sie wäre eine perfekte Elfe aus einem Buch von Tolkien, doch in diesem Spiel gab es keine Elfen.

Max schloß die Augen. Er konnte sich das Szenario nur allzu gut vorstellen. Das Wetter wurde kälter, der Anfang vom Ende der Menschheit auf der Erde. Aber was wurde aus den Menschen im All, die ja auch vom Sonnenlicht abhängig waren?

Sein Überleben würde von den Männern und Frauen in

diesem Flugzeug abhängen. Er stellte sich vor, wie sie lernten, einen Schneepflug zu bedienen, in Treibhäusern zu arbeiten, einen Reaktor zu bedienen …

Das Dossier wies Oliver den Franken als Sergeant der Polizei von San Francisco aus. Eine gute Rolle für ihn …

Oliver sah zu ihm hinüber. »He, Sie sind Mister Mountain?« flüsterte er. »Im Holovid sehen Sie größer aus.«

»Sie wissen es anscheinend als einziger«, erwiderte Max ruhig. »Behalten Sie es bitte für sich, ja?« Verdammt, er hatte gehofft, niemand würde ihn erkennen …

»Na klar. Wir spielen doch alle Rollen, oder?« sagte Oliver kichernd und wandte sich wieder seinem Dossier zu.

Ein seltsamer Kommentar. War Oliver Spieler oder Schauspieler?

Die Wolken waren dünne Schleier, die vorbeizogen, ohne Feuchtigkeit auf den Fenstern zu hinterlassen. »Seattle«, sagte die Stewardeß. »Völlig tot. Erfrorene, unbegrabene Leichen.« Sie sprach auf ein Tonband, bemerkte, wie Max sie anstarrte, und zuckte verlegen die Achseln. »Ich versuche, Aufzeichnungen zu machen. Es spielt wohl keine Rolle mehr, aber wenn alle die Hoffnung aufgeben …«

Die Triebwerke polterten so leise, daß er es beinahe nicht bemerkt hätte. Dann liefen sie wieder gleichmäßig, und er fühlte sich gleich besser. Verdammt, er wußte, daß der Traumpark ihn mit Geräuschen, mit unterschwelligen visuellen Nachrichten und, falls die Gerüchte zutrafen, auch mit Gerüchen manipulierte. Und nicht nur seine Stimmung, auch die aller anderen war schlagartig besser geworden. Sie saßen jetzt aufrecht in den Sitzen, die Augen vor Entschlossenheit leuchtend.

Bowles nickte. »Wir werden überleben. Jeder von uns wird über seine Grenzen hinauswachsen.« Er sprach ganz bewußt, fast wie ein Hypnotiseur, den Max einmal in einem Holo gesehen hatte. »Horchen Sie in sich hinein. Sie wissen ganz genau, daß wir es schaffen werden. Denn wenn Sie dieses Gefühl nicht haben, wird alles umsonst gewesen sein.« Bowles suchte den Blickkontakt mit ihnen. Als Max an der Reihe war, schien er in einem Meer des Trostes zu versinken, und erst, als er abrupt wieder an die Oberfläche kam, merkte er, daß Bowles die ganze Zeit über gesprochen hatte.

»... Hilfe, um die gebeten wird, ganz gleich, welche. Einverstanden?«

»Ja!« antworteten die Spieler im Gleichklang. Max war zu verlegen einzugestehen, daß er nicht wußte, wofür er eigentlich zustimmte. Aber den verwirrten Gesichtsausdrücken der anderen nach zu urteilen, war er nicht der einzige, der es nicht mitbekommen hatte.

Etwas wurde von hinten weitergegeben. Max roch scharfen Käse und Fleisch, und das Wasser lief ihm im Mund zusammen. Während er auf seine Portion wartete, merkte er plötzlich, daß das Flugzeug erzitterte.

»Hier spricht Ihr Kapitän. Unser Sprit wird knapp. Wir werden bei einem Treibstoffdepot südlich von Bethel zwischenlanden. Bitte schnallen Sie sich an.«

Das Vibrieren ließ nach; der Pilot hatte Geschwindigkeit zurückgenommen. Durch das Fenster konnte Max den Boden sehen, eine gewaltige weiße Ausdehnung, gesprenkelt mit ein paar rechteckigen Gebäuden. Zur Linken erhob sich ein scharfer, schwarzer Kamm, und dahinter weitere Rechtecke auf dem weißen Tuch. Ein Eskimo-Dorf?

Ein heftiger Windstoß erfaßte das Flugzeug, und mehrere Spieler umfaßten mit weißen Knöcheln die Sitze.

Max warf Eviane einen verstohlenen Blick zu. Sie blinzelte mit ihren smaragdgrünen Augen, während sie unter dem Tragflügel hinwegschaute. Das Flugzeug legte sich gerade und setzte auf einem Schneebett auf. Auf beiden Seiten wirbelten weiße Flocken auf. Sie wurden langsamer und glitten auf zwei schneebedeckte Zapfsäulen zu.

Dann war es, als hielte die Hand eines bösartigen Riesen die rechten Räder fest. Max wurde in die Sicherheitsgurte geschleudert, als die Maschine wie trunken ausschlitterte, direkt in die Pumpen raste und sie abriß.

Danach folgte das halbe Treibstoffdepot. Ein dicker Metallsplitter grub sich in die Flugzeughülle. Max hörte den

Aufprall und sah, wie in Höhe seiner Knie etwas durch die Kabinenwand brach. Er zog die Knie hoch, und die scharfe Stahlkante zischte vorbei.

Ein durchdringender Treibstoffgeruch erfüllte die Luft. »Raus!« schrie die Stewardeß sie an. »Die Notausgänge befinden sich vorn und in der Mitte. Nehmen Sie nur die linken Ausgänge!«

In der Passagierkabine breitete sich Chaos aus. Alle griffen nach ihrem Gepäck. Kopilot und Pilot stürmten aus dem Cockpit und erreichten die Tür vor der Stewardeß. Sie zogen an Hebeln, und die Seitentüren öffneten sich. Abrupt fiel die Temperatur. Zischend wurde eine Notrutsche ausgefahren.

Der Kopilot sprang auf die Rutsche und verschwand außer Sicht. »Alles klar!« rief er dann. »Kommt!«

Der Pilot half Robin Bowles auf die Rutsche. Mit einem Schrei schlitterte er hinab und kam im Schnee zu liegen.

Max war der nächste, dann folgten die anderen im Abstand von je vier Sekunden. Er zählte Köpfe; alle bis auf den Piloten, die Stewardeß und den Wachposten waren draußen. Die drei warfen Gegenstände aus der Tür, Kartons und Kisten. Auf mögliche Schäden nahmen sie keine Rücksicht; die Zeit drängte.

»Ich habe tolles Zeug mitgenommen!« brüllte Bowles. »Antibiotika von Falling Angel, im Orbit fabriziert. He, benutzt doch die Rutsche! Vielleicht brauchen wir das Zeug noch.«

Der Kopilot lief zum Heck der Maschine und öffnete den Ausstieg dort. Er rief etwas, was Max im Wind und der Aufregung nicht verstand ...

... und verschwand in einer dumpfen Explosion. Gelbe Flammen schlugen am Heck der Maschine hoch und verdunkelten sich zu einer fetten Rauchwolke.

Max fröstelte. Der Mann war in Sekundenschnelle verbrannt. Ein überflüssiger Führer, den man aus dem Spiel genommen hatte.

Wir sind in Sicherheit, dachte er, aber was ist mit den Vorräten? Den Medikamenten? Er setzte sich in Bewegung.

Gepäckstücke wurden aus der Vordertür geworfen, und sie versuchten, sie einzusammeln oder aufzufangen. Er erinnerte sich an eine uralte Spielshow im Holovid: »Wer es fängt, darf es behalten!« (Der Showmaster: »Wir stehen hier auf dem zwanzig Stockwerke hohen CBS-Gebäude, und unsere Kandidaten befinden sich unten auf dem Parkplatz. Johnny, was ist unser Hauptgewinn?«)

Etwas prallte gegen seine Brust und drohte ihn zurückzuwerfen. Noch während er versuchte, das Gleichgewicht zu bewahren, konnte er ein Kichern nicht unterdrücken. Sie waren gestrandet! Ihre Vorräte gingen in Flammen auf. Ihr Kopilot war verbrannt! Was für eine tragische Katastrophe!

Es würde ein *wirklich* interessantes Spiel werden.

Sechstes Kapitel

VORRÄTE

Eviane beobachtete, wie Francis Hebert unbeholfen die Rutsche hinabglitt. Es gelang ihm, sich aufzurichten und auf dem Boden weiterzulaufen. Die Stewardeß half Trianna Stith-Wood durch die Tür. Trotz ihrer Größe gelang es Trianna irgendwie, auf eine damenhafte Weise Panik auszudrücken.

Eviane kam zum Schluß, daß sie die Frau eindeutig nicht ausstehen konnte.

Bowles und der Pilot versuchten, Gepäck aus dem Frachtraum zu zu holen. Der Wachposten sauste die Rutsche hinab, rollte sich ab und richtete sich mit schußbereitem Gewehr auf. Die Stewardeß warf einen letzten Blick in das Flugzeug, schien erleichtert aufzuatmen und trat auf die Rutsche.

Das Flugzeug bebte, und einen Augenblick später explodierten die Fenster. Einen Augenblick lang hob sich der Körper der Stewardess wie eine geschwärzte Silhouette vor einer gelben Korona ab, dann war sie verschwunden. Brennende Metalltrümmer regneten vom Himmel.

Eviane lag bäuchlings im Schnee, direkt neben einem glühenden, verbogenen Metallstück. Sie würde sich verbrennen, wenn sie es berührte ... oder?

Es war alles echt. Sie erhob sich und ging zu den Überlebenden hinüber, insgesamt dreizehn an der Zahl, Passagiere und Besatzung. Sie scharten sich eng um Bowles, um sich über den hämmernden, kalten Wind verständlich machen zu können.

»Tut mir leid, Mister Bowles«, brüllte der Pilot. »Ich konnte nichts dafür. Der Treibstofftank ... Wo ist Greg?« Er keuchte auf, als sein Blick auf eine verkohlte Gestalt fiel, die zehn Meter vom Flugzeug entfernt im Schnee lag. Leichenblaß stapfte er darauf zu und blieb schließlich stumm neben den Überresten der Stewardeß stehen. Er zog die Jacke aus und legte sie über die Leiche. Sein Atem bildete kleine Wolken. Er erschauderte, und nach ein paar Sekunden nahm er die Jacke schuldbewußt wieder an sich.

»Grant, wir müssen uns zur Hütte durchschlagen«, sagte Bowles und sah zu der eingefallenen Sonne hinauf, die auf einem Drittel Höhe über dem Horizont stand. »Uns bleibt wohl noch ein Monat Tageslicht. Das muß genügen.«

»Dann drei oder vier Monate Nacht«, sagte der Pilot, »und danach ...«

»Fimbulwinter«, sagte Bowles. »In der Atmosphäre gefrierendes Kohlendioxyd.«

Der Wind löschte das Feuer aus, und das dichte Schneegestöber nahm Eviane zusehends die Sicht. Allmählich wurden ihre Wangen taub vor Kälte.

»Ein Lagerhaus!« übertönte Bowles den Sturm und deutete in eine weiße Wand aus Schnee. »Wir können es nicht sehen, aber es muß da drüben sein.«

»Knapp einen Kilometer in dieser Richtung ist ein Eskimo-Dorf!« rief der Soldat. »Sie müssen gesehen haben, wie wir abstürzten, und sind wahrscheinlich schon unterwegs.«

Eviane hob einen schweren Erste-Hilfe-Kasten auf und trottete auf die Gebäude zu. Die anderen Spieler folgten ihr, ebenfalls bepackt. Der Himmel hellte sich etwas auf, und das Schneegestöber ließ nach.

Charlene schloß zu ihr auf. »Ein abrupter Spielbeginn, was?« Sie senkte die Stimme. »Du hast schon gespielt. Was ist hier los?«

Spiel? Das war kein Spiel. Es …

Es …

Eviane schüttelte den Kopf. »Keine Ahnung«, sagte sie. »Spielen wir einfach nach Gefühl.«

Die Tür des Lagerhauses stand einen Spalt weit auf. Grant berührte sie vorsichtig mit den Fingerspitzen. Der Pilot hatte gerade ein Flugzeug, einen Kopiloten und eine Stewardeß verloren. Er wollte nicht auch noch ein halbes Dutzend Passagiere verlieren.

Knarrend glitt die Tür auf, und ein Lichtkeil fiel in das Lagerhaus. Als Grant nickte, drängten die Spieler hinein. Oh, es war gut ausgestattet: alle möglichen Vorräte, tragbare Öfen, Benzinkanister. Sie würden also kochen können.

Orson Sands raffte einige Dosen Schweinefleisch mit Bohnen an sich. »Echte Männer brauchen keinen Kocher«, behauptete er. »Die schmecken auch kalt.«

Kevin, der hagere Junge, war ein Stück weitergegangen. »He«, rief er. »Kleidung! Mäntel! Hüte! Es ist kalt draußen, Leute.«

»He, wartet mal«, sagte Bowles mißtrauisch und fuhr sich durch den Bart, um ihn vom Schnee zu befreien. »Warum ist keiner hier? Wo zum Teufel sind die alle?«

»Keine Ahnung. Ist mir auch egal.« Ollie riß mit den Zähnen eine Folienverpackung auf.

»Wenn du überleben willst, ist es dir besser nicht egal«, sagte sein Bruder Max warnend. Evianes Herz machte einen Satz. Max war klug und sah trotz seines Rettungsrings um den Bauch wie ein Kämpfer aus.

Auch an ihn erinnerte sie sich vom Teergruben-Minispiel. Er war gut einen Meter und achtzig groß, wesentlich kleiner als Charlene, aber auch wesentlich breiter. Er hatte große Ähnlichkeit mit seinem Bruder Orson, bewegte sich aber eher wie ein Sportler. Vielleicht ein ehemaliger Football-Profi? Seine Augen waren grauschwarz.

»Orson!« sagte er. »Selbst hier oben würde niemand einfach gehen und die Tür offenstehen lassen. Und es hat niemand nachgesehen, als wir abstürzten.« Seine Stimme lang geduldig. »Das ist ein weiteres Rätsel, Orson.«

»Tja, Max …«, sagte Orson.

Eviane bemerkte, daß Charlene die beiden beobachtete. »Brüder«, flüsterte sie. »Bist du interessiert?«

Charlene nickte.

»Ich auch. Sein Name ist Max.«

»Stimmen wir ab«, sagte der Pilot. »Alle, die sich hier umsehen wollen, heben die Hand.«

Sechs Hände hoben sich, darunter die von Charlene, Max und Hippogryph.

»Dagegen?«

Sieben Neinstimmen.

»Also nicht«, sagte Grant.

Die Spieler sahen sich die Regale an. Einige wählten mit Kevin und Hippogryph Kaltwetter-Bekleidung aus, doch die Mehrzahl interessierte sich für die Lebensmittel.

»Kalbsschnitzel!« rief Trianna Stith-Wood.

Johnny Welshs Kopf fuhr herum. »Kalb?«

Trianna hob die Folienpackung und blinzelte. »Ich kenne da ein ganz tolles Rezept …«

»Lady, für Kalbsschnitzel sterbe ich.«

Päng.

Das Klappern mit den Dosen hielt jäh inne. Ein weiterer ferner Schuß, dann eine Salve. Orson Sands ließ eine Tasche mit Bohnenkonserven fallen. »Richtig, ein Rätsel.« Er und Max stürmten hinaus, dicht gefolgt von den anderen.

Sie drängten sich draußen zusammen, sahen über den welligen Permafrost des Talbodens zu dem von Schneestürmen umtosten Kamm im Norden hinüber. Waren die Schüsse von dort gekommen?

»Na los, Baby.« Max Sands ergriff wieder das Wort, und Eviane ertappte sich dabei, wie sie sich ihm näherte, um ihn genauer zu beobachten.

Er war stattlich, wenn auch kein Leichtgewicht, und ihr gefiel seine Stimme. Stimmen hatten schon immer eine ungeheure Faszination auf sie ausgeübt. Die Stimme eines

Ansagers im Radio ... Andere ließen sich vom Glanz und der Tiefe der Videoarkaden beeindrucken, doch sie stand auf Audio. Der Klang einer Stimme reichte schon.

Und er hatte so eine Stimme. Etwas in ihr schmolz.

Captain Grant und Hebert kämpften sich mit Mänteln und Mützen hinaus und verteilten sie, Bowles erschien mit Schneeschuhen. Die meisten Spieler trugen mittlerweile Mäntel.

Es war kalt. Eviane suchte sich einen Mantel aus, setzte eine Mütze mit Ohrenklappen auf und zog Thermalstiefel an, während sie konzentriert lauschte.

»Na los«, sagte Max Sands. »Wo kamen die Schüsse her?«

Wie zur Antwort erklang ein weiterer, und dann ein dünner, hallender Schrei. Die Gruppe stapfte in nördlicher Richtung durch den Schnee, dem Kamm entgegen. Ein langer Weg, aber der Schnee war fest und hart, und sie kamen gut voran.

Als sie den Gipfel der Anhöhe erreicht hatten, hob Bowles eine Hand. Sie folgten seinem Beispiel, ließen sich in den Schnee nieder, krochen bäuchlings zum Rand der Klippe und spähten hinab. Als sich ihre Augen an die Dunkelheit dort unten gewöhnt hatten, machten sie vier Männer aus, die um ein beschädigtes Haus Posten bezogen hatten. Es brannte; Rauch erhob sich von seinem Dach. An einem Ende des Hauses war ein kleiner Schuppen – vielleicht ein Räucherhaus – wie von einer Explosion zerfetzt worden. Vor der Haupttür lagen zwei, nein, drei Leichen im Schnee.

Eviane hörte ein Wimmern. Nach einer langen Weile begriff sie, daß es sich um ihre eigene Stimme handelte.

Sie hatte das schon einmal gesehen. War schon einmal hiergewesen.

Einer der bewaffneten Belagerer bellte eine Herausforderung. Eviane verstand die Sprache nicht, doch die Bedeutung war offensichtlich: »Kommt mit erhobenen Händen raus!« Was ging hier vor? Hatten kanadische Mounties Verbrecher gestellt? Eviane konnte sich nicht erinnern. Sie hatte versucht, es zu vergessen, hatte geradezu darum gekämpft, und nun, als es darauf ankam, war alles weg.

Jemand erschien auf der Schwelle des Hauses. Er hatte die Hände gehoben und rief den Angreifern etwas zu.

Ein gutturales Lachen, dann ein Schuß. Der Mann brach zusammen.

Eviane schloß die Augen. Ihr leerer Magen zog sich zusammen.

»Du überreagierst!« flüsterte Charlene ihr erheitert zu. »Das ist ja peinlich! Was sollen wir jetzt machen?«

Sie hatte keine Antwort. Die Stimme von Traumboot rettete sie. »Tja, wir wissen jetzt, daß das nicht die Guten sind.«

»Wir haben keine Waffen«, sagte Hippogryph. »Wir könnten uns eine Menge Ärger einhandeln.«

»Wir haben Flammenwerfer«, rief der Wachposten. »Und mein Gewehr. Hört mal, mit drei Flammenwerfern könnten wir sie überzeugen, daß sie umzingelt sind. Versuchen wir es.«

»Flammenwerfer?« wandte Hebert ein. »Das ist doch keine vernünftige Bewaffnung!«

»Nun macht schon!« rief Eviane ungeduldig.

Nach ein paar geflüsterten Anweisungen schwärmten sie aus. Eviane kroch auf Ellbogen und Knien den Grat entlang; der hohe Schnee bewahrte sie davor, von unten gesehen zu werden. Direkt vor ihr hob Traumboot seinen Flammenwerfer. Bowles riß die Hand hoch, und …

Mit einem Chor dumpfer Geräusche zerschnitten weiße Flammenströme die Luft. Die Männer im Tal sahen verwirrt hoch, doch die Feuerbälle kamen von überall und nirgends zugleich. Dann zielte der Wachposten genau und schoß. Einer der Belagerer brach zusammen, die drei anderen sprangen auf und breiteten die Arme aus. Einen Augenblick lang dachte Eviane, sie wollten sich ergeben.

Dann rissen die Wolken auf.

Nein, das war eine Täuschung. Der Himmel war schiefergrau und schwer von Schnee, doch im Norden leuchtete ein Wolkenband heller auf, wurde breiter, und …

Himmel und Land flossen ineinander. Im Norden dehnte sich die Schneebank nach rechts und links aus, wie eine

Decke, die man glattzieht. Man konnte es nur undeutlich erkennen, lediglich der Himmel leuchtete heller.

Die vier Belagerer hasteten nach Norden; zwei trugen ihren verwundeten Kameraden. Sie sahen nicht zurück, nicht einmal, als der Wachposten seine Erstarrung abschüttelte und ihnen ein paar Kugeln hinterherjagte, sie aber verfehlte.

»Verdammt«, sagte er.

Die vier Männer blieben stehen, und einer machte weit ausholende Bewegungen mit den Armen, hob das Gesicht dem weißen Schnee entgegen. Und dann verschwamm die Schneelandschaft, und das Licht wurde wieder schwächer. Eviane keuchte auf, als ihre Beine nachgaben und sie in den Schnee fiel.

Sie waren verschwunden. Nur ein leeres Schneefeld war geblieben, und vier Leichen, die die Stelle markierten, wo noch einen Augenblick zuvor ein fürchterlicher Kampf getobt hatte.

Siebtes Kapitel

DIE QASGIQ

Eviane stolperte die Schneefläche hinab, fing ihren Sturz ab und geriet dann erneut ins Taumeln. Sie rappelte sich wieder hoch und wischte Schnee von Haar und Gesicht.

Den anderen erging es nicht besser, nur Charlene schritt den Hang aufrecht hinab, wie eine würdevolle Elfenkönigin. Evianes Erheiterung darüber verschwand jedoch so schnell, wie sie gekommen war. Was war hier los? Sie hatten die Gewalt der Städte hinter sich gelassen, und nun das!

Etwas tief in ihr zeigte sich von der Kälte und ihrer Furcht nicht berührt. Eine Stimme flüsterte ihr zu, daß alles nur ein Traum sei, ein hartnäckiger Alptraum. Eviane schüttelte heftig den Kopf. Solche Gedanken waren gefährlich.

Den Leichen ausweichend, näherte sie sich der brennenden Hütte. Sie hatte schon viele Leichen gesehen; und paar mehr bedeuteten ihr kaum etwas. Einer der Toten war noch herzzerreißend jung. Seine Augen waren blicklos in der schrecklichen Kälte erstarrt, und er hatte die Arme ausgestreckt, als wolle er um Gnade bitten oder die Menschen in der Hütte schützen.

Charlenes Schritte knirschten hinter ihm im Schnee. »Sei vorsichtig«, flüsterte sie Eviane zu.

»Warum?« fragte Eviane, überrascht, wie sicher ihre Stimme klang. »Wir können es schaffen oder nicht. Wenn nicht, sind wir sowieso so gut wie tot. Gehen wir.«

Charlene sah sie maßlos erstaunt an ... aber sie stammte ja auch aus einer früheren, gütigeren Welt. Hier herrschte das Eis, und nur die Starken überlebten. Irgendwie würde Eviane ihre Freundin am Leben erhalten, bis sie sich an die Wirklichkeit gewöhnt hatte.

Der Wachposten schloß zu ihnen auf. Eviane musterte ihn wohlwollend. Er sah jung und hart aus, ein eckiges Kinn und kurzes, lockiges Haar. Gut. Man konnte sich auf ihn verlassen.

Und auch auf Max Sands. Obwohl er lief, ging sein Atem kaum schneller. Hippogryph war auch kein Schwächling. Aber Bowles war ziemlich erledigt. Die Stith-Wood massierte ihr Knie. Orson und Kevin waren noch auf dem Hang, und Johnny Welsh hatte seit einer Stunde keinen Witz mehr vom Stapel gelassen.

Kevin, die Zaunlatte: seine Kleidung schlotterte nur so. Er keuchte etwas, aber sein Lächeln war noch intakt. Die anderen konnten ruhig einen oder zwei Tage hungern, aber für ihn mußten sie etwas zu essen auftreiben.

Rauch quoll aus der Tür, als sie aufschwang und ein Mann auf der Schwelle erschien. Sein breites Eskimogesicht war zerfurcht und eingefallen, das Gesicht eines Mannes, dem Hunger oder eine schreckliche Krankheit nicht fremd waren. In seinen stechenden, blauen Augen war Leben.

Er rang um Atem und öffnete die Tür vollends, so daß sich ein junges Mädchen hindurchzwängen konnte. Es fiel im

Schnee auf die Knie und warf die Arme um die Leiche des jungen Mannes. »Waldeule«, schluchzte es hysterisch. »Oh, du Narr. Oh, mein Schatz.«

Sie war unter ihren Pelzen wohlgerundet. Also hatte nicht der Hunger, sondern eine lange Krankheit dem alten Mann zugesetzt.

Als der Alte hinausstolperte, gab das Dach nach und brach ein.

Seine Stimme war so zeitlos wie der heulende Wind. »Wir müssen eine Unterkunft finden. Kommt mit zum Gebetshaus. Ahk-lut wird es nicht wagen, diesen heiligen Ort zu entweihen.«

Eviane nickte einfach und half dem Mädchen auf. Der alte Mann stapfte in den Schnee voraus, einen schmerzhaften Schritt nach dem anderen, und sie folgten ihm. Wer konnte schon sagen, woher der Alte die Richtung kannte? Instinkt – oder orientierte er sich den fernen Umrissen der weißen Berge, die dann und wann in dem schrecklichen Sturm sichtbar wurden? Sie befanden sich in einer endlosen, undurchdringlichen weißen Umhüllung, und Eviane konnte lediglich den verschwommenen Schatten Johnny Welshs vor sich ausmachen. Ein falscher Schritt, ein Augenblick der Unachtsamkeit, und sie war rettungslos verloren.

Schließlich ließ die Wut des Sturms nach, und sie konnte etwas von der fremden Landschaft erkennen, die sie umgab. Keine Bäume, keine Spur von Leben, abgesehen von der Reihe der Marschierenden. Nun, da der Wind erstarb, konnte sie ihr Keuchen hören.

Charlene schlug ihr auf die Schulter. »Wie machen sie das nur?« fragte sie. »Ich habe den Eindruck, meilenweit sehen zu können.«

Eviane runzelte die Stirn. »Wir befinden uns auf einem Hügel. Manchmal verstehe ich dich überhaupt nicht.«

Charlene starrte sie stumm an, und Eviane zog sich an einen tieferen, kälteren Ort in ihrem Verstand zurück. *Charlene bricht schon zusammen. Schneewahn. Schock. Damit war zu rechnen. Vielleicht würde die Hälfte von ihnen vor Angst und Verzweiflung einfach durchdrehen. Eviane muß für alle stark sein.*

Als sie einen großen Schneehügel erreichten, riß sich Eviane aus ihren Tagträumen. Der alte Mann war in die Hocke gegangen. Er orientierte sich an den Bergen und grub dann den Schnee auf. Kurz darauf hatte er eine mannsgroße, ovale Höhlenöffnung freigeschaufelt. Er verschwand darin wie eine Robbe, die in ein Eisloch taucht.

Die anderen folgten ihm, Eviane als sechste.

Die ersten drei Meter fiel der Tunnel steil ab, dann verlief er gerade. Eviane rutschte ihn auf Händen und Knien entlang; für jemanden, der unter Klaustrophobie litt, mußte der Gang die reinste Hölle sein.

Nach weiteren drei Metern verlief der Tunnel wieder nach oben, und der Untergrund wurde schlüpfrig. Von oben griffen Hände nach ihr und zogen sie hoch. Sie kämpfte sich durch eine Falltür in eine Art Hütte hinauf. Vor fünfzig oder hundert Jahren hätte sie wahrscheinlich noch aus Holz und Schnee bestanden, doch modernere Materialien boten andere Optionen.

Röhrenförmige, mit gefrorenem Wasser gefüllte Plastikblasen bildeten die Wände. Die Decke war an die drei Meter hoch, und eine kegelförmige Plastikhülle bildete das Dach. Die Luft roch schal. Der alte Mann stieß einen Speer durch ein Belüftungsloch und schüttelte Schnee heraus.

In der Mitte des Raums befand sich eine geschwärzte Grube, in der Äste und Holzscheite lagen.

Eviane konnte den alten Mann nun eingehender mustern. Er und die junge Frau trugen ähnliche Kleidung, zusammengenäht aus den Fellen verschiedener Tiere. Neben einheimischen glaubte Eviane sogar, ein Pudelfell zu erkennen.

Als das Mädchen die Fellbekleidung ablegte, enthüllte sie Jordache-Designerjeans und Stiefel. Frauen bleiben eben Frauen. Für eine Eskimo war sie ganz süß. Eviane warf Max Sands einen Blick zu. Ja, er hatte es auch festgestellt.

»Nennt mich Martin Qaterlieraq«, sagte der Alte. »Martin der Polarfuchs. Eure christlichen Missionare haben mich vor langer Zeit Martin getauft. Sie waren gute Menschen, und um ihnen Respekt zu erweisen, habe ich diesen Namen behalten. Doch obwohl sich meine Tochter Candice nennt, ist sie für mich Kanguc, Schneegans. Ich ehre die alten Traditionen. Sie haben euch hierher geführt, und nur sie können die Welt retten.«

»Was genau wollt ihr retten?« sagte Orson in die Stille. »Und wovor?«

»Wir werden es euch zeigen. Ihr habt uns schon geholfen, doch wir brauchen mehr.«

Weitere Menschen stiegen durch die Falltür hinauf. Einige trugen Pelze und Häute, während die Kleidung der anderen zum Teil aus Fischschuppen, zum Teil aus wasserabweisenden Stoffen zu bestehen schien.

Sowohl Männer als auch Frauen trugen Ohrringe mit Elfenbein, Glasperlen und farbigen Felsstückchen, wie Eviane bei einem näheren Blick feststellte. Die Frauen waren kräftig, aber die Zeit und das Wetter hatten ihre Spuren hinterlassen. Viele trugen Schmuck, der aus grotesken Gesichtern, grinsenden Dämonenfratzen oder schnaubenden Tieren bestand.

Eviane zählte ein Dutzend Männer und Frauen. Einer ... nein, zwei waren bandagiert. Einige stellten sich mit Namen vor, die in Evianes Ohren schmerzten: Kitngiq und Pingayunelgen und Tayarut und noch unverständlichere Wortgebilde.

Alle wiesen charakteristische Fettpolster und eine dunkle Haut auf. Sie legten eine Vitalität zu Tage, die ihre überflüssigen Pfunde völlig natürlich erscheinen ließ. Sie trugen sie wie eine Schutzschicht über harten Muskeln.

Sie hockten sich um die Grube, und Martin zündete mit Feuerstein und Stahl das Feuer an. Rauch stieg empor und zog wie durch Zauberei durch das Dach ab.

Beutel wurden geöffnet, getrockneter Fisch und Fleisch verteilt. Orson Sands verzog das Gesicht. »Das ist noch nicht mal Diätfraß. Drüben in dem Lagerhaus gab's genug vernünftige Vorräte.«

Martin schüttelte traurig den Kopf. »Ihr müßt lernen, zu sehen, wie das Kabal sieht, wenn ihr den Kampf gewinnen wollt. Wir müssen euch für die traditionellen Wege vorbereiten, mein Freund.«

Eviane probierte den Fisch. Er war faserig und schmeckte nach Rauch.

»Das Inua der Fische muß respektiert werden. Sie geben uns Nahrung und Kleidung, Pfeile und Boote. Eßt, nährt euern Körper und achtet das Inua der Fische. Viele von euch werden sterben, bevor das hier vorbei ist, und dann werden sich eure Seelen mit den Wesen vermischen, die ihr verzehrt habt. Schließt jetzt schon euren Frieden mit ihnen.«

»Sedna ist schon sehr krank«, sagte das Mädchen, Schneegans. »Zu krank, um ...« Martin sah sie an, und sie verstummte.

Eviane befolgte Martins Rat und kaute gründlich. Es wurde wärmer in der Hütte. (Sedna?) Ihre Begleiter hatten kaum Schwierigkeiten mit dem getrockneten Fisch. Wie sie aussahen, hatten sie schon seltsamere Nahrung ausprobiert. (Kannte sie diesen Namen?)

Mehrere alte Männer und einer der jüngeren gingen zum Feuer und warfen ein Pulver hinein, das den Geruch von Tabak verbreitete. Dann zogen sich die Eskimos bis auf die Unterwäsche oder ihre Lendenschürze aus. Martin der Polarfuchs schien nur aus Haut und Knochen zu bestehen, hatte einen eingefallenen Bauch ... und keinen Nabel. Qaterliaraq hatte keinen Nabel. Orson stieß Max an.

Eviane schwitzte mittlerweile. Es half alles nichts, sie zog sich bis auf BH und Slip aus. Bowles und die Stith-Wood taten es ihr gleich, doch Orson Sands versuchte, seine Fettmassen mit dem Hemd zu verbergen. Kevin breitete die dünnen Arme vor dem Feuer aus. Er hatte die Augen halb geschlossen, und seine Rippen traten hervor.

Hippogryph hatte seine Kleidung anbehalten, bis er es nicht mehr aushalten konnte. Er errötete, als er sich schließlich auszog. Max hatte sich ohne Regung bis auf die Shorts ausgezogen, doch viele von Evianes Gefährten waren peinlich berührt. Sie rutschten wie schuldbewußte Kinder hin und her. Charlene zog mit einem verlegenen Grinsen die Knie vor die Brust und legte die Arme darum, schien sich jedoch schnell zu entspannen. Was hatte die außerirdische Elfenschönheit auch schon zu verbergen?

»Das ist die Schweißhütte, die Qasgiq meines Volkes«, sagte Martin Qaterliaraq. Er sprach das Wort wie *Kass*-gick aus. »Hier träumen wir und schauen ins Jenseits. Aber Ahklut hat den Schleier zwischen Materie und Geist zerrissen. Er bringt das Chaos seiner Gier und Furcht in die Welt und zerstört alles.«

Die anderen Eskimos nickten geistesabwesend. Doch Martins Lippen zuckten, und einige andere hatten Schwierigkeiten, ernst zu bleiben.

Die Falltür wurde erneut geöffnet. Weitere Eskimos kamen mit trockenem Holz herein und warfen es ins Feuer. Rauch wallte empor und lullte Eviane fast hypnotisch ein. Die Luft wurde immer stickiger; mehrere Mitglieder ihrer Gruppe würgten und rangen um Atem.

Dann wurde der Rauch schwächer. Bilder trieben in einem grauen, nebligen Ozean, der mit einem grauen, nebligen Meer verschmolz. »Es war der Anfang, und es gab noch keine Menschen auf der Erde«, fuhr Martin mit durchdringender Stimme fort. »Vier Tage lang lag der erste Mensch an einem Strand. Am fünften erhob er sich.«

Ein Mann, ein Proto-Eskimo, stand nackt im Nebel.

Eine schwarze Gestalt erschien im Himmel. Ihr wuchsen Schwingen und ein Kopf; sie wurde zu einem riesigen Raben. In Evianes Verstand verschmolzen die Worte des alten Schamanen und die Bilder in der Luft. Sie stand in ferner Vergangenheit an einem Strand, roch die Protobrandung.

Der Rabe bedeckte einen beträchtlichen Teil des Himmels, schrumpfte aber zusammen, als er hinabglitt: eine umgekehrte Perspektive. Als er den Sand berührte, war er menschengroß. Er sah den Mann an und neigte den Kopf. »Wer bist du?«

Der Mann stotterte verängstigt. Der Rabe schälte sich aus seinen Federn und enthüllte darunter glatte, braune Haut. Er ähnelte nun dem Mann und war gar nicht mehr angsteinflößend.

Der Mann entspannte sich. »Ich weiß nicht, wer ich bin. Ich weiß nur, daß ich Hunger und Durst habe.«

Der Rabe öffnete die Klaue. Aus seinen Klauen wuchsen Beeren, die der Mann aß. Mit einer Bewegung verwandelte der Rabe das Meer in einen Bach, der einen schneebedeckten Berg hinabfloß. Dann formte er liebevoll Ton vom Ufer zu zwei Bergschafen, die nach einem Moment die Augen öffneten und davonliefen.

»Der Rabe hat alles Leben geschaffen«, erklang Martins Flüstern hinter ihrem Ohr. Tiere sprangen aus den Schwingen des Raben: Rentiere, Karibus, Kaninchen. Aus der anderen Schwinge regneten Robben, Wale und tausende Fischarten ins Meer.

Dann nahm der Rabe Gras vom Ufer und formte es zu einer Frau. Sie öffnete die Augen und streckte die Klaue nach dem Mann aus. Die beiden gingen davon, das Land um sie herum blühte auf, und Vögel bevölkerten den Himmel.

Eviane würgte, weil der Qualm ihren Hals zuschnürte, und war wieder in der Qasgiq. Martin schien, im Rauch nur halb sichtbar, zu sich selbst zu sprechen. »Der Rabe gab alles Leben im Meer in Sednas Obhut und alles Leben auf dem Land in die ihres Geliebten Torngarsoak. Wenn es diesen beiden gutgeht, sind alle Geschöpfe fruchtbar und vermehren sich ...« Eviane fand sich innerhalb des Bildes unter Wasser wieder. Fische schlängelten sich an einer knienden Eskimofrau mit langem, fließendem Haar und einem Gesicht, das dem von Schneegans ähnelte, vorbei. Aber ... ihre Hände! Die Finger waren Stummel, unterhalb des ersten Knöchels abgetrennt.

»Ein ziemlich typisches Mythenmuster«, flüsterte Orson. »Sedna war ein wunderschönes Eskimomädchen, das versuchte, einer vorbestimmten Ehe zu entkommen. Ihr Vater schnitt ihr die Finger ab. Die Gelenke fielen ins Meer und wurden zu Walen, Robben und so weiter ...«

Und doch war in Sednas schönem Gesicht keine Spur von Bedauern auszumachen. Ihr Blick begegnete dem Evianes, und sie lächelte.

Der Rauch wirbelte. Sie befand sich wieder auf dem Land. Das Eis schmolz, Grün sproß, Menschen breiteten sich über die Erde aus, lachten, zeugten Kinder, bauten Dörfer.

Plötzlich befand sich Eviane im Bug eines kleines Bootes, das durch hohe Wellen einer Robbe folgte. Die Robbe wurde mit einem Speer erlegt und an Bord gezogen. Dann lag sie auf einmal bäuchlings auf dem Eis, und aus einem Loch darin erhob sich ein Walroß, um Luft zu schnappen. Ein Speer flog an ihr vorbei ... Sie lief mit ihren Gefährten einen Fluß entlang und warf Netze aus. Schwere Lachse wurden an Land gezogen, und fröhliche Lieder erklangen ...

Sie war in einer Qasgiq von tanzenden Kindern umgeben. Nackte Körper bogen sich zu den Rhythmen unbekannter Schlaginstrumente ...

Sie stand an einem Ufer und beobachtete, wie sich ein fremdes Schiff näherte. Es war viel größer als ein Wal. Männer sprangen heraus, haarige Männer mit bleicher Haut. Sie errichteten mit unmöglicher, magischer Schnelligkeit Häuser aus Holz, aus mehr Holz, als ihr Volk je gesehen hatte. Die neuen Menschen töteten Wale und Robben, bis deren Leichname den Strand übersäten.

Und als es keine Wale und Robben mehr gab, gruben sie gelbes Metall aus den Hügeln.

Und als das gelbe Metall erschöpft war, pumpten sie eine dicke, schwarze Flüssigkeit aus dem Boden.

Das Bild der sich schnell vermehrenden weißen Eindringlinge verschwamm. Dahinter konnte Eviane die Frau unter dem Wasser ausmachen, die Eskimo-Frau mit den verstümmelten Händen. Sedna war krank. Eine bleiche Masse mit weißen Ranken, ein Pilz oder Parasit, breitete sich von ihrem Haar über Wangen und Hals bis zu den Schultern aus.

Leise hörte sie Martins Stimme in ihrem Kopf. »Das Volk des Raben beobachtete die Zerstörung seines Landes. Das Volk nahm die Lebensweise der Eindringlinge an und vergaß seine eigene. Sedna erkrankte an ihren Sünden. Und der Rabe mußte zusehen, wie sein Volk verführt wurde.«

Der Rabe war nun eine monströse schwarze Gestalt, die wie ein Raubvogel vom Himmel hinabstieß. Die Erdoberfläche zerriß wie Papier, und der Rabe grub sich ins Herz der Welt. Als er wieder auftauchte, klebte an seinen Klauen gelbglühendes Magma. Daraus formte er neue Gestalten,

Männer, Frauen und Kinder, deren Gesichter mit Weisheit und Wissen erfüllt waren. Sie hatten keine Bauchnabel!

Eviane beobachtete, wie der Rabe die magischen Kinder mit seinen Klauen in den Himmel trug, bis die Erdkugel nur noch ein verschwommener weißer Bogen unter ihr war. Dann setzte er sie paarweise am Rand des nördlichen Polarkreises ab. Sie sammelten die dortigen Stämme um sich und lehrten sie, Feuer zu machen, Tiere zu enthäuten und Häuser aus Holz, Stein und Eis zu bauen. Die alte Lebensweise. Sedna erschien. Ihr Haar war wieder sauber; sie seufzte, und Robben flossen aus ihrer verstümmelten Hand ...

Dann war sie verschwunden. Eviane blinzelte und sah wieder Martin, den Polarfuchs. »Der Große Rabe erschuf die neuen Menschen, um uns das alte Wissen zu lehren und die Geisterwelt zurückzugeben, die wir verloren hatten«, sagte er. »Er setzte uns am Polarkreis aus, und ich kam hierher, in dieses Land, das ihr Alaska nennt. Mein Sohn wird Ahk-lut genannt, und gemeinsam waren wir mächtige Hüter des Alten Weges. Ein halbes Jahrhundert lang benutzten wir unsere Macht, um meinem Volk zu helfen. Dann erkrankte Sedna erneut, und Ahk-lut entwickelte andere Pläne, andere Vorstellungen.

Durch Träume und Gesänge erreichte er unsere Kinder, die Kinder der Kinder des Raben. Er scharte sie aus den Stämmen um sich und bildete das Kabal. Das Kabal verführte über die Hälfte unserer Kinder. Sie verschwiegen ihre Geheimnisse vor ihren Eltern und übten gemeinsam ihre Magie aus.«

Ein Meer von Nebel verkochte, und Eviane befand sich plötzlich in einem Dampfhaus, das Martins Qasgiq ähnelte, aber größer und dunkler war. Acht junge Männer bildeten einen Kreis um ein rauchendes Feuer. Bis auf Lederbeutel, die an Riemen um ihre Hälse hingen, waren sie nackt. Ihre Haut war vom Feuer gerötet, und Schweißtropfen rannen ihre Gesichter hinab und benetzten ihre Körper.

Ein fremdartiger, böser Klang erhob sich, den sie schließlich als Chor leiser, dumpfer, menschlicher Stimmen erkannte, die sich zu einer dunklen Harmonie vereinigten.

Ein Mann stand auf. Er war Martin wie aus dem Gesicht geschnitten, als hätte er nicht nur die Gene des alten Schamanen, sondern auch seine Krankheit geerbt. Sein Kopf war kahlrasiert, und seine dunklen Augen blinzelten mit uraltem Haß. Er griff in den Beutel auf seiner Brust, und Eviane erhaschte einen Blick auf winzige menschliche Beine und die runde Andeutung eines Kopfes darin. Dann verschwanden sie wieder, und Ahk-lut (wer sonst konnte es sein?) zog einen Riegel Kautabak heraus.

Mit dunklen, fleckigen Zähnen biß Ahk-lut ein großes Stück davon ab, kaute und spuckte den braunen Saft dann ins Feuer. Die Flammen züngelten hoch, und der Rauch wurde zu einer übelriechenden, dunkelgrünen Säule.

»Die Jungen. Unsere Kinder«, sagte Martin. »Sie versuchten, ein großes Unrecht zu heilen, waren jedoch zu ungeduldig. Sie haben etwas Schreckliches getan ...«

Die Mitglieder des Kabals reichten den Tabak von Hand zu Hand. Jeder spuckte den Saft ins Feuer, bis der Rauch in der Hütte so dicht war, daß Eviane kaum noch ihre Gesichter ausmachen konnte.

Ahk-lut hob einen Umhang hoch und warf ihn beiseite. Darunter lag ein schwach leuchtender, blauer Klumpen. Ahk-lut hob ihn hoch – er war schwer – und warf ihn ins Feuer. Funken sprühten.

Das Feuer brachte die unregelmäßig geformte Masse zum Leuchten. Sie bestand aus poliertem Metall, mit scharfen Rändern, die wie Krummsäbel aussahen, und dicken, gewundenen Röhren.

Über dem Feuer schaute kurz ein gewaltiges Gesicht durch den Rauch, eine Verschmelzung von Vogel und Mensch, aber menschlich genug, um Erstaunen darauf ausmachen zu können.

Ein Mann nach dem anderen griff in den Beutel um seinen Hals, zog eine Handvoll Pulver und Knochen daraus hervor und warf es ins Feuer. Jedesmal blitzte es kurz auf, und unterschiedliche Gestalten erschienen im Rauch und verschwanden schnell wieder: eine monströse Raupe mit zahlreichen zuckenden Armen, ein Mörderwal mit menschlichen Armen, ein mißgestalteter Fötus, ein Toter mit aufgerissener, entleerter Bauchhöhle. Eviane sah noch dunklere, blutigere Bilder.

Hoch oben in der Rauchsäule erschien wieder das Vogelgesicht. Es riß den Schnabel auf, schrie stumm und verschwand; erst dann erklang ein schriller Vogelschrei. Das Kabal jaulte triumphierend auf.

… Wann war das neunte Mitglied hinzugekommen?

Ahk-lut trat in den Kreis, legte die Hände auf die Schultern eines Mannes und zog ihn hoch. Eviane sah, daß die Hände und Füße des Mannes gefesselt waren. Er schrie wie ein Vogel auf, und sie machte nun die Andeutung eines Schnabels in seinem spitzen Gesicht aus.

Plötzlich erlosch das Feuer. Ein eckiger Metallgegenstand leuchtete darin in hartem Blau. Gestalten bewegten sich in der Dunkelheit. Ein Schatten fiel auf das Leuchten – der eines sich windenden, gefesselten Menschen – und verschwand, und das blaue Leuchten verschwand, und das Feuer war das Licht in Martins Qasgiq.

Achtes Kapitel

DER AUFTRAG

Das Feuer war heruntergebrannt, und der Rauch wurde dünner. Einige der Flüchtlinge erinnerten sich daran, daß sie halbnackt waren … doch es gab Wichtigeres.

»Wir glauben, daß die Kinder der Kinder des Raben ihren Großvater überlistet haben«, sagte Martin. »Sie haben seine Neugier erregt, bis er menschliche Gestalt annahm, um sie zu beobachten. Sie warfen ihre Bannsprüche auf ihn und dann auf die Sonne. Der Tod der Sonne bringt das Ende eurer Welt und den Anfang der ihren.«

»Martin.« Wer sprach da in der raucherfüllten Dunkelheit? »Was war das für ein blau leuchtender Metallgegenstand?«

»Das? Ein mächtiger Talisman, den ich fand, als ich jung war. Das Kabal hat ihn gestohlen. Das Bruchstück eines Dings, das in Kanada aus dem Himmel fiel.«

»Das war kein Meteor.« Nun erkannte Eviane Orson Sands' Stimme.

»Nein, es war eine Maschine aus Rußland, die fiel, bevor ich geboren wurde. Talismane gewinnen Macht aus der Entfernung, die sie zurückgelegt haben. Ich habe erfahren, daß dieser Gegenstand immer und immer wieder die Welt umkreiste, bis das, was ihn oben hielt, nicht mehr funktionierte. Also habe ich ihn ausgewählt. Nun benutzt das Kabal ihn, um die Sonne zu ersticken.«

»Sie werden die ganze Welt in eine Eskimowelt verwandeln«, hörte Eviane sich sagen und fragte sich, woher sie das wußte. »Kälte. Kein Getreide, nur Tiere. Wir müssen lernen ...« Die Vision war so gewaltig, daß sie ihr entglitt.

»Ja, ihr müßt lernen«, sagte Martin. »Ahk-lut will den weißen, schwarzen und gelben Menschen unsere Lebensart lehren. Wer nicht schnell genug lernt, wird verhungern. Soviel wissen wir auch schon. Wir vermuten sogar, warum sie verhindern, daß wir uns um Sedna kümmern ...«

»Sedna«, warf Orson Sands ein. »Sollten wir nicht mehr über sie erfahren?«

»Ach, richtig. Alle, die am Rand der Welt leben, kennen Sedna oder Nuliajuk oder die Fischspeisung. Sedna hat die Obhut über das Meeresleben, das uns erhält, die Fische und Robben und Pflanzen, der eigentliche Kern unserer Lebensweise. Sie ist das Gewissen der gesamten Menschheit. Wenn die Sünden der Männer und Frauen Zuflucht in ihrem Haar suchen, wird Sedna krank. Wenn das Meer stirbt, stirbt auch das Land, und alle Menschen verhungern. Euer Volk verhungert nun, und zwar so lange, wie Ahk-lut es für notwendig hält.«

»Was ist mit diesem Torngarsoak?« fragte Kevin. »Er ist doch ihr Freund. Warum hilft er ihr nicht?«

»Er ist ein Jäger und streift durch das Land«, sagte Martin. »Jäger sind oft monatelang unterwegs. Vielleicht weiß er nichts von ihrer Not.«

»Aber die Sünden«, sagte Hippogryph scharf, als verhöre er einen Gefangenen. »Das ist ein christlicher Begriff. Was meinen Sie damit?«

Martin suchte nach Worten. »Abtreibung ist eine Sünde.«

»Haben die Eskimos die Abtreibung praktiziert?«

»Sie verstehen nicht. Es ist auch eine Sünde, die Seele eines Geschöpfes abzutreiben. Es verursacht Sedna Schmerz, wenn ein Wal oder ein Walroß ohne Respekt getötet wird. Solche Sünden nisten sich in ihrem Haar ein und verursachen ihr Elend. Dann muß ein *Angakok* sie aufsuchen und die Sünden fortkämmen. Sedna kann ihr Haar nicht selbst kämmen.«

»Aber das hat das Neue Volk doch hinbekommen. Ihr habt den Eskimos doch wieder die alte Lebensart gelehrt, oder?«

»Ja«, sagte Polarfuchs verbittert. »Sedna wurde gesund. Dann erkrankte sie wieder. Unsere Kinder brgiffen nichts. Wie konnten sie auch? Wir hatten auch keine Antworten! Wir beteten den Raben an, wir versorgten Sedna, doch Ahkluts geheimes Kabal hatte eine schnellere Antwort. Nun verhindert ihre Magie, daß wir Sedna überhaupt erreichen können.

Wir ließen das Kabal in Ruhe. Einige von uns glaubten, es würde den richtigen Weg beschreiten ...«

»Indem es die Welt einfriert?« fragte Orson ungläubig. »Wie sollte das jemandem helfen?«

»Sie haben gehofft, das Sünden zu beenden, indem sie euch unsere Lebensweise aufzwingen. Wir konnten sie nicht bekämpfen. Sie sind zu mächtig, und sie hatten den vom Himmel gefallenen Talisman. Doch dann verlangte Ahk-lut Schneegans zu seiner Frau. Seine Schwester zu ehelichen würde ihm Kinder bescheren, die dem Blut des Raben näher stehen. Sie wollten einen neuen Stamm bilden und die Welt beherrschen.

Ich weigerte mich. Wir gerieten aneinander. Ahk-lut benutzte Gewehre der Weißen von der anderen Seite des Kreises, und darauf war ich nicht vorbereitet. Meine ... Torheit hat dem Rest unserer Krieger das Leben gekostet.«

Max Sands beugte sich vor. »Wie können wir helfen?«

»Wir haben bereits Krieger, unsere Kinder, hinter den Schleier Seelumkadchluks ausgeschickt«, sagte Martin ernst, »und keiner ist zurückgekehrt. Ihr seid jung und stark – und Ahk-lut wird nicht damit rechnen, Weiße in der Welt der Geister vorzufinden. Vielleicht habt ihr Erfolg, wo wir wiederholt versagt haben.

Wir können einiges tun, was getan werden muß, aber nicht alles. Wir können Sedna nicht erreichen. Ahk-lut hat den Raben eingekerkert, und wir müssen erfahren, ob und wie er befreit werden kann.« Martin zögerte und sah ins Feuer. Hatte er einen Plan oder nur eine verzweifelte Hoffnung?

»Es gibt euern Stamm und meinen Stamm«, fuhr er fort. »Ein Stamm muß das Kabal ausspionieren. Einer muß die Parasiten aus Sednas Haar kämmen, von ihr erfahren, wieso sie krank ist, wenn sie das überhaupt weiß.«

»Es klingt interessanter, gegen das Kabal zu kämpfen«, sagte Max Sands.

»Interessanter?« warf Eviane scharf ein. »Es muß getan werden, aber es ist nicht ›interessant‹, Menschen zu töten, Max.«

»Wir wissen noch nicht genug«, versuchte Hippogryph zu schlichten. »Und hier werden wir nichts mehr erfahren, nicht wahr, Martin?«

»Leider nicht.«

»Dann würde ich vorschlagen, daß wir herausfinden, was Sedna weiß, bevor wir uns mit dem Kabal einlassen. Vielleicht weiß sie ja, wo der Rabe ist.«

Max schüttelte den Kopf. »Aber Ahk-lut könnte uns auch zum Raben führen. Wir haben Gewehre ... funktionieren die in der Geisterwelt, Martin?«

»Natürlich. Warum sollte ein Werkzeug nicht mehr funktionieren?«

»Stimmen wir ab!« rief Bowles. »Wer ist für Sedna?«

Sechs Hände hoben sich. Orson dachte kurz nach und erhob dann die seine ebenfalls.

»Wer ist für Ahk-lut?«

Max und Eviane hoben die Hand. Und Charlene und zwei weitere. Bowles und Trianna hatten sich enthalten.

Sie würden Sedna suchen. Unter Wasser. Klaustrophobie und Meeresungeheuer ...

»Ihr, die ihr jung seid«, sagte Martin unter den Trommelschlägen der Eskimos, »müßt aufbrechen und dieses schreckliche Unheil richten.«

»Was ist mit Ihren Kriegern passiert?« fragte Max.

Martin senkte den Blick. »Sie gingen durch Seelumkadchluks Schleier, wo der Himmel das Meer trifft. Einige gingen zu Sedna, andere folgten dem Kabal. Unsere mächtigsten *Angakoks* hatten unsere mächtigsten Talismane dabei. Keiner kehrte zurück. Wir wissen nicht, warum.«

Kevin kicherte. »Das klingt nicht gerade gut ...«

Martin ignorierte ihn. »Aber eure Macht ist größer. Vielleicht findet ihr sie auf der anderen Seite als Verbündete.«

Oder auch nicht. Eviane musterte ihre Gefährten. Übergewichtig und verweichlicht ... und jung, bis auf Robin Bowles, der ihnen in San Francisco das Leben gerettet hatte. Konnte ein Dutzend Neulinge im Spiel mit der unbekannten Macht dieser abtrünnigen Rabenbrut fertig werden?

Das Feuer war fast erloschen, und die alten Eskimos erhoben sich und tanzten um die Kohlen herum. Sie stimmten einen leisen Gesang an und ahmten dann Bewegungen der Jagd und des Kampfes nach. Ein Großvater schleuderte einen Speer, ein anderer hob ein Gewehr, das nur in seiner Phantasie existierte, an die Schulter. Martin warf eine Handvoll Pulver aufs Feuer. Es flackerte zu neuem Leben auf und warf ein unheimliches, grünes Licht auf die Wände.

Die Alten setzten sich wieder, und Schneegans erhob sich. Sie trug nur ein dünnes Untergewand, das vielleicht aus Gedärmen zusammengenäht war. Ihr eher wohlgerundeter Körper bewegte sich voller Anmut.

Eviane strich mit den Händen über ihren Leib. Sie wollte sich auch so bewegen können. Undeutlich erinnerte sie sich an eine Zeit, als sie sich so bewegt hatte.

Das Mädchen wand sich verführerisch und lockte sie. Max Sands sprang grinsend auf und gesellte sich zu ihr, tanzte für Evianes Geschmack viel zu dicht hinter Schneegans.

Eviane erhob sich. Obwohl sie sich schämte, da sie nur ihre Unterwäsche trug, begann sie zu tanzen, bewegte sich zum Klang der Pfeifen, Rasseln und Trommeln. Zwar schien es sich bei den Instrumenten um Überbleibsel einer vergangenen Zeit zu handeln, doch ihre Klänge verschmolzen zu einem überraschend komplizierten und präzisen Rhythmus.

Nacheinander erhoben sich die anderen. Der Pilot. Charlene. Der Wachposten. Hebert. Halbnackt tanzten sie ums Feuer, und Eviane fühlte, wie ihr Körper zum Klang der Musik zuckte. Es mochte sich zwar um keine formelle Zeremonie handeln, doch sie wußte, daß die Inuit sie akzeptiert, sie in ihre Familie aufgenommen hatten.

Lange Schatten huschten an den Wänden, und die Musik, die Anstrengung und der wirbelnde Rauch übten ihre subtile Magie aus. Eviane rang um Atem, achtete nicht auf ihre Erschöpfung, ihren viel zu schweren Körper, verlor sich in völliger Ekstase. Sie fühlte sich so gut wie schon seit langer, langer Zeit nicht mehr.

Neuntes Kapitel

FEUERTAUFE

Die Welt war blind vor Schnee, als Max Sands aus dem Qasgiq kroch. Der Boden unter seinen Händen und Knien war hart gefroren. Weitere Abenteurer arbeiteten sich aus dem Tunnel und ließen sich unbeholfen auf den Schnee fallen.

Die Sonne war eine helle Scheibe in einem noch helleren Himmel. Im Wind trieben winzige Eisflocken.

Max streckte den verspannten Körper.

Ein Bellen zerriß die Luft, und um die Hütte bog ein Hundeschlitten, gelenkt von einer alten Frau. Der Schlitten hielt an; eine Kiste und ein Stapel weiterer Ausrüstungsgegenstände aus dem Flugzeug lagen darauf.

Bowles und der Wachposten gingen zu dem Schlitten hinüber und öffneten die Kiste. Sie enthielt Gewehre. »Das sind gasbetriebene, halbautomatische Remington-Karabiner vom Kaliber .30«, sagte Bowles und verteilte die Waffen an die Abenteurer. »Kennt sich einer von euch mit ihrer Bedienung nicht aus?«

Max erinnerte sich an seine Grundausbildung in der Army und ging zu Eviane hinüber, um ihr die Bedienung zu erklären. Sie brauchte jedoch keine Hilfe. Als der Wachmann lauthals Anweisungen rief, wie man mit dem Gewehr umzugehen hatte, vollzog sie sie konzentriert nach, mit einer Mischung aus Faszination und Schrecken, die fast beunruhigend anzusehen war. Der Blick in ihren Augen und die Art, wie sie die Waffe hielt, ließen eine Gänsehaut über Max' Rücken laufen.

»... wir wissen nicht, was uns erwartet, doch wir wissen, daß es gefährlich werden wird, und wir wollen niemanden verlieren.« Die anderen nickten nüchtern, doch Eviane starrte unberührt zum Horizont.

Max schlenderte zu Schneegans hinüber, die neben dem Leithund niederkniete und den muskulösen, hellgrauen Husky wie einen alten Freund umarmte. Er streichelte dem Tier den Hals.

»Das ist Takuka, der Rote Bär«, sagte Schneegans.

»Hallo, Roter Bär.«

Der Husky beschnüffelte Max, hielt ihn anscheinend für ziemlich uninteressant und wandte sich wieder Schneegans zu. »Er und Otter sind unsere beiden letzten Leithunde«, sagte sie.

Die Abenteurer schickten sich an, den Schlitten zu bepakken. Antibiotika, Taue, Winterbekleidung, Vorräte. Sie hatten gerade alles mit Planen festgezogen, als Martin, der Polarfuchs, aus dem Qasgiqtunnel hervorkam. Das Alter und die Verzweiflung schienen seine Gelenke steif gemacht zu haben. Er zog eine Tasche aus dem Tunnel und entnahm ihr eine Handvoll kleine Lederbeutel an Lederriemen.

»Hängt sie um die Hälse«, sagte er. »Ihr seid jetzt *Angakoks*.« Erneut griff er in die Tasche. »Das sind eure Talismane.« Er drückte Max einen Vogelfuß in die Hand. »Eulenklaue. Gibt starke Fäuste.«

Bowles bekam ein Karibuohr. »Ein gutes Gehör.« Er zog ein zusammengeknülltes Fell aus der Tasche und schlug es auf; es war mit schwarzem Ruß bedeckt. »Für Kraft. Ruß ist stärker als Feuer.« Er gab es Kevin. Charlene bekam ein Stück weißen Pelz. »Robbenhaut. Verbirgt dich.«

Kevin zog seinen kleinen Computer hervor und tippte die neuen Informationen ein.

Martin ging an den Spielern vorbei, bis die Tasche leer war. »Ihr aus den heißen Ländern seid unsere letzte Hoffnung«, sagte er dann. »Wenn ihr nicht obsiegt, ist alles verloren. Sucht die Donnervögel. Nur sie können euch in die Unterwelt bringen.«

Schneegans umarmte ihren Vater. Captain Grant nahm seinen Platz auf dem Schlitten ein und ließ die Peitsche knallen. Die Huskies legten sich in die Riemen. Langsam setzte sich der Schlitten in Bewegung.

Einige der Abenteurer atmeten schwer, doch keiner fiel zurück. Max hielt mühelos mit Schneegans mit. »Und was jetzt?« fragte er sie.

Sie lächelte rätselhaft. »Wir sind auf dem Weg nach Seelumkadchluk, wo der Himmel auf das Meer trifft. Daddy hat ein bißchen gezaubert und uns den Weg geöffnet.«

Max spähte über die flache Schneeeinöde. »Ich sehe nichts Besonderes.«

»Das wirst du noch.«

»Na schön. Und was dann?«

»Daddy hat euch fast alles gesagt, was ich weiß. Jemand hat Sedna ausgetrickst, und wir müssen sie befreien.«

»Ausgetrickst?« Ein keuchender Orson schloß zu ihnen auf. »Für ein Eskimomädchen sprichst du aber komisch.«

»Soll ich grunzen und schnalzen? Ich habe in Nome Anthropologie studiert. Das war natürlich vorher ... Und jetzt glaubt Daddy, daß nur ich euer Überleben sichern kann. Sehen wir es mal so: Ich bin die einzige Möglichkeit. Wir haben keine Wahl.«

»Ich glaube, ich weiß, was mit deinem Vater nicht stimmt«, sagte Orson.

»Ja, er ist krank«, entgegnete Schneegans nachdenklich. »Und der arme Ahk-lut ist völlig durchgedreht. Vielleicht hat der Rabe schlechte Arbeit geleistet.«

»Nein! Dein Dad hat doch gesagt, dieser Talisman sei ein Satellit gewesen, der in den achtziger Jahren auf Kanada abstürzte.«

»Ja und?«

»Wenn er der ist, an den ich denke, hatte er einen Atomreaktor an Bord. Dann leiden Martin und Ahk-lut ...«

»... unter einer Strahlenverseuchung. Verdammt gut, Orson!«

»Vielleicht kommt da die Magie her.«

Schneegans dachte darüber nach. »Ein starker Talisman ist immer weit gereist ...«

»He«, keuchte Orson, »dieses Ding aus dem Himmel hat Hunderte Male die Erde umkreist.« Er stöhnte vor Anstrengung auf. »Na schön, wir suchen also Sedna. Was tun wir, wenn wir sie gefunden haben? Oder ist das ein Geheimnis?«

»Wir müssen ihr Haar kämmen.«

»Das klingt nicht gerade schwierig.«

»Na ja, Sedna ist eine sehr wählerische Dame. Wir müssen es schon richtig anfangen.«

»Toll. He!« rief Orson zurück, »haben wir einen Friseur dabei?«

Max drehte sich um, und dabei sah er etwas, was ihm zuvor nicht aufgefallen war. Der Ausblick, der sich noch vor einigen Minuten endlos zu erstrecken schien, veränderte sich allmählich. »Das kapiere ich nicht«, sagte er. »Die Sonne sieht ein bißchen heller aus!«

Auch der Himmel hatte sich etwas aufgeklärt. Max schwitzte in seinem Fellparka. »Und es hat auch fast aufgehört zu schneien.«

»Wir kämmen also Sednas Haar«, sagte Orson. »Und was dann?«

Schneegans musterte ihn erheitert. »Du wärst wahrscheinlich viel glücklicher, wenn du nicht so weit vorausdächtest und darauf achtetest, was im Augenblick passiert. Das ist nicht gerade ein geruhsamer Spaziergang im Stadtwald.«

Die Hunde legten ein scharfes Tempo vor, und unter den Kufen knirschte der Schnee. Ein schwaches Krächzen wurde schnell lauter. Max hob den Kopf und machte einen Schwarm Gänse aus, die kaum einen Steinwurf entfernt durch den Himmel zogen.

»*Branta canadensis.*« Schneegans lächelte traurig. »Tuutangayak. Meine kanadischen Namensvettern. Jetzt sind sie fast ausgestorben. Mein Bruder ...« Sie hielt inne und schluckte. »Ahk-lut hat mich alles über die Tiere gelehrt. Das war vor langer Zeit.«

»Er ist etwa dreißig Jahre älter als du?« fragte Orson.

Die Vögel verschwanden hinter einer Wolkenbank. »So ungefähr«, sagte Schneegans. »Daddy hatte drei Frauen ... zu denen er sich bekennt.«

Der Pilot schlug mit der Peitsche und erhöhte leicht das Tempo. Die Abenteurer hielten keuchend mit; ihre Schneeschuhe knirschten, als der Schnee unter ihnen dünner wurde. Max starrte hinab und sah dann erstaunt Schneegans an. »Dreck! Ich habe Dreck gesehen! Ich dachte schon, ich würde nie wieder welchen sehen!«

»Sieh hinter deinen Ohren nach«, zischte Orson.

Der Hundeschlitten scharrte über die braunen Stellen und wurde langsamer. Schneegans griff hinab, drückte die Kufen hoch und schraubte Räder an. Der Karren holperte nun über einen unebenen Weg.

Die ersten kleinen Pflanzen drängten sich durch den Permafrost. Die Sonne wurde wärmer und heller, und Max badete geradezu in ihren Strahlen. Er ließ sich zurückfallen, bis er Schulter an Schulter mit Eviane ausschritt. Sie hatte die Augen zusammengekniffen und sah sich um wie ein nervöser Tiger. Irgend etwas in ihrem Blick ließ unbeantwortete Fragen aufleben. »Weißt du etwas, was du uns nicht gesagt hast? Hast du einen Hinweis oder so aufgeschnappt?«

Das Lächeln, mit dem sie antwortete, war rätselhaft. »Einen Hinweis? Ich versuche nur zu überleben, wie wir alle.«

»Ich habe trotzdem das Gefühl, daß ich in deiner Nähe bleiben sollte. Ergibt das irgendeinen Sinn?«

Sie trat einen halben Schritt zur Seite.

Max wollte ihr nachsetzen, als …

… sich etwas an seinem Rücken wand, als sei eine Schlange von beträchtlicher Größe in sein Hemd geglitten. Er schrie auf, griff nach diesem unheimlichen Ding, das sich in seine Schulter grub, mit scharfen Klauen nach seinem Herzen griff, mit spitzen Zähnen an seinem Rückgrat nagte.

Seine Hand schloß sich um einen harten, kalten Gegenstand. Auf den schlimmsten Schrecken vorbereitet, zog er ihn auf die Brust. Er war auf alles gefaßt, nur nicht auf das, was er sah.

»Mein Gewehr?« Es zuckte in seinen Händen, als sei es zu einem Lebewesen geworden. Mit ehrfürchtiger Faszination betrachtete er es. Es streckte sich, wurde schmaler, war kaum noch als Gewehr zu erkennen.

Der Lauf wurde schärfer, bildete vorn ein Dreieck aus. Die Remington war zu einer langen Harpune mit Widerhaken geworden.

Max wurde sich plötzlich aufgeregter Stimmen hinter ihm bewußt. Die ganze Gruppe redete wild durcheinander. Einige Gewehre waren zu Speeren, Keulen und Harpunen geworden – und Hippogryphs moderne Waffe zu einem Feuersteingewehr!

»Glaubt ihr an Ma-gihiee?« sang Kevin und sprang wie eine durchgedrehte Vogelscheuche auf und ab. Trianna hielt ihn an der Hand fest und riß ihn scharf herum. Kevin lief rot an und sah ihr nach, als sie sich abwandte. *Hmmmm* … Da schien eine gewisse … na ja … junge Lust im Spiel zu sein.

Plötzlich fiel Max auf, daß Eviane noch eine moderne Remington in der Hand hielt. Einen Augenblick lang wirkte ihr Gesicht völlig nichtssagend, dann schien es … Enttäuschung auszudrücken?

Einige Gewehre hatten sich nicht verändert. Warum nicht? Die Geister mußten einige, aber nicht alle Waffen für Situationen umgewandelt haben, bei denen man Speere oder Keulen brauchte. Wenn man eine Robbe mit einem Gewehr erschießt, stürzt sie ins Wasser zurück. Eine Harpune mit Widerhaken war da angebrachter.

Aber würde ein unbekannter Feind es lieber mit einem primitiven Speer als mit einem modernen Gewehr aufnehmen? Wenn ja, war ihre Kampfkraft gerade halbiert worden ...

Sie gingen weiter. Bowles' Wachposten lief, fast wie ein äußerst wachsamer Rottweiler, ihre Linie auf und ab. Seine Waffe hatte sich in eine Keule verwandelt, und er sah damit so absurd aus, daß Max fast laut aufgelacht hätte.

Ob es an der steigenden Temperatur lag oder an dem hohen Marschtempo – Max geriet jedenfalls allmählich außer Atem. Es war ihm peinlich, um eine Pause zu bitten ... und er hatte noch nie im Leben darum bitten müssen. Er wartete einfach ab.

»Schneegans!« keuchte Orson wie auf ein Stichwort. »Um Gottes willen, legen wir eine Pause ein!«

Schneegans ignorierte ihn eine Weile und hielt den Blick auf den Horizont gerichtet. »Daddy hat gesagt, da vorn läge ein gefrorener See«, meinte sie schließlich. »So warm es auf dieser Seite von Seelumkadchluk geworden ist, ist er vielleicht nicht mehr zugefroren, was es uns beträchtlich erleichtern würde.«

Der Schnee fiel immer spärlicher, und Max konnte nun Hügel und braune sowie grasgrüne Flecke ausmachen. Ein Schneehase, dessen Fellfärbung für diese neue Umgebung ziemlich unpassend war, reckte ihnen neugierig den Kopf entgegen und huschte dann auf einen Hügel zu.

Die Erschöpfung pochte nun dumpf und bleiern in Max, und zu ihr gesellte sich ein wachsender Hunger. Aber am Ende dieses Pfades würde es eine Pause, frisches Wasser und etwas zu essen geben. Sein Blick fiel auf den Schlitten. Was befand sich unter dem Ölzeug? Dosenfleisch? Oder sogar Kuchen wie in der Notration der Army?

Blödsinn. Bei den Fat Ripper Specials hungerte man sich das überflüssige Fett nicht ab. »Kein Kuchen«, murmelte er.

»Und«, sagte Trianna, eine verwandte Seele, »keine Lasagne, kein Steak Diana, kein Boeuf Stroganoff, und die Crepes Suzette können wir sowieso vergessen.«

»Das dachte ich auch gerade.«

Ihr Gelächter klang beinahe wie eine Melodie. Ohne es zu wollen, hatte diese Frau eine größere sexuelle Ausstrahlung als alle drei anderen zusammen. Sie hielt sie aber im Zaum: Max bekam keine direkten Signale.

»Es ist ein altes Spiel von mir«, seufzte sie, »mir im Kopf Menus zusammenzustellen.«

Sie war zu hübsch, um es nicht zu versuchen. »Treibst du auch noch andere Spielchen?«

Sie stieß ihn verspielt kichernd mit dem Ellbogen an und ließ sich zurückfallen.

Irgendwo zwitscherten Vögel, obwohl am Himmel nichts auszumachen war ... Nein, am Horizont sah er ein paar dunkle Punkte, die ein paar prachtvolle Sekunden lang näher kamen, bis der ganze Himmel voller Vögel schien, ein riesiger Schwarm, der die Luft mit Schwingen und Schreien teilte. Die Wolken strahlten nun in einem wärmeren Gelb, und die Sonne brannte höher und heller, fast, als sei sie wieder normal.

Toll. Er verfiel der Traumpark-Wirklichkeit. Es war ganz einfach, in den Traum zu gleiten und zu glauben, daß sie wirklich auf dem Weg zu einem großen Abenteuer waren. Und Orsons Jammern zu ignorieren. Würde ein echtes Abenteuer wirklich so ermüdend sein?

Noch schlimmer! Der Traumpark ließ es bei den Fat Rippers ruhig angehen.

Der Weg verlief einen sanften Hügel hinauf. Er rutschte aus und wäre fast gestürzt, doch Eviane hielt ihn am Ellbogen fest. Er sah sie an, und sie wandte den Blick schnell ab.

Er ließ sich etwas zurückfallen und fragte sich, wann sie eine Pause einlegen würden. Eine schöne Pause von einer Stunde und die Gelegenheit, sich zu Eviane zu setzen und zu flirten.

Er mochte sie, ohne zu wissen, warum. Die geheimnisvolle Frau? Es geht nichts über ein schönes Geheimnis ...

Auf dem Gipfel des Hügel angelangt, blickten sie auf ein flaches Tal und einen See hinab. Es war jetzt so warm, daß einige Spieler die Jacken auszogen. Roter Bär freute sich, daß der Schlitten nun von allein rollte, und lief bellend zum fernen See.

Die Spieler fielen in einen Laufschritt, doch noch lange, bevor sie den von Ried und hohem Gras umgebenen See erreicht hatten, hielt Grant sie auf. »Wartet! Hier stimmt was nicht!«

Orson stöhnte als einziger nicht auf. Kevin jedoch lief keuchend zum Schlitten. Sein sommersprossiges Gesicht brannte vor Neugier. »Was ist denn los?« fragte er, musterte den See und warf dann Trianna einen Blick zu.

»Ich fühle, daß etwas nicht stimmt. Wieso, weiß ich nicht.«

Schneegans kniete nieder und betrachtete den Boden. »Etwas unheimlich Großes hat sich hier bewegt, und zwar vor kurzer Zeit.«

Die Gruppe versammelte sich. Ja, der Boden sah wie planiert aus, aber konnte das nicht beim Gefrieren und Schmilzen des Schnees geschehen sein?

Das Eskimomädchen nagte auf ihrer Unterlippe und schüttelte dann den Kopf. Das Wasser des Sees reflektierte die Sonne, und der Wind trieb kleine Wellen über die Untiefen und die Pflanzen am Ufer.

»Ach was«, sagte Grant schließlich. »Vielleicht bin ich auch nur paranoid.«

Die Seeoberfläche brach auf, und fünfzehn Tonnen Wahnsinn schnellten in ihre Welt.

Wie eine weißblaue Rakete schoß das Unwesen heraus und verharrte einen unglaublich langen Augenblick in der Luft. Mit einem Aufbrüllen fiel es dann wieder in den See.

Max' Verstand arbeitete auf Hochtouren. *Das ist ein Scherz! Das ist ein verdammter Scherz! Killerwale leben nicht in Seen, um Gottes willen!*

Wasser spritzte von der gewaltigen, blauweißen Masse auf. Der Orca sprang erneut und prallte mit einem donnernden Krachen auf dem Ufer auf.

Mit Bewegungen, die an die eines arm- und beinlosen Menschen erinnerten, der auf einen verhaßten Feind zukroch, zog sich der Wal aus dem Wasser und wälzte sich auf das Land. Moment: Er hatte Arme! Ein knorriges Paar baumstammgroßer menschlicher Arme ragte aus dem Körper des Ungetüms hervor. Finger, so dick wie Oberschenkel, gruben Furchen in den Boden, als es den Kopf hob und wütend brüllte.

»Gott im Himmel!« schrie Grant und warf sich vom Schlitten, der dem Orca fast ins Maul gefahren wäre. Die Hunde heulte in panischem Entsetzen auf und versuchten, in verschiedene Richtungen davonzulaufen, wurden jedoch von ihren Riemen zurückgehalten.

Grinsend fiel das Ungetüm über Roter Bär und Otter her. Seine tödlichen Zahnreihen blitzten auf.

Eviane hatte als erste die Fassung zurückgewonnen und schoß. Blut und Wasser spritzten von der Haut des Ungetüms auf. Grant schüttelte seine Lähmung ab und brüllte: »Verdammt! Schießt doch!« Er kniete nieder und zielte sorgfältig auf den Wal, der gerade die letzten Huskies herunterwürgte.

Der Wal bemerkte ihn.

Und kam mit schrecklicher, unerwarteter Geschwindigkeit auf ihn zu, humpelte auf seinen grotesken Armen über den Boden. Die anderen eröffneten das Feuer und trafen den Wal mehrmals in die Flanke. Er zuckte, wurde aber nicht langsamer.

Dann hatte der Wal den Piloten erreicht. Grant schrie schrill auf, als sich die Zähne des Ungetüms um ihn schlossen, ihn zerfetzten und herunterwürgte.

Die Gewehre waren nutzlos. Schneegans zog Max am Arm. »Die Harpune! Benutze deine Harpune!«

Er hatte seine Waffe beinahe vergessen. Wieso sollte eine Harpune funktionieren, wenn Gewehre es nicht taten?

Weil es eine magische Waffe ist, du Idiot! Er hob den Speer und versuchte, sein Gleichgewicht zu finden. Die Waffe kam ihm völlig unvertraut vor.

Die nächste Bewegung des Tiers beendete seine Unentschlossenheit. Es warf sich herum, wobei irgendwie der Eindruck entstand, es würde einen Hals drehen, den es gar nicht hatte, und rutschte direkt auf ihn zu.

Max wartete, bis das Geschöpf nahe genug heran war, und schleuderte die Harpune. Sie bohrte sich in den Kopf des Untiers.

Der Wal schrie auf und zuckte zurück. Die anderen Abenteurer heulten ermutigend auf und ließen ihre Waffen fliegen. Speere und Knüppel rissen die Haut des Monstrums auf, bis es blutüberströmt war.

Es rollte sich einmal herum, um die Speere abzuschütteln, und floh zur Sicherheit des Sees. Die Waffen, die ihre Feuertaufe überstanden hatten, funkelten rot und grün vor magischer Macht.

Der Wal fiel ins Wasser zurück. Eine große Welle schoß hoch, und das Tier war verschwunden. Rotes Blut kochte an die Oberfläche, löste sich jedoch sofort auf und ließ das Wasser klar und rein zurück.

Langsam sammelten die Abenteurer ihre Waffen ein. Max fand seine Harpune und schulterte sie. Irgendwie schien sie sich verändert zu haben. Sie prickelte unter seiner Berührung, und ihr weißer Glanz dehnte sich auf seinen Arm aus.

Bowles schrie als erster triumphierend auf und riß seine Keule hoch. Dann fielen die anderen ein.

»Wir haben es geschafft!« rief Orson, wobei er einen leuchtenden Speer schwenkte; der Speer war länger als Max' Harpune, mit einer kleineren, flacheren Spitze.

»Ich verstehe das nicht«, sagte Schneegans.

Orson sah sich verwirrt um. Schneegans war ihre Führerin; wenn jemand wissen mußte, was hier lief, dann sie. »Was?« fragte er.

»Das war ein Landwal. Wir müßten eigentlich tot sein. Wir hatten nur Daddys Talismane, und sie waren die letzten, die uns blieben, die schwächsten. Warum sind wir nicht ...« Sie hielt nachdenklich inne.

Orson grinste. »Wir haben unsere eigenen Talismane. Es heißt doch, ein Talisman bekommt seine Magie daher ...«

Der Erdboden erzitterte und bebte. Max stürzte auf Hände und Knie, sah jedoch, wie die Erde aufriß und keine drei Meter entfernt eine sich windende, wurmähnliche Gestalt ins Licht erhob.

Schneegans erbleichte. »Nur ein verdammter ...« Dann überlegte sie es sich anders und schrie: »Kogukhpuk!«

Max näherte sich der Schlange mit stoßbereitem Speer. Sie war nicht groß, keine drei Meter. Es gab größere Pythons.

Dann trompetete das wurmähnliche Ding wie ein Dickhäuter. Die Erde erzitterte und brach über einem großen, zottigen Schädel zusammen. Das Geschöpf schüttelte das Erdreich mit spielerischer Leichtigkeit von sich ab. Winzige Augen funkelten. Der Rest, vier Meter hoch und sechs Meter lang, war von zottigem braunem Fell bedeckt, das fast bis auf den Boden fiel. Gewaltige Stoßzähne ragten daraus hervor.

»Ein Mammut! Ein gottverdammtes Mammut! Aber ...« Das war alles, was der Wachposten sagen konnte, dann hatte das Tier ihn erreicht und ...

... stürmte an ihm vorbei. Es erschauderte wie unter Schmerzen, warf den Kopf zurück und trampelte trompetend direkt auf Eviane zu.

Sie schoß ununterbrochen. Erst im letzten Augenblick wandte sie sich zur Flucht. Das Ungetüm sprang hoch und landete mit beiden Vorderbeinen auf ihr. Eine donnernde Staubwolke hüllte sie ein, und sie war verschwunden.

Zwei oder drei Sekunden lang stand das Mammut wie festgefroren da. Max setzte sich in Bewegung, hob die Harpune, zielte auf die Rippen, das Herz, und schleuderte die Waffe. Der Speer flog durch das hindurch und schlug auf der anderen Seite mit einem deutlich vernehmbaren Geräusch auf dem Boden auf.

Das Mammut zuckte hin und her, als könne es sich nicht entschließen, was nun zu tun sei. Andere Abenteurer griffen an. Bowles' Keule fuhr wirkungslos durch sein Bein ... und dann brach das Tier zusammen und lag wie eine riesige Stoffpuppe da.

Max sah Schneegans an. Ungläubig, mit aufklaffendem Mund, starrte sie das Tier an. Der Wachposten schaute nicht intelligenter drein.

Was, zum Teufel, war hier los?

Das Mammut fiel in sich zusammen, löste sich auf. Nach

einer Minute war es nur noch Staub und Knochen, dann nur noch Staub. Der Boden schloß sich wieder, und nichts mehr deutete darauf hin, daß etwas Außergewöhnliches geschehen war.

Und wo Eviane gestanden hatte, war kein Blut, keine Kleidung, nur flache Erde. Als habe sie niemals existiert.

»Ach du Scheiße«, sagte Schneegans erbleichend. »Sie ist tot.«

»Was?«

»Sie ist tot. Ich …« Schneegans sah verwirrt auf. »Das Mammut hat sie geholt. Heute abend werden wir um sie trauern.« Die formellen Worte klangen völlig unpassend. Sie schien nicht zu wissen, was jetzt zu tun war. »Ich … ich glaube, wir können hier lagern. Wir haben es vertrieben. Wir müßten jetzt in Sicherheit sein …«

Genauso unsicher suchten die anderen ihr Gepäck zusammen. Max hörte, wie der Wachposten leise murmelte: »Mann, das schlägt dem Faß den Boden aus.« Dann trafen sich ihre Blicke. Der Wachposten war ein Schauspieler … oder etwa nicht? Doch die Konsternation in seinem Gesicht war echt.

Was Max betraf, so hatte er das Gefühl, als habe das Schicksal – oder der Traumpark – ihm Eviane verheißen und es sich dann anders überlegt.

Er half bei der Errichtung des Lagers. Was sonst konnte er tun? Aber irgend etwas war passiert, auch wenn er es noch nicht durchschaute. War es ein Unfall gewesen, ein Fehler im Programm, oder ein weiterer gottverdammter Hinweis?

Denn ihre Führer wirkten viel betroffener als die Spieler!

Zehntes Kapitel

ZWEIMAL ABENDESSEN

Alex Griffins Videowand zeigte die Oortwolke, das Reich der Protokometen. Die Illusion war so tiefgehend und umfassend, daß sie Millicents ganze Aufmerksamkeit beanspruchte. Ihre Hände bewegten sich wie selbstständige Wesen und führten Hummer zu ihrem Mund, während Kometen um sie herumschwirrten.

Es machte ihm Spaß, sie im Profil zu beobachten. Er sah afrikanische, spanische und englische Einflüsse in ihren Gesichtszügen, die eine beinahe unwiderstehliche Mischung aus Intelligenz und Bodenständigkeit ergaben. Sie war genau das, was er brauchte, um die Frustrationen des Tages abzulegen.

Worte aus dem Bildschirm erregten seine Aufmerksamkeit. »... Sonden werden von Sonnensegeln angetrieben, die durch gewaltige Laser, die auf dem Erdenmond stationiert wurden, aufgeladen ...«

»Das hat mich gestört«, sagte er.

Millicent sah ihn an. »Warum?«

»Ich habe unsere Gäste belauscht. Sie haben nichts Besonderes gesagt, aber ich habe ihre Gesichter gesehen. Einige der Araber und Brasilianer interessieren sich nicht für die Kometen oder den Mars. Sie wollen diese Terrawatt-Laser. Sollte einer davon einem Terroristen in die Hände fallen, könnte er Teheran oder Sao Paulo zerschmelzen, bevor die Erde ein Schiff gestartet hätte.«

»Nicht Ihr Problem«, sagte Millicent. »Außerdem kann ich mir nicht vorstellen, daß ein Terrorist qualifiziert genug ist, einen Laser zu bedienen.«

»Machen Sie sich nichts vor. Viele schicken ihre Kinder auf das College. MIT. Cambridge. Intelligenz und Fanatismus existieren in zwei sich überschneidenden Welten. Einige von uns können sich wegen rein emotionellen Angelegenheiten sehr engstirnig benehmen ...«

»Seit dreißig Jahren bewegen wir Asteroiden, und bis jetzt hat uns noch keiner einen an den Kopf geworfen«, sagte sie.

»Nein. Dreißig Jahre, richtig? Sechzehn Asteroiden, und drei weitere sind mit einer Falling Angel-Crew auf den Weg gebracht worden. Das sind nicht viele. Ein aufschlagender Asteroid kann einem den ganzen Tag versauen.«

»Sie haben heute abend aber eine ziemlich düstere Laune, stimmt's?«

Eindeutig die falsche Stimmung. Er reichte über den Tisch, um ihr Handgelenk zu drücken.

»Entschuldigung. Immer nur Arbeit, keine Gelegenheit, sich zu entspannen ...«

Millicent lächelte. »Keine Zeit, um sich zu entspannen? So kenne ich meinen Alex.«

»Wenn ich nicht hin und wieder diese bestimmte junge, hübsche Chefbuchhalterin in meine bescheidene Behausung einlade, würde ich nie eine Ruhepause von meinen Sorgen bekommen.« Er setzte seinen ehrlichsten Gesichtsausdruck auf. »Eine der Bürden der Macht ist, daß die Kommunikation mich fünfundzwanzig Stunden am Tag anpiepsen kann. Aber sie haben mir versprochen, mich heute abend in Ruhe zu lassen, wenn das möglich ist.«

Sie nippte an ihrem Wein und schaute ihn über den Glasrand an. Schalk funkelte in ihren Augen. »Wir können hoffen, nicht wahr?«

Bedeutete das ja? Er interpretierte es als ein gutes, eindeutiges »Vielleicht« und entschied sich, es langsam angehen zu lassen.

Millicent spürte den Stimmungswechsel und paßte sich ihm an. Sie brach eine Hummerschere auf. »Wie hält sich Marty?«

»Er hält durch. Er sieht aus wie der Späher einer Simbabwe-Expedition. Sie haben ihn dazu gebracht, eine Steinschloßflinte zu tragen.«

»Oh, Alex ... ich glaube, ich vermisse ganz einfach die Sicherheitsabteilung. Da ging es verrückt zu.«

»Das schon ... aber Sie waren viel zu begabt, als daß wir Sie hätten zurückhalten dürfen. Ich bin froh, daß Sie es geschafft haben.«

Sie seufzte. »Und Marty treibt immer noch seine Spielchen.«

»So ist er nun mal.«

»Nun, ich bin froh, daß Sie mich empfohlen haben.«

»Es wäre kriminell gewesen, es nicht zu tun.« Er spürte, wie ihm etwas wärmer wurde. Sie senkte den Blick und schob Kartoffeln auf dem Teller herum. Was für eine Art von Lächeln gedieh dort ...?

»Äh, Alex ...«

BRRING!

»Ich hatte gehofft«, sagte er, »daß mich dieses Ding bis morgen früh um acht in Ruhe lassen würde.«

Millicents Lächeln wurde breiter. »Keine Ruhe für die Sündhaften.«

»Ich bin seit zwanzig Stunden ununterbrochen im Dienst. Ich« – BRRING! – »kann mich noch daran erinnern ...« BRRING!

»Alex, der Piepser.«

»Ja, ja. Griffin. Telefon.« Die Kometen verschwanden und wurden von dem glatten, runden Gesicht Dwight Welles' ersetzt.

»Was ist los, Dwight?«

»Griff, wir haben hier ein Problem.«

Noch mehr arabischer Wahnsinn? »Raus damit.«

»Alex, jemand hat an meinem Programm für das Fimbulwinter-Spiel herumgepfuscht. Ich weiß, daß ich alle Fehler beseitigt hatte ...«

»Immer mit der Ruhe. Was ist passiert?«

»Jemand ist im Spiel getötet worden und ausgeschieden.«

Das war alles? »Was? Wie ...« Auf einmal kam er sich sehr albern vor. »Tut mir leid. Getötet und ausgeschieden. In Ordnung. Mein Herzschlag wird sich sofort normalisieren.« Er dachte kurz nach. »Ich dachte, bei Fat Rippers könnte kein Spieler getötet werden.«

»Nicht in den ersten beiden Tagen. Eine klare Fehlfunktion.«

»Eine Fehlfunktion. Es war doch nicht Charlene Dula? Oder Marty?«

»Nein.«

Dann hatte es eigentlich auch nichts mit der Sicherheitsabteilung zu tun. »Und? Haben Sie keinen Spielraum für Zufälle ...«

»Zufälle? Sicher lassen wir Platz für Zufälle, aber Sie verstehen nicht. Es war keine dieser ›plötzlichen Inspirationen‹. Kein Unfall. Ein Monster tauchte außerhalb der Reihenfolge auf. Wir nennen es das ›Grabende Mammut‹. Der Legende zufolge sterben sie, sobald sie mit der Luft in Berührung kommen. Das hier hat aber lange genug gelebt, um sich einen Spieler auszusuchen und zu töten. Es hätte nicht möglich sein dürfen. Ich will wissen, wer an meinem verdammten Programm herumgespielt hat.«

Die andere Leitung aktivierte sich, und plötzlich war Millicent ganz geschäftsmäßig. »Alex, soll ich ...?«

»Nein, nein, warten Sie ...« Dwights Stimme wurde leiser, als die zweite Leitung geschaltet wurde. Der Bildschirm teilte sich, und auf der anderen Seite erschien Dr. Vail. Er wirkte angespannt und beunruhigt.

»Mister Griffin, hier ist etwas Ungewöhnliches passiert.«

»Ich weiß Bescheid. Jemand ist im Spiel getötet worden und ausgeschieden.«

»Wenn es nur das wäre. Das Problem ist, daß der ausgeschiedene Spieler durchdreht!«

»Ich wäre da auch ziemlich sauer.«

Vail schüttelte den Kopf. »Sehen Sie.«

Der Bildschirm teilte sich erneut. Im neuen Abschnitt war eine untersetzte, rothaarige Frau zu sehen. Ihre Blicke waren durchdringend. »Ich weiß nicht, warum oder wie Sie das gemacht haben, aber ich weiß, daß es ein Trick ist«, sagte sie. Griffin schreckte vor dem puren Haß in ihrer Stimme zurück. »Sagen Sie Ahk-lut, daß er von mir nichts kriegt, verstehen Sie? Nichts! Sie haben es hier warm und zu essen. Millionen von Menschen verhungern, und das ist Ihre Schuld.«

Ahk-lut?

»Miß Rivers.« Vails mitgeschnittener Tonfall war sorgfältig beruhigend. »Das Fimbulwinter-Spiel ist ein Spiel. Es gab einen Unfall, und Sie sind ausgeschieden. Wenn Sie eine Entschädigung ...«

Ihr Gesicht verzerrte sich vor Wut. Griffin suchte nach Anzeichen von Irrsinn, fand aber nur rechtschaffenen Zorn.

»Sie nennen den Tod einer Zivilisation ein ›Spiel‹? Sie nennen die Ermordung von Millionen einen ›Unfall‹? Warten Sie nur. Meine Leute lassen mich nicht im Stich. Sie werden kommen!« Sie verstummte, und ihren nächsten Worte wurden mit tödlicher Ruhe ausgesprochen. »Es sei denn, ich erwische Sie zuerst.«

Das aufgenommene Bild wurde eingefroren, und Vail erschien wieder.

Alex war aufgesprungen und ließ ihn gar nicht erst zu Wort kommen. »Ich komme sofort.« Er schaltete den Bildschirm aus und sah Millicent an. »Verdammt, es tut mir so leid wegen des Essens ...«

»Ich habe gegessen, Griff.«

»Möchten Sie nach Hause, oder wollen Sie mitkommen?«

»Ich darf mitkommen? Klingt wie nach den alten Zeiten.«

»Ich habe Sie gern dabei. Ich habe ein schlechtes Gefühl bei dieser Sache.«

Er forderte ein Shuttle an, und als sich die Tür hinter ihnen schloß, wartete bereits eins auf der Schiene. Es startete, kaum daß sie eingestiegen waren.

Die Menschen, die für den Traumpark arbeiteten, hatten einen ausgeprägten Sinn für Eleganz, gepaart mit einem gehörigem Respekt vor der Umwelt. Etwas an der Art, wie Michelle Rivers so schroff aus dem Spiel gerissen worden war, war auf schrille Weise unelegant.

Als die Modular-Communsty hinter ihnen verschwunden war, hatte Millicent ihre Gedanken gesammelt.

»Äh ... wenn es keine Fehlfunktion ist, und Welles schien sicher zu sein, daß es keine war ... was war es dann?«

»Eine Fehlfunktion. Leute, die behaupten, alle Fehler ausgemerzt zu haben, haben meistens nicht in allen Ecken nachgesehen. Was glauben Sie?«

»Ich denke, Sie hören sich wie der Mann an, der versucht, sich selbst von etwas zu überzeugen.«

Das Shuttle versank drei Stockwerke tief in dem Labyrinth unter dem größten Unterhaltungskomplex der Welt. Dort, verborgen unter der Oberfläche, lagen die Zement-, Stahl- und Plastikeingeweide des Parks. Keine Einzelperson kannte all die tausende Kurven oder die Hunderte von Meilen langen Tunnels. Hier lagen die Transport-, Abwässer- und Elektrizitätssysteme sowie die Lebensmittelversorgung verborgen. Hier waren Millionen Meter supraleitfähiger Kabel, Stahlrohre und PVC-Isolierungen verlegt worden.

Das Shuttle verringerte die Geschwindigkeit und hielt an. Sie sprangen heraus und stiegen in den nächsten Aufzug. Die Kabine raste in den siebten Stock der Sicherheitszentrale.

Sein Büro glich einem vom Blitz getroffenen Ameisenhaufen. Cary McGivvon traf ihn mit einem Stapel Computerausdrucke an der Tür, Michelle Rivers' Sicherheitsakte. Das Foto zeigte ein blasses, von Sommersprossen übersätes Gesicht, mit hohen Wangenknochen unter den Fettpolstern, das von rotem Haar umgeben war. Das Mädchen versuchte wütend oder gefährlich auszusehen. Aber das paßte nicht zu ihr.

»Hatte sie nicht Botschafter Arbenz' Nichte begleitet? Gott – kein Wunder, daß wir so wenig über sie wissen.«

Cary rümpfte die Nase. »Charlene Dula hat ihre Freundin mit einem Diplomatenpaß hereingeschmugelt. Der Name Michelle Rivers ist in unseren Datenbanken nicht aufgetaucht, der Computer hat einfach angenommen, daß sie zum erstenmal am Spiel teilnimmt.«

»Großartig«, sagte Alex. »Aber jeder Spielteilnehmer mußte die Psychologische Abteilung durchlaufen. Warum, zum Teufel, ist ihnen diese Verrückte nicht aufgefallen?« Sie war klein. Ein Blick hätte es jedem verraten: Das war keine alte Freundin aus dem Null-G-Habitat. Diese Person hatte die Nichte des Botschafters auf der Erde kennengelernt; vielleicht war sie von Terroristen eingeschleust worden.

»Noch keine Antworten. Es ist einfach passiert, Griff.«

»Es tut mir leid, Cary. Ehrlich. Sie ist irgendwie auch an *mir* vorbeigeschlüpft. Diese verdammte diplomatische Einmischung.« Er schlug hart genug mit der Faust auf den Tisch, um die Papiere zu verstreuen. »Warum, zum Teufel, haben wir sie nicht erwischt?«

»Sie besitzt eine echte Sozialversicherungsnummer. Sie war sauber.« Sie räusperte sich unbehaglich. »Es sieht langsam so aus, als sei ein Teil ihrer Vorgeschichte ... gefälscht. Aber wir haben ihre Fingerabdrücke identifiziert.«

»Fingerabdrücke?« fragte Millicent. »Gibt es eine Polizeiakte?«

»Nein, es existieren über sie überhaupt keine Unterlagen, aber sie war schon einmal hier. Unter dem Namen ›Michelle Sturgeon‹ hat sie Schwierigkeiten gemacht.«

Alex runzelte die Stirn. »Was für Schwierigkeiten?«

»Wenn ich das nur wüßte. Es ist eine geschlossene Datei ohne Zugangskode.«

»Wer hat sie geschlossen?«

»Harmony.«

»Haben Sie sich mit ihm in Verbindung gesetzt?«

»Er reagiert nicht auf seinen Pieper, Griff.«

»Spielen Sie mir noch einmal die Todesszene vor.«

Cary hantierte an ihrer Konsole, und die Wand verschwand. Griffin sah, wie sich das Mammut aus dem Erdboden erhob und angriff; er hörte die Schreie und sah das Aufflackern, als das Monster sein Opfer jagte und den Rotschopf tötete.

»Dieser Fehlfunktion möchte ich nicht im Dunkeln begegnen«, sagte Dr. Vail. Er stand hinter Griffin und trank Kaffee. Alex bereitete es eine merkwürdige Befriedigung, daß Vail um elf Uhr abends nicht ganz so verdammt zuvorkommend war. »Gut, daß Sie da sind, Doc. Ja, ich glaube es auch nicht.«

»Es ist sogar noch schlimmer«, sagte Cary düster. »Einer unserer Schauspieler sitzt in dem Spiel fest.«

»Festsitzen ... stimmt. Das Monster hat sie gejagt, das ist offensichtlich. Sollte es jemanden anders jagen?«

»Ja. Yarnall, den Wachmann. In der Nacht. Jetzt steckt er ohne Drehbuch fest. Er ist Alkoholiker. Zwar ist er als Schauspieler dabei, aber es sollte gleichzeitig als Therapie dienen.

In diesem Spiel kontrollieren wir sowohl die Schauspieler als auch die Teilnehmer.«

»Was machen die anderen Spieler in diesem Moment?« fragte Griffin.

»Essen«, sagte Vail. »In einem normalen Spiel wäre das ihre Auszeit. Aber da es sich um ein Fat Ripper handelt, benutzen wir die Zeit zum Umerziehen.«

»Schalten Sie ein.«

Die Spieler saßen zusammen und aßen, und es war ein seltsames Schauspiel, das an das Bankett am Ende von *Alice hinter den Spiegeln* erinnerte.

Das Essen auf ihren Tellern ... *lebte.* Es lächelte sie an; manchmal redete es auch mit ihnen. Einige Spieler schienen sich daran gewöhnt zu haben, anderen wiederum hatte es den Appetit verdorben, und sie hatten ihre Teller zurückgeschoben.

Der Computer erkannte die Spieler und blendete ihre Namen ein.

Yarnell war still. Er schien unruhig zu sein, und Griffin konnte das gut verstehen. Er hätte jetzt zu Hause sein sollen.

Marty und Charlene Dula teilten sich einen flachen Stein als Tisch. Sie schienen sich zu verstehen, hatten einander aber nicht viel zu sagen.

Griffin schaltete den Ton dazu.

Orson Sands: »Wichtig ist, daß Teile unserer Ausrüstung von Falling Angel stammen. Die Rahmen in einigen Rucksäcken, die Medikamente, das ist alles Magie. Es hat die Welt oft genug umkreist, um das Kabal grün vor Neid werden zu lassen.«

Gwen Ryder: »Das ist großartig, aber unterschätze das Kabal nicht.«

Kevin Titus blätterte in einer Mappe. »Habt ihr das gesehen? Mein Dossier hat sich verändert. Heute morgen stand da etwas anderes.«

Jemand sagte: »Du bist verrückt.« Aber jetzt blätterten alle Spieler in ihren Mappen und kicherten amüsiert, als sie entdeckten, daß sich die Daten auf wundersame Weise verändert hatten.

Kevin schrie triumphierend auf. »Ausgetauscht! Meins erzählt mir etwas über Pewitu, Tabus. Ich kann keine Robbe töten, es sei denn, sie ist an Land.« Er holte einen Taschencomputer hervor und fing an, mit einem Finger etwas einzutippen. »Scheint einfach zu sein«, sagte er. »Was meinst du, Trianna?«

»Ich weiß nicht. Glaubst du, daß wir gewinnen, wenn wir uns an diese Tabus halten?«

Sie blickte Johnny Welsh an, aber Kevin antwortete. »Warum nicht? Beim erstenmal haben wir es ihnen ganz schön gezeigt.«

»Aber hat Evianne ein Tabu oder so etwas gebrochen?« fragte Max. »Ich verstehe nicht, warum sich das Mammut so auf sie gestürzt hat.«

Während er redete, schnitt Max in ein Schwertfischsteak, und es fing an zu zetern. Ein Gesicht formte sich und sagte: »Würden Sie mir bitte Ihre Aufmerksamkeit widmen? Bitte sprechen Sie beim Essen nicht soviel. Was glauben Sie, wie irritierend es ist, von jemanden gegessen zu werden, der einem nicht die geringste Aufmerksamkeit schenkt.«

Max funkelte seinen Schwertfisch an. »Hör zu. Wir haben miteinander gekämpft. Du hast verloren.«

»Das ist keine Entschuldigung für schlechte Manieren. Ich bin gestorben, um Sie am Leben zu erhalten. Denken Sie mal darüber nach, Mister.«

Die Unterhaltung am Lagerfeuer begann einzuschlafen.

Vail kicherte boshaft. »Ein perfektes Beispiel. Es ist die unbewußte und gefühlsmäßige Aufnahme von Essen, Drogen, Alkohol – im Gegensatz zur bewußten Motivation –, die die Leute in Schwierigkeiten bringt. Je mehr Aufmerksamkeit man seinem Körper und den Dingen schenkt, die man ihm zuführt, um so so kleiner ist die Wahrscheinlichkeit, daß man ihn mißbraucht.«

»Das ist wirklich interessant, aber nicht das, was ich brauche«, sagte Alex. Er tippte Martys »stummen« Kode ein. Eine regelmäßige Vibration würde den Sicherheitsbeamten alarmieren.

Hippogryph wartete ein paar Sekunden, stand dann auf und verließ die Gruppe. Er ging auf eine paar Büsche zu, wechselte dann aber die Richtung. Die Kurve des Hügels verbarg ihn, als er sein Funkgerät herausholte.

»Marty. Was ist da draußen mit dieser Eviane passiert?«

»Sie wurde von einem Vieh zertrampelt. Griff, wir haben eben einen verloren. Keine große Sache.«

»Marty, du verstehst nicht. Während eines Fat Rippers wird niemand getötet! Das ist kein Punkte-, sondern ein Erziehungsspiel. Warum sollte sie getötet werden? Sie hat keinen Fehler begangen. Später ist es möglich, bei einem Fehler auszuscheiden, aber jetzt noch nicht.«

»Ich ... gut, ich verstehe die Logik. Das ist alles geheim, richtig?«

»Allerdings. Wir wollen der Allgemeinheit nicht verraten, daß wir ein Problem haben.«

Marty mußte die Ungeduld in seiner Stimme gehört haben. »Ich bin etwas schwer von Begriff, Boß. Sie haben mich halb zu Tode gehetzt.«

Tatsächlich sah Marty erschöpft aus. »Wie geht es dir, Marty? Schaffst du es?«

»Wir Krieger werden unsere Pflicht erfüllen, großer Griffin. Außerdem haben wir das Schlimmste hinter uns.«

»Irgendwelche Anzeichen von Ärger?«

»Nein. Soweit es mich betrifft, hat niemand versucht, Botschafter Arbenz' Nichte umzubringen. Griff, in dieser Umgebung kann man nur schwer einschätzen, was nicht stimmt. Man hätte mir sagen müssen, daß wir nicht getötet werden können.«

»Man hat es mir erst heute morgen gesagt.«

»Wieso ist es ausgerechnet Eviane passiert?«

»Ich weiß nur, daß Eviane – ihr richtiger Name ist Michelle Sturgeon – schon einmal den Traumpark besucht hat und ihre Datei versiegelt wurde.«

»Wer hat das getan?«

»Harmony. Ich werde es mit ihm aufnehmen müssen. Ich weiß nicht, was hier gespielt wird.«

»Vielleicht hat Harmony sie aus dem Spiel geworfen.«

»Das glaube ich nicht. Er hätte sich nicht eingemischt, ohne vorher mit mir zu sprechen. Ich werde mit ihm reden«, sagte Griffin. »Es ist wohl an der Zeit dafür.«

Elftes Kapitel

HOCHFINANZ

Harmony hatte seinen Pieper seit siebenundzwanzig Minuten ignoriert. Cary McGivvon schaute Alex erwartungsvoll an; ihr Finger schwebte über der roten Taste auf ihrer Tastatur. »Soll ich die Prioritätsschaltung benutzen?«

»Nein ... sogar Harmony hat ein Privatleben. Ich sage Ihnen was.«

Er stellte sich hinter sie und legte die Hände leicht auf ihre Schultern. »Machen Sie eine Bewegungsabtastung. Finden Sie heraus, wann er das letzte Mal einen der Kontrollpunkte passiert hat. Wir wollen sichergehen, daß er sich noch im Park aufhält.«

Sie programmierte die Abtastung. Kurz flackerten Rißzeichnungen auf, und dann erschienen die Umrisse des gesamten Traumparks auf der Wand.

»Sein Pieper befindet sich immer noch in seinem Büro, Alex.«

Alex gefiel das alles von Minute zu Minute weniger. »Aber ... warum in aller Welt sollte er nicht den Pieper beantworten?«

Ein böser Verdacht nistete sich in seinem Hinterkopf ein. »Schalten Sie seinen medizinischen Überwachungskanal ein. Eine vollständige Abtastung.«

Millicent zuckte zusammen. »Chef ... äh, Griff, das gehört zur Intimsphäre.«

Cary nickte. »Dafür habe ich keinen Zugangskode.«

Alex fischte eine flache Plastikkarte aus seiner Brieftasche. »Ich aber. Überlagern Sie es.«

»Gut.« Sie schob Alex' Karte in einen schmalen Schlitz an ihrer Konsole, und die Wand füllte sich mit Zahlen. »Puls ist neunundachtzig ... unregelmäßig, hoher Blutdruck, niedrige Körpertemperatur. Er ist sehr erregt, Griff. Etwas stimmt nicht.«

Cary hatte Harmonys Blutalkoholspiegel diskreterweise nicht erwähnt. Er war gigantisch.

»Gut«, sagte Alex, »Lassen Sie die Prioritätschaltung. Ich will, daß das unter uns bleibt, bis ich mehr herausgefunden habe.«

Harmonys Büro befand sich im Turm der Nacht, dem größten Gebäude im Kommunikations- und Forschungszentrum. Sie hatten Thadeus vor acht Jahren auf diesen Posten gesetzt, als Alex eingestellt worden war.

Zog man Harmonys Bedeutung in Betracht, hätte man eigentlich ein größeres Büro erwartet. Der Computer zeigte an, daß sich Harmony noch immer in seinen Privaträumen neben dem Büro aufhielt. Offensichtlich wollte er nicht gestört werden. Aber genauso offensichtlich konnte Alex diesen Wunsch nicht erfüllen. Alle leitenden Angestellten des Traumparks über der Klasse 3 waren mit Ausnahme des Urlaubs vierundzwanzig Stunden am Tag im Dienst.

Harmony antwortete noch immer nicht auf seinen Pieper. Alex wollte sich nicht mit dem Zentralcomputer anlegen, also benützte er seine Prioritätskarte, um das Büro zu betreten.

Es war furchtbar heiß in dem Raum. Der offene Wandkamin war beinah auf die höchste Stufe eingestellt.

Harmony saß in einem tiefen Polstersessel, die Hände um ein Glas gelegt. »Alex«, sagte er undeutlich. »Willst du da stehenbleiben oder reinkommen und dir einen Drink nehmen?«

»Nun … ich bin noch im Dienst.«

»Du bist nicht im Dienst. Niemand ist im Dienst. Gottverdammt.«

»Ich schon.«

»Dann mach Feierabend.«

»Ich muß mit dir reden.«

Harmony hob die Stimme, daß sie im Zimmer widerhallte. »Ich werde mit keinem reden, der verdammt nochmal im Dienst ist. Wenn du mit mir reden willst, dann mach Schluß.«

Alex ging zur Bar und mixte sich einen Scotch mit Soda. Er setzte sich Harmony gegenüber und wartete. Das Telefon läutete und läutete. Harmony ignorierte es.

»Sie verhindern sogar, daß man es vergißt.« Seine Stimme klang unaussprechlich müde. »Sie drücken deine Nase in die Scheiße, du frißt sie, und sie erlauben dir noch nicht mal, die Zähne zu putzen.« Harmony sah ihn. »Alex, du hattest gute und schlechte Zeiten. Ich weiß, daß es dir nicht gefallen hat, diesen McWhirter ins Gefängnis zu stecken.«

»Ich habe da einiges für ihn tun können. Ich will jeden, der mein Sicherheitssystem überwinden kann, auf meiner Seite wissen. Wenn er nächstes Jahr rauskommt, wartet ein Job auf ihn.«

»Ja, das ist in Ordnung. Ich mußte schlimmeres tun. Ich mußte einen Mord vergessen. Ich wußte, wer der Hurensohn war, und zum Schluß mußte ich ihn anlächeln.«

»Ihn anlächeln?«

Harmonys Mundwinkel verzerrten sich. Alex nahm an, daß es ein Lächeln sein sollte, doch in dem flackernden Feuerschein sah es dämonisch aus. »Das ist das Schlimmste auf der ganzen Welt.« Er leerte das Glas. »Der ganze Schlamassel fing zwei Jahre an, bevor du kamst, Alex, 46 oder so. Es gab Probleme im Traumpark. Wir waren so verdammt erfolgreich gewesen, daß wir unter Psychosklerose litten. Unsere kreativen Arterien wurden durch Verwaltungsfett blockiert. Verdammt! Wir hatten es geschafft. Jedermann liebte den Traumpark. Wir waren so verteufelt gut, und das schlimme daran war, daß wir es auch wußten.

Also machten wir ein paar schlimme Fehler. Ein paar Neunzig-Millionen-Dollar-Filme waren Flops. Dann das Mittelmeerprojekt. Wir verloren in drei Jahren eine Viertelmilliarde Dollar. Und wir konnten nicht mal die Nieten loswerden, da die Hälfte mit dem alten Cowles verwandt waren.«

»Ich verstehe«, sagte Alex, obwohl er überhaupt nicht verstand.

Harmony starrte in sein Glas. »Als das alles passierte, entwickelte die Psychologische Abteilung des Generalstabsarztes gerade eine interessante neue Theorie. Es begann eigentlich alles 1970 mit der Entwicklung des Show-Scan-Systems durch den alten Doug Trumbull. Superschnelle Filmprojektion, genügend vorbeihuschende Bilder pro Sekunde, daß dein Gehirn nicht auseinanderhalten kann, was real ist und was nicht. Dabei gab es ein großes Problem: die Bilder wirkten nicht nur realer, sondern auch erstrebenswerter als das eigentliche Leben.«

»Ein ›heißes‹ Medium«, sagte Griffin, und versuchte sich an einen alten Collegekurs zu erinnern. »Das Fernsehen des zwanzigsten Jahrhunderts war ein ›kaltes‹ Medium, weil die Bilder kleiner als der Zuschauer waren.«

»Richtig. Als Cowles Industries die Interaktive Holographie vorstellte, wurde aus ›heiß‹ eine Supernova. Sie nannten es ›Realitätsverfremdung‹. Die Presse nannte es das ›Traumpark-Syndrom‹. Verwirrung, nervöse Erschöpfung, Gedächtnisstörungen. Zu viele Leute wissen nicht, daß die Traumpark-Techniker alles noch realistischer machen könnten, als sie es tun. Wir haben Angst, die Leute zu überreizen. Millionen von Jahren genetische Weiterentwicklung werden nicht von zweitausend Jahren Zivilisation zunichtegemacht. Es gibt das Gerücht, daß das Geisterhaus im alten Disneyland so realistisch war, daß die Leute in Ohnmacht fielen oder sich erbrachen.«

»Die Geschichte wurde im Lauf der Zeit wahrscheinlich aufgebauscht.«

»Schon möglich. An der Börse gab es jedenfalls einen geringfügigen, aber beunruhigenden Abwärtstrend für Cowles Industries. Als der Preis fiel, kaufte jemand da draußen die Aktien auf. Zur selben Zeit wurde Cowles' Management von Firmenabwerbern heimgesucht.«

»Schlimm?«

»Ließ die Jivaros wie Schulkinder aussehen.«

»Merkwürdig, daß das alles gleichzeitig passierte.«

Harmony lächelte sarkastisch. »Ja, nicht wahr? Es war ein massiv finanzierter, total skrupelloser Übernahmeversuch.

Es war noch noch nicht einmal schwer, den Drahtzieher herauszufinden. Unser Freund aus Saudi-Arabien.«

»Fekesh? Kareem Fekesh?«

»Genau der. Finanziert durch Öl, unterstützt von den gleichen radikalen Arschlöchern, die vor vierzig Jahren versucht haben, ein Space Shuttle in die Luft zu jagen, hat er ein Imperium aufgebaut, wie es im einundzwanzigsten Jahrhundert nur wenige gibt. Er lebt dafür, Dinge aus dem Gleichgewicht zu bringen – Menschen, Organisationen, Nationen.

Nachdem wir wußten, worum es ging, versuchten wir, eine Verteidigungslinie aufzubauen. Dann geschah es – das, wovor wir immer Angst gehabt hatten. Es war das erste Fimbulwinter-Spiel.« Er verstummte, als er Alex' Blick bemerkte. »O ja, das gleiche Spiel, das zur Zeit läuft. Natürlich wurde es vollständig verändert. Ein echtes Gewehr fand seinen Weg ins Spiel. Leute wurden angeschossen.«

»Scheiße. Schlimm?«

»Einer wurde schwer verwundet, ein anderer starb auf der Stelle.«

Alex leerte sein Glas und stand auf, um es aufzufüllen. Er hatte es nötig.

»Wir holten die Spieler raus und sperrten die Gegend ab. Das Spiel endete. Die Frau, die abdrückte, war emotional zerstört. Wir arrangierten uns mit ihrem Vater. Viel Geld, und er gab Ruhe. Wir schickten sie zu den Besten, nach Brigham Young. Ich wollte mich über sie auf dem laufenden halten, aber die Ärzte waren dagegen. Ich habe gebetet, daß sie es überwindet. Alex, sie war so ein zerbrechliches Ding ...«

Harmony stand auf. »Das hier war wirklicher als die Wirklichkeit, besser als das Leben. Es war ihre Zuflucht vor einer Welt gewesen, die nichts von Magie hält, vor einer Familie, die nichts für sie übrig hatte. Wir ließen sie im Stich. Dann haben wir sie begraben.«

Harmony schwieg lange, und Alex dachte, er wäre fertig, als er weitersprach. »Wir haben nie herausgefunden, wie das Gewehr reinkam.«

»Es war ein Insider-Job, richtig?«

»Es konnte nur so sein. Danach haben wir die Sicherheitsabteilung gesäubert.«

Harmony stand neben dem Kamin. »Ich hatte acht gottverdammte Jahre Zeit, darüber nachzudenken. Jedesmal, wenn ich mit jemandem zu tun habe, der 48 hier gearbeitet hat, denke ich daran. Warum habe ich dich 49 wohl aus dem Norden geholt? Warum habe ich andere gute Leute übergangen und dich befördert? Weil ich nicht wissen konnte, wem ich vertrauen durfte. Ich sitze hier und esse mit diesen Leuten, spiele mit ihnen und ihren Kindern und weiß, daß sie an Arthur Cowles' Traum glauben ... und einer von ihnen ist ein Killer.

Ich arbeite hier, weil ich diese Arbeit liebe. Aber die ganze Zeit sehe ich mir die Gesichter an, Alex, sehe sie mir an und frage mich ›Wer? Wer ist es?‹«

»Wie ging es weiter, Thadeus?«

»Die ganze Sache wurde vertuscht. Calvin Izumi, der Junge, der starb, gehörte zur Forschungsabteilung. Seine Familie lebte für den Park, und sie wollten keinen gottverdammten Terroristen gewinnen lassen. Sie halfen uns, es zu vertuschen.

Wir bestachen den Leichenbeschauer, Alex. Wir verteilten Schmiergelder. Wir ließen es wie einen Jagdunfall aussehen, wir vertuschten einen Mord. Wir mußten es tun. Es hätte unsere Aktien ins Bodenlose fallen lassen.«

»Und deiner Meinung nach steckt Fekesh dahinter?«

»Fekesh. Ich weiß es und kann nichts beweisen. Als das Mars-Projekt gestartet wurde, haben sie mir befohlen, die ganze Sache zu vergessen. Und wie ein gut dressierter Affe habe ich gehorcht.«

Griffin wartete einen Augenblick, dann fragte er: »Hieß diese Frau Michelle Sturgeon?«

Harmony fuhr herum. »Woher weißt du das?«

»Sie ist wieder da, Thadeus. Sie ist in den Traumpark zurückgekehrt, zur gleichen Zeit wie der Mann, der sie zerstört hat.«

Harmonys Finger zitterten. »Sie ist wieder da?«

»Und Fekesh weiß Bescheid. Jemand hat sie aus dem Fimbulwinter-Spiel rausgeworfen und dabei beinahe ihren Geist zerstört.«

Griffin hatte schon Piranhas mit einem freundlicheren Lächeln gesehen. »Fabelhaftes Timing, findest du nicht auch? Weißt du, wir haben gewonnen, aber gleichzeitig verloren. Fekesh hat verloren und dabei gewonnen. Seine Übernahme ist an vier Stimmen gescheitert. Aber der Bastard hat seine Aktien billig gekauft und seinen Profit gemacht, als Cowles die Ausschreibung für die Transkontinentale Untergrundbahn gewonnen hat.«

»Wie kannst du so sicher sein, daß es Fekesh war?«

»Wenn du das Geld durch alle Tochtergesellschaften und Scheinfirmen zurückverfolgst, landete es direkt in seinem Schoß.«

Alex spielte mit seinem Glas. Man konnte das Geld verfolgen, und es würde die Wahrheit verkünden. Aber es würde vor Gericht nichts beweisen.

Harmony sah erleichtert aus. »Ich bin in der Welt der großen Konzerne aufgewachsen. Wir haben eine Menge Regeln zurechtgebogen und manchmal auch gebrochen, aber es war eine geregelte Welt. Und irgendwie habe ich gehofft, du würdest es wieder in Ordnung bringen, Alex. Vielleicht verlange ich zuviel. Aber ich darf die Hoffnung nicht aufgeben.«

Alex dachte lange nach. Über all die Leute, die vergangene Zeit. Es gab nur wenige Spuren. Nichts, was zu beweisen wäre. Aber ... warum sollte der unbekannte Verräter auf sich aufmerksam machen, wenn da nichts war, indem er versuchte, Michelle Sturgeon im Spiel zu töten? Das ergab auch keinen Sinn. Da mußte es etwas geben.

Und wenn da etwas war ... mußte man es erst finden.

»In Ordnung, Thadeus. Ich weiß, was ich zu tun habe.«

»Gut! Was?«

»Es ist allen Beteiligten gegenüber unfair, aber etwas anderes fällt mir nicht ein. Doch es könnte funktionieren. Das Mädchen ist der Schlüssel. Eviane. Diese Michelle Sturgeon. Jemand wollte nicht, daß sie mitspielt. Ich werde sie wieder reinbringen.«

Harmony ließ sich schwer in den Sessel fallen. »Das kannst du nicht. Sie ist emotionell instabil. Es ist gegen die Regeln.«

Alex grinste freudlos. »Da liegst du falsch. Da haben unsere Verräter einen großen Fehler gemacht. Es gibt gar keine Regeln, Thadeus. Es gibt überhaupt keine Regeln.«

Zwölftes Kapitel

FRÜHSTÜCKSEIER

Gwen drehte sich in ihrem mollig warmen Schlafsack um und drückte den Rücken gegen Ollie. Erschöpft und von fanatischen Spielern und verrückten Schauspielern umgeben, hatten sie und Ollie selbst etwas ziemlich Verrücktes getan. Er war so durchtrieben gewesen, sich um der ›Wärme‹ willen von hinten heranzuschlängeln, während die anderen Spieler um sie herum schliefen. Oder wenigstens so taten als ob.

Die Luft war warm, die Kuppel über ihnen war mit flaumigen Traumpark-Wolken bedeckt. Acht Uhr morgens.

Hinter ihr ertönte ein knisterndes Geräusch. Gwen drehte den Kopf und sah Trianna, die langsame Dehnungsübungen machte. Hinter ihr breiteten sich weißgekrönte, eisengraue Berge aus, das Objekt der heutigen Übung.

Ein leises, raschelndes Geräusch erregte ihre Aufmerksamkeit. Francis Hebert beobachtete Trianna. Sie *war* wunderschön, gestand sich Gwen ein. In diesem massigen Körper steckte eine Frau von enormer Sinnlichkeit. Jede Bewegung war wie eine Aufforderung, berührt zu werden. Kevin und Hebert waren beide interessiert.

Was wollte Trianna? Hebert war viel besser gebaut …

»Arrgh!« Die Stimme ertönte direkt hinter ihr. Sie rollte sich herum, richtete sich auf den Ellbogen auf und sah amüsiert zu, als sich Johnny Welsh seinen Weg ins Wachsein erkämpfte. »Mutter«, stöhnte er, »was ist aus deinem kleinen Jungen geworden?«

»Mein Gott.« Max Sands richtete sich auf. »Es ist noch zu früh für diese Scheiße.« Überall im Lager erwachten die Spieler.

Gwen griff in ihren Schlafsack, fand die zerissenen Reste ihres Mieders (Ollie, du Biest!) und schlüpfte hinein. Darüber zog sie einen Overall. Sie suchte herum, bis sie ihr Kostüm fand, und zog sich dann an.

Das Fimbulwinter-Spiel machte ihr bis jetzt eine Menge Spaß. Am Ende des ersten Tages hatte die Gruppe angefangen, wie eine Einheit zu agieren, und ihrem schwachen Hungergefühl nach zu urteilen, hatten die Traumpark-Zauberer in der Nacht ihre zu erwartende Magie ausgeübt. Gewöhnlich wollte sie Hörnchen, Hafergrütze mit Milch und Zucker, Eier mit Würstchen und Brötchen zum Frühstück. Aus irgendeinem Grund wollte sie jetzt nur frisches Obst.

Und ... sie wollte Antworten, fand aber keine. Der Wachmann saß ein paar Schritte entfernt. Er hatte in einem aus zwei Thermaldecken konstruierten provisorischen Schlafsack geschlafen. Er hieß Yarnall, und sein Problem war, daß er überhaupt keine Spielpersönlichkeit besaß. Wie schon der Pilot, Kopilot und die Stewardeß vor ihm war sein Teil erledigt; er hätte den Tod finden und ausscheiden müssen.

Yarnall kroch mit seinem Schlafsack in die Lagermitte. Während der Nacht war auf magische Weise das Frühstück erschienen.

»Kleine Gnaden«, murmelte er. Er war Ende Dreißig, ein hellhäutiger Schwarzer mit einem freundlichen Gesicht, das es schwermachte, seinen Ärger ernstzunehmen. »Ich kann es einfach nicht glauben.«

»Die Panne nervt dich immer noch, was?« Kevin Titus stand auf und reckte sich. Er war erschreckend dünn und blaß. »Entspann dich einfach. Was stört dich an der Sache?«

»Ich bin müde. Ich hatte gedacht, ich würde letzte Nacht in meinem Bett schlafen. Ich will einen Scotch mit Wasser. Am schlimmsten ist, daß ich kein Script habe.«

»Willkommen im Klub«, sagte Kevin gähnend. »Wenn sie die Panne beheben, wird man dich als erstes rausholen. Je länger du sie daran hindern kannst, um so länger kriegst du die Überstunden bezahlt, die du jetzt machst. Ist doch nicht schlecht, das Doppelte zu verdienen.«

Yarnall dachte darüber nach. »Wenn die es mir befehlen, muß ich mich sogar in einen Speer stürzen ...« Er hob die Stimme, bis es beinahe ein Schrei war. »Da es natürlich nicht mein Fehler war, geben mir die Götter vielleicht die Gelegenheit, weiter im Spiel zu bleiben.«

Er wartete und starrte in den Himmel, zuckte dann die Achseln. »War auf jeden Fall eine gute Idee.«

Die Wolken über ihnen schimmerten und verformten sich zum Kopf einer grinsenden Katze. Ein donnernder Widerhall ertönte auf dem Spielbereich B:

»Sind Sie ... ein Spielertyp, Mister Yarnall?«

»Darauf können Sie Ihren Arsch wetten. Wer spricht da?«

»Untergott Welles. Achten Sie freundlichst auf Ihre Umgangssprache. Engel hören zu. Wie Ihnen bekannt sein müßte, verfüge ich über ein unbegrenztes Budget. Ich hätte Lust, mit Ihnen zu wetten, sagen wir, dreifacher Stundenlohn, daß es mir noch vor dem Abend gelingt, Sie ausscheiden zu lassen, ohne daß ich dabei eine Regel verletze. Was sagen Sie?«

»Ohne zu schummeln?«

»Götter haben das nicht nötig. Wir wissen, was für Narren Ihr Sterblichen seid.«

»Und wenn ich verliere?«

»Verlieren Sie das gestrige Gehalt.«

Yarnall sah sich um. Alle Spieler waren jetzt und sahen ihm zu. »Na gut, Welles, Sie Hurensohn! Ich bin dabei!«

Das Wolkenlächeln verwandelte sich in eine dreieinhalb Meter große Hand und schoß vom Himmel herab. Sie schwebte direkt über Yarnall, und dann griff der Schauspieler nach oben und schüttelte sie. Die Spieler brachen in Jubel aus.

»Gut!« rief Gwen. »In fünfundvierzig Minuten fängt das Spiel wieder an. Macht euch fertig, Leute!«

Sie marschierten seit einer Stunde, und jetzt konnte Max Sands Einzelheiten des vor ihnen liegenden Berges erkennen.

Yarnall hatte das Gewehr in der Hand und hielt in jeder Richtung nach Gefahren Ausschau. Er schien auf alles vorbereitet zu sein, aber bislang war nichts passiert. Es war noch zu früh, dachte Max. Welles würde abwarten und ihn zermürben.

Oben in den Bergen befanden sich die Nester der Tin-mi-uk-puks oder Donnervögel; Fabeltiere, die sie laut Schneegans näher an Sedna heranbringen konnten ... wenn sie über genug Magie verfügten, um ihnen Befehle zu erteilen. Schneegans war sich nicht sicher. Wenn nicht, konnten sie sich genausogut mit Senf einreiben, sich hinlegen und Mittagessen spielen.

Ohne die ausgeschiedene Eviane waren sie neun Spieler und drei Schauspieler. Wie konnten sie mit so wenigen Beteiligten ein so teures Spiel ablaufen lassen? Mit Sicherheit nicht mit dem Beitrag, den Max bezahlt hatte.

Schneegans hatte es ihm gleich nach dem Frühstück erklärt. »Der Traumpark hat mittlerweile die meisten Fehler des Programms ausgemerzt. Sie werden unsere Odyssee mitschneiden. Wenn alles wie geplant abläuft, vermarkten sie es als Heimspiele und verkaufen es als Kassette, als Spiel mit erhöhtem Schwierigkeitsgrad. Der durchschnittliche Spieler müßte es ein dutzendmal spielen, bis er das Ziel erreicht. Sie glauben, daß Rollenspiele, die für einen Simulationsraum bestimmt sind und an denen man sich aktiv beteiligen kann, eine größere Verhaltensänderung zur Folge haben wird. Dreiundsechzig Prozent aller Amerikaner haben Zugang zu einem Simulationsraum. Könnte ein großes Geschäft werden.«

Die Abhänge waren steiler geworden, und seine Beine taten etwas weh. Max schaute zurück und war überrascht: Sie waren beinahe dreitausend Meter hoch geklettert. Er konnte den See sehen und den sanften Talboden, der in einem schneebedeckten Horizont auslief. Man konnte sich nur schwer vorstellen, daß sich in dieser Welt etwas Häßliches verbergen konnte. Er atmete schwer und schwitzte. Es gefiel ihm. Die Luft war sehr sauber und kalt genug, daß er sich völlig wach und lebendig fühlte.

Sie hörten das Geräusch, bevor sie etwas sahen. Die Gruppe befand sich mittlerweile hoch über den Wolken, und der Bergpfad war kaum fußbreit. Es war ein Scharren und ein Kichern, gefolgt von einem dumpfen Krachen.

Schneegans schlich sich nach vorn, wo der Weg an einem Felsenkamm endete. Sie kletterte verstohlen nach oben und spähte über den Kamm. Nach wenigen Augenblicken kam sie zurück. Sie erschauderte. »Ich ... so etwas habe ich noch nie gesehen.«

»Max?« sagte Orson. »Laß uns nachsehen.« Er umklammerte den verwandelten Speer. Er und Hebert waren die ersten, die den Kamm erklommen. Max schnaufte, als er das letzte Stück überwand und dann anstarrte, was sich dahinter verbarg.

In einer etwa neun Meter durchmessenden Steinvertiefung, die wie eine Untertasse geformt war, lag ein Vogelnest. Groß genug, um einen Rok zu beherbergen. Die Eltern waren weg, und in dem Nest waren sechs Eier gewesen. Zwei der Eier waren zerschmettert, die Küken herausgezerrt und brutal zerstückelt worden.

Die Angreifer bearbeiteten das dritte Ei. Sie hätten mit schwarzem Haar bedeckte Fässer sein können ... oder obszön fette, vierbeinige Spinnen. Ihre Fingernägel waren riesig und dreckverkrustet, wie große Messer. Sie lachten begeistert, als das dritte Donnervogelküken, eine feuchte, gelbgefiederte Kreatur von der Größe eines fetten Truthahns, träge zum Leben erwachte. Sie rissen es mit ihren Klauen in Stücke und schlangen es roh herunter. Jede der sechs Monströsitäten war größer als ein Mensch.

»Was ist das?« Heberts kleine Augen funkelten vor Aufregung.

»Das Buch nennt sie Bergtrolle«, sagte Orson. »Fleischfresser. Wir sollten uns nicht mit ihnen anlegen. Ich kann mich nicht daran erinnern, wie man einen Zusammenstoß mit ihnen überlebt.«

Hebert überprüfte sein Gewehr, eines der wenigen, die sich nicht verwandelt hatten. »Quatsch. Wir können nicht zulassen, daß sie die Donnervögelküken umbringen. Das ist unsere Chance, die Vögel zu beeindrucken!«

Johnny Welsh und Hippogryph waren zu ihnen gestoßen. »Na gut«, sagte Hebert. »Schaffen wir es gemeinsam?«

Schneegans schluckte. Yarnall blickte zum Himmel. »Ohne zu schummeln«, murmelte er.

»Dann … los!«

Hippogryph und Hebert eröffneten das Feuer. Heberts Remington war nicht durch Magie geschwächt worden, aber Hippogryph mußte seine Steinschloßflinte nach jedem Schuß erst wieder mit Pulver und Blei laden.

Die Trolle schrien, und ihre unförmigen Körper erbebten unter dem Geschoßhagel. Das flache, schreckliche Gesicht eines Monsters löste sich in einem roten Lichtfleck auf.

Aber die anderen griffen an.

Mit affenähnlicher Beweglichkeit hasteten sie über die Felsen; ihre unglaublich langen Arme durchschnitten sensengleich die Luft.

Die Angst ließ Max einen Augenblick lang erstarren, dann duckte er sich unter den schlagenden schwarzen Armen weg und riß die Harpune nach oben. Die Kreatur stieß den Speer beiseite und packte seinen Arm. Es war kein Hologramm! Die andere Klaue zeigte ihm beinahe liebevoll die messerähnlichen Klauen, strich mit ihnen sanft über seinen Nakken und holte aus …

Yarnall! Der Wachmann stürzte sich mit seiner Kriegskeule auf sie. Der Troll schrie schrill auf und ließ Max los. Er stürzte zu Boden.

Seine suchenden Hände fanden schließlich die Harpune. Er packte sie in der Mitte und drehte sich um, als sich der Troll Yarnall näherte. Schreiend hob er die Harpune und stieß ihn tief in den bepelzten Rücken, und …

(Nur einen Augenblick fragte er sich, ob er richtig hingeschaut hatte. Unter anderen Umständen hätte er geschworen, daß er sah, wie die Harpunenspitze in den Schaft gezogen wurde und das Fleisch im Umkreis der »Wunde« den Schaft umklammerte. Na gut ...)

... der Troll keuchte schmerzerfüllt auf. Blut rann aus seinem Maul. Er wandte sich ab und lief los. Max riß den Speer aus seinem Rücken, als er über die Felskante stürzte und in den Wolken unter ihnen verschwand.

Max und Yarnall stießen Freudenschreie aus und suchten nach neuen Gegnern.

Trianna behauptete ihre Position und feuerte auf einen näherkommenden Troll. Obwohl sein Blut auf den felsigen Boden tropfte, kam er einen Schritt näher.

Johnny Welsh und Max erreichten ihn gleichzeitig. Max, der seine Überschwenglichkeit nicht unter Kontrolle halten konnte, führte »Mr. Mountains Lawine« vor. Er sprang in die Luft, zog die Knie an die Brust und ließ die Füße vorschnellen. In der letzten Sekunde hielt er sich zurück, damit sein Partner nicht verletzt wurde ...

Verdammt.

Das Monster wurde zu Boden geworfen, und Max hörte, wie es »Au, Mist!« sagte, während es wegzukriechen versuchte.

Welsh starrte ihn an. »Ich werde verrückt. Mister Mountain! Ich habe deinen Kampf gegen Skinhead Slade gesehen!«

Max stöhnte auf. »Nicht so laut. Ich erzähle dir später alles. Laß uns das hier erst zu Ende bringen.«

»Mit Vergnügen!«

In der Nähe wurde der letzte Troll niedergemacht. Die Abenteurer jubelten blutdürstig.

»Wir haben sie geschlagen!«

»Und ob!« schrie Orson, so laut er nur konnte.

Schneegans untersuchte die Eier. Es waren nur noch drei übrig, und eins davon hatte eine angebrochene Schale. Sie sah besorgt aus.

»Stimmt was nicht?« fragte Yarnall und wischte Trollblut von seiner Keule.

»Ich bin ... mir nicht so sicher, daß wir uns in diesem Moment hier aufhalten sollten ...«

Bevor jemand nach dem Grund fragen konnte, erbebte die Luft durch einen Schrei voll urwüchsiger Verzweiflung. Über ihnen kreisten zwei gewaltige, gefiederte Kreaturen am Himmel. Sie erinnerten an Adler, nur daß ihr goldenes Gefieder silberne Spitzen besaß. Sie umkreisten krächzend die Spieler und stürzten sich dann mit geöffneten Krallen auf sie hinab.

Dreizehntes Kapitel

LUFTKAMPF

Der männliche Tin-mi-uk-puk trug einen Karibu in seinen übergroßen Krallen. Als er das Gemetzel sah, schrie er auf und ließ den Kadaver los. Die Spieler erstarrten, als er auf sie herabstürzte. Die Masse entwickelte genug kinetische Energie, um Rambo XII zu töten.

Der Karibu streifte den Rand des Nestes und verschwand in den Wolken.

Max war wie gelähmt, als sich das Männchen näherte. Aber so tief es auch kam, es war das Weibchen, das zuerst landete. Es stakste auf seinen Nachwuchs zu, während sein Gefährte über ihm kreiste.

Es stieß eine zerbrochene Schalen an. Seine Augen und die Körpersprache drückten beinahe unerträgliche Trauer aus.

Das Männchen landete. Die Vögel waren nicht gerade so groß wie ein Haus, erreichten aber den Umfang kleiner Elefanten. Der kleinere von ihnen hatte leicht eine Flügelspanne von sechs Metern. Sie waren außerordentlich muskulös, und jeder Schritt, jedes Flügelzucken drückte ein Gefühl von Erhabenheit und *Kraft* aus.

Das Männchen musterte sie nacheinander.

»Keine Panik«, befahl Schneegans. »Wir könnten das hier

überleben.« Sie drehte den Kopf. »Johnny. Gib mir deinen Talisman.«

Johnny wühlte in seinem Rucksack und holte eine kleine, geschnitzte Vogelfigur hervor. Max erhaschte nur einen Blick darauf, während sie von Hand zu Hand ging, aber sie schien aus dunklem, glattem Stein gearbeitet worden zu sein.

Das Weibchen näherte sich seinem Gefährten und rieb ihren großen Kopf an seinem. Sie gurrten. Das Männchen untersuchte schweigend das Nest und die unbeschädigten Eier, kehrte dann zurück, um die Kadaver der erschlagenen Monster mit dem Schnabel zu berühren. Es sah die Spieler an. In seinen großen, dunklen, intelligenten Augen war eine klare Frage zu lesen.

Schneegans trat vor und hielt den Talisman hoch. »Ich grüße dich, großer Krieger der Lüfte. Wir haben deine Kinder vor den Bergtrollen gerettet. Als Gegenleistung erbitten wir einen Gefallen.«

Max war entsetzt. Die beiden gewaltigen Kreaturen sahen Schneegans an, als sei sie verrückt. Ihre Nachkommenschaft lag zu ihren Füßen, und dieser unverschämte Leckerbissen bat um einen Gefallen? Max umklammerte vorsorglich die Harpune.

»Bringt uns auf das Dach der Welt«, verlangte Schneegans. »Nur mit eurer Hilfe können wir Sednas Reich betreten. Werdet ihr uns helfen?«

Die Spieler wichen zurück, als die beiden Vögel näher kamen. Max zitterte, als das Männchen ihn musterte. Es legte den Kopf schief und sah ihn mit einem großen Auge an. Instinktiv streckte Max eine zitternde Hand aus. Der Donnervogel beobachtete sie mißtrauisch und zog dann mit einem Ruck den Kopf zurück.

»Was habe ich falsch gemacht?«

»Paß auf deine Finger auf, du Schlauberger«, zischte Orson. »Donnervögel sind keine Schoßtiere! In der Mythologie der Inuit sind sie gewöhnlich die Bösen.«

Das Männchen warf den Kopf zurück, und sein Schrei stieg in den Himmel auf.

Von weit her ertönte ein Antwortruf.

Dann wurde vom Rand des Horizonts ein Quartett geflügelter Gestalten sichtbar. Sie waren mit den ersten beiden identisch, aber noch größer.

Die Neuankömmlinge waren älter, und das Gold ihrer Federn war von der Zeit und den Elementen getrübt. Sie trugen seltsame Vorrichtungen aus Leder in ihren Krallen.

»Das sind wohl die Großeltern«, sagte Orson nervös.

Die Donnervögel landeten. Während das jüngere Pärchen die Spieler weiter im Auge behielt, untersuchten die älteren Vögel die Beweise. Sie fanden einen Speer, der noch immer in einer blutüberströmten Trolleiche steckte, nahmen ihn in den Schnabel und rissen ihn mit einem Ruck heraus.

Einer der Donnervögel trug ihn herüber und legte ihn respektvoll vor Schneegans ab. Die anderen falteten die Flügel und setzen sich mit gesenkten Köpfen vor die Spieler.

»Beeilt euch«, sagte Schneegans und gab Johnny den Talisman zurück. »Wir haben fünf Vögel. Einer wird zurückbleiben, um die Eier zu beschützen. Schnallt die Sättel um und steigt auf.«

Die Kreaturen verhielten sich fügsam, als sich Max näherte und nervös einen Sattel auf den Rücken des Donnervogels warf, der ihm am nächsten stand.

Ein Hologramm? Eigentlich gibt es keine andere Möglichkeit, aber sie erwarten von uns, daß wir …

Max beugte sich nach vorn und berührte Federn. Er kämpfte mit seiner Überraschung und unterdrückte sie dann. Sie sattelten die Vögel; Orson ging mit Charlene und Hippogryph, während sich Max zu Trianna und Francis Hebert gesellte.

Er zog an dem Sattel, aber so sehr ihn die Vorstellung auch in Angst und Schrecken versetzte: er saß absolut fest. Max stieg auf und schnallte sich an.

Trianna setzte sich hinter ihn und legte die Arme um seine Taille. Er spürte, wie seine Muskeln den Druck unwillkürlich erwiderten, von der verstärkten Zirkulation in seinem Unterkörper ganz zu schweigen.

Na schön. Sein Herz sehnte sich nach Eviane, aber der Rest von ihm schien pragmatischer zu sein.

Hebert stieg hinter Trianna auf. Wie er annahm, bildeten sie schönes Gewicht. Er hoffte, daß die Donnervögel so stark waren, wie sie aussahen.

Der letzte Spieler war in den Sattel gestiegen. Schneegans kontrollierte noch einmal sorgfältig alle Riemen und Schnallen, dann bestieg sie das Leittier. Ohne das geringste Zögern rannte es los, sprang über den Felsrand und verschwand in den Wolken.

Max schloß die Augen und schrie, als sein Vogel ebenfalls sprang. Als er die Augen wieder öffnete, hatte der Donnervogel den Fall abgefangen und gewann an Höhe. Er stieg immer höher. Die Wolken huschten vorbei, und innerhalb kürzester Zeit war das Plateau nur noch eine Erinnerung.

Max drehte sich um und schaute Trianna an, die sich noch immer mit geschlossenen Augen an ihm festklammerte.

»Alles in Ordnung«, sagte er und stieß sie an. »Mach schon. Sieh hin.«

»Ich habe Höhenangst.«

Er sah nach unten. Weit entfernt schimmerte der blaue Teppich der See durch die Wolken. Nicht gerade der richtige Ort für jemanden mit Höhenangst. »Dann laß die Augen besser geschlossen.«

Der Ausblick entzog sich jeder Beschreibung, und Max verlor jedes Zeitgefühl. Von Zeit zu Zeit tauchte sein Vogel ein Stück in die Tiefe, aber im ganzen war der Flug schon von einer beinahe hypnotischen Ruhe.

Hebert war der erste, der die Schwierigkeiten sah. Max hörte den Schrei des Mannes und blickte in die Richtung, in die er deutete. Er entdeckte eine Schar kleiner schwarzer Punkte, die sich aus östlicher Richtung näherten.

»Sie haben Flügel«, schrie Hebert. »Noch mehr große Vögel. Findest du auch, daß sie direkt auf uns zukommen?«

»Könnte sein«, rief Max zurück. Weitere Donnervögel? Er bezweifelte es. Die Silhouette dieser großen goldenen Adler war ein Wunder der Natur. Diese neuen Vögel waren irgendwie ... mißgestaltet.

Hebert überprüfte sein Gewehr. »Ich hoffe, daß es diesmal mehr von Nutzen sein wird. Verdammt, Trianna ... mach die Augen auf ...«

»Ich kann nicht! Ich habe Angst!«

Max fluchte lautlos. »Dann gib mir dein Gewehr!« Er griff nach hinten und versuchte, es ihr abzunehmen, aber sie klammerte sich mit aller Macht daran fest. »Scheiße!«

Die Geschöpfe waren nur noch einen Kilometer entfernt, und jetzt konnte er sie besser erkennen. Er machte einen gewaltigen, mißgestalteten Wolfsschädel aus, der auf dem Körper eines riesigen Falken saß. Sie waren nicht so groß wie die Donnervögel, aber sie waren zu zehnt.

Bevor er irgend etwas sagen oder gar denken konnte, griffen die Monster an.

Er konnte einen flüchtigen Blick auf einen Wolfsrachen und die Krallen eines Falken werfen, als der Donnervogel plötzlich die Flügel anlegte und auf die Erde zustürzte. Max krallte sich in einer Handvoll Federn fest und kniff die Augen zu.

Sonne, Erde, Wolken und die weißgesprenkelten Berge vermischten sich auf schwindelerregende Art und Weise. Der Donnervogel tauchte in die Tiefe, kippte wie ein außer Kontrolle geratener Achterbahnwagen zur Seite und kämpfte erbittert darum, den beiden monströsen Wolfsfalken auszuweichen, die sich auf ihn gestürzt hatten.

Plötzlich machte der Vogel eine Rolle rückwärts und erwischte einen dieser gottlosen Hybriden. Die Bestie schrie, aber es war der Schrei eines Wolfes, und es war der Wolfsschädel, der herumfuhr und seine Zähne in den Hals des Donnervogels schlug.

Federn und Haut stoben weg, als der Tin-mi-uk-puk seinen Peiniger losschüttelte und ihn dann in Stücke riß. Max spähte über die Schulter seines Reitvogels und sah, wie sich der Wolffalke zur Wehr setzte, ihn dann alle Kraft verließ und er dem Boden entgegenstürzte.

Der zweite Wolffalke fegte heran. Bei dem Flügelschlag öffnete Trianna Stith-Wood endlich die Augen, und das

Gewehr flog förmlich an ihre Schulter. Hysterisch pumpte sie Schuß für Schuß in die Wolfsfratze.

Der Kopf explodierte in einem roten Schauer, und der tote Körper verschwand in einer Wolke. Der Donnervogel wirbelte herum und hielt auf seine Familie zu.

Die acht übriggebliebenen Wolffalken kämpften mit dämonischer Wildheit. Einer stürzte sich direkt auf Yarnall. Der duckte sich und schwang erfolglos seine Keule. Er lachte hysterisch auf, als ein zweiter im Sturzflug den rachsüchtigen Krallen von Max' Vogel zum Opfer fiel.

»He, Welles!« rief er. »Hast mich verfehlt! Ätsch!«

Der Luftkampf ging weiter, und die Donnervögel wüteten furchtbar. Max war sich nicht mehr sicher, wo oben und unten war. Schließlich brüllten die beiden letzten Wolffalken vor Wut auf. Die Schreie wurden aber nicht von Bestien ausgestoßen, sondern von Menschen – Menschen, die durch Blutdurst und Haß in Wilde verwandelt worden waren.

Einer kam noch einmal näher heran, bevor er sich von dem Kampf absetzte. Aus seiner Brust ragte das Gesicht eines menschlichen Wesens hervor. Es war das Gesicht eines Mannes, der für den Haß lebte und dem jedes andere menschliche Gefühl fremd war. In den Augen brannte solcher Wahnsinn, daß Max ein Frösteln nicht unterdrücken konnte.

Dann waren sie verschwunden.

Vierzehntes Kapitel

DAS LEBEN NACH DEM TODE

Das Mädchen auf dem Sofa döste vor sich hin. Die Beruhigungsstreifen, die Vail auf die Haut über Michelle Sturgeons Karotisarterie geklebt hatte, hatten ihren Zweck erfüllt.

Das Zimmer im Medizinischen Zentrum war klein, genügte aber den Anforderungen, auch wenn es nicht gerade komfortabel war.

Vail blickte auf einen Monitor. Er löschte den Bildschirm und ließ eine andere Datei erscheinen.

Griffin klopfte ungeduldig auf den Tisch. »Nun?«

»Sie könnte uns bis auf das letzte Hemd verklagen.«

»Zur Hölle damit«, brummte er. »Hören Sie zu. Acht Jahre lang hat ihr Vater unser Geld genommen und diese Frau in ein Krankenhaus in Salt Lake City gesteckt. Dann hat er den Rest des Geldes auf einen Schlag verlangt und es bekommen. Er hat alles verpraßt und sie in eine Staatliche Klinik in Saint Paul gesteckt. Als letztes Jahr die Rezession in Minnesota zugeschlagen hat, haben die sie gehen lassen. Da hat sie angefangen, den Namen ›Rivers‹ zu benutzen. Sie ist immer noch, entschuldigen Sie die Bezeichnung, plemplem.«

»Ich verstehe diese esoterischen medizinischen Begriffe nicht, Alex.«

»Ich bin kein Mediziner.«

»Stimmt genau.«

»Doktor Vail. Lassen Sie uns zusammenarbeiten, ja? Wir haben beide Fehler gemacht. Man könnte argumentieren, daß Ihrer schwerwiegender war. Wohl nur einen Rohrschach-Test gemacht?«

Zu Alex' immenser Befriedigung stammelte Vail einen Moment, bevor er sich wieder unter Kontrolle hatte. »Wir … benutzen eine Reihe ausführlicherer Tests. Aber Michelle Sturgeon ist ein klassischer Fall von Schizophrenie, und sie absolvierte die Tests als Eviane. Es gab keine pathologischen Symptome.«

Vails Stimme bebte.

Griffin verspürte beinahe Mitleid mit ihm, dennoch bohrte er unbarmherzig weiter. »Ich bin davon überzeugt, daß sie so rein war wie gefallener Schnee. Aber warum ist sie zurückgekehrt? Glauben Sie nicht, daß sie einen Grund dazu hatte? Sie denkt, der Traumpark wäre die richtige Medizin für sie, und ich glaube, sie hat recht.

Wir reden hier über selektive Amnesie und eine vielfache Persönlichkeitsstörung, verursacht durch eine starke Tendenz zur Bewußtseinsspaltung und eine starke Empfänglichkeit für Hypnose.«

Der Arzt setzte sich auf. »Das … das ist wirklich ziemlich scharfsinnig, Alex. Machen Sie weiter.«

»Jetzt müssen Sie Geduld mit mir haben. Als Michelle Sturgeon in einem Spiel auf drei Teilnehmer schoß, fühlte sie sich massiv schuldig. Sie sieht sich als Mörderin, obwohl sie unschuldig war. Eviane ist die Heldin, die nur ihre gerechte Sache verteidigt, Michelle die Wahnsinnige. Sie muß Eviane werden, damit sie mit sich leben kann.«

»Das kommt zur Hälfte hin«, gab Vail beinahe widerstrebend zu. »Aber die Frage ist, was tut sie hier? Haben Sie eine Vorstellung davon, wie gefährlich es wäre, sie wieder ins Spiel zu bringen?«

»Gefährlich für sie? Sie ist bereits ziemlich kaputt. Könnte es noch schlimmer werden? Oder gefährlich für uns? Wir können einen Sicherheitskordon um sie errichten. Wir haben schon Marty im Spiel. Es wird keinen zweiten Zwischenfall geben, dafür garantiere ich.« Alex beugte sich vor. »Und wir wissen nicht, ob sie den Killer identifizieren kann oder nicht, aber der Killer kann auch nicht sicher sein. Das reicht mir.«

Vail dachte einen langen Moment darüber nach. »Wenn Sie es so ausdrücken, scheint es, als ob wir wenig zu verlieren, aber viel zu gewinnen hätten.«

»Lassen Sie die Spitzfindigkeiten … Ich weiß, daß wir das, was von ihrer geistigen Gesundheit übriggeblieben ist, aufs Spiel setzen. Aber ich glaube, Eviane und Michelle würden mir beide zustimmen.«

Vail holte tief Luft. »Na gut. Vielleicht weiß ich eine Lösung. Der Schlüssel ist ihre Empfänglichkeit für Hypnose.« Er sah Griffin an. »Übrigens, woher wußten Sie das? Es steht nicht in ihrem Dossier.«

»Sie ist ein Traumpark-Junkie«, sagte Griffin. »Dieser ganze Ort ist ein veränderter Bewußtseinszustand.« Er verstummte. »Den Vater kennen wir, was ist mit ihrer Mutter?«

»Tot. Und Sie haben es sicher schon vermutet – ihr Mädchenname war Eviane Rivers.«

Michelle Sturgeon schwamm in einem Tank. Das Wasser war ein paar Grad kühler als ihre Körpertemperatur. Hunderte Pfund Epsom-Bittersalz waren in dem Wasser aufgelöst. Sie schwamm wie ein Ballon. Es gab kein Licht. Es gab kein Geräusch. Hundert Milligramm eines synthetischen Kombinationspräparats, das gleichzeitig ruhigstellte und für Hypnose empfänglich machte, hatte in ihr jedes Bedürfnis beseitigt, etwas anderes zu tun als hier zu liegen und zu entspannen.

Ohne Licht und Geräusche, ohne einen Bezug auf körperliche Wahrnehmung trieb ihr Bewußtsein in einem Kokon aus Wärme.

Wer war sie? Eviane? Ja. Eviane. Stark. Mächtig.

Wer sonst? Ein Teil von ihr war weit weit weg, allein und unglücklich. Wie es auch richtig war. Michelle war schlecht. Hatte etwas Schreckliches getan. Eviane wollte nicht daran denken.

Moment. Warte. Da waren Lichter in der Dunkelheit.

Sie glitzerten. Sie hatten verschiedene Farben. Sie gefielen ihr.

Da war ein Geräusch. Das Geräusch eines Herzschlags. Es begann sie auszufüllen. Sie wurde ... nicht schläfrig. Und doch ... Irgendwie war sie gleichzeitig schläfrig und hellwach. Jedenfalls ein Teil ihres Bewußtseins. Alles war so verwirrend.

Alles schien sich zu verlangsamen ...

Eviane spürte einen Sog, dann wurde sie in ein tiefes, schwarzes Loch gezogen.

Aus der Dunkelheit wurde Licht. Sie befand sich plötzlich an einem Ort, den sie kannte, ein Ort aus ihrer Vergangenheit.

Wellen trafen auf den Strand, und sie saß im warmen Sand. Ein Mann kam lächelnd aus der Brandung. Meerwasser tropfte von ihm herab. Er war ein großer Mann mit hellem rotem Haar. Sein Lächeln erwärmte sie.

Er reichte ihr seine Hände entgegen. Hatte sie ihn schon einmal gesehen? Konnte sie ihm vertrauen? Sie war sich nicht sicher, aber sie mochte ihn.

Wo war Mami? Michelle sah sich nach ihrer Mutter Eviane um und konnte sie nicht finden. Ihre Hand schob sich nervös in die des Fremden, und er nahm sie und hielt sie fest.

»Michelle«, sagte er, »du bist ein gutes Mädchen. Das sagt jeder. Du bist ein wunderbares Mädchen.«

Das hörte sie gern. Ihr Herz öffnete sich dem Fremden.

»Kannst du dich daran erinnern, daß du, als du ein gutes Mädchen warst, etwas richtig gemacht hast?«

Sie nickte.

»Gut. Erinnere dich daran.« Eine tiefe Welle positiver Empfindungen durchströmte sie. »So ist es richtig. Weißt du, daß man manchmal gute Menschen durch einen Trick dazu bringen kann, etwas Böses zu tun?«

Der Strand flimmerte. Das Wasser wurde eiskalt, und etwas erhob sich, um sich schlagend, aus dem Meer.

»Sieh mich an!« befahl er. »Sieh mich an.«

Sie gehorchte. Das Ding in der Brandung begann sich aufzulösen.

»Gut. Gut.«

Ihr gefiel seine Umarmung, und sie drängte sich näher an ihn.

»Manchmal können gute Menschen durch böse Menschen dazu gebracht werden, unbeabsichtigt etwas Böses zu tun. Sie versuchen, kleine Mädchen zu verletzen. Und dann brauchen kleine Mädchen ihre Mami. Sie brauchen Eviane. Und Eviane ist da, um dir zu helfen, wann immer du sie brauchst. Aber jetzt muß ich mit Michelle sprechen.«

Sie zitterte, klammerte sich an ihn und dachte über seine Worte nach. Seine Arme waren stark, die Stimme sanft. Und er versprach, daß Mami zurückkommen würde.

»Ja«, sagte sie. »Ich weiß.«

»Wird Michelle mir helfen?«

»Ja. Michelle wird dir helfen.«

»Gut. Danke.« Der große Mann lächelte. »Ich möchte, daß du Eviane sagst, daß sie zu ihren Freunden zurückkehren wird. Magie wird sie zurückbringen. Ihre Freunde brauchen sie. Sie werden sie im Land der Toten wiederfinden, und dann wird alles so sein, wie es war. Sie wird sich an nichts erinnern, sobald ihre Freunde sie gefunden haben.«

Michelle nickte, ohne den Sinn der Worte verstanden zu haben.

»Aber hör zu«, fügte er eindringlich hinzu. »Während der ganzen Zeit, die Eviane mit ihren Freunden verbringt und ihnen hilft, wird sich Michelle hinter ihrer Mami verstecken und zusehen. Michelle wird etwas lernen. Und wenn Michelle das gelernt hat, das sie hier lernen wollte, wird sie eine Möglichkeit finden, es uns zu sagen. Auf ihre Weise. Aber sie wird es uns sagen. Wirst du uns helfen?«

»Mami muß nicht fortgehen?«

»Nein«, sagte der große Mann und umarmte sie wieder. »Mami muß nicht fortgehen. Michelle aber auch nicht«, fügte er hinzu.

Griffin sah zu, wie Michelle Sturgeon mit halb geschlossenen Augen aus dem Simulationsraum herausgeführt wurde. Er wischte sich mit einer verschwitzten, zitternden Hand über die Stirn. Er hatte sich vorher nicht klargemacht, wieviel Kraft ihn diese Rolle kosten würde.

Vail öffnete die Tür und sah Griffin amüsiert an.

»Das haben Sie gut hingekriegt, Alex. Vielleicht haben Sie sich doch für den falschen Beruf entschieden?«

»Nein. Auf jeden Fall haben wir das, was sie braucht: eine Gelegenheit, mit dem Hurensohn abzurechnen, der sie kaputtgemacht hat. Ich würde sagen, wir werden dem Bastard die Hölle heiß machen.«

Ein Videofenster erschien auf der Wand, und Griffin beobachtete, wie Michelle Sturgeon wieder in den Isolationstank stieg.

»Noch zwei Stunden, und sie müßte bereit sein. Alex, haben Sie sich mit dem Spiel vertraut gemacht? Wissen Sie, was ein *Tornrait* ist?«

»Ein Geist. Ein hilfreicher Geist.«

»Wir werden Michelle ... äh ... Eviane mit einer Entschuldigung dafür ausstatten, daß sie sich an die Zukunft erinnern kann.« Vail sah auf die Uhr. »Wissen Sie, Alex, ich könnte auf dem freien Markt viel mehr verdienen, aber wo würde ich solche Fälle finden?«

»Schreiben Sie das auf, damit wir es nie vergessen«, seufzte Alex und ging.

Fünfzehntes Kapitel

HEILIGER RAUCH

Max' Donnervogel war verwundet. Sein linker Flügel flatterte schwach im Wind. Der große Adler bemühte sich, seine Kraft einzuteilen: zwei starke Schläge, dann eine Pause. Höhe gewinnen, um sich dann in einem sanften Abwärtsgleiten auszuruhen.

Eine Meile unter ihnen war eine Lücke in den Wolken. Max konnte die Umrisse einer Bergkette ausmachen. Sie war gewaltig, und ihre schroffen Spitzen waren mit undurchdringlichem Eis bedeckt.

Der Donnervogel ging langsam und sanft in die Tiefe. Blut wehte aus dem verletzten rechten Flügel.

Der Donnervogel kämpfte um sein Leben, um ihrer aller Leben. Max verspürte Dankbarkeit und Bewunderung für die Wesen, die ihre Schuld auf so heroische Weise bezahlten. Das einzige Problem war, daß er keinen Landeplatz sehen konnte. Der Berg bestand nur aus nackten Felsklippen.

Es mochte irgendwo dort unten einen Sims geben, aber es war Selbstmord, blind durch die Wolken zu fliegen. Was würde der verwundete Vogel tun?

Halb im Nebel verborgen gab es da einen kleinen, viel zu schmalen Sims, schmaler als die Flügelspanne des Vogels.

Max fühlte, wie sich die Willenskraft des Vogels durchsetzte und sich goldene Flügel ausbreiteten. Er sauste auf den Sims zu, faltete die Schwingen halb zusammen – Max fühlte den plötzlichen freien Fall in seiner Magengrube –, und die Vogelkrallen schlugen auf dem Felsen auf. Drei hüpfende Schritte brachten ihn zum Stehen.

Max blickte in die Vogelaugen. Dort leuchtete eine Mischung aus Stolz, Ärger und Dankbarkeit. Max schwang sich aus dem Sattel und landete hart auf dem Felsboden. »Runter! Absteigen, Trianna. Er muß sich ausruhen!« Er half ihr. Sie war schwer ... und er sah, wie überrascht sie war, daß seine Arme so kräftig waren.

Francis Hebert stieg ohne Hilfe ab und streckte sich.

Die anderen Vögel landeten hinter ihnen auf dem schmalen, nebligen Sims. Die Spieler schnallten sich steif ab und taumelten zu Boden.

Max wurde schwindlig, und er brachte einen alten Trick ins Spiel: Konzentriere dich auf einen Punkt am Horizont und schaue ihn solange an, bis der Schwindel vergeht ...

Er wählte die weit entfernte, blasse Sonne. Er mußte dabei die Augen zusammenkneifen ... doch die Sonne dieser Welt war durch Magie geschädigt, und er konnte sie direkt anschauen.

Sogar auf dieser Seite der magischen Barriere, Seelumkadchluk, war mit der Sonnenscheibe sichtlich etwas nicht in Ordnung. Ein Schatten, ein fremder Umriß, der einfach nicht paßte ...

Was, in aller Welt ...

»Hat jemand ein Fernglas?«

Kevin Titus griff in seinen Rucksack. Er holte ein Fernglas heraus und drückte es Max zögernd in die Hand.

Max stellte es scharf und schaute genau hin. Selbst durch die Wolken ... »Ich glaube es einfach nicht.« Da, im Mittelpunkt der blaß lodernden Scheibe war der schattenhafte Umriß eines großen scharzen Vogels zu sehen. Das geschnäbelte Profil des Schattens drehte sich ... und sah ihn an?

Er reichte das Fernglas an seinen Bruder weiter. »Was hältst du davon?«

Orson verstellte die Feineinstellung. »Ich würde sagen, wir wissen, wo das Kabal den Raben versteckt«, meinte er.

Diese Neuigkeit versetzte die Spieler in Aufregung. Max

gab das Fernglas zurück. Er fühlte sich verdammt gut. Sie hatten gerade eins der wichtigsten Puzzlestücke gefunden.

Schneegans blickte in die Sonne. »Ich kann es nicht glauben. Wie kann das Kabal genug Macht aufbringen, um so etwas zu tun?«

»Was würde man dazu brauchen?« fragte Robin Bowles.

»Der Rabe hat die Welt erschaffen! Ich kann mir soviel Macht noch nicht einmal vorstellen. Ich weiß es einfach nicht ...«

»Der Satellit?« fragte Orson hoffnungsvoll.

»Na klar. Der Satellit. Und sie haben den Raben gefangen, während er menschliche Form angenommen hatte. Wir müssen Sedna finden.«

Die fünf Donnervögel putzten sich und kümmerten sich gegenseitig um ihre Wunden. Von Zeit zu Zeit schaute einer die zerbrechlichen Menschen an, die ihnen eine so unerfüllbare Aufgabe gestellt hatten. Donnervögel und Menschen schuldeten einander viel.

Sie beobachteten Max aus der Tiefe dieser gefühllosen, abgrundtief schwarzen Augen. Er war nahe genug, um sie zu berühren, aber er tat es nicht. Er wußte nicht, wann der Traumpark Hologramm und Mechanik auswechselte, und er wollte die Illusion jetzt nicht verderben. In diesem Augenblick waren diese Wesen für ihn so wirklich wie seine Kameraden.

»Habt Dank, große Vögel.«

Eine leise, summende Stimme hallte in seinem Körper. »Wir haben unsere Schuld beglichen. *Wenn wir uns das nächste Mal begegnen, sei auf der Hut*!«

Dann breiteten die großen Adler einer nach dem anderen ihre Flügel aus und verschwanden in den Wolken.

»Der Legende zufolge«, sagte Schneegans schließlich, »befindet sich der Eingang hier in den Bergen. Ich weiß nicht genau, wo er ist. Wir werden einen Kreis bilden und eine Rauchbeschwörung abhalten.« Sie deutete auf die Bergwand, wo sie unter einem winzigen Überhang Schutz vor dem Wetter fanden. Als sie sich gesetzt und einen Kreis gebildet hatten, holte sie einen Lederbeutel aus ihren Rucksack. Sie öffnete ihn und holte eine selbstgedrehte Zigarette heraus.

»Tabak?« Max war schockiert. »Ich habe seit Mailand keinen Tabak mehr gesehen.«

»Nikotin kann dein Leben retten«, sagte Schneegans ehrfürchtig. Sie zündete die Zigarette an, inhalierte tief und blies den Rauch dann in einem dünnen Strom aus. »An meine Brüder im Norden«, sagte sie. »Brüder des Geistes, Kinder des Windes. Führt uns, helft uns. Helft uns, das Tor zur Schattenwelt zu finden, zu dem Land der Toten, dem Reich der All-Mutter.«

Sie blies einen zweiten Zug direkt in den heulenden Wind. Der Rauch hätte sich sofort auflösen müssen, schwebte aber einfach auf der Stelle. Schneegans wiederholte die Beschwörung: an die Brüder im Süden, im Westen und im Osten. Und jedesmal blies sie Rauch in die Luft.

Aber der Rauch löste sich nicht in der Luft auf, obwohl der Sturm stärker wurde. Statt dessen wanden sich die vier Rauchsäulen im Wind und bewegten sich alle in dieselbe Richtung. Sie schwebten auf die Felswand zu, und dann waren sie verschwunden, vom Sturm fortgeweht oder vom Felsen absorbiert.

Der Berg erbebte.

»Mein Gott, was ist hier los?« rief Orson.

Der Schnee über ihnen erzitterte. »Flach an die Wand!« rief Schneegans.

Schneegans' Warnung kam gerade noch rechtzeitig. Das schwache Poltern, das Orson alarmiert hatte, wurde abrupt zu einem donnernden, bösartigen Tosen, und ihre ganze Welt wurde weiß, als unzählige Tonnen Schnee und losgerissene Felsbrocken krachend an ihnen vorbeistürzten.

Die Spieler drängten sich aneinander. Max kniff die Augen fest zu; in ihm kämpfte ehrliche Furcht gegen den verzweifelten Versuch, sich davon zu überzeugen, daß das alles nur ein Spiel war.

Nach einer endlosen Zeit hörte der Boden zu beben auf. Max öffnete wieder die Augen.

Und konnte nichts sehen. Seine tastende Hand traf auf eine feste Schneeschicht.

Hebert schaltete eine Taschenlampe ein. Das Licht tauchte sie in ihrer Eisgruft in ein unheimliches Gelb. Nur der Überhang hatte sie gerettet.

»Ich nehme an, die Götter haben zugehört«, sagte Schneegans ruhig und zündete noch eine Zigarette an.

Sie blies einen langen Zug aus, und der Rauch bildete einen strahlenden Kokon, der sie einhüllte. Er erleuchtete ihre Schneehöhle so hell, daß Hebert seine Taschenlampe ausschaltete.

Ohne ein weiteres Wort drehte sie sich um und schritt direkt auf die Schneewand zu. Sie schmolz, und aus dem fließenden Wasser bildeten sich die Eiswände eines Tunnels.

Schneegans schwebte beinahe, anstatt zu gehen, und schien ein ganz anderer Mensch zu sein; einer, der nicht ganz in diese Welt gehörte. Die anderen konnten ihr lediglich folgen. Max blickte Orson an, um einen Rat oder eine Bemerkung zu bekommen, doch Orson schüttelte den Kopf.

Der Schneetunnel führte steil hinab in das Herz des Berges. Max streckte eine Hand aus, um die Wand zu berühren. Sie war hart und kalt, auch wenn die Luft im Tunnel angenehm war.

Die leuchtende Schneegans ging ihnen voraus, und sie schritt daher wie eine Prinzessin, die Herrin über alle dunklen Geheimnisse. Sie zog nicht mehr an der Zigarette, doch aus Mund und Nase strömte unentwegt Rauch, der den strahlenden Kokon aufrechterhielt, der ihnen den Weg bahnte.

Sie blieb stehen und legte den Kopf schief, als würde sie einer Phantommusik lauschen.

Max vernahm ebenfalls das kaum hörbare Knurren. Plötzlich überkam ihn Klaustrophobie. Würden sie hier unter der Erde eingeschlossen werden? Würden sie …?

Nein. In dem Grollen verbarg sich etwas Lebendiges, Gewaltiges.

Sie näherten sich dem Tor der Hölle. Sollte da nicht Zerberus auf sie warten, in der Gestalt, die die Inuit ihm verliehen hatten?

Schneegans blies weiter Rauch gegen die Schneewand, doch plötzlich gab sie nicht weiter nach.

»Was ist los?« fragte Hebert.

»Das Eis wurde gegen Magie geschützt«, sagte Schneegans.

»Wie kommen wir weiter?«

»Wir können hier nicht aufgeben. Der Weg zu Sedna liegt jenseits der Unterwelt.« Sie runzelte die Stirn. »Wo die Magie versagt, kann vielleicht die Körperkraft ...«

Die Oberfläche der Eiswand maß etwa zweieinhalb Meter. Dahinter war schwach etwas auszumachen, das sich träge bewegte. Max hatte den Eindruck von etwas monströs Großem, das auf einem Bein zu balancieren schien.

Dann war der Schatten verschwunden, und die Gänsehaut, die sich in seinem Nacken gebildet hatte, legte sich.

»*Karate Kid*«, sagte Kevin. »Teil siebzehn.«

»Genau«, erwiderte Schneegans leise. »Stemmt euch dagegen.«

Max gehorchte. Orson und Trianna schlossen sich ihm an; beide zuckten vor der Kälte zurück. »Los«, sagte Orson, und sie drückten. Das Eis mochte sich vielleicht einen zehntel Zentimeter bewegt haben.

Charlene stellte sich zwischen Max und Orson. *Stemmen.*

Nichts.

»Drückt«, sagte Max, und sie drückten. Die Eiswand mochte sich bewegt haben. Oder auch nicht. »Alles zurück. Wartet. Jetzt.«

Mit einem langen, spröden Ton erschien der erste Sprung in der Wand. Er vertiefte sich, und ein ausgedehntes Netz winziger Risse ließen die ganze Wand undurchsichtig werden.

Max und die anderen traten einen Schritt zurück. Er rang nach Atem und stürmte auf die Wand zu.

Den Aufprall mußte man noch in der Spielebene A gehört haben. Einen Augenblick lang passiert gar nichts, und dann zersplitterte die ganze Wand. Max taumelte noch ein paar Schritte weiter, bevor er sein Gleichgewicht wiederfand.

Ein dichter Nebel ließ die Luft grau aussehen. Er war wie ein aufgewühlter Ozean in ständiger Bewegung und wirbelte wie kalter Rauch in der höhlenartigen Öffnung umher. Jedes Geräusch, das Max verursachte, jeder Schritt und jedes Flüstern hallte wie in einer Gruft wider. Der Nebel war klebrig feucht.

Max versuchte, Umrisse in dem aufgewühltem Nebel auszumachen. Er verformte sich ununterbrochen zu grotesken Illusionen; Schatten, die von unmöglichen Gestalten geworfen wurden: die Andeutung eines gewaltigen Rachens, der flüchtige Blick auf hunderte von Augenpaaren, die Knochen einer Hand, die sein Gesicht berührte. Als die anderen Abenteurer hinter ihm durchkamen, konnte er ihr Unbehagen spüren.

»Willkommen in der Hölle«, sagte er leise und half Trianna über einen Haufen loser Eisstücke. Sie zeigte einen gequälten Gesichtsausdruck.

Stumm bildete die Gruppe einen Kreis. Sie standen nahe genug beieinander, daß sich ihre Schultern berührten. Man konnte sie nicht genau ausmachen, aber die Echos und der wirbelnde Nebel kündeten von einer Höhle, die so groß wie die Welt sein mußte.

Max wollte schreien, etwas tun, um die schreckliche Leere um ihn herum auszufüllen. Er fühlte sich winzig.

»Ihr müßt entscheiden, ob ihr weitergehen wollt«, sagte Schneegans. »Ich weiß nicht, inwieweit ich euch beschützen kann.«

Yarnall spähte in den Nebel. Irgendwo auf der anderen Seite des sich bewegenden Schleiers ertönte ein zitterndes Geräusch. Es mochte natürlichen Ursprungs gewesen sein – vielleicht der Schrei eines Tiers. Wenn es ein Tier war, dann war es tollwütig. »Wir müssen weiter«, sagte er. »Irgend etwas ist da draußen. Wir können nicht zurück – die Sonne stirbt, und wir mit ihr. Hier können wir auch nicht bleiben. Das Kabal wird irgend etwas auf uns hetzen.«

Schneegans nickte zustimmend. »Wir werden Lieder singen für die Geister derjenigen, die sterben.«

»Es sei denn, es erwischt uns alle«, meinte Orson.

»Du bist wirklich ein Ausbund an Optimismus.«

Sechzehntes Kapitel

DIE PAIJA

Der Nebel verschluckte sie. Schneegans schien sich ihres Weges sicher zu sein. Sie folgten dem Pfad des geringsten Widerstandes.

Sie überschritten eine Felsbrücke, die so hoch war, daß der Boden im Nebel verschwand. Sie mußten hintereinander gehen, und Max befand sich hinter Charlene. Sie hinkte.

»Charlene?«

Sie drehte sich halb um. Sie atmete mühsam und versuchte, es hinter einem Lächeln zu verbergen.

»Vermißt du deine Freundin? Eviane?«

Charlene seufzte. »Wir waren befreundet, aber ... wir kannten uns kaum«, sagte sie wehmütig.

»Wieso?«

»Wir haben uns durch die Spiel-Übertragungen kennengelernt. Beinahe ein Jahr haben wir alles gespielt, wo wir uns nur zuschalten konnten, und sie erzählte ständig vom Traumpark. Ich hatte schon davon gehört. Sie redete auf mich ein, ich müßte ihn besuchen. Ich war gar nicht so scharf drauf, wollte Eviane aber persönlich kennenlernen.« Sie hielt inne. »Ich habe nicht viele Freunde. Also kam ich, und bevor ich blinzeln konnte, wurde Eviane getötet.«

»Das scheint kaum fair zu sein, nicht wahr? Was macht das Bein?«

»Es geht. Ich schaffe es.«

Die Brücke wurde noch schmaler. Max wußte, daß er besser nicht heruntersah, doch seine Augen wollten nicht gehorchen. Dort unten in der kalten Wüste hauste etwas und beobachtete sie. Er wußte es. Vielleicht lebte es nicht. Vielleicht war es tot und verdammt ...

Vor ihnen ertönte wieder das grollende durchdringende Geräusch. Ein Beben! Die ganze Höhle erzitterte. Max ließ sich auf den Bauch fallen und wartete.

In einem bestimmten Rhythmus verdichtete sich der Nebel, um dann wieder dünner zu werden. Das Beben war noch nicht ganz erstorben. Yarnall übernahm wieder die Führung. Die Brücke durchmaß jetzt kaum noch sechzig Zentimeter, und darunter gähnte die Unendlichkeit.

Mit einem vorsichtigen Schritt nach dem anderen überquerten sie die Brücke. Max stolperte einmal, schwankte und fand sein Gleichgewicht wieder.

Der Pfad wurde wieder breiter. Die Gruppe tat einen kollektiven Seufzer der Erleichterung, als ...

Ein weiterer fürchterlicher Wutschrei.

Nahe. Aus keiner erkennbaren Richtung.

Yarnall bewegte sich schneller, damit sie alle den Teil der Brücke erreichten, der zwei Meter breit war. Hier konnten sie nebeneinander gehen. Yarnall und Kevin bildeten die Spitze, die Keulen gegen das Unbekannte erhoben.

Der Nebel verdichtete sich, trieb wieder auseinander und gab den Blick auf das Unmögliche frei. Es konnte nur eine Illusion sein. Max versuchte, sie durch Blinzeln zu verscheuchen.

Es war sechs Meter groß. Wegen der schwingenden, teilweise von zweieinhalb Meter langem, schwarzem Haar verhüllten Brüste hätte er es als Frau bezeichnen können, doch das Gesicht gehörte zu einem wilden und unmenschlichen Dämon. Seine braunen Zähne waren wie Meißel, und die Augen waren zu Schlitzen zusammengekniffen. Mit jedem Atemzug dehnte sich das runzlige Gesicht aus und fiel wieder zusammen. Die Hände waren mit bösartig gekrümmten Nägeln versehen, die länger als Max' Harpunenspitze waren.

Das alles war bei weitem nicht das Schlimmste. Das Wesen hatte nur ein Bein. Und es entsprang den Genitalien.

Das dicke, obszöne Bein beugte sich. Gekrümmte Nägel bogen sich um einen Stalagmiten. Ein kurzes Anspannen pythongroßer Muskeln, und der drei Meter lange Steinpfahl verwandelte sich eine Keule.

»Paija«, sagte Schneegans drängend. »Wir müssen zurück zu der Stelle, die für sie zu schmal ist. Dort können wir uns vorbereiten.«

Sie wichen zurück. Die Paija zischte ihnen giftig nach. Zerberus am Höllentor.

»Eure Talismane!« rief Schneegans.

Max wühlte in seiner Tasche, bis er das Geschenk von Martin dem Polarfuchs fand. Die versteinerte Eulenkralle. Schneegans nahm sie und schüttete etwas schwarzes Pulver aus Kevins Lederbeutel auf ihre Handfläche. »Macht! Ruß ist stärker als Feuer.«

»Ich müßte Ajax-Reiniger dabeihaben«, sagte Johnny Welsh. »Stärker als Ruß.«

Jeder Abenteurer gab seinen Teil dazu, und der kleine Stapel wuchs. Die Dämonen-Frau wurde das Warten leid. Sie hüpfte einen Schritt näher. Die Felsbrücke schwankte.

»Beeilt euch!« Schneegans biß sich auf die Lippe und dachte konzentriert nach. »Ihr habt doch von den Rahmen eurer Rucksäcke erzählt. Eurer Meinung nach steckt in ihnen mehr Macht als im Talisman. Schnell, nehmt sie ab und legt sie auf einen Haufen.«

Yarnall, Hebert und Ollie streiften ihre Rücksäcke ab. Sie hielten das Frau-Ding nervös im Auge und rangen mit den Armen ums Gleichgewicht, bewegten sich aber so schnell wie möglich.

Hippogryph warf seinen Rucksack auf den Stapel.

»Was ist das für ein Wesen?« fragte Bowles.

»Gute Frage«, sagte Max nachdenklich. »Könnte aus ›UFO-Nutten gegen Herkules‹ entsprungen sein.«

Bowles zuckte gequält zusammen. »Bitte. Ich war noch ein Kind. Als ich den Vertrag unterschrieben hatte, nannten sie es noch ›Weltraumfeen auf Olymp‹.«

»Das tut mir leid.«

»Pst«, machte Schneegans. »Man nennt es Paija. Ein

Dämon, aber das Kabal muß es hergebracht haben, um den Eingang zu bewachen. Das ist schlecht.«

»Tatsächlich?« flüsterte Max zurück.

»Ja. Sie müssen mächtiger sein, als wir dachten.« Sie zog eine winzige Ganspuppe aus ihrem Auschnitt. Dann sah sie die anderen an. »Mal sehen. Oliver der Franke.« Ollie trat vor, und sie öffnete das Bündel, das er um den Hals trug, und seufzte erleichert. »Gut. Du hast auch einen geflügelten Inua. Wir können die Führung übernehmen.« Sie kauerte sich hin. »Hört her. Ihr besteht aus einem materiellen und spirituellen Körper. Die materielle Form ist nicht stark genug. Aber vielleicht können unsere spirituellen Körper die Oberhand gewinnen. Wenn wir die Paija überlisten können, werden wir über ihre Magie, ihre Lebenskraft befehlen können.«

Sie nahm ihr Totem und Olivers, ein aus einer harten, schwarzen Substanz geschnitzter Falke. »Jetzt brauche ich Schnur und etwas, das von einem Satelliten stammt.«

Charlene gab ihr eine Spule. »Falling Angel-Draht.«

Schneegans nickte, wickelte die beiden Totems zusammen und klemmte die Spule in das Bündel.

»Jetzt!« sagte sie und begann zu summen. »Inua meiner Vorfahren! Stehe uns in dieser Nacht bei. O Kinder des eiskalten Windes, kommt und lebt durch mich in diesem Augenblick. Kommt und kämpft an unserer Seite in diesem Krieg, um Ahk-luts Traum zu zerschmettern, verbündet euch mit uns gegen das Böse. Befreit uns von unserem hinderlichen Fleisch, befreit uns von unseren Illusionen, befreit uns!«

Ein Summen erfüllte die Luft. Die Brücke unter ihren Füßen erzitterte wie eine angeschlagene Gitarrensaite. Max konnte es bis in die Plomben seiner Zähne spüren.

Schneegans ergriff Olivers Hand. Er schien nervös zu sein und versuchte, sich zu befreien, doch sie hielt ihn fest, während die Vibrationen immer stärker wurden.

Schneegans' Umrisse veränderten sich, und kurz darauf auch Olivers. Sie wurden wie flüssiges Metall, und das Licht, das von ihnen ausging, weitete sich aus, bis es auch die anderen Spieler mit einschloß und sie alle in einer silbern strömenden Glut badete.

Zuerst sah Max nur ein verschwommenes Glühen. Es bewegte sich, veränderte sich, und er verstand: Etwas Immaterielles löste sich aus ihm. Einen Moment später konnte er die Gestalt erkennen.

Auf eine gewisse Art und Weise war er es selbst. Nach einer schweren Krankheit war sein Gesicht einmal so schmal geworden, daß er die Knochen erkennen konnte, die es formten, und er erkannte sie jetzt. Aber diese perfekte Gestalt drehte sich um und nickte ihm lächelnd zu, als teilten sie ein großes Geheimnis. Max wandte sich den anderen Spielern zu und sah erstaunt, daß aus jedem eine ektomorphe Gestalt floß, schöner als alles, zu dem sie sich jemals im Leben hätten entwickeln können. Die Gestalten schwebten über ihnen, gaben sich die Hände und bildeten einen Kreis. Die Höhle, die einmal das Herz der Finsternis verkörpert hatte, erstrahlte in einem überirdischen Licht. Es war ein heiliges Licht, das die schwebenden Gestalten ausstrahlten.

Schneegans' »Geist« kreiste langsam in der Luft. »Gehen wir«, sagte sie.

Die Paija erwartete sie. Sie war auf bestialische Weise wunderschön und balancierte auf ihrem obszönen Bein, das eher an einen Elefantenrüssel erinnerte: knochenlos und biegsam.

Max hielt sich etwas zurück und beobachtete die anderen, sah, wie Oliver der Franke seine Kriegskeule festhielt, als ob sie ihn mit der über ihm schwebenden geisterhaften Gestalt verbinden würde.

Die Paija schnüffelte, als würde sie etwas Ekelerregendes riechen.

Sie schrie herausfordernd und schlug mit ihrer Stalagmitenkeule auf die Brücke. Das Felsband erbebte wild. Kevin fiel auf die Knie, und Bowles half ihm wieder auf die Beine.

Die Paija öffnete ihren Mund und grinste. Max hatte noch

nie so viele scharfe Zacken an einem Ort gesehen. Eine Reihe nach der anderen, wie der Rachen eines Haifisches.

Die Paija griff an.

»Vorwärts!« schrie Schneegans, und Narren, die sie waren, stürmten sie vor.

Und ihre ätherischen Doppelgänger bewegten sich mit ihnen. Mit jedem Schritt, den sie zurücklegten, schienen die schwebenden Gestalten mehr an Substanz zu gewinnen. Sie strahlten heller. Die Paija brach das Geschrei ab, sah sie mißtrauisch an, schien nachdenklich zu werden ...

Max sah, wie Triannas Geist auf die gewaltige Gestalt zuflog. Die Paija schlug mit ihrer improvisierten Keule nach ihr, und sie machte einen Rückzieher.

Max erhaschte einen Blick auf die materielle Trianna, die vor Überraschung wie angewurzelt dastand. Ihre Augen strahlten vor Aufregung.

Die Paija schien den Geist nicht berühren zu können. Jetzt flogen auch die anderen Geister heran, und als sie sich zusammenschlossen, erblühte ein fließender, elektrischer Regenbogen und berührte die Paija.

Das Wesen kreischte vor Schmerz auf. Aber es ließ sich dadurch nicht aufhalten, griff an und schwang die Keule. Der Stalagmit krachte dicht vor Schneegans auf den Felsen. »Bleibt stehen! Lauft nicht weg! Es wird durch eure Angst stärker.«

Die Paija starrte sie durchdringend an, dann kam sie grunzend einen Schritt näher.

Die ätherischen Gestalten flatterten über ihr wie ein Schwarm leuchtender Kolibris. Die Paija schlug mit der Keule nach ihnen, benutzte sie wie ein Fliegenklatsche, und nur die übermenschliche Gewandheit der Geister bewahrte sie davor, getroffen ...

Die Paija traf Orsons Abbild. Der Schlag streifte ihn nur, aber Max' Bruder sagte »Au!« und rieb sich die Schulter, wo sich ein rotglühendes Mal zu bilden begann.

Die Paija erkannte allmählich langsam den Rhythmus. Charlenes Abbild wurde von einem bösen Schlag getroffen, und Charlene schrie auf. An ihrem Bein entstand auch ein rotes Mal und glühte in der Dunkelheit wie ein phosphoreszierender Pilz. Die Geisterwesen verloren an Schärfe.

»Gebt euch die Hände!« Schneegans, die wie nach einer körperlichen Anstrengung keuchte, ergriff Hebert und Hippogryph an den Händen.

Max griff nach Yarnalls Handgelenk, der wiederum Kevin packte. Die zwölf Abenteurer bildeten einen Halbkreis gegenüber dem Monster.

Die Paija fauchte und witterte den Sieg. Die Keule donnerte wieder auf die Brücke. Das Dämonen-Weib hatte seine ganze Kraft in den Schlag gelegt. Ein zweieinhalb Meter langes Felsstück splitterte berstend ab.

Schneegans hielt sich als einzige aufrecht, aber ihr Gesichtsausdruck wirkte nicht mehr so entschlossen und stark. Sie sah in den Abgrund vor ihr, und ihr Selbstbewußtsein schien sie zu verlassen.

Die Paija grinste sie an, sprang über die Lücke und hüpfte weiter auf sie zu.

Max sah, wie Schneegans aufgeben wollte, und er zwang sich auf die Füße. Verdammt, er mußte etwas unternehmen, und zwar sofort.

Max stellte sich so aufrecht hin, wie er nur konnte. »Ungetüm!« rief er. »Wir fordern dich heraus! Wir werden dir das Bein ausreißen und es dir in den Arsch schieben!«

Nicht besonders geistreich, aber es erregte die Aufmerksamkeit der Paija. Sie lächelte auf eine Art und Weise, die in universeller Sprache verkündete: *du und ich, Schwachkopf.* Er hob die Harpune und wartete darauf, daß die Magie einsetzte.

Nichts.

Ich bin tot, dachte er.

Aber der ätherische Doppelgänger war jetzt heller und hatte an Festigkeit gewonnen. Man konnte nicht länger hindurchsehen. Es stimmte. Die Paija stärkte sich an ihrer Angst, und die Doppelgänger an ihrem Mut. Max kehrte seinen besten Befehlston raus und rief: »Hoch mit euch, ihr schlappen Säcke! Stellt euch diesem Wesen entgegen!«

Die Paija fauchte sie an, als könne sie sich nicht entscheiden, was sie nun tun sollte. Dann sah Max, wie sein Doppelgänger seine Geisterharpune direkt zwischen die Augen des Ungetüms jagte.

Die Paija schrie auf, schrecklich verstört und voller Schmerz. Die anderen Abenteurer schlossen sich Max an, ergriffen sich an den Händen und schrien. Sie näherten sich der Paija, und als sie eine aggressive Haltung einnahmen, griffen ihre immateriellen Doppelgänger an.

Die Paija schwang die Keule und versuchte, sich zu verteidigen, und einige der Geister bekamen etwas ab, aber langsam wurde sie zurückgedrängt.

Die Spieler jubelten. Max warf seine Harpune und traf das Monstrum in die Kehle. Die Paija taumelte zurück, rang um ihr Gleichgewicht und stürzte von der Brücke in den finsteren Abgrund.

Sie alle eilten zur Kante, um zu sehen, wie sie fiel und starb. Max' Doppelgänger landete vor ihm und lächelte.

Zum Teufel. Er war ein Held!

Siebzehntes Kapitel

SCHMETTERLINGE

Gwen atmete erleichtert aus. Ein paar Sekunden lang waren das Heulen des Windes und der Todeschrei der Paija nur Geräusche. Dann jubelten die Spieler hinter ihr und klopften sich gegenseitig auf den Rücken.

Amüsiert sah sie zu Hippogryph hinüber. Er schrie und jubelte, doch seinen Augen entging nichts, und sein breiter Körper bildete eine unauffällige Barriere zwischen Charlene und den anderen. Sie drängten sich am Rand des Abgrunds und sahen zu, wie Paija zu Tode stürzte. Der Anblick ihrer Geister hatte jeden einzelnen von ihnen gerührt. Sie standen aufrechter da, bewegten sich stolzer.

Gwen kannte die Tricks, die im Spiel verborgen waren,

doch spürte sie noch immer deren Auswirkungen. Sie atmete tief durch und tauchte wieder in ihre Rolle als ›Schneegans‹.

»Gut, Leute! Großartig!«

»Das stimmt!« Orsons nicht unbeträchliche Körpermassen bebten förmlich vor Vergnügen. »Ich bin für alles bereit!«

»Das kommt bestimmt als nächstes«, vermutete Charlene. Sie keuchte sowohl vor Aufregung als auch vor Erschöpfung. Gwen hörte ein leises Piepsen in ihrem Ohr, und sie blickte zu Ollie hinüber.

Mit der linken Hand bedeckte er das Ohr, während er dem medizinischen Bericht der zentralen Datenstelle lauschte. Mit der rechten Hand machte er ihr Zeichen: ein Finger deutete auf den Boden, gefolgt von einer horizontal gehaltenen Handfläche. *Verringere das Tempo.*

Es konnte sein, daß die zentrale Datenstelle durch Charlenes Vitalfunktionen alarmiert worden war, die von der Netzunterwäsche aufgefangen und weitergegeben wurden. Vielleicht war es auch der schwerere Sands. Trotz seines fröhlichen Sarkasmus sah Orson aus, als sei er reif für einen schönen, gelungenen Herzinfarkt.

Gwens Blick wurde starr, und ihre Hand drückte kräftig Orsons Handgelenk, als der etwas sagen wollte. »Ich höre sie flüstern«, sagte sie, und rollte mit den Augen, »die Götter. Sie ...« Sie wartete, bis eine erwartungsvolle Stille eintrat, dann kniff sie die Augen zu und jauchzte. »Sie sind höchst erfreut. Sie wollen uns Geschenke geben.«

In der Dunkelheit über ihnen erschien plötzlich ein Strahl aus goldenem Licht. Er durchbrach die Finsternis und tanzte blaß auf der anderen Seite der Kluft. In dem Strahl flatterte etwas ... wie dicke Schneeflocken, aber jede Schneeflocke war lebendig.

Trianna sprach es als erste aus. »Schmetterlinge!«

Genau. Weiße Schmetterlinge. Sie trieben hierhin und dorthin, reflektierten das Licht, erforschten kurz die Finsternis, um wieder ins Licht zurückzukehren.

Sie landeten und bildeten einen lebendigen, sich bewegenden Kegel. Jede Spur einer individuellen Identität versank in einem amöbenartigen Knäuel.

Gwen beobachtete die Blicke der Spieler und drückte Ollies Hand, um sich für das Signal zu bedanken.

Dann erhob sich ein Teil der Schmetterlinge wieder in die Luft, und zurück blieb eine große Platte, auf der sich Äpfel, Weintrauben und Birnen häuften. Da war ein kleiner Berg Kekse und Brot sowie verschiedene Dosen.

»Mittagessen!« sagte Johnny Welsh ehrfürchtig. »Mein Magen wollte mich schon wegen unterlassener Hilfeleistung verklagen. Aber Moment mal ...«

Die Paija hatte die Steinbrücke zerstört. Sie schauten sich das Mittagessen über eine zweieinhalb Meter große Kluft an.

»Wie kommen wir dahin?« fragte Kevin.

»Hört zu«, sagte Gwen. »Die Steinbrücke ist zerstört. Aber dadurch, daß wir die Paija überwunden haben, haben wir alle große Macht erworben. Wenn ihr sie benutzen wollt, müßt ihr nur die besten Vorsätze haben. Ihr müßt euch das Essen wirklich wünschen.«

Sie musterten Gwen vorsichtig. *Verrückt und gefährlich.*

»Glaub mir, Süße«, versprach Hebert. »Das Essen und ich werden die besten Freunde werden.«

»Erinnert ihr euch daran, was ihr beim letzten Abendessen gelernt habt?«

Trianna hob linkisch die Hand. »Wir müssen das Essen wie ein lebendiges Wesen behandeln.«

»Unterscheidet sich das von dem, wie ihr es sonst behandelt?«

»Nun ...« Rätsel. Orson löste gern Rätsel. »Ich gelobe, wenn diese Nahrung mir, äh, zu Diensten ist ...« Er suchte nach den richtigen Worten.

»Dann werden wir der Nahrung dienen«, sagte Johnny Welsh feierlich. Hippogryph fing schallend an zu lachen.

Aber Orson wußte jetzt, was er sagen mußte. »Ich werde dem, was ich esse, Aufmerksamkeit schenken und es ehren, und nur das in meinen Körper aufnehmen, was ich zur Ernährung brauche.«

Ein Säule aus Licht erstrahlte aus dem Himmel und beleuchtete Orson.

»Tritt vor, Orson. Wenn das die Wahrheit ist, kannst du jetzt essen.«

»Das will ich meinen ...« Ein paar Weintrauben schrumpften zusammen und lösten sich wieder zu Schmetterlingen auf. »Okay«, schrie Orson. »Verdammt.« Er schaute Gwen böse an. »Woher wußtest du Bescheid?«

»Die Großen Geister. Oder vielleicht habe ich es auch nur geraten. Du hast so ein Gesicht.«

»Ich weiß. Leider. Also gut.« Er zwang sich dazu, sich zu entspannen. »Bis jetzt habe ich es nicht ernst gemeint. Aber ich will es versuchen, wenigstens bei dieser Mahlzeit. Ich verspreche es.«

Die Schmetterlinge flatterten zurück ins Licht, ließen sich auf der Platte nieder und verwandelten sich wieder in Weintrauben.

»Wenn du die Wahrheit gesagt hast«, sagte Gwen, »geh. Der Große Geist wird dir helfen.«

»Du willst, daß ich in der Luft wandle?«

»Nein«, sagte sie ehrfürchtig. »Im Glauben. Haha.«

Orson schaute in den Abgrund. Seine Lippen machten ein unglückliches Geräusch, dann tat er den ersten Schritt. Sein Fuß stand auf dem Nichts. Er seufzte erleichtert und machte noch einen Schritt. Dann zauberte Orson Sands und ging durch die Luft wie einst Gene Kelly.

Als er die andere Seite erreichte, verbeugte er sich tief und war fast soweit, den Boden zu küssen. Mit einem dicken Finger drückte er auf eine Weintraube. In seinem Gesicht ging die Sonne auf. »Sie sind echt!«

Er ließ sich auf den Hintern fallen und griff mit beiden Händen zu, rechts eine Birne und links Weintrauben ...

Dann legte er die Birne wieder weg und aß langsam die Weintrauben, eine nach der anderen.

Gwen strahlte. »Wer ist der nächste?«

Einer nach dem anderen unterzog sich dem Ritual. Die »Großen Geister« schienen genau zu wissen, wann sie es ehrlich meinten und wann nicht. Gwen kostete es aus.

Sie hatten jetzt alle genug Abstand, um sich daran zu erinnern, wie lange das Frühstück vorbei war, und der Hunger war wie ein brennendes Feuer.

Trianna schwor, daß sie ihre Nahrung ehren würde, aber es war eine Lüge. Gwen wußte es, Trianna wußte es, und, was das wichtigste war, die Techniker in der Spielzentrale wußten es auch. Die von der Netzunterwäsche übermittelten Daten ließen keinen anderen Schluß zu: Blutdruck, Hauttemperatur, Herzschlag und Schweißausbrüche.

Tränen strömten über Triannas hübsches Gesicht. »Was verlangt ihr? Ich liebe das Essen. Wie könnt ihr behaupten, daß das nicht stimmt? Wieso soll ich zu schwer geworden sein?«

»Liebst du es«, fragte Gwen trocken, »oder benutzt du es? Du versteckst dich hinter deinem Körper, Trianna.«

Trianna war so aufgebracht, daß sie mittlerweile brüllte. »Was wollt ihr denn hören? Ich ... ich ... Scheiße!«

Kevin legte ihr die Hände auf die Schultern. »Beruhige dich doch und achte einfach mehr darauf, was du ißt.«

Ihr Blick war mörderisch. »Und du? Du verdammtes Skelett, wann hast du jemals darauf geachtet, was du ißt?«

Das hatte weh getan; Kevin blinzelte, um den Schmerz zu verbergen. »Ich bin auch hier«, sagte er leise. »Wir ähneln uns sehr, Trianna. Wir müssen beide lernen zu akzeptieren, daß wir nicht perfekt sind. Ich habe es satt, Angst zu haben.« Er lächelte zaghaft. »Und du?«

Trianna schluckte. Gwen spürte Mitgefühl in sich aufsteigen, aber sie unterdrückte es. In der Gruppe aß Trianna gesittet, aber es war furchtbar einfach, sie sich zu Hause vorzustellen, allein in der Wohnng. Ein geistloser Kekszombie, der sich Essen in den Mund schaufelte, als existierten dieses wunderschöne Gesicht und dieser massige Körper in zwei Zeitzonen.

»Ich schwöre, ich will es versuchen«, sagte Trianna mit einer Kleinmädchen-Stimme. »Ich meine es ehrlich.« Diesmal hörte Gwen kein warnendes Summen im Ohr. Trianna schwankte über das Nichts, setzte sich hin, zog die Nase hoch und fing lustlos an zu essen.

Kevin sah ihr zu und leckte sich über die Lippen. Auf der anderen Seite des Abgrundes lag Gesundheit und Selbstrespekt.

In was für einen Kampf war er verstrickt? Was stimmte nicht in seinem Leben, daß er zum Ausgleich jeden Krümel, den er aß, kontrollieren mußte? Daß er auf perverse Weise darauf stolz war, seinen Hunger zu unterdrücken?

»Was erwartet ihr von mir?« fragte er schließlich.

»Nur die Wahrheit, Kevin«, sagte Ollie freundlich.

»Wenn ich zuviel esse, muß ich mich übergeben.« Er sagte es, als hätte ihn dieses Eingeständnis alles abverlangt.

Kevin hatte buchstäblich Angst davor, den Abgrund zu überqueren.

Langsam stand Trianna auf. Ihr Gesicht war noch immer mit Tränen bedeckt. Sie streckte die Arme nach Kevin aus, und Gwen konnte beinahe die gegenseitige Anziehungskraft sehen, die die beiden miteinander verband. Als wäre einer das bizarrre Spiegelbild des anderen. Die fette Dame und der dürre Junge.

Keiner sagte ein Wort. Und dann gab Kevin ein verzweifeltes Geräusch von sich und stolperte über den Abgrund, in Triannas tröstende Umarmung.

Sie hatten sich nach der ausgiebigen Mahlzeit wieder auf den Weg gemacht, und der Pfad führte sanft nach unten. Der Wind war eiskalt.

Schließlich wurde der Weg wieder schmaler, und die Wände rückten näher heran. Mit Eis bedeckter Fels. Die Entspannung, für die das Essen gesorgt hatte, verflog. Sie umklammerten ihre Waffen fester und gingen nacheinander.

Zuerst hätte man die Schreie für eine Täuschung des Windes halten können. Dann erkannte Max sie als das, was sie tatsächlich waren – die endlosen Schreie der Verdammten der Eskimos.

Bis jetzt war nichts zu sehen. Das Licht war zu einem düsteren Zwielicht geworden.

Dann erhellte eine strahlendes Nordlicht die Szene, und Max fühlte, wie sich sein Magen verkrampfte.

Nackte Männer und Frauen taumelten blind durch tiefen Schnee. Ein Mann schwankte über die scharfen Felsen. Auf seinen Schultern war ein Karibu festgebunden. Seine Füße waren zerfetzt und bluteten. Aus einer klaffenden Wunde im Bauch des Karibus rann Blut über seinen Rücken. Der Karibu zuckte und strampelte alptraumhaft langsam.

Schneegans versteifte sich und lief dann ruckartig auf eine Stelle zu, an der der Pfad sich teilte. Ein Eskimo war mit Lederstricken an die Wand gefesselt. Schmetterlinge flatterten um seinen Kopf, und er schnappte mit den Zähnen nach ihnen. Er erwischte einen und aß ihn.

»Waldkauz!« rief Schneegans.

Er sah sie stumpf an. »Wer ...? Wer ist da?« Dann trat sie näher heran, und sein Blick klärte sich. »Schneegans. Du bist es. Wie bist du gestorben?«

»Nein, Waldkauz. Ich habe Freunde mitgebracht. Wir bekämpfen das Kabal. Wir wollen es zerstören.«

Er nickte. Ein Schmetterling flatterte zu nah an seinem Mund vorbei. Er schnappte ihn aus der Luft und kaute nachdenklich. »Könnte etwas Salz gebrauchen.«

»Wie ist es, tot zu sein?« fragte Hebert.

»Eigentlich nicht übel«, antwortete Waldkauz nach kurzer Überlegung. »Es ist, als ob man auf eine Steuerrückzahlung wartet. Dauert nur länger.« Er sah Schneegans mit Bedauern an. »Ich wäre dir kein Gefährte geworden, aber ich habe dich geliebt.«

»Du bist für mich gestorben. Du warst also ein lausiger Jäger. Na und?«

»Wenn du Vater wiedersiehst, sag ihm, daß ich Kusin Otter gesehen habe. Wie brauchen uns nicht mehr länger den Kopf darüber zerbrechen, warum seine Frau ihm die Kehle durchgeschnitten hat, um sich dann zu ertränken. Anscheinend hat er mit Weinendes Walross die Felle geteilt, als er eigentlich zum Fischen draußen sein sollte.«

»Soap Operas in der Hölle«, sagte Bowles. »Das bringt einen zum Nachdenken.«

»Der Tod ist keine Erlösung«, stimmte ihm Waldkauz zu.

Schneegans lächelte tapfer, und sie gingen weiter. Die Hölle war offensichtlich nicht groß. Die nächste Gruppe Verdammter, denen sie begegneten, bestand aus halbnackten Frauen. Blaue Linien und Punkte bildeten ein Muster auf ihren Gesichtern. Sie weinten, und streckten den Reisenden ihre Hände entgegen.

»Wie haben sie gesündigt?« fragte Max Schneegans.

»Sie hatten schlecht ausgeführte Tätowierungen.«

Orsons Mund klaffte auf, und er musterte die toten Eskimos mit neuem Interesse. Natürlich hauptsächlich die Tätowierungen. »Das ist aber ziemlich dürftig«, sagte Max. »Was für Götter sind das denn?«

»Unbedeutende. Wie alle Götter. Andererseits steht Masturbation nicht unter Strafe.«

»Ich ändere die Konfession«, sagte Kevin überzeugt. »Offensichtlich habe ich Eskimoblut in den Adern, ohne es zu wissen.«

Die Frauen waren alle schwarzhaarig und mürrisch, mit Ausnahme einer, die flammend rotes Haar hatte. Sie hing abgestumpft in ihren Fesseln. Ihre grünen Augen nahmen kaum etwas wahr. Langsam hob sie den Kopf. »Wer ...?«

»Eviane!« schrie Max.

Ihre Verwirrung dauerte nur einen Augenblick, dann kam schnell das Erkennen. »Meine Kameraden«, sagte Eviane. Tränen strömten über ihr Gesicht. »Ich wußte, daß ihr kommen würdet. Nicht einmal die Hölle konnte uns voneinander trennen.«

Achtzehntes Kapitel

IN DER FORSCHUNGSABTEILUNG

Alex Griffin benötigte etwa fünfundvierzig Sekunden, um vom Gebäude der Sicherheitsabteilung zur Forschungsabteilung auf der gegenüberliegenden Seite des Geländes zu gelangen.

Während die Transportkapsel durch das unter- und oberirdische Röhrensystem raste, mußte er an all die Menschen denken, die ihren Job so verdammt ernst nahmen und für den reibungslosen Ablauf im Traumpark sorgten. Sie schufteten siebzehn bis zwanzig Stunden am Tag, und oft mußte man sie von ihren Schreibtischen wegzerren. Sie glaubten an den Traum. Was würden sie denken, wenn sie Bescheid wüßten?

Die Transportkapsel wurde im Keller des Forschungsgebäudes abgebremst und dort auf eine Schiene gesetzt, damit sie mit ihrem Aufstieg beginnen konnte. Ein wahnsinnig kompliziertes System. Und je komplizierter ein Mechanismus war, um so anfälliger wurde er für Sabotage. Offensichtlich hatte Fekesh irgendwo in dem Organismus, den der Traumpark darstellte, ein Krebsgeschwür implantiert. Alex hoffte, daß sich noch keine Metastasen gebildet hatten.

Die Tür der Transportkapsel öffnete sich. Alex streckte die Beine und stieg aus. Er stand inmitten einer Wüste auf dem Kopf. Dattelpalmen hingen an ihren Wurzeln vom Himmel. Am Horizont bewegte sich langsam eine Kamelkarawane.

Alex blieb stehen. Er glaubte nicht, daß er auf dem Kopf stand. Also machte er ein paar vorsichtige Schritte, um zu sehen, ob sich der Ausblick änderte.

Es blieb alles so, wie es war. Alex streckte die Arme aus und vergrub die Hände in immateriellen Sand.

»Hallo! Ist da jemand?«

Keine Antwort, aber er hörte, wie jemand hustete. Die Sonne brannte mit unnatürlicher Grausamkeit, aber es gab keine Hitze. Der Traumpark hatte endlich einen Weg gefunden, wie man die Sahara bewohnbar machen konnte. Wieviel würde Fekesh wohl dafür zahlen?

»Hallo? Ich bin Alex Griffin von der Sicherheit.«

»Scheiße«, sagte jemand hinter einer schimmernden Düne. Die ganze Illusion flackerte und verschwand dann.

Er stand richtig herum in der Halle, umgeben von glänzenden Böden und den vertrauten schwebenden Videotafeln. Ungewöhnlich war nur der Holoprojektor, der in der Mitte der Halle umgedreht stand.

Neugierig ging Alex vorsichtig darauf zu. »Hallo, Sie ... was genau tun Sie da?«

Der junge Mann, der unter der Maschine hervorkroch, hatte braune Augen und langes, welliges braunes Haar. Flehend breitete er die Hände aus. »Ich weiß nicht, wer dieses Ding konstruiert hat«, sagte er, »aber den Hauptprozessor kann man nur von unten erreichen. Die Kontrollen sind oben. Das macht Spaß.«

Das Gerät war ein älterer Standard-Holoprojektor.

»Ich suche Doktor Izumi«, sagte Alex.

Der Mann deutete die Halle entlang. »Dritte Tür links. Ich glaube, er ist heute in der Bioabteilung.«

»Danke.«

Als Alex weiterging, verschwanden Mann und Maschine wieder in der Wüste, und der junge Mann sagte: »Eureka!«. Eine Sekunde später gab es einen Kurzschluß. Ein farbiger Strom von Adjektiven begleitete Alex auf seinem Weg.

Die zweite Tür links stand auf. In der Mitte eines Labors, daß mit Monitoren, Kameras und Flutlichtern gefüllt war, saß ein menschliches Skelett in einem Regiestuhl. Es drehte sich um und sah Alex an. »Ja, kann ich Ihnen helfen?«

Alex brachte ein schiefes Lächeln zustande und hielt nach dem menschlichen Wesen Ausschau, das die Kontrollen bediente. »Ich suche Doktor Izumi.«

Das Skelett klapperte mit den Zähnen. Es hätte ein Lächeln sein können. Wie sollte man erkennen, ob ein Skelett lächelt?

Es stand auf, ging wie eine Gestalt aus einem Alptraum durch das Zimmer und streckte eine Knochenhand aus.

Alex beschloß, den Spaß mitzumachen, und sobald die Hand durch die seine geglitten war, würde er den Spaß für beendet erklären und Izumi holen lassen.

Seine Finger schlossen sich um warmes Fleisch – und lösten sich dann auf. Das Fleisch seiner Hand endete am Handgelenk, und zwei Skeletthände berührten sich.

Alex biß die Zähne zusammen.

Das Skelett lachte von Herzen. »Das war unbezahlbar«, sagte es. »Allein Ihr Gesichtsausdruck. Entschuldigen Sie bitte. Izumi. Programm Zwei-acht-Innere-Medizin abspeichern.« Die Luft verschwamm, und Tom Izumi erschien. Er war mittelgroß, hatte glattes schwarzes Haar und einen unangemessen kleinen Mund. Er erinnerte Griffin an einen Bösewicht aus den alten Dick-Tracy-Comics.

»Was, zum Teufel, war das?« fragte Griffin.

»Ein holographischer Medizinanalyse-Simulator. Funktioniert mit in den Wänden eingebauten Überschallwellenprojektoren. Wir stellen ein dreidimensionales Modell her und projezieren es auf den Patienten.«

»Großartig. Aber könnten Sie das abstellen? Es bereitet mir Kopfschmerzen.«

»Klar.« Izumi lächelte breit und erschien wieder völlig bekleidet.

»Sie sind Alex Griffin«, sagte er. »Tomisuburo Izumi.«

Alex schüttelte ihm noch einmal die Hand. Izumis dunkle, tiefsitzende Augen verrieten eine stürmische Intelligenz. »Was kann ich für Sie tun?« fragte er.

»Können wir uns in Ruhe unterhalten?«

»Im Partyzimmer.« Izumi verschloß sorgfältig die Tür hinter sich und führte ihn den Gang entlang. Sie blieben vor einer kleinen, grünen Tür stehen, und Izumi stieß sie auf.

Der Raum schwirrte vor Aktivität. Leute lachten, aßen und tranken von einem Büffet. Ein Pärchen in einer Ecke tanzte eine Rumba. Einige Gäste wirkten schon etwas müde. Sie gingen weiter in ein kleines Studio, das vielleicht ein Drittel der Größe des Ballsaals hatte.

»So«, sagte Izumi. »Was kann ich für Sie tun?«

»Sind Sie sicher, daß wir nicht belauscht werden können?«

»Absolut.«

»Ich will mit Ihnen über Ihren Bruder Calvin sprechen«, sagte Alex und nahm auf einem Sofa Platz.

Tom Izumi hielt einen Augenblick lang die Luft an und schloß die Augen. Als der innerliche Gefühlssturm verebbt war, öffnete er sie wieder und sah Griffin an.

»Als Calvin starb, gehörten Sie noch nicht zum Traumpark, Mister Griffin. Was wollen Sie wissen?«

»Mehr über die Umstände seines Todes. Alle Dateien sind versiegelt oder gelöscht. Vor acht Jahren passierte im Büro des Bezirks-Leichenbeschauers ein furchtbarer Unfall. Sie hatten eine Art Elektromagnet als Beweisstück in Verwahrung genommen, und die Sache endete damit, daß diverse Dateien gelöscht wurden. Inklusive die Ihres Bruders.«

»Das ist sehr bedauerlich.«

Sie hörten, wie jemand draußen vorbeiging. Izumi stand auf und verschloß die Tür.

»Was können Sie mir über seinen Tod sagen?«

Izumi lehnte sich mit dem Rücken gegen die Wand und dachte nach. Dann faßte er einen Entschluß. »Es war im April 48. Calvin arbeitete auf dem Gewehrschießstand, den wir für die California State Sheriffs' Association errichtet hatten. Er nahm nach Dienstschluß ein Gewehr mit, um es in den Bergen zu testen. Eine von zwei Patronen explodierte, und er wurde am Kopf getroffen. Er war sofort tot. Ein Jäger hat ihn gefunden.« Er verstummte, und Alex sah, wie es hinter diesen durchdringenden Augen arbeitete. »Das ist alles, was es dazu zu sagen gibt. Wonach suchen Sie?«

»Nach der Wahrheit. Ich weiß, daß Calvin hier im Traumpark gestorben ist. Ich weiß, daß es in einem Spiel zu einem Zwischenfall kam, in dem echte Munition eine Rolle spielte. Ich weiß, daß es kein Unfall war. Ich weiß, daß es vertuscht wurde.«

Tom Izumi schwieg. »Ich fürchte, ich muß zu meiner Arbeit zurück. Ich bin sicher, Sie haben dafür Verständnis.«

»Ich kann Ihren Wunsch verstehen, den Traumpark zu schützen. Ich schätze Ihre Loyalität. Aber Sie müssen verstehen, wenn Sie mir helfen, gibt es eine kleine Chance, die Schuldigen festzunageln. Und zwar, ohne schmutzige Wäsche in der Öffentlichkeit zu waschen.«

Izumi setzte sich wieder. »Ich verstehe nicht.«

»Ein neues Element ist dazugekommen. Das Fimbulwinter-Spiel läuft wieder ...«

»Das weiß ich.«

»Das Mädchen ist auch wieder da. Es spielt unter einem Pseudonym mit.«

Izumi dachte darüber nach. »Und?«

»Unbekannte Personen haben sie getötet und aus dem Spiel genommen. Ich habe sie wieder reingebracht. Und das ist alles, was ich habe, Tom. Ich weiß noch nicht genug über das, was passiert ist. Sagen Sie es mir. Helfen Sie mir. Jemand hat Angst. Wenn ich genügend Informationen bekomme, kann ich vielleicht einen Ansatzpunkt finden.«

»Und wenn nicht?«

»Dann stehen wir auch nicht schlechter da als jetzt. Ich werde weder den Traumpark noch Ihre Familie in Schwierigkeiten bringen. Aber zumindest haben wir es dann versucht.«

Izumi schien seine Worte abzuwägen, dann zuckte er mit den Schultern. »Versucht ... Na schön. Calvin war ziemlich schwer, und er liebte die Schauspielerei. Sie baten ihn, in einem der Spiele drüben im Spielbereich A einen Eskimo darzustellen. Ich glaube, er hat es ein paar Mal gemacht. Mit Sicherheit hat niemand Schwierigkeiten erwartet. Dann erhielten wir den Anruf ... es hatte einen fürchterlichen Unfall gegeben.«

»Wer hat Sie benachrichtigt?«

»Einer der Ärzte.«

»Gut, weiter.«

»Meine Mutter und ich arbeiteten an einer dieser Messepräsentationen, und wir eilten zur Sanitätsstation. Sie war geräumt worden. Doktor .... Vails. Nein, Vail. So hieß er. Vail.«

»Leiter der Psychiatrie?«

»Nein, damals noch nicht. Nur Psychiater. Und Harmony war da und zwei andere. Ein halbes Dutzend Sicherheitsleute kannte die Wahrheit, und drei Leute vom medizinischen Personal. Sie mußten alle schwören, für immer zu schweigen. Als sie uns die Leiche zeigten, mußten wir uns entscheiden.«

»Einfach so?«

»Nein, natürlich nicht. Mutter brach zusammen. Wir mußten ihr ein Beruhigungsmittel geben. Aber als sie sich beruhigt hatte, erkannten wir, daß es aussichtlos war, Gerechtigkeit zu erwarten. Hätten wir versucht, die Mörder öffentlich zu verfolgen, wäre die ganze Sache ans Licht gekommen, und die Mörder hätten ihr Ziel erreicht. Also haben wir es vertuscht, und wir haben alle dabei geholfen, Mister Griffin.« Er schwieg. »Wissen Sie, es hat meine Mutter umgebracht. Sie hat ihn nur ein Jahr überlebt.«

»Wie haben Sie es vertuscht?«

»Calvin und ich hatten etwa die gleiche Größe. Die Leiterin der Prothetik hat bei dem Unternehmen mitgemacht. Sie hat mich so hergerichtet, daß ich wie Calvin aussah. Mutter fing wieder an zu weinen, als sie sah, wie gut das funktionierte. Wirklich unglaublich. Und dann nahm ich als Calvin an ein paar Konferenzen teil, ließ mich hier und da sehen, und nahm dann das Gewehr mit in die Berge.«

Alex vergegenwärtigte sich die Bruchstücke, die er bis jetzt in Erfahrung gebracht hatte, und setzte sie in die richtige Perspektive. »Sie haben gesagt, Sie hätten den Mörder nicht öffentlich verfolgen können. Was war mit privaten Nachforschungen?«

Tom Izumi lächelte freudlos. »Wir sind jeder Möglichkeit nachgegangen, Mister Griffin, und wir haben nur zwei Wege gefunden, auf die das Gewehr ins Spiel gelangt sein könnte.«

»Darüber wüßte ich gern mehr.«

Izumi nickte. »Gut. Kommen Sie mit.«

Griffin fragte sich flüchtig, wieso er unterschwellig gewußt hatte, daß sie in der Wartungsabteilung landen würden.

Sandy Khresla verbrachte eine Menge Zeit an der frischen

Luft. Die Sonne hatte ihre Haut tief gebräunt. Sie war eine teuflisch gute Softballspielerin; er hatte ihr dabei zugesehen. Sie besaß die Muskeln, um dem schweren Ball einen ordentlichen Drall zu geben. Er hätte eine Wette darauf abgeschlossen, daß sie Bodybuilding betrieb.

Der blaue Rauch aromatischen Pfeifentabaks umgab sie. Alex vermißte ihr zähes Lächeln. Ohne wirkte sie gefährlich. So hatte sie ihn noch nie angesehen: wie einen Feind.

Er sagte: »Also wissen Sie auch über alles Bescheid?«

Sandys Stimme war überraschend tief. »Griff, wir sind die einzigen hier, die jeden Ein- und Ausgang kennen und über den gesamten Ablauf Bescheid wissen. Ich war damals gerade Juniorinspektor, aber Calvin und ich waren eng befreundet. Als sein Bruder zu mir kam und mir die Wahrheit erzählte, wußten sie, daß sie mir vertrauen konnten.«

Alex nickte. Er fühlte sich unter all diesen Veteranen wie ein Eindringling. »Zu welchen Ergebnissen sind Sie gekommen?«

»Da müssen wir uns einen älteren Satz Dateikarten ansehen. Vor sechs Jahren gab es eine Menge Umbauten und neue Sicherheitsanlagen.«

Sie rief Karten im Computer ab, bis eine maßstabsgetreue Karte des Traumparks vor ihnen rotierte. Das Bild veränderte sich ständig, dann war die Kuppel des Spielbereichs B zu sehen.

»Wenn ich mich richtig erinnere, ging es bei dem Spiel um diese Wintergeschichte. Eskimos. Die Sonne erlischt. Wir ließen alle Kühlaggregate gleichzeitig laufen.«

»Fimbulwinter.«

»Egal. Am Ende des Spieles haben die Spieler beinahe alles verloren, aber nach einem Flugzeugabsturz sind noch ein paar Waffen da, die für die letzte große Schlacht verteilt werden. Diese Gewehre sind kodiert und numeriert. Das echte Gewehr war von einem Traumpark-Gewehr nicht zu unterscheiden. Es war nicht modifiziert. Jemand hatte es im letzten Augenblick eingeschmuggelt und es dieser armen Kleinen gegeben ...«

»Michelle Sturgeon.«

»Ja, genau. Die Kleine hatte keine Chance. Sie hatte von allen Beteiligten die höchste Trefferquote im Spiel; vielleicht haben sie sie deshalb ausgesucht.«

Alex sah sich die Kontrollpunkte genauer an. Das Arsenal des Traumparks gehörte zum schärfsten Sicherheitsbereich, und alle Waffen wurden kontrolliert. Einige Waffen waren Nachbildungen und konnten nicht abgefeuert werden. Viele waren Phantasiewaffen, die sich die Jungs von der Forschungsabteilung ausgedacht hatten. Aber ein paar waren antik oder aus Armeebeständen und mußten umgebaut werden, damit sie sicher waren.

Tom Izumi fuhr mit dem Finger über einen Untergrundtunnel. »Dieses Gewehr ist hier ins Spiel gekommen, an einem Wartungskanal oder am Spielereingang. Dieser Gang, durch den die Ausrüstung hereingebracht wird, ist sehr sicher.«

»Aber ...?«

»Aber. Einer unserer Eskimos verschwand nach dem Spiel. Einfach so. Legte eine falsche Spur und verließ das Land, wie wir herausfanden.«

»Bilder?«

»Ja«, sagte Izumi. »Bis heute nachmittag können sie in Ihrem Büro sein.«

»Einer der Spieler schmuggelte ein Gewehr rein, tauschte es aus und ließ die modifizierte Waffe verschwinden?«

»Das ist wohl die einfachste Erklärung«, sagte Sandy.

Alex dachte nach und seufzte schließlich. »Ich brauche noch mehr Informationen. Es muß eine einfache Antwort geben. Gebt mir die Daten über den Schauspieler. Wie hieß er?«

»Nannte sich Toby Lee Harlow jr. Damals ließ man alle Dateien verschwinden, aber ich habe sie aus dem System gefischt und verwahrt.« Wieder ließ man Griffin dieses absolut gnadenlose Lächeln zuteilwerden.

»Nur für alle Fälle.«

Neunzehntes Kapitel

ALTE FREUNDE

Millicent Summers' Büro lag unter der Blauen Lagune versteckt. Sie fuhr herum und sprang erfreut auf. »Alex! Ich hatte gehofft, daß Sie mich besuchen.«

»Ich konnte nicht widerstehen«, sagte er. Er brauchte keinen Spiegel, um zu wissen, daß sein Lächeln nicht sehr überzeugend war. »Außerdem«, sagte er mit mehr Verbitterung als beabsichtigt, »weiß ich nicht, wem ich vertrauen kann.«

Millicent war bestürzt, öffnete den Mund und schloß ihn wieder, ohne etwas gesagt zu haben. Sie drehte sich um und hob die Stimme. »Jackie, sind Sie da?«

»Ja, Miß Summers.«

»In der nächsten Stunde keine Gespräche durchstellen.«

»Jawohl, Ma'am.«

Millicent nahm Alex bei der Hand und führte ihn zu ihrem Schreibtisch. »Warum erzählen Sie mir nicht davon?«

»Ich weiß noch nicht genug, aber ...« Er griff nach ihrer Tastatur. »Was dagegen?«

»Bedienen Sie sich.«

Er tippte seinen Sicherheitskode und ein paar schnelle Befehle ein. Als er aufblickte, sah er, daß sie ernstlich besorgt war.

»Millie, ich kann keinem vertrauen, der vor zehn Jahren hier war. Sie haben vor sieben Jahren angefangen, und darum unterhalten wir uns jetzt auch.«

»Und ich hatte gehofft, es wäre meine strahlende Persönlichkeit.«

»Die brauche ich auch.«

»Also erzählen Sie.« Das Lächeln war fort. Millicent kannte ihn schon ziemlich gut.

Er holte tief Luft. »Vor zehn Jahren hatte die Cowles Industries Probleme.«

»Finanzielle Probleme. Ich weiß, es steht in meinen Akten.«

»Eine feindliche Übernahme stand bevor, aber genug Aktionäre hielten aus Loyalität durch, um es schwierig zu machen. Und dann arrangierte jemand, keiner weiß genau, wer, aber seine Initialen sind Kareem Fekesh, einen Unfall, der einige unserer Gönner abgeschreckt hätte. Genug, um den Ausgang zu beeinflussen.«

»Kareem Fekesh ...ich werde mir mal ansehen, was wir über ihn haben. Was war das für einen Unfall?«

»Mord. Ein Mann namens Calvin Izumi wurde während eines Fimbulwinter-Spieles getötet. Die Frau, die ihn tötete, heißt Michelle Sturgeon. Vor zwei Tagen ist sie wieder im Park aufgetaucht.«

Millicents Gesicht verhärtete sich. »Diese Michelle Sturgeon.« Sie suchte in seinem Gesichtsausdruck nach Hinweisen. »Gut, Griff. Was kann ich tun?«

»Mir dabei helfen, alles zu ordnen. Dieser erste Teil ist alles andere als schön, und vielleicht hatte nur Harmony den Nerv, das zu untersuchen.«

»Worum geht es?«

»Es war ein Insider-Job. Die gängige Theorie der Hinterbliebenen ist, daß sich jemand als Schauspieler eingeschmuggelt, die Gewehre vertauscht, und die Attrappe irgendwie mitgenommen hat.«

»Und das glauben Sie nicht.«

»Nicht eine Sekunde lang.«

Millicents Videowand piepste auf, und ein Bild nahm Gestalt an. Es zeigte einen Mann, der ein Eskimo-Make-up trug. Das nächste Bild zeigte den Mann ungeschminkt. Die beiden Bilder stimmten nur vage überein.

»Haben die das dem FBI gegeben? Wann ist das passiert?«

»Vor etwa zehn Jahren. Und das FBI hätte nicht so sorgfältig ermittelt. Wir haben sie nicht wissen lassen, wie ernst das alles war.«

Millicents Überraschung war offensichtlich und leicht verständlich. Griffin nahm sich ein paar Minuten Zeit, um ihr die Fakten des Lebens zu erklären. Als er fertig war, atmete sie scharf aus. »Warten Sie. Dafür brauche ich einen Kaffee. Sie auch?«

»Danke, nein. Mein Magengeschwür hat all die Säure, die es braucht. Ich würde sowieso nicht darauf wetten, daß das Bild unseren Mann zeigt. Jeder, der ein Hologramm neu programmieren kann, kann auch mit Sicherheit ein paar Bilder verändern. Und eine Person, die das zustande bringt, ist keine Aushilfskraft. Und selbst wenn, sein umfangreiches Wissen über den Ablauf und die Sicherheitsvorkehrungen im Traumpark weist auf einen Helfer hin.«

»Was ist also Ihrer Meinung nach passiert?«

»Ganz einfach. Unser Verräter hat sich selbst mit einem Pseudonym auf die Schauspielerliste des Spiels gesetzt. Er hat das Make-up angelegt. Am Tag des Spiels haben die Wachen Gewehre aus dem Arsenal in den Spielbereich B geschafft. Unser Verräter hat einige davon bekommen, um sie zu verteilen. Er hat eins auseinandergenommen und es wieder schußbereit gemacht. Für einen Experten sind das zwei Minuten Arbeit, aber er mußte das Werkzeug bei sich haben. Er gibt das Gewehr Michelle Sturgeon und geht ... ich nehme an, er ließ sich töten, damit er ausscheiden konnte. Die gestohlenen Teile wurden in einen Schrott-Recycler gesteckt.« Alex seufzte. »Mehr wissen wir noch nicht, Mil. Leider.«

»Ist der Täter für einen anderen Schauspieler eingesprungen? Oder war da einfach ein zusätzlicher Eskimo im Spiel?«

»Hmm ... Die Anzahl ändert sich während des Ablaufs.« Sie dachte darüber nach. »Was kann ich also für Sie tun?«

»Zuerst will ich wissen, welche Angestellte des Traumparks zu dieser Zeit große registrierte Aktienpakete der Firma besaßen. Das wäre eine einfache Möglichkeit gewesen, den Verräter zu bezahlen. Zweitens möchte ich, daß Sie herausfinden, wie groß zu dieser Zeit Mister Fekeshs Beteiligung am Park war. Das wird schwer sein. Ich bin sicher, daß er seine Spur verschleiert hat.«

»Ich ... weiß nicht, ob ich diese Information beschaffen kann, Alex.«

»Nicht allein. Ich werde Ihnen helfen.«

»Helfen?«

»Sie werden schon sehen.«

Als Millicent den Speicherbänken die ersten kostbaren Daten entlocken konnte, ging die Sonne gerade unter. Die Liste der Aktionäre von Cowles Industries im Jahr 2048 war riesengroß – schon lange davor gab es eine Gewinnbeteiligung, und viele Angestellte leiteten ihr Kapital in den Park zurück. Nur etwa zwanzig Angstellte besaßen über zweihundert Anteile. Harmonys Name stand da, und auch Dr. Vails. Die anderen Namen sagten ihm nichts.

»Können Sie damit was anfangen?«

Alex las sich die Liste durch und nickte langsam. Er schaute auf die Uhr. »Und mein Gehilfe müßte jetzt jede Minute verfügbar sein.«

»Versuchen Sie jetzt, absichtlich geheimnisvoll zu sein?«

»Nicht mehr als sonst ... ah!«

Ein Piepsen auf Millicents Tisch verriet ihm, daß ein neuer Anruf durchgestellt wurde. Es hatte nicht lange gedauert. Ein Teil des Bildschirmes wurde frei, und ein junger Mann erschien. Er hatte rötliches Haar und ein schmales Gesicht. Seine Lippen waren sardonisch verzogen. »Griffin. Wie stehen die Dinge im Glitzerland?«

»Nicht so gut, Tony. Was macht Chino?«

»Noch acht Monate, und ich habe es geschafft. Bis dahin schlafe ich auf dem Rücken. Ich glaube nicht ...« Er schien endlich Millicent zu bemerken. »Entschuldigen Sie. Kennen wir uns?«

»Ich glaube nicht ...«

»Tony. Tony McWhirter. Vor ein paar Jahren war Griffin dafür verantwortlich, daß er mich in diesen Männerclub befördert hat.«

Sie nickte. »Klar.«

»Aber Sie wollen sicher nicht nur mit mir plaudern. Worum geht's, Griffin?«

»Tony, ich habe eine Arbeit für Sie, die Ihnen bei der Bewährungskommission ein paar Punkte verschafft und Sie bei den Computern auf den neuesten Stand bringt, bis wir Sie herausholen können. Wenn Sie so clever waren, daß Sie unser Sicherheitssystem durchbrechen konnten, will ich Sie auf unserer Seite wissen.«

»Also gut, Sie brauchen was, richtig?«

»Ja. Sie sollen alles über einen Mann namens Kareem Fekesh herausfinden. Büros im DuPont-Gebäude, im Zentrum von Los Angeles. Seine Verbindungen zum Traumpark oder Cowles Industries. So weit zurück wie möglich. Er wird so einiges verschleiert haben.«

»Muß ich seine Bürgerrechte verletzen?«

»Er ist kein amerikanischer Staatsbürger.«

Tony ließ seine sardonische Art fallen. Er studierte überrascht und ein etwas ängstlich Griffins Videobild. »Ich werde mehr Computerzeit brauchen, als sie mir hier zur Verfügung stellen.«

»Ja. Millicent wird Ihnen eine ihrer Datenbanken bereit stellen. Schreiben Sie das Programm und lassen Sie es, falls nötig, die ganze Nacht laufen. Sie sollen die Sicherheitssperren seiner Konten, seiner Börsenmakler und Banken knakken.«

»Auch das ist illegal.«

»Sie sind doch ein Krimineller, oder?«

»Was springt für mich dabei raus? Noch mehr Zeit hinter Gittern, wenn man mich erwischt?«

»Tony, alles, was ich für Sie getan habe, war gratis, weil ich weiß, daß Sie niemals gewollt haben, daß der Wachmann stirbt. Wenn Sie das für mich erledigen, haben Sie Ihre Schuld beglichen. Wenn Sie durch die Traumpark-Kanäle arbeiten, ist das Risiko nicht groß.«

McWhirter starrte an die Decke. »Ich weiß nicht. Ich habe nur noch acht Monate bis zur Bewährung. Vielleicht sitze ich sie einfach so ab.«

Millicent lachte.

Beide Männer schauten sie an. »Griff, er würde es für die Anrufe tun«, sagte sie.

Auf McWhirters Gesicht spiegelten sich die verschiedensten Gefühle. Schließlich sagte er: »Millicent, richtig? Ich würde Sie gern kennenlernen.«

»Sicher, in acht Monaten. Machen Sie sich aber keine Hoffnungen bis nach der zweiten Verabredung.«

»Nein, einfach nur kennenlernen. Sie sind etwas Besonderes. Griffin, sie hat es fast getroffen. Ich fühle mich einsam. Es reicht, um mich in den Wahnsinn zu treiben. Sie müßten diese Leute hier kennenlernen. Sie haben noch nie von Rollenspielen gehört und wetteifern darum, wer sich an die blutigste Szene in einem Schlitzerfilm erinnert. Sie kämpfen darum, welches Fernsehprogramm eingeschaltet wird. Aber das hier ist gefährlich. Ich will nicht dafür sterben, daß ich von Griffin angerufen werde.«

Die Anrufe waren ihm so wichtig? Alex fand das entnervend. »Na gut, Tony. Ich verspreche Ihnen, wenn Sie beweisen können, daß Fekesh vor etwa zehn Jahren hinter einem Übernahmeversuch gesteckt hat oder seine derzeitigen Aktivitäten für den Park schädlich sind, werde ich meinen ganzen Einfluß geltend machen und Sie dort herausholen. Hier wird dann ein Job auf Sie warten. Wir müssen es aber vor Gericht beweisen können, Tony.«

McWhirter dachte nach. »Vor Gericht. Und er ist kein amerikanischer Staatsbürger. Das ist aber eine miese Chance, Griffin.«

»Und?«

»Ich habe auf BIX ein Konto. Hinterlegen Sie da Ihre Dateien zusammen mit meinem Kodewort für Cowles. Unbeschränkter Zugriff?«

»Versuchen Sie nicht, mich hereinzulegen, Tony. Machen Sie die Sache anständig, und Ihr Leben wird sich verbessern. Spielen Sie mit Dateien herum, die Sie nichts angehen, und Sie werden bis zur nächsten Eiszeit das Licht der Sonne nicht mehr zu Gesicht bekommen.«

»Jawohl, Sir.« Tony schaltete ab.

»Puh«, sagte Millicent. »Das war eine Menge Arbeit.«

»Ich bin noch nicht fertig. Verbinden Sie mich mit Kareem Fekesh.«

Millicent schickte den Ruf durch den Computer, bis schließlich nach einiger Zeit das Gesicht eines aus dem Mittleren Osten stammenden Mannes auf dem Schirm erschien.

»Ja, kann ich Ihnen helfen?«

»Ich möchte Mister Fekesh sprechen.«

»Tut mir leid, aber er ist jetzt nicht zu sprechen.«

»Ich bin Alex Griffin, der Leiter der Sicherheitsabteilung des Traumparks.«

Der Mann dachte einen Moment nach, dann verschwand das Bild. Als sich der Bildschirm wieder aktivierte, war Fekesh zu sehen.

»Ja, Mister Griffin?« Er sprach wie ein Mann, der unbedingt den nächsten Bus erreichen mußte.

»Ich habe gedacht, ich könnte mich mit Ihnen ein paar Minuten unterhalten. Persönlich.«

»Über was für ein Thema?«

»Sagen wir ... noch nicht erledigte Geschäftsangelegenheiten.«

»Und um was für eine Zeitspanne geht es?«

»Acht Jahre.«

Er lächelte höflich. »Dann fürchte ich, daß sie auch noch eine Weile länger unerledigt bleiben können. Ich bin ein sehr beschäftigter Mann, Mister Griffin. Tatsächlich werde ich in einer halben Stunde in San Diego erwartet. Machen Sie mit meiner Sekretärin einen Termin aus. Vielleicht habe ich nächsten Monat fünf Minuten Zeit für Sie.«

Er neigte höflich den Kopf und schaltete ab.

»Ich nehme an, das bedeutet Krieg«, sagte Griffin bedauernd zu dem leeren Bildschirm.

Zwanzigstes Kapitel

DIE SÜNDENSTADT

Ein Schmetterling bildete sich aus dem dünnen Nebel und flatterte vor ihrem Mund. Es war ein zerbrechliches gelbes Ding, die Schwingen schwarz getupft, und es kam zu nahe. Sie schnappte danach, fühlte zwar nicht, daß ihre Zähne etwas berührten, hatte jedoch einen süßen Geschmack auf der Zunge.

Eviane seufzte. Heute Schmetterlinge, morgen Schmetterlinge, Schmetterlinge bis zum Ende der Zeit. Sie war in dieser treibenden Dunkelheit gefangen, umgeben von Fremden und Stille. Sie hatte sich in ihr Schicksal ergeben.

Dann brachen dumpfe Schritte und heisere Stimmen die Stille, und sie wußte, daß ihre lebenden Gefährten sie gefunden hatten.

Es war seltsam, aber sie verspürte keine Überraschung. Sie drehte nicht einmal den Kopf, wartete einfach mit der Geduld der Toten … bis sie Max Sands' wunderbare, vibrierende Stimme hörte. Einen Augenblick später strahlte er sie an, zugleich erstaunt und erfreut, sie zu sehen.

Evianes Herz machte einen Satz, als lebte sie noch.

Schneegans runzelte die Stirn. »Eviane«, sagte sie, »wir waren …« Sie hielt inne und beratschlagte sich kurz mit Oliver dem Franken. »Ja«, sagte sie, und Oliver verschwand kurz. Er kehrte mit einem modernen Gewehr in der Hand zurück.

»Das hat uns zu dir geführt, weil du es eng an den Körper gehalten hast.« Schneegans hielt inne und schüttelte heftig den Kopf. »Eviane, ich kann nicht damit umgehen. Du bist tot. All meine Professoren würden ausflippen.«

»Ich verstehe nicht«, sagte Eviane wahrheitsgemäß. Doch trotz ihrer Furcht vor dem Gewehr spürte sie dessen Macht.

»Es war bei dir, als du gestorben bist. Es hat große Macht, und seine Verbindung zu dir war stark. Wenn du willst, könnten wir es benutzen, um dich aus der Unterwelt mit nach oben zu nehmen.«

»Mich ins Leben zurückzuführen?« fragte Eviane, als kenne sie die Antwort schon.

Schneegans war peinlich berührt. »Nein. Es tut mir leid. Als Schatten, als Untote, als *Tornrait*. Du würdest mir dienen, wie ein *Tornrait* einem *Angakok* dient. Du würdest Informationen sammeln, die menschliche Sinne nicht aufnehmen können. Du könntest uns eine große Hilfe sein.«

Sie zögerte keinen Augenblick lang. »Ich komme mit.« Sie nahm das Gewehr.

Die Inuitfrauen um sie herum nickten zustimmend. Eviane erhob sich und gesellte sich zu der Reihe der Helden.

Ein Schmetterling flog zu nahe heran. Instinktiv schnappte Eviane danach. Erneut der süße Geschmack. Und erneut trafen ihre Zähne seltsamerweise auf keinen Widerstand, und sie spürte nichts in ihrer Kehle, als sie schluckte.

Max hätte am liebsten die ganze Welt umarmt. Er schritt neben Eviane aus und konnte sich nur mit Mühe zurückhalten, sie zu umarmen.

»Nun«, sagte er, in der Absicht, ein Gespräch anzufangen, »wie fühlt man sich, wenn man stirbt?«

Das Lächeln erstarrte auf seinem Gesicht. Unmißverständlich suchte sie selbst nach einer Antwort. »Nun«, sagte sie nach einer langen Pause, »so ähnlich wie beim Sportunterricht, nur schneller.«

Er machte fünf weitere Schritte, bevor er sich umdrehte und sie anstarrte. Ihr Gesicht war völlig ernst. Es konnte kein Scherz gewesen sein. Eviane machte niemals Witze. Und doch. Und doch ...

Der Pfad wand sich an flachen Sedimentgesteinsbrocken entlang, die an Häufigkeit zunahmen, bis sie vor einer Felswand standen, die sich hoch in die unterirdische Höhle erhob.

Eviane schaute verängstigt drein. »Stimmt etwas nicht?« fragte Max nervös.

»Ich erinnere mich«, setzte Eviane an, hielt dann jedoch inne.

Charlene und Hippogryph traten zu ihr. »Woran erinnerst du dich?« fragte Eviane.

»Ich bin mir nicht sicher. Es war damals, als ich noch lebte ...«

Hippogryph schaute besorgt drein. »Eviane, Liebes«, sagte Charlene, »wenn du uns etwas zu sagen hast, das vielleicht ein Leben rettet ...«

»Es ist die Aufgabe einer *Tornrait*, Informationen zu geben«, warf Schneegans ein.

Eviane gab ihr Bestes. »Fallen. Langsam. Gestalten um mich, große Schatten. Wie ein Traum. Wie tot. Doch ich hatte keine Angst vor dem Aufprall, nur davor, zerquetscht zu werden.«

»Sonst noch etwas?«

Sie schüttelte den Kopf.

Schneegans ging weiter, bis der Pfad zwischen den Felsen verschwand, die etwas zu gleichmäßig geformt schienen, um natürlichen Ursprungs zu sein. In zehn, zwölf Metern Höhe verschluckte die Dunkelheit sie.

Die Eskimo-Prinzessin winkte die anderen zu sich. »Nun kommt schon!« Blasen traten aus ihrem Mund und flossen nach oben. Max gaffte, und sie grinste ihn an. Blasen?

Ein Fisch schwamm an seinem Kopf vorbei. Eher ein Aal, ein langes, schlankes Ding, dessen Schwanz fast Max' Nase streifte.

»Mistkerl«, sagte er, und einen Augenblick lang nahmen Blasen ihm die Sicht.

Schneegans winkte wieder ungeduldig. »Nun kommt. Wir müssen klettern.«

Max sah nicht hinab. Die Felsen waren nicht besonders steil. Er hatte den Eindruck, eine grobe Treppe hinaufzugehen, bei der jede neue Stufe einen Meter höher war als die vorherige. Hippogryph half Charlene hinauf.

Je höher Max kam, desto schwieriger wurde es ... aber er konnte Eviane nicht einholen. Sie kletterte, zwischen zusammengebissenen Zähnen keuchend, stetig voran, dem entgegen, was ihr solche Angst machte. Und nun sah er, daß sich die Steine gegen eine Felswand erhoben, die sich anscheinend endlos in die Dunkelheit erstreckte.

»Wir müssen die Wand aufbrechen«, sagte Schneegans. »Kommt und helft mir.«

Toll. Max beobachtete Eviane: Sie wählte einen großen, fast flachen Stein, auf dem sie Halt fand, und drückte die Hände flach gegen die monolithische Wand. Der Stein war nicht groß genug für zwei; er wählte einen daneben.

Charlene und Hippogryph bauten sich auf der anderen Seite neben Eviane auf. Kevin gab sein Äußerstes, doch er war nicht höher geklettert als Orson, der schwitzend zu seinem Bruder aufschaute. Trianna und Johnny Welsh hatten die Spitze erreicht.

Schneegans grinste und nickte. »Eins, zwei, drei, jetzt!«

Sie drückten gegen die Wand. Max schob mit aller Kraft und konnte die Anstrengungen seiner Gefährten geradezu spüren. Aber die Masse der Steinwand schien unendlich zu sein. Und doch ... er vernahm ein dumpfes Knirschen. Sie hatten irgend etwas bewerkstelligt.

Orson und Kevin kletterten zu ihnen hinauf, holten tief Luft und halfen dann. *Strengt euch an ...*

Schneegans trat von der Wand zurück. »Ruhen wir uns einen Augenblick lang aus. Und dann ...«

Der Rest ihres Satzes verlor sich in einem lauten Poltern. Die Felsen flimmerten.

Eviane riß die Augen auf. »O mein Gott! Sie bricht ...«

Überall zugleich und nirgendwo zuerst löste die Wand sich auf. Die Felsbrocken kippten nach vorn. Ihre Schreie klangen gedämpft; Blasen strömten aus ihren Mündern, und die Gruppe fiel durch dunkles Wasser in eine Wolke aus zertrümmertem Gestein.

Die gesamte Höhle hatte sich aufgelöst. Max kauerte auf einem fallenden Felsbrocken, wie alle anderen auch, und sank immer schneller in einer staubigen Schuttwolke tiefer. Es knackte in seinen Ohren, und er lachte. Der Effekt war vollkommen realistisch! Und er konnte atmen! (Er hatte es erst jetzt bemerkt. Er atmete unter Wasser. Unbewußt tastete er an seinem Hals nach Kiemen. Nee, da war nichts ...)

Obwohl sie sich tief unter der Meeresoberfläche befinden mußten und das Wasser trüb war, durchdrangen Lichtsäulen die Dunkelheit. Ein Schwarm häßlicher blinder Fische trieb an ihm vorbei. Verschwommen nahm tief unten der Boden Gestalt an. Max konnte fast ... er konnte fast den riesigen Umriß einer Frau ausmachen, doch mit ihrem Kopf stimmte etwas nicht: Er wirkte mißbildet.

Ein Anflug von Panik: die Paija? Nein. Zu groß.

Es war eine Frau, und sie war riesig. Hundert Meter groß oder noch größer. *Sedna.*

Das Halbdunkel ließ ihn nur einen verschwommenen Eindruck gewinnen, doch es hatte den Anschein, daß sie sorgengebeugt dasaß, die Arme und Knie vors Gesicht gezogen. Sie hätte aus Alabaster oder auch Schlamm geschnitzt sein können; es war einfach nicht möglich, Einzelheiten auszumachen.

Obwohl Sedna riesig groß war, eine Göttin, die Mutter des Lebens, fühlte Max die Last, die schwer auf ihr lag. Er wollte sie umarmen und beschützen.

Verdammt, genau deshalb war er doch hier, oder?

Eine Strömung trieb sie näher heran. Er hatte recht gehabt: Sednas Kopf war mißgestaltet. Eine hellbraune Masse bedeckte den hinteren und linken Teil ihres Schädels und dehnte sich schon auf den Hals auf. Es sah eher wie ein Kristall- denn ein Pilzbewuchs aus. Weiße, aderähnliche Bahnen verliefen kreuz und quer darüber, wie ... Straßen?

»Max!« rief Orson. »Sie haben eine gottverdammte Stadt in ihrem Haar errichtet!«

»Wir treiben vorbei!« rief Charlene.

Die Strömung trieb die Felsbrocken tatsächlich an diesem Bewuchs vorbei. *Gut.* Wenn sie in der Parasitenstadt gelandet wären, hätte sie keine Zeit zum Planen, zum Nachdenken gehabt.

Aus der Nähe sah Sednas Haar wie ineinander verschlungene Kabel aus. Max kam sich allmählich wie eine vom Wind getragene Fliege vor. Ihre unmöglich kleinen Felsbrocken trieben wie Sandkörner über Sednas Kopfhaut. Max kniff die Augen zu und bereitete sich auf den Aufprall vor.

Es kam keiner, nur ein sanftes Schaukeln.

Der Felsbrocken schien auf festem Boden gelandet zu sein. Vorsichtig kniete er nieder und tastete mit den Zehen, bis er festen Halt fand. Er stand bis zu den Knöcheln in einem Gewirr aus Kabeln ... oder Haaren! Er bückte sich und untersuchte eins: gut einen halben Zentimeter dick, weich und sehr lang. Sie standen zum Glück relativ weit auseinander, sonst wären die Abenteurer wohl unmittelbar nach ihrer Ankunft erstickt.

Er überzeugte sich, daß auch die anderen sicher gelandet waren, und verspürte den absurden Drang, eine Flagge zu hissen. Hatte sich Neil Armstrong auch so gefühlt?

Aus den Augenwinkeln machte er etwas auf einer Haarsträhne aus. Es war größer als seine Hand und kroch schnell davon. Unwillkürlich erschauderte er.

Hebert hatte es auch bemerkt. »Ich sehe hier eine Art Käfer«, sagte er.

Die anderen sahen sich auch nach den ›Tieren‹ um, fanden jedoch keine. »Also schön«, rief Schneegans sie zur Ordnung. »Wir sind an einem Stück hier angelangt. Und nun?«

»Solltest du das nicht wissen?«

Sie lachte. »Bitte. Mir ist gerade die Magie ausgegangen. Warum übernehmt ihr jetzt nicht?«

Robin Bowles schaute sehr ernst drein. Ernst und etwas verwirrt. »Ich glaube, ich habe da drüben etwas gehört«, sagte er schließlich. »Sehen wir mal nach.«

Das Haar war strähnig und fühlte sich unter Max' Berührung fettig an. »Man sollte doch meinen, daß eine Göttin sich zweimal die Woche die Haare waschen kann, oder?« sagte er.

»Sie kann sich das Haar nicht kämmen«, erwiderte Trianna. »Oder hast du es schon vergessen? Keine Finger.«

Etwas knirschte unter seinen Füßen, und er hörte ein hohes, piepsendes Geräusch. Im Haargewirr machte er drei weitere »Käfer« aus. Sie waren kleiner als Hunde, aber für Käfer viel zu groß. *Igitt.*

Bevor er mitbekam, was geschah, senkte sich ein Netz über ihn. Ein zweites flog aus der entgegengesetzten Richtung heran, und er war gefangen. Dann verlor er den Boden unter den Füßen, und wäre das Haar nicht so weich und nachgiebig gewesen, wäre er schlimm gestürzt. So aber kam es ihm vor, als fiele er in einen Heuhaufen. Zwar peinlich, aber keineswegs gefährlich.

Der Traumpark will nicht verklagt werden.

Hinter ihm fluchte Bowles auf und versuchte sich an einer Haarsträhne festzuhalten. Zwecklos, er stürzte trotzdem. Alle Abenteurer gingen zu Boden.

Unsichtbare Kräfte zerrten Max über das Haargestrüpp, das wie Seetang in einer Strömung ausschlug. Ein bleistiftdickes Haar fuhr über sein Gesicht. Dann erreichten sie eine unbewachsene Stelle, einen kahlen Fleck auf Sednas Kopf.

Max zerrte an dem Netz. Würde es halten, auch wenn er es mit aller Kraft zu zerreißen versuchte? Wahrscheinlich.

Er rollte sich herum. Bruder Orson lag etwa einen Meter von ihm entfernt. »Da stecken wir ja schön in der Klemme«, sagte er.

Das Haar begann zu erzittern, und Max machte bunte Klumpen aus, die die Strähnen entlangliefen. Sie waren fünfzehn bis zwanzig Zentimeter lang und halb so breit. Als er sich in dem Netz herumdrehte, um sie genauer zu mustern, liefen sie quiekend davon.

Schließlich drehte sich eins der Wesen um, sah ihn an, neigte den Kopf und zischte. Es war eine Mischung zwischen einem Menschen und einem Insekt. Der Kopf war unverhältnismäßig groß, und das Gesicht war eine Kasperle-Karikatur mit grotesk übertriebenen, boshaften Zügen.

Es grinste in ihn und huschte davon. Aber ein anderes Wesen kam näher und musterte ihn, ein Käfer mit dem Körper eines Walrosses. Dann wagte sich eine verführerische Frauengestalt heran. Sie pfiff schrill und hoch und wackelte eindeutig zweideutig mit den Hüften.

Was schwebt dir denn so vor, Süßer?

Kevin mußte unwillkürlich lachen. »Was hat das alles zu bedeuten?«

»Es sind die Sünden der Menschheit. Ich glaube, wir haben Eitelkeit, sinnloses Töten und lockere Moral gesehen.«

»Mein Gott«, flüsterte Hebert. Indem er sich im Netz drehte, konnte Max sein dunkles Gesicht ausmachen. »Ich glaube, du hast recht. Ich habe Mord und Diebstahl gesehen.«

»Hmm ... Wir wissen also, wo wir sind, aber was tun wir jetzt?«

Sie mußten nicht lange warten. Die Sünden hantierten geschäftig, und aus Sednas Haarwurzeln erhob sich eine Stadt. Ein Gebäude nach dem anderen entstand, errichtet von schildkrötenähnlichen Wesen, die über die Haare huschten.

Er sah jede Sünde, die ihm einfiel, Faulheit und Maßlosigkeit, Gier und Mord, und Dutzende, auf die er sich keinen Reim machen konnte. Als die Wesen Sednas kahle Stellen erreichten, schüttelten sie ihre Panzer ab und huschten wie in verschiedenen Farben leuchtende Schnecken wieder davon. Die Panzer wuchsen wie ein Korallenriff in die Höhe. Hunderttausend kleine Wesen trugen zu einer bizarren Burg bei, die schließlich doppelte Mannshöhe erreichte.

Wie viele zwanzig Zentimeter große Sünden waren nötig, um ein Gebilde dieser Größe zu errichten? Er rechnete, doch bevor er zu einer Antwort kam, lockerte sich das Netz, und er konnte sich wieder bewegen.

Max schüttelte das Netz ab, kroch über Sednas unebene Kopfhaut zu Eviane hinüber und befreite sie ebenfalls. Diesmal ließ sie sich helfen, und ihre Finger ruhten einen Augenblick lang warm auf seinem Gelenk.

Eine Stadt erstreckte sich um und über ihnen, eine Megalopolis für Ratten. Und wie die Ratten schwärmten die Sünden aus, suhlten sich in übelriechenden Teichen, umrandet von lebendem Gewebe. Die Ecken der Sündenstadt bestanden aus vier parabolischen Bögen, und auch die flachen Mauern zwischen jedem Bogen waren gewölbt ...

Und dann standen ihnen vier menschliche Gestalten in den Ecken der Miniaturstadt gegenüber, vier dunkle Brüder der Kardinalsünden. In den Hüllen, aus denen sie bestanden, krochen noch Sündengeschöpfe; sie bildeten sogar Andeutungen von Gesichtern aus, die jedoch unablässig zerflossen, als hätten sie ein Eigenleben.

Ein Europäer, ein Afrikaner, ein Asiat und ein Eskimo. Die alptraumhaften Gestalten betrachteten die Abenteurer, griffen nach ihnen, zogen die Hände jedoch wieder zurück, als sei die Vorstellung, ein menschliches Wesen zu berühren, widerwärtig. Sie kehrten in ihre Ecken zurück und seufzten.

Dann sprach der Europäer, und Max sah, wie sich hundert Münder bewegten. Seine Stimme war ein tiefes Summen. »Wir haben ...« Das Geschöpf wollte zischen, wo es nichts zu zischen gab. Es klang eindeutig nach einem Reptil. »Ja. Wir haben lange gewartet. Und jetzt ssseid ihr hier.« Er wandte sich seinen Brüdern zu, hob jubelnd die Arme und rief: »Der Prozesss möge beginnen!«

Einundzwanzigstes Kapitel

VERSUCHUNGEN

Dwight Welles' Finger huschten wie die eines Konzertpianisten über die Tastatur, und seine nackten Füße berührten sanft die Pedale.

Er beobachtete die vier Bildschirme. Gelegentlich blickte er zu der Holobühne hinüber, auf der die Gerichtsszene verkleinert dargestellt wurde.

Um die Wahrheit zu sagen, er zog den 2-D-Bildschirm vor – wegen der vereinfachten Darstellungsweise konnte er schneller reagieren, und das war lebenswichtig. Obwohl er Zeitverzögerungen in das Programm eingebaut hatte, brauchte er jeden Sekundenbruchteil, um die gewaltigen Computerbanken des Traumparks auf die jeweils neue Situation einzustellen.

Im Spiel war der beste Computerzauberer des Traumparks ein verschwommener Schemen; man konnte den Bewegungen seiner Hände und Füße kaum mit den Augen folgen. Doch im Gegensatz zu einem Konzertvirtuosen ließ sich Welles jedesmal auf ein Pianoduell ein, bei dem nur das Thema vorbestimmt war. Die Melodie, das Tempo, die Harmonien waren variabel. Es war die ultimate Herausforderung, und nur ein so komplexes Spiel wie der Fimbulwinter konnte Welles für drei Tage des Wahnsinns von seiner trockenen Theorie weglocken.

Er fühlte sich trunken vor Macht. Selbst das Ehepaar Lopez wäre vor der nächsten Szene zurückgeschreckt.

Er bog die Finger durch und rieb sie an seinem T-Shirt mit der Aufschrift *Nette Computer brechen nicht zusammen* ab.

Verdammt. Sex war nicht annähernd so schön.

Max Sands konnte die Gestalten in den vier Ecken mühelos einordnen. Die im Norden – oder was er dafür hielt – hatte die typischen Gesichtszüge eines Eskimos. Sie war klein, stämmig und nußbraun.

Die zu seiner Rechten war ein Orientale, gelb wie in einem Comic-Heft. Im Süden stand eine ebenholzschwarze Gestalt aus kriechenden Panzern beziehungsweise Schalen. Und im Westen der Europäer, weiß wie ein Bettlaken.

Die Sünden der Menschheit.

»Ihr seid gekommen, um uns zu vernichten«, sagte die Eskimogestalt mit einem breiten Grinsen. »Aber wir wußten von eurer Ankunft und haben euch gefangengenommen. Nun entscheiden wir über euer Schicksal.«

»Ihr oder eure Freunde vom Kabal?« fragte Kevin Titus.

»Das sind keine Freunde. Sie wollen uns vernichten.«

Eviane kämpfte gegen ihre Fesseln an, entspannte sich dann und betrachtete die Geschöpfe mit kalten Augen. »Das Kabal wird Sedna befreien, wenn es es für richtig hält, und dann die Welt erben.«

»Seine Macht wird es vernichten. Es wird von seinen eigenen Sünden korrumpiert werden.« Der Eskimo sprach mit Tausenden und Abertausenden leiser Stimmen, die sich zu einem Rhythmus vereinigten. Sein Summen konnte einen in den Wahnsinn treiben. »Seit der Zeit des Großen Raben befindet sich die Welt im Gleichgewicht. Der Rabe schafft, Sedna erhält. Die Schamanen, die in den Reichen zwischen den Welten wirken, trugen dazu bei, dieses Gleichgewicht zu bewahren.

Doch die Sünden der Menschheit lagen schon immer schwer auf Sedna. Wenn die Eskimos Tabus brechen und die Gesetze ihrer Väter vergessen, werden wir befreit ...«

Der Eskimo lächelte breit. »1920 kam ein Mann namens Robert J. Flaherty zu uns, dem Volk des Eises, und drehte einen Film, *Nanook vom Norden*. Und als er 1922 aufgeführt wurde, wurde die ganze Welt aus dem Gleichgewicht geworfen.«

Hebert blinzelte verwirrt. »Wieso?«

»Weil die Welt der Weißen Teil der Gemeinschaft unter Sednas Obhut wurde. Jede Kultur hat ihre Götter und Gottheiten, und einige sind mächtig, und einige sind machtlos. Sedna ist mächtig, und sie muß ihre Kinder schützen, die im unwirtlichsten Teil der Welt leben.«

Aus den Augenwinkeln beobachtete Max die drei anderen zusammengesetzten Gestalten. Sie bewegten sich kaum, nickten lediglich von Zeit zu Zeit, oder ihr Gesichtsausdruck änderte sich.

Es schien kaum eine Aussicht zu bestehen, zwischen ihnen einen Streit zu entfesseln. Sie standen einander zu nahe, waren vier Lappen eines einzigen Gehirns, und die Sünden waren seine Zellen ...

»Warum wurde Sednas Macht nicht gestärkt, als die Außenwelt sie entdeckte?« fragte Orson.

»Weil eure Kultur nichts hat, was zur spirituellen Stärke des Volks der Inuit beiträgt. Ja, wir verdanken euch sogar sehr viel«, fuhr der Eskimo fort. »Durch euch gelangten wir, die Sünden der Menschheit, zu unserer vollen Macht. Stets waren wir nur eine zweitrangige Kraft, bloße Symbole eurer Missetaten. Jetzt gedeihen wir wie nie zuvor und können eure Welt verkrüppeln.«

»Wenn wir euch so nützlich waren«, warf Kevin ein, »laßt uns doch frei, damit wir es auch weiterhin sind.«

»Nein, denn nun können wir euch brauchen«, sagte die schwarze Gestalt. »Wir, eure Sünden, können euch gegen das Kabal einsetzen. Wenn sich Menschen und Kabal gegenseitig kaltstellen, können wir herrschen. Wir waren schon immer Ursache und Wirkung. Wir sind die Korrumpierenden und das Produkt der Korruption. Der Anfang und das Ende, Alpha und Omega. Wir wollen endlich unsere wahre Stellung als Herren des Universums einnehmen.«

»Was hindert euch denn daran?« sagte Orson angewidert. »Warum nehmt ihr euch nicht einfach, was ihr wollt?«

»Ihr müßt uns in euerm Leben willkommen heißen«, entgegnete die europäische Gestalt ernst. »Taten, die unter Zwang begangen werden, sind keine Sünden. Wir wissen, daß es unter euch Herzen gibt, die unsere ultimaten Vergnügungen bereitwillig berühren und sich von ihnen berühren lassen. Ihr werdet freiwillig zu uns kommen.«

»Wenn ihr uns nicht dazu bringen könnt«, hielt Orson dagegen, »wenn ihr unsere Zusammenarbeit braucht, seid ihr nicht die ultimate Kraft, für die ihr euch haltet. Es muß eine Ordnung geben, selbst in einem Spiel ... sogar hier. Vor wem habt ihr Angst?«

Max strahlte. Weiter so, kleiner Bruder!

»Vor niemandem ...«

»Quatsch!« sagte Eviane plötzlich. Alle fuhren zu ihr herum. »Wenn wir euch geschaffen haben, haben wir die Macht. Was in unseren Herzen ist, entscheidet über euer Schicksal. Oder?«

Der Asiat schnaubte. Er reckte ihr den Hals entgegen, der von den Schalen umgebildet wurde, bis er dem einer Kobra ähnelte. Eviane zuckte nicht zurück, als das Wesen sie anstarrte und dann zischend zurückfuhr.

»Du! Du lebst nicht! Du bist tot!«

»Ja.«

»Du dürftest nicht bei diesen Menschen sein.«

Die Sünden zischten im Chor und flossen neu zusammen. Zeigte sich auf dem Gesicht des Eskimo etwa Furcht? Seine Augen waren winzige, verzerrte Gesichter, deren Zungen über lippenlose Münder fuhren.

Orsons Stimme hob sich über den Tumult. »Ja! Wir sind mächtig genug, um eine unserer Toten zurückzuholen. Das gefällt euch wohl nicht, oder?«

»Es ist völlig unwichtig«, sagte der Eskimo. »Es bedeutet nur, daß ihr als Sklaven höhere Preise bringen werdet.«

»Wir werden ein Urteil über euch fällen«, sagte der Europäer. »Weitere von euch werden sich im Tod zu dieser Frau gesellen. Aber der, der in seinen Sünden schwelgt, den Sünden seines Volkes, der schwört, uns gegen das Kabal zu helfen, den werden wir belohnen, wie er es sich in seinen kühnsten Träumen nicht vorzustellen wagt. Wir sind die Sünden des Fleisches und des Geistes. Wir sind die Verkörperung, die reinste Form so unwiderstehlicher Taten, daß die Menschen seit undenkbaren Zeiten Gefangenschaft, Verbannung, Folter und Verdammnis auf sich genommen haben, um sie zu begehen. Wir wissen, was in eueren Herzen und Träumen ist. Ihr könnt unvorstellbare Vergnügen genießen.«

Die Sünden veränderten sich erneut, flossen zusammen. Leuchtende Bilder erschienen auf ihren Körpern, kopulierende Menschen mit verschwommen erkennbaren ...

Max errötete. *Diese* Gestalt sah aus wie er, und in ihren Armen lag eine üppige, vollbusige Frau mit fließendem blondem Haar ...

Auch Trianna errötete.

Andere Sünden hatten sich zu Bodybuildern umgewandelt, zu leuchtenden Rennwagen, Modellen von Landsitzen unglaublichen Ausmaßes ...

Welles war mit Feuereifer bei der Sache. Einen Großteil dieses Spielabschnitts hatte er vorab aufgezeichnet, Bilder von Reichtum, Gesundheit, Sexualität, die er den psychologischen Untersuchungen in den Akten der Spieler entnommen hatte.

Damit hatte er Zeit, auf jeweils besondere Wünsche der Spieler zu achten und sie für einen späteren Zugriff zu speichern. Zum Beispiel war Evianes Bemerkung »Was in unseren Herzen ist, entscheidet über euer Schicksal!« das direkte Zitat einer späteren Dialogzeile des Spiels. Das bedeutete, daß sie schon einmal Fimbulwinter gespielt haben mußte!

Hatte das etwas damit zu tun, daß Griffin sie unbedingt wieder ins Spiel einschleusen wollte?

Auf einem Bildschirm erschienen die Blutdruck- und Hauttemperaturwerte der Spieler, und ... ja, seine kleine Show mit ihren sublimen Botschaften, die direkt vom Unterbewußtsein aufgenommen wurden, erzielte Wirkung!

Ein köstliches Souffle für Johnny Welsh. Eine Enzyklopädie für Orson Sands und Kevin Titus. Generalsterne für Hebert. Und einen hypermuskulösen Körper für Max Sands ...

In der Heimversion des Spiels konnten die Käufer vor Spielbeginn einen umfangreichen Fragebogen ausfüllen. Über ein Modem war der Heimcomputer mit den Datenbanken des Traumparks verbunden, der dann genau die entsprechenden Bilder zur Verfügung stellte. Natürlich eine rein freiwillige Maßnahme. Man wollte ja keine zurückhaltenden, um die Privatsphäre besorgten Käufer abschrecken. Andererseits jedoch würde wahrscheinlich schon in ein paar Monaten eine nicht jugendfreie Version des Spiels auf den Markt kommen, in der es die Käufer mit allen möglichen computerrekonstruierten Filmstars treiben konnten.

Welles riß sich zusammen. Es war allzu verlockend, sich in Was-wäre-wenn-Spielchen zu verzetteln, und die Arbeit wartete nicht.

»Das«, sagte Afrika, »das alles können wir euch geben. Und das ist nur der Anfang.«

»Augenblick mal.« Robin Bowles schüttelte den Kopf. »Ihr sprecht vom Tod der Menschheit. Wenn wir sterben, sterben unsere Sünden mit uns.«

»Ja ...« Der Eskimo nickte. »Deshalb wollen wir euch auch hierbehalten. Starke, kräftige Zeuger. Ihr werdet hier in Vergnügungen schwelgen, eine unendliche Orgie erleben, euch besteigen und für alle Ewigkeiten Sünden zeugen und gebären.« Die vier Gestalten sprachen nun in einem donnernden Einklang. »Der Prozeß möge beginnen!«

Die Wände zerflossen, und abrupt erhoben sich hüfthohe Mauern vor den zusammengesetzten Gestalten. Sünden mit weißen Körperpanzern wimmelten über ihre Köpfe und bildeten Perücken.

Die Sündenstadt war zu einem Gerichtssaal geworden. »Das Hohe Gericht tagt«, sagte der Eskimo.

»Ich verlange einen Anwalt«, sagte Robin Bowles, doch seine Stimme machte deutlich, daß er nicht im Traum damit rechnete, einen zu bekommen.

Grinsend beugte sich der weiße Richter vor. »Können Sie sich denn einen leisten? Mal sehen ...«

Aus dem übelriechenden Sündenpfuhl erhob sich eine abscheuliche Karikatur der blinden Justitia und klapperte mit ihren Waagschalen.

»Zum Teufel damit!« rief Max. »Robin Bowles soll uns vertreten!«

Bowles drehte sich schockiert um. »Sind Sie sich da ganz sicher?«

Welles war genauso verblüfft. Er hatte damit gerechnet, daß die Abenteurer erst darüber diskutieren würden, doch sie schienen sich schon entschieden zu haben. Welles drückte auf einen Knopf, und eine vorher aufgezeichnete Sequenz wurde eingespeist und verschaffte ihm fünf Sekunden Zeit zum Nachdenken.

»Aber sicher!« rief Hippogryph.

»Wir sind alle dafür!« stimmte Schneegans zu.

Donnernde Zustimmung erfüllte die Luft.

»Ist jemand dagegen?«

Keine einzige Neinstimme.

»Dann wäre die Sache klar.«

Der schwarze Richter musterte sie ungeduldig. »Wir sind hier, um die Menschheit, repräsentiert durch diese blöden Arschlöcher, wegen ihrer Sünden zu verurteilen. In diesem Gericht gilt der Code Napoleon. Eure Schuld gilt als bewiesen, wenn ihr nicht eure ... äh, wie heißt das Wort gleich?«

Ein Gerichtsdiener, ein bloßes Skelett, dessen Gelenke

und Knochen von schwankenden, übereinanderstehenden Sünden gebildet wurden, trippelte zu ihm hinüber. »Unschuld!« flüsterte er.

»Genau. Diesen Begriff habe ich gesucht.« Der Farbige räusperte sich und spuckte eine Sünde aus. Sie landete vor Charlenes Füßen. Sie trug eine schwarze Räubermaske vor dem Gesicht und eine dreistellige Zahl auf der Brust. Quiekkend grub sie sich unter Charlenes Hosenaufschlag. Mit einem Aufschrei streifte die Frau das Wesen ab. Die Sünde drückte eine große Goldmünze an ihre Brust, lächelte boshaft und lief davon.

Robin Bowles seufzte und ergriff dann mit rollender Stimme das Wort. »Wir sind bereit, uns einem Prozeß zu unterziehen, aber nur, wenn er fair verläuft. Wenn es sich um ein Possenspiel handelt, bei dem ihr das Gesetz und die Logik beugen könnt, wie es euch gefällt, können wir genauso gut schweigen und unsere Würde bewahren.«

Orson zischte Bowles etwas zu, und der antwortete flüsternd.

»Ihr werdet einen fairen Prozeß bekommen«, sagte der Asiat. »Warum auch nicht? Das Lügen ist eine Sünde, aber Sünden lügen nicht.«

Robin Bowles lächelte kalt. »Das ist auch besser so. Mein Kollege hat mich gerade an etwas erinnert.«

Max' kleiner Bruder erhob sich und ließ schadenfroh die Knöchel knacken. »Der Rabe und Sedna sind zwar mattgesetzt, aber Sedna hat einen Gefährten. Und Eviane ist eine *Tornrait* ...«

Kevin forderte die Information schnell aus seinem Taschencomputer ab. »Torngarsoak! Herr der Landtiere!«

»Geeee-nau. Durch Eviane stehen wir in direkter Verbindung mit der Geisterwelt. Torngarsoak ist da draußen, beobachtet uns und hört zu. Wenn wir schuldig sind, wird er die Menschheit bestrafen, weil wir seiner Geliebten geschadet haben. Wenn wir jedoch unschuldig sind« – er lächelte breit – »wird Torngarsoak auf *euch* wütend sein.«

Er verbeugte sich, während die Spieler laut applaudierten. Charlene Dula schien vor Enthusiasmus zu strahlen.

»Vielen Dank, Kollege Orson.«

»Keine Ursache, Kollege Robin.«

»Also gut«, wandte sich Bowles an das Gericht. »Ich beantrage eine Abweisung aller Anklagen.«

»Mit welcher Begründung?«

»Weil wir aus der abendländischen Welt stammen, die Gesetze der Eskimos nicht kennen und daher unschuldig sind.«

Die vier Richter berieten einen Augenblick und schüttelten dann die Köpfe. »Nein. Euer Antrag wird aus zwei Gründen abgelehnt. Erstens bleiben noch genügend gemeinsame Sünden, auch wenn wir die abziehen, die nur für die Welt der Eskimos gelten – Mord zum Beispiel.«

»Und zweitens?«

»Unkenntnis schützt vor Strafe nicht. Das gilt in eurer abendländischen Welt genauso.«

Robin nickte und schritt auf und ab. Dann blieb er abrupt stehen. »Welche Sünden wirft man uns vor?«

»Mord. Abtreibung von Kindern in Zeiten des Überflusses. Männer, die keine Jagderfahrung haben. Frauen, die ihre Gemeinde entwürdigen, indem sie sich unzureichend anziehen. Zerstörung der Familienbande.«

»Ich stimme mit euch überein«, sagte Bowles, »daß diese Sünden seit undenkbaren Zeiten begangen werden und das Universum trotz ihrer Existenz in einem Gleichgewicht gehalten wurde. Diese Sünden haben nicht zugenommen – es hat nur den Anschein, weil die Kommunikationseinrichtungen verbessert wurden.«

Die vier Richter lachten mit tausend Stimmen. »Dieses Argument kennen wir zur Genüge. ›Solange ich nicht erwischt werde, ist es kein Verbrechen.‹«

»Aber ihr müßt zugestehen«, fuhr Bowles fort, »daß es hier nicht nur um die menschliche Rasse geht. Ihr müßt auch abwägen, ob nicht auch *ihr* die Grenzen eurer Macht überschritten habt. Wenn ihr euch irrt, und es hat keine gewaltige Zunahme von Sünden gegeben, dann habt ihr selbst das Universum aus dem Gleichgewicht gebracht. Torngarsoaks

Rache wäre schrecklich. Die Frage ist ... habt ihr gesündigt?«

Die Richter beratschlagten kurz. »Wir können nicht sündigen«, erwiderten sie dann. »Wir *sind* die Sünde!«

Bowles fuhr sich mit der Hand über die Stirn. Schwitzte er etwa unter Wasser? »Vereinfachen wir die Angelegenheit«, fuhr er fort. »Wählt eine Sünde aus, die wir begangen haben sollen.«

Max war wie vom Blitz getroffen. Bowles strahlte mehr Macht, mehr schiere gefühlsmäßige Kraft aus als in irgend einem Film, in dem er ihn gesehen hatte.

»Mord«, schlug der europäische Richter vor.

»Wir bestrafen unsere Mörder«, erwiderte Bowles. »Sie bereuen oft. Die Götter haben schon immer das Recht der Reue gewährt und schätzen ein Volk, das imstande ist, selbst die Ordnung aufrechtzuhalten. Die Götter haben die Menschen mit allen Schwächen geschaffen. Sie haben es ihnen auch ermöglicht, Reue zu empfinden.«

»Abtreibung.«

Bowles dachte nach. »Eure Vorstellung der Abtreibung ...«

»... ist mit der euren identisch«, vollendete der Eskimo den Satz.

Trianna Stith-Wood sprang auf. Bowles wollte sie zurückhalten, doch sie achtete nicht auf ihn und ergriff das Wort. »In Zeiten der Not«, sagte sie, »haben die Eskimos ihre Babys manchmal im Schnee ausgesetzt, den Elementen zurückgegeben. Es gibt Orte, wo ein Baby nicht einmal einen Namen bekommt, bis es sich selbst einen geben kann! Ich will nicht behaupten, daß das gut oder richtig ist. Es gefällt uns nicht, hat uns nie gefallen. Die Tatsache, daß einige Leute Abtreibungen vornehmen, nur weil sie« – sie hielt einen Augenblick lang inne, und ihre Stimme klang etwas gepreßt – »zu faul sind, Verhütungsmittel zu nehmen, ist bedauerlich. Uns gefällt das nicht besser als euch. Aber man kann Abtreibungen nicht wieder illegal machen – damit würde man arme Frauen nur zu Hinterhofkliniken treiben, während ihre reichen Kusinen zu ordentlichen, sauberen Ärzten gehen. Das ist auch Mord. Und zumindest sind die Kinder, die geboren werden, wirklich gewollt. Verdammt uns nicht, weil die Götter uns Liebe und Fortpflanzung gaben, aber zu wenig Raum und Nahrung.«

Als sie geendet hatte und sich wieder setzte, weinte sie. Hippogryph schien peinlich berührt zu sein, doch Charlene umarmte sie.

Welles stockte. Wie war sie denn nur *darauf* gekommen?

Ein paar Fingerbewegungen, und Trianna Stith-Woods Akte erschien auf seinem Bildschirm. Er konnte ihr nur einen winzigen Teil seiner Aufmerksamkeit widmen. Er entdeckte weder eine Abtreibung noch ein Trauma oder spezifische Ereignisse, die eins ausgelöst haben könnten. Kein Wunder – die Angaben waren freiwillig.

Na schön, dachte er. Das ging ihn nichts an. Vielleicht würde er Dr. Vail darüber informieren.

Die Richter berieten sich. Ihr Summen, zusammengesetzt aus unzählbaren Stimmen, wurde immer lauter, und ihre Gesichter bewegten sich so schnell, daß sie nur noch undeutlich auszumachen waren.

Das Wasser schien etwas dicker zu werden. Noch ein paar Fische trieben vorbei.

»Wir sind zu einer Entscheidung gekommen«, sagte der Eskimo-Richter. »Wir sind damit einverstanden, euch anhand einer einzigen Sünde zu verurteilen.«

Robin Bowles nickte.

»Wir haben uns für eure Fleischfabriken entschieden.«

Orson blinzelte verwirrt. »Wie bitte?«

»Jahr für Jahr werden Milliarden Tiere unter unwürdigen Umständen in Gefangenschaft gehalten und dann in Schlachthöfe gebracht ...« Die Luft über den Sünden flimmerte, und sie waren in einer Fleischfabrik, und der Gestank von Blut und der Furcht der Tiere hing in der Luft. Eine endlose Reihe von Stieren wurde auf eine eisenbeschlagene Wand zugetrieben.

Eine fließende Kamerafahrt brachte sie in das Schlachthaus. Dort stand ein Bulle in einer engen Box, milchigen Schaum vor dem Maul. Ein Robotarm fuhr heran und drückte ein automatisches Gewehr gegen seinen Kopf. Ein kurzes, explosives Zischen, der Knall eines Schusses, und das Tier brach zusammen.

»So schlachtet euer Volk Kühe … und Hühner …«

Das Bild einer Hühnerfarm flackerte kurz auf. Die Tiere rollten auf einem Fließband, die Köpfe in Metallkragen, auf die Enthauptungsmaschine zu. Blut spritzte, die Beine des Huhns zuckten, das Laufband rollte weiter, und das nächste Tier war an der Reihe.

Neben Max lief Trianna Stith-Wood grün an.

»Für uns ist das die ultimate Sünde. Für uns und für Sedna ist das Abtreibung, die in einem unvorstellbaren Ausmaß betrieben wird. Vergleicht diese Praktiken mit den alten, den traditionellen Wegen«, sagten die Richter. Das Bild wechselte, und die Abenteurer sahen eine winterliche Tundra, auf der Jäger einem Karibu nachsetzten, und dann Männer, die neben einem Loch im Eis darauf warteten, daß ein Walroß erschien, um dann mit dem Speer zuzustoßen …

Max hörte das Heulen des Windes, und Adrenalin brannte in seinen Adern. Ja, dachte er, so sollte es eigentlich sein …

Dann waren sie plötzlich in einem kleinen Boot auf hoher See, und eine Robbe brach durch die Wasseroberfläche …

… und sie waren in einem modernen Supermarkt. Füllige Kunden schoben, eingelullt von leiser Musik, Einkaufswagen durch die Gänge und wählten zwischen den ordentlich verpackten Waren aus.

Das Summen in der Stimme des Eskimo-Richters hatte sich fast gelegt. »Wo ist da die Bedrohung? Wo ist das Leben? Ihr habt jedes Gefühl dafür verloren, daß der Mensch im Einklang mit seiner Welt leben, daß das Überleben des einen Geschöpfes vom anderen mit Blut und Leiden bezahlt werden muß. Und eure Sünde ist noch größer!«

Aha, dachte Max, jetzt kommt er zur Sache. Gut! Einem Halbgott sollte seine Arbeit gefallen. Was hat es sonst für einen Sinn, einer zu sein?

Der Supermarkt löste sich auf, und statt dessen erschienen Zeichentrickfiguren. Ferdinand der Bulle, das Markenzeichen einer mexikanischen Restaurantkette, Foghorn Leghorn, Daffy Duck, Clarabelle, die Kuh, Schweinchen Dick ... und alle sangen, tanzten, lenkten glückliche Kunden von der blutigen Realität des Todes ab.

Max schämte sich.

Die vier Richter der Apokalypse sahen sie an. »Wie wollt ihr euch verteidigen?« sagte der Eskimo. »Ihr entehrt die Inua der Geschöpfe, die euch Leben geben. Sünde!«

»Sünde!« sagte der Schwarze.

»Sünde!« stimmten der Asiat und der Europäer zu.

»Also vernehmt unseren Urteilsspruch ...«

»Augenblick mal, Freund! So schnell geht das nun auch wieder nicht!« Die Stimme klang wie die von Foghorn Leghorn, doch Johnny Welsh hatte gesprochen. »Ich glaube, das ist mein Spezialgebiet«, fuhr er verächtlich fort. »Haben Sie etwas dagegen, Robin?«

»Keineswegs.« Der Schauspieler wirkte überrascht und erleichtert zugleich.

Johnny hielt kurz inne und sammelte sich. »Ich glaube nicht, daß es hier darum geht, daß wir Tiere töten – je mehr Menschen man hat, desto mehr Nahrung braucht man. Auch in eurer Kultur gilt es als Ehre, Kinder zu haben, oder? Man erwartet von uns, daß wir fruchtbar sind und uns vermehren.«

Der Eskimo-Richter nickte ernst.

»Na schön. Die Fleisch-Industrie versucht nur, unsere Kinder zu füttern. Es wäre eine Sünde, wenn wir das *nicht* versuchen würden. Wir haben also Ärzte, Ingenieure, Lehrer, Polizisten und alle anderen Berufe, die man braucht, damit eine Gesellschaft überlebt. Wir sind wie Fischer, die den See auffüllen, oder wie Bauern, die ihr Feld bestellen. Und wir töten die Tiere so human wie möglich. Ist es wirklich humaner, einem Tier bei zwanzig Grad minus einen

Speer durch die Eingeweide zu bohren? Ein Rentier, das … Trianna?«

Trianna hatte einen Arm gehoben. »Die Vorschriften der Torah besagen, daß koscheres Fleisch so human wie möglich geschlachtet werden muß. Ich bin sicher, daß jede Kultur solche oder ähnliche Regeln hat.«

Der Asiate blickte auf Trianna hinab. »Nicht jede Kultur. Japan ist da anders. Und wohin soll diese Argumentation überhaupt führen?«

Welsh ahmte die Stimme des Asiaten nach. »Zu der Frage, ob wir die Geister der Tiere ehren. Ihr haltet Daffy Duck, Schweinchen Dick und so weiter für eine Beleidigung ihrer Geister.«

Die Richter nickten heftig.

»Ihr habt dabei eins übersehen«, fuhr Johnny fort. »In unserer Kultur gilt der Scherz als das höchste Kompliment. Ich kenne mich da aus; das ist mein Beruf. Erst, nachdem ein Politiker oder Schauspieler bekannt geworden ist, machen wir Witze über ihn. Wenn uns ein Unglück widerfährt, suchen wir zuerst nach der lustigen Seite. So halten wir die Dinge im Gleichgewicht. So überleben wir.«

Endlich begriff Max, worauf Johnny hinauswollte. Aus den Augenwinkeln sah er, wie Orson sich etwas entspannte.

»Wenn wir aus einem Schwein oder einem Huhn eine Zeichentrickfigur machen, behandeln wir es genauso wie unsere Hunde oder Katzen. Sie leben in unseren Häusern, essen unsere Nahrung und brechen uns das Herz. Oh, ja – wir wissen genau, daß unser Überleben von Tieren abhängig ist.«

Orson sprang auf. »Schneegans' Vater hat uns einige Schnitzereien gezeigt, die Tiere darstellen sollen. Sie waren grotesk verzerrt, fast unkenntlich. Wir würden sie ›Karikaturen‹ nennen. Ihr jedoch wolltet damit dem Geist der Tiere Respekt zollen. Und noch etwas, wir schnitzen nicht nur ein paar Tierdarstellungen aus Knochen. Unsere Bilder sehen Milliarden von Menschen. Jeden Tag zeugen wir den Inua der Tiere damit mehr Respekt als alle Inuit-Völker zusammen in einem Jahrhundert. Wir leben völlig nach dem Geist der Eskimos, und wir behaupten, daß ihr nur durch Lug und Betrug euern Platz im Gleichgewicht der Kräfte einnehmen konntet. Wir bitten die Götter, in unsere Herzen zu sehen.«

Die Richter waren wie erstarrt. Nur ihre Gesichter waren in Bewegung ... doch ihre Gesichter waren kleine verlorene Sünden, die ziellos hin- und herkrochen. Dann fielen die Richter auseinander. Eine summende Stimme sprach, die des Europäers. »Nein ... ihr lügt ... wir haben das Erbrecht!«

Der Ozean über ihnen wirbelte, das Wasser begann zu kochen, und die Mauern lösten sich auf. Stück um Stück brach die Sündenstadt auseinander. Das Wasser brodelte heftiger auf. Die Sünden versuchten, sich an den Haaren festzuklammern, gruben ihre winzigen Klauen hinein, doch die Strömung spülte sie fort.

Dann wallten Blasen hoch.

Sednas Kopfhaut schien unter Max nachzugeben. Die Sicht klärte sich etwas, und er sah, daß er sich in einer Blase befand und die Blase nach oben stieg. Die anderen Spieler erhoben sich mit ihm, ein jeder in seiner eigenen Blase.

Welles entspannte sich etwas – der Rest war programmiert. Er rollte von der Konsole zurück und gähnte, wurde sich plötzlich bewußt, wie anstrengend die letzten vierzig Minuten gewesen waren.

Er hörte einen leisen Applaus, drehte sich um und sah Dr. Vail an der Tür des Kontrollraums stehen, in jeder Hand ein Bier. »Durstig?«

»Unglaublich.« Welles schnappte sich den Krug, bevor Vail auch nur blinzeln konnte, und leerte ihn zur Hälfte mit einem Zug. »Ich zolle der Inua des Biers verspätet Respekt.«

»Das war gute Arbeit«, sagte Vail. »Und wir sind mit unserem Programm fast fertig.«

»Soll das heißen, daß ich jetzt anfangen kann, sie umzubringen?« erwiderte Welles erfreut. »Bitte, Sir. Nur ein paar von ihnen. Zu ihrem eigenen Besten.«

Er trank hastig einen Schluck und rief sich dann das Tunnelsystem in Erinnerung, die unterirdische Welt unter den Spielbereichen. Dutzende uniformierter Männer und Frauen bedienten Hydrauliklifts, damit die Spieler ihren Aufstieg beginnen konnten.

»Ich kann noch immer nicht glauben, wievielen Spielern es völlig egal ist, wie wir es machen.«

Vail nippte an seinem Krug und beobachtete die Bildschirme. Ein leises Lächeln legte sich auf seine Lippen. »Ich wette, Sie haben als Kind Zauberbücher gelesen und allen erzählt, wie sich die Dame in einen Tiger verwandelt.«

»Noch besser. Bei uns in der Stadt wohnte ein alter Bühnenzauberer. Er gab gelegentlich noch Vorstellungen, und samstags abends trank er sich immer einen an. Er verpatzte sein Timing, und man konnte sehen, wie die Kaninchen unter seinem Umhang hervorlugten. Ich fand das toll.«

»Daß der alte Mann es nicht mehr auf die Reihe bekam?«

Welles nahm noch einen Schluck. »Was ist so schlimm daran? Er brachte es nicht mehr, und ich konnte sehen, was es mit den Zaubertricks auf sich hatte. Die anderen Zuschauer haben vielleicht gelacht, aber ich dachte mir: ›Er war mal hervorragend, und jetzt ist er nur noch gut.‹«

Er leerte den Krug. »Verdammt. Jeder kann gut sein. Dazu muß man nur lange genug üben. Aber als ich diesen alten Mann sah, kam mir zum ersten Mal im Leben der Gedanke, daß ich eines Tages vielleicht *hervorragend* sein würde ...« Er rieb sich die Augen und musterte Vail mit plötzlichem Argwohn. »Erstellen Sie ein psychiatrisches Gutachten von mir?«

»Vielleicht«, sagte Vail unschuldig. »Reine Neugier.«

Max schaute durch das Wasser hinab, und er sah sie.

Sedna. Eskimo oder Inuit und wunderschön. Die Verkrustungen auf ihrem Gesicht brachen auf und wurden weggespült. Darunter kam glatte, braune Haut zum Vorschein.

Die Last der Sünden lag noch immer auf ihr, doch viele konnten sich nicht mehr halten. Sedna hatte eine Chance bekommen. Das Universum gelangte wieder ins Gleichgewicht. Wenn die Paija geschlagen war, konnten die *Angakoks* Sedna reinigen, falls der Weg frei blieb ...

Über ihnen, weit über ihnen, funkelte und schimmerte Licht auf der Wasseroberfläche.

Zweiundzwanzigstes Kapitel

HIMMELS-HAKEN

Eine Rakete erhob sich in den Himmel ... links neben Alex Griffin in die Kuppel des Spielbereichs A. Zuerst wirkte der Start völlig normal. Doch stratosphärische Winde verzerrten ihren Kondensstreifen zu einer sublimen Himmelsschrift, und die übergroße Phoenix hatte die Umlaufbahn noch immer nicht erreicht. Die Flamme erstarb, doch der winzige silberne Punkt stieg weiterhin nach oben. Wenn nicht noch irgend etwas geschah, würde er wieder auf die Erde zurückstürzen.

Alex war mitten in eine Vorführung geplatzt. Um zu erfahren, worum es ging, nahm er Kopfhörer von einem Regal.

»Raketen sind ineffizient. Selbst Fusionsraketen, selbst Antimaterie-Raketen stellen im Vergleich zu den meisten gebräuchlichen Maschinen eine ungeheure Verschwendung dar. Nehmen wir zum Beispiel ein Zapcar. Ein Zapcar benutzt nur gespeicherte Elektrizität. Seine Reaktionsmasse ist die Straße unter den Rädern und der Planet Erde unter der Straße.

Es gibt Möglichkeiten, ein Raumschiff in das Sonnensystem zu schicken, ohne eine gewaltige Menge Treibstoff zu verbrennen. Im allgemeinen nennt man diese Vorrichtungen ›Himmels-Haken‹. Bislang wurden noch keine gebaut. Einige von ihnen werden nicht funktionieren. Aber wir brauchen nur einen, der doch funktioniert ...«

Zehn-Personen-Wagen standen zur Verfügung, wurden jedoch kaum genutzt. Die Mehrheit der Gäste hatte sich in kleinen Gruppen am Rand der Kuppel verteilt und beobachtete die Show.

Hoch oben stieg die Rakete noch immer höher.

Aus den Augenwinkeln sah Alex, wie sich von rechts etwas näherte. Es trieb wie ein Meeresraubtier auf das aufsteigende Raumschiff zu, lang und schmal wie ein Aal, das Maul weit aufgerissen, mit leuchtenden Positionslampen ... Nein. Er konnte die Sterne dahinter sehen. Die hellen Linien, die er für Positionslichter gehalten hatte, *waren* das Gebilde. Es war nur ein Netz, ein Netz aus supraleitenden Kabeln, von Magnetfeldern zu einem bizarren Aal mit riesigem Maul geformt, der auf großen eckigen Flossen dahintrieb, bei denen es sich um Sonnenenergiezellen handeln mußte.

»Der Sternenwal ist nicht mehr als eine Kanone in der Erdumlaufbahn, aber sie wird unseren Zwecken genügen. Man braucht viel Treibstoff, um ein Raumschiff in die Erdumlaufbahn zu bringen. Es ist viel billiger, es einfach dreihundert Kilometer nach oben zu schießen. Und dann ...«

Der Sternenwal verschlang das winzige Raumschiff. Es drang mit einer gewaltigen Geschwindigkeit, mit zehn Kilometern pro Sekunde oder mehr, falls der Sternenwal wirklich in einer Umlaufbahn schwebte, in das Maul des Netzwerks ein. Der Sternenwal war viel größer, als Alex gedacht hatte, und bewegte sich viel schneller.

Das Schiff wurde langsamer und stoppte schließlich, bevor es den Schwanz erreicht hatte. *»... fangen wir es auf, beschleunigen es in die Umlaufbahn und belassen es dort. Oder wir können das Schiff«* – es schoß zurück zum Maul des Ungetüms – *»wiederum auf etwa acht Kilometer pro Sekunde beschleunigen und es zum Mond, zum Mars oder zu den Astroiden schikken.*

Natürlich müssen wir dem Sternenwal kinetische Energie entnehmen. Aber wenn wir eintreffende Schiffe auffangen können, um sie zu beschleunigen ...« Ein Schiff drang mit rasender Geschwindigkeit in den Schweif des Sternenwals ein, bremste am Maul ab, schoß den langen Torso zurück, verließ den Schwanz und fiel auf die Erde zu ... *»Schiffe, die Fracht vom*

Mars oder den Asteroiden bringen, können wir uns die kinetische Energie zurückholen!«

Die meisten Anwesenden im Spielbereich A lauschten der Vorführung. Alex Griffin nicht und Harmony wohl auch nicht. Er war zu spät gekommen und kam sich etwas verloren vor, war andererseits jedoch nicht wegen der Präsentation hier.

Alex war Thadeus Harmony in der letzten halben Stunde aus dem Weg gegangen. Es war kein billiger Trick. Alex hatte drei Bitten um Rückruf einfach ignoriert und sich geradezu aus seinem Büro geschlichen. Er ahnte, was Thadeus wollte, war jedoch nicht bereit, es ihm zu geben.

»Der Bohnenstengel war der erste Himmels-Haken, der je entworfen wurde«, fuhr die Stimme des Erzählers fort. *»Er wird der nützlichste und der kostspieligste sein.*

Ein Satellit in 35880 Kilometern Höhe über dem Erdäquator wird die Erde in derselben Zeit umkreisen, die die Erde für eine Drehung braucht, also in vierundzwanzig Stunden. Er bleibt in einem festen Punkt über dem Erdäquator.« Eine leuchtende, gepunktete Linie zog sich um eine große, blaue und weiße Erde. *»Angenommen, wir bringen eine Raumstation in einen geosynchronen Orbit«* – das klassische Rad einer Raumstation erschien, auf dem ein grüner Riese hockte – *»und lassen ein Seil zur Erdoberfläche hinab.«* Der Riese warf ein schweres Tau nach unten. Das Gewicht von Tausenden von Kilometer Seil zerrte den Riesen von der Station und hinab. Er verwandelte sich in einen flammenden Meteor.

Zwei weitere Riesen erschienen neben der Raumstation und warfen weitere Taue aus. *»Wir müssen eine weitere Verbindung nach außen ziehen, um das Massezentrum geosynchron zu halten …«*

Alex machte Kareem Fekesh ohne Schwierigkeiten aus. Der dunkle, elegante Scheich stand in der Mitte einiger Gäste, die mit ihm sprechen wollten. Sein Leibwächter ließ nur wenige durch … Razul, der sich von seinem Roboterduell erholt zu haben schien. Fekesh beobachtete den künstlichen Himmel; weder er noch Razul schienen Alex Griffin bemerkt zu haben.

Das Tau der grünen Riesen war zu einem glatten Kabel geworden. Kapseln fuhren daran in kaum sichtbaren Magnetfeldern auf und ab, Fahrstuhlkabinen ohne Kabel. *»Von allen vorgeschlagenen Himmels-Haken ist der Bohnenstengel am schwierigsten zu konstruieren. Er muß die größten Belastungen aushalten. Aber der Bohnenstengel kann Fracht vom Erdboden in den Orbit befördern und von da aus zu den Sternen, und das für den reinen Strompreis, für ein paar Dollar pro Pfund.*

Aber diese Kosten sind trügerisch. Der Bohnenstengel ist auch der gefährlichste aller Himmels-Haken. Denn wenn das Kabel jemals reißen sollte ...«

Flammen blitzten auf, wo es gerissen war, irgendwo über der Mitte. Ein Teil des Kabels fiel in den interplanetaren Raum. Der Rest schlang sich mit der Wucht eines Meteoreinschlags um den Erdäquator.

Hundert Stimmen murmelten erregt. Alex beobachtete Kareem Fekesh.

Lächelte er etwa? Fekesh drehte sich um und flüsterte Razul etwas zu. Der runzelte die Stirn, überlegte, nickte ...

Eine große Hand fiel auf Alex' Schulter. »Alex«, sagte Harmony. »Ich muß mit dir sprechen.«

»Psst. Das ist gleich vorbei.«

»Und dann verschwindest du, was?« Thadeus' Augen funkelten. »Sofort, Alex.«

Griffin nickte und trat mit Harmony in den Schatten des Modells eines Förderkrans.

In der Kuppel über ihnen errichteten die Mitarbeiter des Mars-Projekts einen Turm. Sie bauten ihn von unten nach oben, und er war bereits zu hoch; kein der Menschheit bekanntes Material hätte ihn getragen. Er brach nur nicht zusammen, weil es sich um einen weiteren Linearbeschleuniger handelte. Eisenringe schossen mit Dutzenden Sekundenkilometern durch ihn hinauf. Das Magnetfeld des Turms hielt sie im Griff und bremste sie oben ab, stieß sie dann wieder hinab und beschleunigte sie, bis sie wieder den Boden erreicht hatten. Dort schwangen sie in dem Magnetfeld wieder herum und nahmen den Weg nach oben wieder auf. Eine beeindruckende bautechnische Leistung. Alex ignorierte sie.

»Was hast du vor?« fragte Harmony. »Mein Gott, ich habe erst heute morgen begriffen, was ich getan habe ...«

»Mach dir keine Sorgen«, beruhigte Alex ihn. »Ich halte die Dinge nur im Auge.«

»Hast du mit Izumi und Khresla gesprochen? Und Tony McWhirter aktiviert?«

»Alle emsigen kleinen Ohren, die wir haben.«

Harmony bewahrte nur mit Mühe die Gewalt über seine Stimme. »Alex, ich war betrunken! Ich hätte nie etwas sagen dürfen!«

»Das wäre es also.« Durch das Skelett der Fördermaschine konnte Alex vier ›Himmels-Haken‹ auf einmal in der Kuppel sehen: Turm, Sternenwal, Bohnenstengel und ein gewaltiges, sich drehendes Kabel, dessen Endpunkte in die Erdatmosphäre reichten. *»Selbst das billigste dieser Projekte ist noch immer kostspielig. Jede dieser Vorrichtungen könnte für ein paar Dollar pro Pfund Fracht ins All befördern. Und jede wäre viel billiger, leichter zu bauen, weniger massiv und viel ungefährlicher, würde sie auf dem Mars errichtet!«*

Der Mars ersetzte die Erde. *»Der Mars hat eine Rotation von knapp über 24 Stunden, ist aber bei weitem nicht so massiv wie die Erde. Nur von zwei Fünfteln der Schwerkraft belastet ...«* Neue Nahaufnahmen des Bohnenstengels und des Stiftrades erwiesen sich als beträchtlich kürzer und schlanker. Die Ringe, die den Turm hinauf- und hinabgeschossen wurden, bewegten sich langsamer, und der Sternenwal war nur ein paar Dutzend statt ein paar hundert Kilometer lang.

»Jede dieser Vorrichtungen würde sich auf dem Mars für nur etwa fünfzehn Prozent der Kosten wie auf der Erde errichten lassen. Und wenn sie versagen« – die Apparaturen brachen augenblicklich zusammen – *»werden die Meteore nur auf eine leblose Welt prallen. Wir werden sie noch einmal bauen. Und noch einmal, bis wir es richtig machen. Und dann können wir Himmels-Haken für die Erde bauen. Und* dann *gehört uns das Sonnensystem!«*

Raumschiffe aller Größen und Formen starteten von der

Erde und dem Mars, breiteten sich im gesamten Sonnensystem aus ... doch Griffin und Harmony sahen nichts davon.

Alex entdeckte Panik auf Harmonys breitem Gesicht. »Meinst du, ich würde einen Leserbrief in der Times veröffentlichen?« sagte er. »Thadeus, du hast mir den Job gegeben, weil du mir vertrauen kannst.«

»Wir haben vor diesem Mistkerl einen Rückzieher gemacht.« Harmony hatte Fekesh entdeckt. Er betrachtete den großen Araber und wandte dann abrupt den Blick ab. »Und wir hatten einen Grund dazu. Wir haben es nicht leichten Herzens getan, Alex. Er hatte uns in der Tasche.«

»Du hast dir Vorwürfe gemacht, bevor Fekesh ins Spiel kam. Du hast mir davon erzählt, weißt du noch? Aber jetzt sind wir stärker, Thadeus. Und das Mädchen ist zurückgekommen. Ein reiner Zufall, der Stoff, aus dem Träume und Parabeln bestehen. Falls Kareem Fekesh auch nur eine Spur abergläubisch ist, muß er denken, das Schicksal hätte sich gegen ihn verschworen.«

Harmony öffnete und schloß zweimal den Mund, ohne etwas zu sagen. »Du träumst«, brachte er dann hervor.

»Vielleicht.«

»Wirst du mich wenigstens auf dem laufenden halten?«

»Aber klar.«

Harmony seufzte schwer. »Na schön. Ich spiele mit und lasse mir nichts anmerken. Aber ... verdammt. Wir bleiben in Verbindung.« Er schlich davon, ein großer, besorgter Bär von Mann mit einem künstlichen Lächeln auf dem Gesicht, um sich vor den Gästen nichts anmerken zu lassen. Alex blickte ihm nach. Harmony ging durch den Raum, schüttelte hier eine Hand, schlug dort auf eine Schulter. Und dann stand er plötzlich Kareem Fekesh gegenüber.

Beide erstarrten. Dann lächelte Fekesh, ging an Harmony vorbei und verschwand in der Menge.

Alex beobachtete Harmonys Gesicht, als er sich umdrehte und Fekesh nachsah. Das Lächeln für die Öffentlichkeit war aufgebrochen. Darunter kam offener Abscheu zum Vorschein.

Max brach durch die Wasseroberfläche. Die Blase über ihm platzte auf, und er stand in einem rauhen Meer auf einer perfekt ausbalancierten Eisscholle. Weitere Spieler erschienen an der Oberfläche. Die Welt schien einen Augenblick lang zu schwanken und richtete sich dann auf.

Ein paar Meter entfernt kamen Hippogryph und Charlene zum Vorschein. Charlene stützte sich auf ihren rundlichen Gefährten. Sie hielten nicht gerade Händchen, aber ...

Auch Bruder Orson beobachtete das Paar, und wenn schon keine Wut in seinem Blick lag, dann doch zumindest Enttäuschung und Unbehagen.

Max' Eisscholle trieb an eine große Eisfläche und verschmolz wie ein passendes Puzzlestück nahtlos mit ihr.

Am Himmel zog ein endloses farbiges Band dahin. Das Nordlicht? Aurora borealis? Es war betörend hell und kam ihm so nah vor, daß er glaubte, es berühren zu können, und er erhob sich auf die Zehenspitzen und streckte den Arm aus ...

»Was, in aller Welt, machst du da?« fragte Eviane.

»Äh ... Dehnübungen.«

Sie zog eine leichte Jacke aus ihrem Rucksack, und er folgte ihrem Beispiel. Die Luft hier war etwas kühler, und wohin er auch sah, erblickte er nur weißes Eis. Sie befanden sich irgendwo im Herzen der Arktis, und sie hatten keinen magischen Schutz vor der Kälte.

Er sah an Eviane hinab und stellte verblüfft fest, daß sie keinen Schatten warf. Und wo sie ausschritt, hinterließen ihre Füße keine Abdrücke. Eine Gänsehaut lief seinen Rükken hinab.

Am Himmel waren keine Vögel zu sehen, und weder Berge noch Bäume brachen die endlose weiße Ebene. Der Wind heulte, und die Kälte schien sie mehr als nur rein körperlich zu durchdringen.

Auch die anderen Spieler zogen ihre Jacken an. Max stellte fest, daß Yarnall, der Wachposten, noch bei ihnen war. Wie oft hatten die Götter versucht, ihn zu töten und aus dem Spiel zu nehmen? Schwer zu sagen ... aber Max rechnete damit, daß das Spiel jetzt beträchtlich härter werden würde.

Er legte Eviane eine Hand auf die Schulter und ging zu Schneegans hinüber. Ein leichter Wind aus dem – Osten? – blies unablässig und trug unwillkommenen Schnee herbei.

»Was nun?«

»Die Zeremonie«, erwiderte Schneegans. »Wir brauchen Schutz vor dem Wind, damit wir sie durchführen können. Es sind nicht genug Eskimos unter uns, die einen Iglu bauen könnten, also müssen wir eine von Robins vorfabrizierten Schutzeinheiten nehmen.«

Die Spieler scharten sich im Kreis um sie. Sie sahen müde, aber zufrieden aus. Der Wind murmelte einen Grabgesang, doch ihre Stimmung zeigte sich davon nicht betroffen. Sie waren stark. Sie waren siegreich. Sie waren in einer gottverdammten Hochform.

»Wir müssen eine Unterkunft errichten«, sagte die Eskimo-Prinzessin. »Ein Sturm kommt auf.«

Robin Bowles trat zu ihr in die Kreismitte. »In jedem Rucksack müßte sich ein Teil einer Schutzeinheit befinden. Bitte holt sie heraus. Es befindet sich zwar eine Gebrauchsanweisung dabei, doch wenn ihr mir einfach zuhört, spart ihr die Zeit, sie zu studieren …«

Jedes Teil der Unterkunft war in etwa dreieckig und enthielt ausfahrbare Stäbe, die sich mühelos zu einem starren Rahmen zusammenfügen ließen. Die Unterkunft wurde schnell größer, bis sie eher wie ein Iglu wirkte als alles andere, was sie seit ihrer Notlandung gesehen hatten.

Eviane war noch immer sehr bleich und wirkte etwas verloren. Das war wohl nur angemessen; wäre *er* offiziell tot, würde er wohl auch verloren wirken. Doch sie half mit starken, schnellen Fingern bei der Arbeit und war wohl so fröhlich dabei, wie es eine Tote nur sein konnte.

Der Iglu wuchs, bis er einen Durchmesser von vier und eine Höhe von einem Meter und fünfzig hatte. Der Schauspieler brachte einen zischenden Gasbehälter an dem Zelt an. Verstrebungen schwollen an, und eine gelatineähnliche Masse überzog die Unterkunft.

Im Gänsemarsch krochen sie hinein.

Draußen fiel die Temperatur allmählich. In den letzten

paar Minuten, während sie das Zelt errichteten, waren Max' Finger taub geworden. Er freute sich, in die Unterkunft zu gelangen, wo Bowles bereits einen kleinen Heizkörper zusammengebaut hatte. Schnell wurde es behaglich warm.

Schneegans holte die Blechdose mit den Zigaretten aus ihrem Rucksack und hockte sich im Schneidersitz auf den Boden. Sie wartete ruhig und gelassen, bis die anderen um sie herum Platz genommen hatten, und vermittelte stärker denn je den Eindruck einer Frau zwischen zwei Welten, der der Inuit und der der Weißen.

Draußen heulte heftig der Wind. Max glaubte, die Stimmen des Kabal hören zu können: widerspenstig, wütend, rachsüchtig ...

Doch im Iglu herrschte Frieden.

Eviane musterte Schneegans, als versuche sie, sich an etwas zu erinnern. Dann schien sie aufzugeben.

Die Abenteurer saßen nun im Kreis. Bowles. Die Stith-Wood. Hippogryph. Yarnall. Die Gebrüder Sands. Die Dula. Titus. Oliver der Franke. Welsh. Eviane. Hebert. Das waren die Krieger des Westens, und sie mußten genügen.

»Ihr wißt, daß wir einen ... na ja ... ziemlich großen Sieg errungen haben«, sagte Schneegans.

Die anderen applaudierten. Schneegans wartete, bis sie sich wieder beruhigt hatten. »Wir werden uns bald ausruhen können«, fuhr sie dann fort.

»Ich habe mich schon gefragt, ob jemand daran denken würde«, sagte Trainna. »Ich bin erledigt.«

Auch sie erntete allgemeine Zustimmung.

»Wir müssen zuerst noch eine Zeremonie durchführen. Wir müssen meinen Vater erreichen. Die Stammesältesten, die uns bei unserer letzten Zeremonie geholfen haben, können uns jetzt nicht unterstützen, aber ich habe etwas, das sie nicht hatten – eine der Toten, deren Liebe zu dieser Welt sie zu uns zurückgebracht hat. Sie geht zwischen den Welten und hat große Macht bekommen, als sie vom Tod zum Leben wandelte.

Eviane, nimm bitte in unserer Mitte Platz. Du wirst uns helfen, ein Fenster zwischen den Welten zu öffnen.«

Mit offensichtlichem Zögern trat Eviane vor und setzte sich neben Schneegans. Zigaretten wurden verteilt. Max verlagerte mehrmals sein Gewicht, um einigermaßen bequem auf dem dünnen Polster unter seinen schmerzenden Hinterbacken sitzen zu können. Nichts half. Schließlich faltete er seine Jacke zusammen und setzte sich darauf.

Sie zündeten die filterlose Zigarette an und inhalierten den Rauch, der erneut dem Dach entgegenstrebte, sich aber diesmal über Eviane und Schneegans verdichtete. Ein leuchtendes Bild entstand.

Martin der Polarfuchs kniete vor einer Kiste. Sie hörten, wie er sang, und obwohl sie die Worte nicht verstanden, war klar, was er tat. Mehrere Sekunden lang sahen sie zu, wie er mit der Inua eines Dutzends Dosen Cornedbeef verhandelte. Dann fuhr sein Kopf hoch, und sein ledriges Gesicht verzog sich erfreut.

»Schneegans? Du lebst noch?«

»Ja, Daddy.«

»Habt ihr Fortschritte gemacht? Wie viele der Fremden leben noch?«

»Wir haben nur eine verloren«, sagte Schneegans, »und Eviane ist noch als mein *Tornrait* bei uns. Daddy, wir haben mit den Sünden auf Sednas Kopf gekämpft und sie besiegt, aber sie müssen noch ausgekämmt werden.«

»Ihr seid nicht geblieben und ...«

»Nein, Daddy, wir sind Krieger! Unser Volk wird beim Angriff auf das Kabal Hilfe brauchen. Kümmert ihr euch um Sedna? Das ist sowieso eure Aufgabe.«

»Ja, ich muß ihr Haar pflegen, während andere kämpfen«, sagte Martin verdrossen. »Nur weiter so, Tochter. Gut gemacht.« Er verblich.

Die Spannung löste sich etwas. Johnny Welsh hüstelte höflich. »Mein Magen wird mich bald wegen unterlassener Hilfeleistung verklagen. Können wir irgendwo etwas zu essen auftreiben?«

Es knallte scharf, als sei eine Vakuumröhre implodiert. Plötzlich benebelte eine andere Vision die Luft, das Bild einer wunderschönen Frau, deren langes, schwarzes Haar sich zu einem ätherischen Halo ausbreitete.

Sedna. Sie lächelte sie mit vollen Lippen an. »Meine Kinder«, sagte sie. Ihre Stimme war nicht dumpf, wie Max es erwartet hatte, sondern wohlklingend und volltönend.

»Ihr habt mich von meinen Fesseln befreit. Ihr habt mein Vertrauen in euch gerechtfertigt. Obwohl ihr einer anderen Kultur entstammt, vereinigt ihr euch in einem Tanz mit uns. Obwohl ihr unwissentlich gesündigt habt, habt ihr bereut. Was in euern Herzen ist, wird über euer Schicksal entscheiden.

Das Kabal erwartet euch. Ihr habt mich befreit, aber sie haben große Macht gewonnen und halten noch immer den Raben gefangen. Sie werden nun, da sie wissen, daß ihr ihnen trotzen könnt, um so gefährlicher sein. Ihr müßt Vorsicht walten lassen.

Irgendwo dort auf dem Eis wartet die nächste Herausforderung, eure vorletzte Prüfung.«

Sednas Gesicht verschwamm, und statt dessen erschien eine seltsame Landschaft. Es schien sich um eine gebirgige Insel zu handeln. Nein, kein Berg. Was Max als natürliche Formation angesehen hatte, war ein endloses Netzwerk aus Eisplatten, die in verrückten, unmöglichen Winkeln gegeneinander aufgerichtet waren.

Kevin schüttelte ungläubig den Kopf, doch Max störte noch mehr Evianes Keuchen. Sie hatte die Landschaft wiedererkannt.

Er nahm ihre Hand. Sie war eiskalt.

»Das ist eure Herausforderung«, sagte Sedna. »Dort erwarten euch sowohl physische wie auch psychische Gefahren. Ich brauche all meine Kraft, um wieder gesund zu werden, kann euch jedoch ein Geschenk machen. Ich kann eine von euch, die für euch gelitten hat, für euch gestorben ist und euch selbst durch ihren Tod noch gedient hat, wieder zum Leben erwecken.

Erhebe dich, Eviane.«

Ein bleicher Lichtschein umspielte Eviane. Ihr Mund öffnete sich überrascht, und sie begann zu zittern. Dann verblich das Licht, und Eviane sah erstaunt ihre Hände an.

Max stieß sie mit dem Zeigefinger an. »Ja. Nur Fleisch. Keine Füllung.«

Sednas volle Lippen lächelten warm. »Erhebe dich, Lebende. Obwohl du hinter den Schleier des Todes gesehen hast, wurdest du deinen Gefährten und dem Leben zurückgegeben. Die Macht der Voraussicht bleibt dir, jetzt und für immer. Erhebe dich, Eviane. Du wurdest der Hoffnung und der Liebe zurückgegeben. Erhebe dich.«

Dreiundzwanzigstes Kapitel

DER KRIEG DER SCHNEEMÄNNER

»Hab' dich!«

Max duckte sich, aber zu spät. Der Schneeball traf ihn an der Schläfe.

»Ein Punkt!« rief einer der beiden Schiedsrichter. Es handelte sich um ungewöhnliche Vertreter ihrer Branche: sie sahen aus wie Schneemänner, eher von der freundlichen als von der unfreundlichen Sorte. Komplett ausgestattet mit Möhren als Nasen und schwarzen Zylindern, waren die beiden seltsamen Geschöpfe kurz nach Anfang der Abendpause erschienen und hatte die Spieler pfeifend zu einem Berg geführt, der ein Netzwerk von Eishöhlen in sich barg. In der größten Höhle befand sich eine verdächtig warme Quelle und ein Buffet aus frischem Obst, Gemüsen und noch warmen Broten.

Nach der Mahlzeit waren die Abenteurer wieder zu einem kleinen Spielchen in die schneidende Kälte hinausgegangen. Unter dem abendroten Himmel, umgeben von der gewaltigen arktischen Einöde, und unter der Aussicht, morgen erneut antreten zu müssen, hatten die Spieler die größte Schneeballschlacht aller Zeiten angezettelt.

Johnny Welsh spielte nicht mit; er mochte es nicht, ins Gesicht getroffen zu werden. Orson spielte nicht mit; ihm kam die Idee nicht spaßig vor. Max überraschte das zwar nicht mehr, doch es störte ihn. Die beiden beobachteten das Spiel von den Seitenauslinien.

Sie hatten niedrige Schneebefestigungen errichtet, die von Max, Eviane und Trianna besetzt waren. Hinter ihnen kauerten Hebert und Kevin. Gemeinsam bildeten sie die rote Mannschaft.

Sie sogen benommen vor Erschöpfung die kalte Luft ein. Vor ein paar Minuten hatten sie einen Großangriff der Blauen abgeschlagen und Charlene ins Kreuzfeuer genommen, die zwar alle paar Minuten pausieren und ihre Knie massieren mußte, aber wesentlich besser geworden war. Ihre ersten Versuche, einen Schneeball zu werfen, waren verheerend gewesen; ihre Reflexe wußten nichts mit der Schwerkraft anzufangen.

Kevin warf sich mit wütendem Eifer ins Spiel, der jedoch schon nachzulassen begann. Er hatte überhaupt keine Reserven.

Die Blauen wurden von Hippogryph angeführt. Max hatte aus erster Hand die taktische Brillanz (»Das Kabal!« brüllte Hippogryph. Als Kevin erschrocken herumfuhr, hatte er einen Schneeball ins Gesicht bekommen.) und den Mut des Mannes miterlebt: Er hatte sich skrupellos hinter einer kreischenden Charlene versteckt, eine weiße Flagge geschwungen und dann geworfen. Max kam zum Schluß, daß er ihn nicht mochte.

»Kevin?«

Der hagere Junge war außer Atem und würde nicht mehr lange durchhalten. Die Situation war ernst.

»Wir müssen diesen Mistkerl aus der Reserve locken«, sagte Max.

»Und wie?« keuchte Kevin. »Hast du eine Idee?«

»Eine Herausforderung zum Einzelkampf. Wenn es den Anschein hat, daß ich verliere, bombardierst du ihn mit allem, was du hast.«

»Warum sollte er sich darauf einlassen? Du bist größer als er.«

Max grinste. »Ja, aber ich glaube, er gehört zur Sicherheitsabteilung des Traumparks. Also müßte er in Form sein. Der Größenunterschied wird ihn nicht abschrecken.«

Eviane nickte. »Klingt gut.« Ihr Gesicht verdüsterte sich einen Augenblick lang. »Haben wir Wachposten aufgestellt? Wenn ich spiele ...«

»Wir haben Pause ...«, setzte Kevin an.

Max brachte ihn mit einer Handbewegung zum Schweigen. *Bleibe bei deiner Rolle*. »Johnny und Orson achten auf das Kabal. Wir brauchen die Entspannung.«

»Ja, sicher.« Eviane schien nicht überzeugt zu sein.

»Was bereitet dir Sorgen?«

»Ich komme mir blind vor. Ich habe noch immer kurze Visionen von der Zukunft, Max, aus der Zeit, als ich tot war. Aber an *das hier* erinnere ich mich nicht.«

Trianna und Kevin versuchten, die Augen nicht zu offensichtlich zu verdrehen.

Ein Schneemann-Schiedsrichter watschelte zur Befestigung der roten Mannschaft. »Es steht vierundzwanzig zu vierundzwanzig«, sagte er. »Die Regeln sehen eine Verlängerung oder einen Zweikampf vor.«

Max strahlte. »Ein Zweikampf. Dieser faule Hippogryph soll seinen Arsch bewegen. Sage ihm das.«

Der Schneemann blinzelte; ein ungewöhnlicher Anblick. »Sehr wohl, Sir.«

Kevin wischte sich Schnee aus dem Haar und ließ sich gegen die Wand fallen. »Glaubst du, daß er mitmacht?«

»Ich will's hoffen.«

»Ich hab' dich nie kämpfen sehen«, sagte Kevin etwas verlegen. »Ich meine, das ist keine choreographierter Quatsch ...«

Max drohte ihm mit der Faust, und Kevin hielt es für ratsam, lieber zu schweigen.

Eviane zog nachdenklich mit dem Finger Linien in den Schnee. »Ich ... war hier schon mal.«

»Hier? Du meinst, an diesem Ort, und du hast das alles schon einmal erlebt?«

Sie lächelte schüchtern. »So etwas in der Art. Es ist der Ort, und ich glaube, es war auch eine Schneeballschlacht. Und sie war genauso wichtig, wie sie es heute ist ...«

»Aber?«

»Aber es waren andere Leute dabei. Keine Schneemänner. Und bevor wir hierher kamen, waren vier von uns schon tot. Wir haben Glück gehabt.«

»Ich war nicht dabei?«

Ihre grünen Augen funkelten ihn wütend an. »Nein. Du nicht.«

Der Schneemann kam zurück. »Der Chef der blauen Mannschaft nimmt Ihre Herausforderung an. Wir werden einen traditionellen Eskimo-Zweikampf durchführen.«

Max sah sich vorsichtig um, ob keine Schneebälle Kurs auf ihn genommen hatten, und kletterte dann über die Befestigung. Ihm gegenüber machte Hippogryph den Oberkörper bis auf das Thermohemd frei. Charlene Dula stand strahlend neben ihm. *Mein Held!* Sie grinste Eviane herausfordernd an.

Max erkannte seine Chance und nahm sie wahr. »Meine Dame«, sagte er zu Eviane. »Ich kämpfe für uns alle, doch würdet Ihr mir die Ehre erweisen, mich zu Euerm Favoriten zu erwählen?«

Eviane sah ihn aus großen Augen an. »Was meinst du?«

»Gebt mir ein kleines Andenken mit in den Kampf.«

Ein Lächeln zuckte um ihre Mundwinkel, und schließlich kicherte sie. Sie *kicherte*! Dann sagte sie: »Klar«, nahm ihren Gürtel ab und gab ihn ihm. Max band ihn um den Schenkel, zog ihn fest und verbeugte sich übertrieben vor ihr.

Die beiden Schneemänner führten ihn zum Kampfplatz. Sie waren große, unbeholfene Ungetüme, die ständig das Gleichgewicht zu verlieren drohten. Einer stolperte; sein Kopf löste sich und fiel mit einem schmatzenden Geräusch zu Boden. Er bückte sich, tastete danach und setzte ihn wieder auf.

(Es dauerte etwas, bis Max begriff, daß im Hintergrund

tatsächlich ein Marsch erklang. Leise, vom Wind getragen, konnte man ihn der Einbildung zuschreiben, doch er war da.)

Hundert Meter vor dem Kampfplatz lag ein Eisfeld von fünf Metern Durchmessern. Max sah hinab; in den Tiefen bewegte sich etwas. Eine Wassernixe trieb an die Oberfläche, drückte Handflächen und Lippen gegen das Eis und warf ihm einen Handkuß zu. Bevor er reagieren konnte, war sie schon wieder verschwunden.

»Friert sie nicht, so spärlich bekleidet, wie sie ist?«

»Die Geheimnisse der Tiefe«, sagte der Schneemann ernst. »Würden die beiden Konkurrenten jetzt bitte ihre Plätze auf den beiden Seiten des Eisfeldes einnehmen?«

Max warf einen Blick zu Eviane zurück und trat dann zu der Seitenlinie.

»Sinn des Zweikampfes ist es, den Gegner aus dem Gleichgewicht zu bringen. Wenn er mit irgendeinem Teil seines Körpers außer den Füßen das Eis berührt, bekommt er einen Strafpunkt. Wenn der andere dabei allerdings ebenfalls das Gleichgewicht verliert, gibt es keinen Punkt. Wer den Ring verläßt, bekommt einen Strafpunkt. Wenn beide den Ring verlassen, kein Punkt. Wer zuerst den dritten Strafpunkt bekommt, hat verloren.

Noch irgendwelche Fragen?«

»Was ist verboten?«

Der Schneemann grinste. »Darüber müssen sich die beiden Gegner selbst einigen. Wir sind nur die Schiedsrichter.«

Max und Hippogryph betraten das Eis. Max' Stiefel hatten keinen besonders festen Halt. Er fragte sich, wie Hippogryph damit zurechtkam, und maß seinen Gegner mit den Blicken. Hippogryph war zehn Zentimeter kleiner, in den Schultern aber fast genauso breit. Für sein Gewicht war der Mann erstaunlich flink.

»Schläge und Tritte sind verboten«, sagte Max.

»Einverstanden«, entgegnete Hippogryph. »Und keine Knüffe in die Augen oder das Gesicht.«

Max musterte ihn. Hippogryph hatte ein Geheimnis. Die Ausbildung der Sicherheitsabteilung des Traumparks? Vielleicht Judo? Er gab dem anderen die Hand, und Hippogryph drückte sie fest.

Es war warm für einen Tag in der Arktis. Max bog die Knie durch und fühlte und hörte, wie die Gelenke knackten. Aus den Augenwinkeln beobachtete er Evianes Gesicht, ein bleiches Oval im gleißenden Schnee. Ihr Ausdruck verwirrte ihn. Wenn ›hingebungsvoll‹ ein zu starkes Wort war, war ›bewundernd‹ ein zu schwaches.

Das konnte er später klären.

Hippogryph und Max standen sich nun auf dem Eis gegenüber. Max versuchte, sein Gewicht nach unten zu verlagern. Eine falsche Bewegung, und er würde mit Hippogryph auf dem Boden landen. Damit konnte er nicht gewinnen. Welche Technik sollte er einsetzen? Er hatte keinen besonders festen Halt, und schließlich war das auch nur ein freundlicher Zweikampf.

Hippogryph warf sich gegen ihn. Max fühlte, wie sich starke Arme um seinen Hals schlangen und ihn zur Seite warfen. Einen Augenblick lang schwebte er in der Luft, dann prallte er hart auf das Eis; Hippogryph stürzte auf ihn. Eher überrascht als verletzt machte er sich frei und erhob sich wieder.

Hippogryph grinste ihn an. »Mister Mountain, was?«

Max kniff die Augen zusammen. »Weiß das denn jeder?«

»Kein Punkt!« rief ein Schneemann.

Hippogryph näherte sich ihm gebückt, und Max hielt ihn mit dem Arm zurück. Hippogryph verlor das Gleichgewicht, stürzte – und ergriff dabei Max' Arm und riß ihn mit sich. Max schlug hart auf das Eis, war aber vor seinem Gegner wieder auf den Füßen.

»Kein Punkt!« sagte der Schneemann.

Hippogryph wollte ihn ermüden. Diese Taktik würde ihm zwar keinen direkten Punkt, vielleicht aber langfristige Vorteile einbringen.

Na schön, dann Butter bei die Fische …

Er umkreiste Hippogryph, der vorsprang und zu schnell wieder zurückwich. Er verlor den Halt auf dem Eis, breitete die Arme aus und …

Max grinste. Darauf würde er nicht hereinfallen. Er stürmte auf Hippogryph zu und blieb stehen, als sich der kleinere Mann auf Hände und Füße fallen ließ.

Max' Füße glitten auf dem Eis aus. Er verlor das Gleichgewicht, ruderte wild mit den Armen, um es zu bewahren, schaffte es jedoch nicht. »Scheiße!« rief er und rutschte über das Eis.

»Ein Punkt!«

Hippogryph war bei ihm, bevor er aufstehen konnte, und zog ihm die Beine weg. Mit einem Aufschrei landete Max erneut auf dem Eis.

Diesmal blieb er eine Minute lang liegen. Zwei Punkte. Er hatte schon zwei Strafpunkte. Wie peinlich. Er erhob sich auf die Knie, und Hippogryph umkreiste ihn.

Er humpelte, zog das linke Bein nach. Hippogryph griff nach seiner Hand und zog ihn herum, bis Max schließlich dagegenhielt. Wie erstarrt standen die beiden Männer auf dem Eis. Dann atmete Max tief ein, griff zwischen Hippogryphs Beine und hob ihn mit seinen zweihundertdreißig Pfund hoch.

Und warf ihn auf das Eis.

»Zwei zu eins!«

Hippogryph lag benommen da, wollte aufstehen, überlegte es sich besser und blieb liegen. Die Wassernixe trieb wieder an die Oberfläche und warf Max Küsse zu.

Hippogryph stand auf. Sie umkreisten einander; Hippogryph war jetzt vorsichtiger. Er hatte eine Erfahrung gemacht, die ihm wohl kaum besonders gefiel. Max schlitterte einen Schritt vor, versuchte, das Gleichgewicht zu halten, balancierte auf einem Fuß ...

Und Hippogryph konnte der Gelegenheit nicht widerstehen, machte einen Satz und wollte ihn umstoßen.

Max wirbelte herum und prallte gegen ihn. Er ergriff ihn, riß ihn um ... und landete mit dem Rücken auf Hippogryph. Er spürte den Aufschlag und hörte, wie seinem Gegner die Luft aus den Lungen getrieben wurde.

Max stand vorsichtig auf. Er hatte das Eis nicht berührt.

Der Schneemann musterte ihn mit einem Ausdruck, den man nur als Ungläubigkeit bezeichnen konnte.

»Äh ... zwei beide.«

Hippogryph erhob sich. Sein Gesicht lief rot an, und er schüttelte bedauernd den Kopf. »Ein schöner Trick«, sagte er. »Wir hätten dich in Mexico City gebrauchen können.«

Max lachte und reichte ihm die Hand. Hippogryph ergriff sie. Max zog die Hand zurück und beobachtete, wie Hippogryphs Füße auf dem Eis tanzten und er verzweifelt versuchte, das Gleichgewicht zu bewahren.

Max beugte sich vor und drückte mit dem Zeigefinger gegen Hippogryphs linke Schulter. Die Füße des kleineren Mannes verloren den Halt, und er knallte mit einem lauten Schrei auf das Eis.

Der Applaus war noch lauter.

Max verbeugte sich, löste den Gürtel vom Oberschenkel und gab ihn Eviane zurück. Den Mund leicht geöffnet, sah sie ihn mit großen grünen Augen an.

»Meine Dame«, sagte er, »in Euerm Namen und für Euch habe ich den Sieg errungen.«

Sie starrte ihn noch immer wie benommen an. »Und?«

»Und ...« Sie stand sehr, sehr dicht vor ihm. »Und ich fordere meine Belohnung«, sagte er und neigte den Kopf, um sie zu küssen. Seine Lippen streiften die ihren. Ihre vor Momenten noch klaren Augen verschleierten sich, und sie drehte sich abrupt um und lief davon.

Die anderen lachten. Doch Max hatte in diesem kurzen Augenblick etwas gesehen, das Aufblitzen einer anderen Persönlichkeit. Er war nicht sicher, was genau er gesehen hatte, doch zum Lachen war es nicht.

Er folgte ihr.

Es schneite leicht, während Max nach der Frau Ausschau hielt, die soeben vom Ort des Wettstreits geflohen war.

»Eviane!« Er rief ihren Namen, hörte, wie seine Stimme vom Wind davongetragen und von den fernen Bergen zurückgeworfen wurde. Es waren jetzt mehr Berge sichtbar, die eine zuvor anscheinend endlose Ebene sprenkelten. Doch trotz der klaren Luft waren sie wegen des Schneefalls zur Zeit kaum auszumachen.

»Au!« Ein Schneeball traf ihn am Hinterkopf und verursachte mehr Überraschung als Schmerz. Er wirbelte herum.

Sie lächelte ihm zu und lief wieder los. Die typische Reaktion einer Frau, und sie gefiel ihm.

Der Sturm verschluckte sie beide.

Sie lief nicht schnell genug, um den Abstand halten zu können. Ihre Füße wühlten Traumpark-Schnee auf, und sie kicherte. Max erwischte sie schließlich am Handgelenk und zog sie an sich, versuchte unbeholfen, sie über seine Schulter zu werfen. Sie riß sich jedoch los und ließ sich schließlich in den Schnee neben der Außenwand der Eishöhle fallen.

Er setzte sich neben sie. Von hier aus konnten sie das zugefrorene Meer überblicken. Es dehnte sich aber nicht endlos aus; am Horizont wurde es von einer riesigen Nebelwand verhüllt, die sich nicht von der Stelle zu rühren schien.

Eviane atmete schwer. Einen Vorteil hatte es, Mr. Mountain zu sein: trotz seines Körpergewichts hatte er eine ganz passable Kondition.

»Ich habe nicht gewußt, daß du so ein Kämpfer bist«, sagte Eviane.

»Tja, ich eigentlich auch nicht.«

Sie lächelte schüchtern.

»Ist das wirklich so wichtig?« fragte er zögernd.

»Allerdings«, entgegnete sie. »Tief im Innern wissen wir alle, daß so etwas wirklich passieren könnte. Daß die Zivilisation, die wir unter solchen Mühen aufgebaut haben, einfach zusammenbricht. Und dann würde uns nur Stärke überleben lassen.«

»Aber nicht nur körperliche Stärke.« Er versuchte, sich in ihre Gedanken zu versetzen, hatte jedoch seine Schwierigkeiten. Sie war zu tief ins Spiel versunken. Er hielt sie für etwas verrückt, aber harmlos. Vielleicht hatte sie sich nur etwas mehr als die anderen in ihrer Phantasiewelt verloren. Irgendwie sah sie ihn nach dem Zweikampf mit Hippogryph nun anders. Sie bewunderte ihn. Verdammt, er hatte schon immer ein Ritter in einer leuchtenden Rüstung sein wollen.

Am Horizont formten ferne Winde den Nebel zu wolkenähnlichen Gebilden. Eviane erschauderte und rutschte fast unmerklich näher. »Ich habe Angst«, flüsterte sie so leise, daß er beinahe glaubte, der Wind hätte ihm einen Streich gespielt.

»Wirklich?«

Er fühlte ihr Nicken fast mehr, als er es sah. »Ich weiß nicht, womit wir es morgen zu tun bekommen. Ich weiß, daß es wichtig ist. Ich weiß, daß sich alle auf mich verlassen.« Sie suchte nach den richtigen Worten. »Michelle verläßt sich auf mich.«

»Michelle?«

Keine Antwort, nur: »Ich habe Angst.«

War sie doch verrückter, als er ahnte? Dennoch hätte er gern den Arm um sie gelegt, doch sie stand auf. »Wir sollten lieber zurückgehen«, sagte sie, als habe etwas den Augenblick verdorben.

Max erhob sich. Nicht Liebe, sondern Mangel an Liebe verursachte Wahnsinn. Max wußte nicht, wo er das aufgeschnappt hatte, doch ihm kamen noch ein paar andere Sprüche in den Sinn. *Liebe kann nicht erzwungen werden.* Und: *Wir alle brauchen Hilfe.*

»Ich weiß, wie es ist, Angst zu haben«, sagte er. »Ich bekomme immer das große Flattern, bevor ich in einen Kampf gehe, selbst, wenn es eine abgekartete Sache ist.«

Sie sah ihn ausdruckslos an.

»Hast du es nicht herausbekommen?«

»Was?« Sie gingen langsam zu der Eishütte zurück. Der Schnee knirschte unter jedem ihrer Schritte.

»Ich bin Mister Mountain. Seit vier Jahren bin ich Profi-Catcher.«

»Ist das gut?«

Gott segne dich, mein Kind. »Keine Ahnung. Es ist nur eine Farce. Wahrscheinlich glauben noch sieben Leute auf der Welt, die Kämpfe wären echt. Aber wir arbeiten hart und bieten eine gute Show. Es ist ein Beruf wie jeder andere.«

»Also verdienst du dir dein Geld mit vorgetäuschten Kämpfen?«

»Ja. An drei oder vier Abenden die Woche. Anfangs hat es noch Spaß gemacht, aber in letzter Zeit ...«

Sie blieb stehen und lehnte sich gegen die Höhlenwand. Er konnte hören, wie die anderen sich im Innern unterhielten. »Und jetzt bist du es leid, eine Rolle zu spielen?«

»Ja«, sagte er. »Ich will nicht mehr der Clown sein. Ich will der Held sein. Ich will, daß die Menschen mir zujubeln, nicht über mich lachen. Ich will einfach ...« Er suchte nach dem richtigen Wort. »Respekt.«

»Was ist das für ein Gefühl?«

»Ich werde nicht fertig damit. Jedesmal, wenn ich in meinem gottverdammten purpurnen Dreß in den Ring gehe, habe ich den Eindruck, mich selbst zu betrügen.«

»Du willst ein Held sein.« Ihre Augen strahlten. »Du bist ein Held. Ich habe gesehen, wie du mit diesen Ungeheuern gekämpft hast. Ich habe nie zuvor etwas Heldenhafteres erlebt. Wie kannst du sagen, daß du kein Held bist?«

Aber das war nicht echt! Wie verrückt ...

Es ist so echt, wie du es zuläßt.

Er schloß die Augen und dachte über ihre Worte nach. Er war ein Held. Unter all seinem Fett, jenseits der Erinnerungen an das gröhlende Publikum ... »Also muß ich kein ausgesprochener Muskelmann sein?«

»Blödsinn.« Sie ergriff seine Hand und führte sie an ihre Wange.

Dann ließ sie sie fallen. Ihre Blicke trafen sich. Max sah etwas hinter diesen Augen ... »Wer bist du?« flüsterte er.

Sie wandte den Blick ab. »Eviane.«

»Wer ist Michelle?«

»Michelle?« Ihr Gesicht wurde wieder nachdenklich. »Michelle ist ... jemand, der mich braucht. Jemand, den ich im Stich gelassen habe.«

Max berührte ihre Wange. Sie war warm und fest. Er malte ein kleines Herz in den Schnee auf ihrer Haut, der unter seiner Fingerspitze schmolz. Er war ganz allein hier mit dieser zerbrechlichen und doch so starken Frau. Sie drückte ihre

Wange gegen seine Hand und schluchzte leise auf. Er nahm ihr Kinn in die andere Hand und drückte es hoch, bis ihre Gesichter nur noch einen Zentimeter voneinander entfernt waren, nur ein Hauch kalter Luft sie trennte. Sie atmeten jetzt dieselbe Luft ein, und dann schlossen sich ihre Augen, feucht vor Schnee und unterdrückten Tränen, und sie schob ihr Gesicht vor.

Ihr Kuß war wie der eines Kindes.

Ihre Blicke trafen sich, und sie senkte den Kopf. »Es tut mir leid. Ich bin … bitte verzeih mir.«

»Wofür? Da ist nichts zu verzeihen.« Er fühlte, wie sie sich wieder zurückzog. Es störte ihn.

»Ich schäme mich so. Wenn du mich doch nur kennen würdest. Wenn du mich wirklich kennen würdest …« Sie sah zitternd zu ihm auf, versuchte, stark zu sein. Eviane zu sein. Unberührbar, nicht zu beeindrucken. Eine Frau, die mit ihrem Blick Monster und Dämonen bezwingen konnte.

Er streichelte ihr übers Haar. »Wir alle sind hier, um gesund zu werden«, sagte er leise.

»Es ist so schwer. Ich fühle mich so schuldig.«

»Ich habe einmal etwas gehört, das mich durch viele schlimme Zeiten gebracht hat. Ein Mann namens Neal Birt hat es geschrieben. ›Die einzige Möglichkeit, vollkommen zu sein, besteht darin, vollkommen willenssein.‹ Du bist willens, Eviane, oder du wärest nicht hier. Wenn du Michelle im Stich gelassen hat, mußt du willens zu sein, dir zu vergeben und mit dem Leben weiterzumachen. Die Dinge entwickeln sich nicht immer so, wie man es gern hätte.«

»Einfach so? Du kannst dir selbst so leicht vergeben?«

»Nein, tut mir leid. Aber ich finde es schön, wenn mich jemand im Arm hält und daran erinnert, daß es so leicht sein könnte.«

»Und wie oft passiert das?«

»Nicht oft genug«, gestand er ein.

Bei weitem nicht oft genug.

Sie sah zu ihm auf. »Max«, sagte sie schüchtern, »könnten wir … versuchen, uns noch einmal zu küssen?«

»He, es war beim ersten Mal doch in Ordnung …«
»Na dann …«
»Aber ein zweiter Versuch schadet bestimmt nichts.« Sie konnte keine große Erfahrung mit Flirts haben. Sie küßte ihn erneut, doch diesmal schon eher wie eine Frau, und sie schlang ihre Arme um ihn …
Draußen im Winter des Traumpark-Wunderlands wurde es allmählich dunkel, doch hier in ihrer Eishöhle schien ein ganz besonderes Licht, als sie leise stöhnten und ihre überflüssige, unwillkommene Kleidung raschelte.
Und es war genauso warm, wie sie es haben wollten.

Vierundzwanzigstes Kapitel

ÜBERBLICK

Draußen heulte vielleicht laut der Schneesturm, doch im Innern der Eishöhle war es angenehm warm. Sie war halb so groß wie ein Fußballplatz und hatte eine hohe Decke, an der meterlange Eiszapfen hingen.
Yarnall hielt in der warmen Quelle ein Nickerchen. Charlene hatte bislang nicht darauf geachtet, doch sein schlanker, dunkler Körper war ziemlich muskulös; wahrscheinlich sah er von allen Abenteurern am besten aus. In Falling Angel verfügten nur Neuankömmlinge über solche Muskeln.
Ein Schmerz blitzte durch ihren Gedankengang.
»Tat das weh?« Oliver ließ etwas Luft aus dem pneumatischen Verband um ihr Knie.
»Schon gut.« Sie biß die Zähne zusammen. Ihr Knie schmerzte zwar, war aber nicht geschwollen, und verdammt noch mal, sie hoffte auf einen angenehmen Abend und würde ihn sich von einem kleinen Schmerz nicht verderben lassen.
Trianna Stith-Wood und Johnny Welsh tauchten gemein-

sam. Wasser spritzte auf. Sie kamen lachend und verspielt wie junge Robben wieder an die Oberfläche. »Ich kriege dich noch!« rief Trianna und spritzte Johnny Wasser ins Gesicht.

»Worum wetten wir?«

»Was hättest du denn gern?« fragte sie. Ihre Blicke trafen sich einen Augenblick lang, und dann stieß er sich ab und schoß durch den Teich.

Schneegans – Gwen – hatte ein Lied angestimmt, und einige andere waren eingefallen. Orson Sands Stimme war überraschend hoch. Charlene seufzte. Auch Orson hätte sie vielleicht interessiert, doch Hippogryph ließ niemanden an sie heran.

Er war ihr persönlicher Leibwächter und ein lieber Junge. Sie wünschte nur, er wäre nicht so pflichtversessen oder würde selbst etwas Interesse für sie zeigen. Irgend etwas an diesem Traumpark brachte ihre Hormone in Wallung.

Die Umgebung von Falling Angel war für das Überleben und die Arbeit geschaffen worden. Man konnte sich in den tausend kleinen Notwendigkeiten des Lebens verlieren und völlig vergessen, daß Menschen mehr als nur Luft, Wasser und Nahrung brauchten.

Andererseits war Charlene Dula die Nichte von Botschafter Arbenz. Sie war verdammt reich, und das hielt viele Männer in Schach. Und da war natürlich noch ihre Größe.

Alles in allem kam sie sich wie ein Teenager im Körper einer fünfundzwanzigjährigen vor.

»Das müßte reichen.« Ollie schlug behutsam auf das Knie.

»Und wie mache ich mich, einmal abgesehen vom Knie?«

Ollie legte den Kopf schräg. »Mit viel Schlaf und der Hilfe von Kalzium werden sich deine Muskeln und Knochen in etwa zwei Monaten völlig an die Verhältnisse auf der Erde angepaßt haben. Aber du wirst mit der Belastung ausgezeichnet fertig. Und jetzt vergnüge dich.«

»Auf Anraten des Arztes?« Er war verheiratet. Wie weit würde er gehen?

»Auf Anraten des Arztes.«

Sie stand auf, belastete das Knie vorsichtig und ging zum Lagerfeuer neben der Quelle hinüber.

Niemand war überrascht gewesen, ausreichend Holz für das Feuer vorzufinden. Im Traumpark sorgten die Götter für einen. Die Abenteurer tanzten um das Freudenfeuer, tranken Fruchtsäfte oder beendeten gerade ihre Mahlzeiten. Zwei von ihnen schenkten der herbeischlendernden Charlene besondere Beachtung: Hippogryph/Marty und Schneegans/Gwen.

Gwens Gesicht hellte sich auf. »Ist Ollie mit dir fertig?«

»Behauptet er zumindest.«

»Gut. Kevin?«

Der Junge hörte sie nicht. Er war mit seinem Taschencomputer beschäftigt.

Charlene massierte Hippogryph die Schulter. Er grunzte zufrieden und rutschte zur Seite, um Platz für sie zu schaffen. Auch er hatte versucht, bei dem Lied mitzusingen, konnte jedoch keinen Ton halten. Er bemühte sich sehr, ein Spieler zu sein, paßte jedoch einfach nicht zu ihnen.

»Was macht das Knie?« fragte er.

»Alles in Ordnung.« Sie streckte das Bein aus und bog es ein paar Mal durch.

Hippogryph strich behutsam mit dem Zeigefinger darüber. Seine Augen erhellten sich, als er die kleine Untersuchung bis zu ihrem Oberschenkel ausdehnte.

Sie spannte die Muskeln an, die sie durch harte Arbeit aufgebaut hatte. Die meisten Frauen von Falling Angel waren sehr nachlässig, was die Laufräder und Klettergestelle betraf. Ihre Oberschenkel waren weich und schwabblig. Eine Modebewegung propagierte sogar das Schönheitsbild dicker, fleischiger Frauen. Lächerlich. Charlene nahm all ihren Mut zusammen und fragte: »Gefällt's dir?«

Hippogryph setzte sofort wieder einen berufsmäßigen Ausdruck auf. »Lady ...«

Sie bückte sich und legte den Zeigefinger auf seine Lippen. »Weißt du was? Wir machen einen kleinen Spaziergang, und du erzählst es mir.«

»Ich weiß nicht …« Zweifellos fühlte er sich zu ihr hingezogen, doch die Pflicht rief.

»Wenn du nicht willst, kann ich ja allein gehen. Vielleicht finde ich draußen einen netten Terroristen, der mir Gesellschaft leistet.«

Marty stand auf. »Fürwahr, wohin du gehst, da will ich dir folgen.«

Sie führte in in eine einsamere Ecke der Höhle, in der sie schon ihren Schlafsack ausgerollt hatte. Als Mädchen war sie bei den Pfadfinderinnen des Mondes gewesen. Immer bereit, lautete die Devise.

Marty kniff die Augen zusammen. »Willst du mich verführen?« Sie setzten sich gemeinsam in die Schatten, und Marty legte den Arm um ihren Brustkorb und seufzte. »Dafür könnte man mich feuern.«

»Quatsch. Du sollst doch mein Leibwächter sein. Also bewache meinen Leib!« Ihre Finger spielten in seinen dichten Brusthaaren, und sie lehnte ihre Wange gegen seinen Kopf. Sein Haar roch von dem Zweikampf mit Max noch nach gutem, echtem Schweiß. Sie kicherte.

»Was ist denn jetzt los?«

»Ach, ich dachte nur daran, wie du Max zu Boden geschickt hast. Er ist viel größer als du. Du hast dich gut geschlagen.«

»Ja«, knurrte er, »aber die anderen feiern.«

Sie nagte an seinem Ohr. »Ach, wir können doch auch feiern. Nennen wir es eben einen moralischen Sieg.« Noch ein leises Lachen. »Außerdem hat Eviane es verdient. Sie nimmt die ganze Sache so ernst. Dann wird sie umgebracht und aus dem Spiel genommen, dann wieder zurückgebracht, und sie ist so *perfekt*, sie fällt niemals aus der Rolle! Man könnte glauben, es ginge hier um echte Punkte.«

»Oder um viel Geld für den Sieger. Eviane ist eine seltsame Frau.«

»Ach, sie ist nett. Ich mag sie.« Charlene hielt inne. »Hör mal – du bist bei der Sicherheitsabteilung. Du hast doch bestimmt ihre Akte gesehen. Was weißt du über sie? Oder ist das geheim?«

Er lachte. »Da gibt es nicht viel zu erzählen. Sie ist keine Schauspielerin, wenn du das meinst. Und Eviane ist nicht ihr wirklicher Name. Aber bevor ich mich Hals über Kopf in das Spiel stürzte, konnte ich mich nicht mehr großartig mit den Akten der Spieler beschäftigen. Und Eviane habe ich nie zuvor gesehen.«

»Wie heißt sie *wirklich*?«

Er kitzelte sie unter dem Kinn. »*Das* ist geheim.«

»Ach, bitte.«

»Nein.«

Sie rollte ihn auf den Rücken und fing an, ihn zu kitzeln. »Bitte, bitte ...« Ihre Hände wurden langsamer, sicherer, und Marty entspannte sich plötzlich und hörte auf zu lachen. »Ach, verdammt«, sagte er dann und zog sie zu sich.

»Vorsicht, Schatz«, sagte sie mit leuchtenden Augen. »Sonst zerbrichst du noch etwas.«

»Das einzige, was hier zerbricht, ist meine Reputation«, murmelte er. Ihre Lippen berührten sich fast. »Meine Selbstbeherrschung ist legendär.«

»Gut.«

»Halb Geschichte, halb Mythos. Du fühlst dich durchaus fest an. Bist du zerbrechlich?«

Blut rauschte in ihren Ohren, als sie seinen Kuß erwiderte. Das spielt jetzt keine Rolle, dachte sie zufrieden.

Dr. Vail erfuhr alles, was im Spiel geschah. Alles, ob er es nun erfahren sollte oder nicht. Die Begriffe Moral oder Privatsphäre spielten kaum eine Rolle für ihn. Um so gute Arbeit wie möglich leisten zu können, mußte er alles erfahren, was vor sich ging. Wann. Wo. Was.

Wer.

Dr. Vail beobachtete den Monitor mit aufklaffendem Mund. Schroffe grüne Linien, die Hügel bildeten. Zahlenreihen in verschiedenen Farbkodes. Max Sands und Michelle Sturgeon, umgeben von ihrer Kleidung. Yarnall, der sich geschickt durch das warme Wasser bewegte. Trianna und

Welsh, die ihre Luftmatratze einem Härtetest unterzogen. Bowles und einige andere in ein Gespräch vertieft.

Vail wirkte verblüfft. Hätte eine Kamera ihn beobachtet, hätte sie nicht mehr gezeigt ... doch seine Gedanken rasten geradezu.

Er hatte gerade etwas sehr Seltsames erfahren.

Aber was sollte er damit anfangen? *Irgend etwas* würde er Griffin sagen müssen.

Fünfundzwanzigstes Kapitel

MADELEINE

Am Ende des Korridors, hinter der langen, dunklen Halle mit ihren stählernen Gittern und stählernen Türen hörte Tony McWhirter Schreie.

Wahrscheinlich ein Drahtkopf, der seinen Saft brauchte. Wohl keine Schlägerei. Wohl keine Vergewaltigung.

Nicht heute abend. Nicht schon wieder.

Zum zehnmillionsten Mal verfluchte Tony seine Dummheit, verfluchte er den Tag, da ihm eine Frau mit olivfarbener Haut einen ungewöhnlichen Vorschlag gemacht hatte.

Eine falsche, dumme Entscheidung konnte ein Leben völlig aus der Bahn werfen.

Es hatte als Streich begonnen ... als Hackerei, als Informationsdiebstahl, als ein bißchen Industriespionage, als Spiel ... wie die des Traumparks. Und Tony McWhirter, Möchtergern-Glücksritter, wurde ins Männergefängnis Chino geschickt, um seine Schulden bei der Gesellschaft zu bezahlen.

Die Worte und Symbole auf dem Computerschirm erloschen. Er hielt inne, drückte den Kopf gegen die Tastatur, versuchte, etwas Raum zum Atmen zu finden.

Noch zwei Jahre. Gott im Himmel. Noch zwei Jahre an

diesem Ort, wenn ihm die Bewährung nicht zugestanden wurde.

Zuerst war er imstande gewesen, sich einzureden, es sei ein weiteres großes Abenteuer voller düsterer Geheimnisse und mit einer gewissen edlen Romantik.

Dann hatte Acacia ihm nicht mehr geschrieben.

Wegen Alex Griffin!

Tony rieb seine Handgelenke. Sie waren taub, fühlten sich oft kalt an. Die Ärzte sagten, es läge nur an seinem Kopf, er habe keinen Nervenschaden – keinen *permanenten* Nervenschaden, verursacht durch eine scharfe Glasscherbe und den wahnwitzigen mitternächtlichen Versuch, sich das Leben zu nehmen. Die Kälte war nur eine Veräußerlichung der gefühlsmäßigen Leere in ihm.

Halte durch. Noch zwei Jahre. Vielleicht weniger, wenn du Bewährung bekommst, erinnerte er sich. *Verdammt, du bist Tony McWhirter, das junge Genie, der Glücksritter, der beste Hacker überhaupt. Du kannst jedes Abwehrsystem der Welt knacken. Alex Griffin weiß das. Deshalb kommt er mit den schwierigen Problemen auch zu dir. Deshalb hat er alles unternommen, um dir Chino so erträglich wie möglich zu machen.*

Tony zwang sich zur Konzentration. Diese Augenblicke waren so köstlich. Normalerweise hatte er nur drei Stunden am Tag Zugang zu einem Computer, aber an äußere Datenbanken durfte er überhaupt nicht heran. Er konnte programmieren und seine Programme fahren, doch sie wollten ihm keine Gelegenheit geben, sich in die Bank von Neukaledonien einzuklinken und ein paar Millionen auf sein Konto zu transferieren.

Im Augenblick hatte er lediglich das Ziel, die Schutzschilder eines Mannes oder einer Firma namens Kareem Fekesh zu durchdringen.

Er hatte den üblichen Weg eingeschlagen. Der Traumpark verfügte über eine vorrangige Verbindung nach außen, die es ihm ermöglichte, sich etwas eingehender mit Computern anderer Firmen zu unterhalten. Er kannte praktisch die Adresse seines Opfers und hatte schon den Wachposten am Tor überwunden. Jetzt mußte er nur noch die Chuzpe aufbringen, an dem Posten an der Eingangstür vorbeizukommen, sich ins Schlafzimmer zu schleichen, den Safe zu suchen und ihn zu knacken.

Und er hatte schon mal einen Fuß auf dem Grundstück!

Der Traumparkcomputer rief eine von Fekeshs Tochterfirmen auf. Es gab insgesamt über zweihundert davon. Trotz seines allgemeinen Elends mußte McWhirter pfeifen. Der Mann war steinreich.

Öl, Gold, Entertainment und Transportunternehmen.

Entertainment ...

Tony ging ein Licht auf. Er hatte eine kleine, private Besessenheit, und während er mit einem selbstgeschriebenen Programm die Verteidigungsmechanismen einer Bank testete, das System erprobte und sich in seine Vorgehensweisen hineinzusetzen versuchte, dachte er darüber nach. Im Lauf der Jahre, jedesmal, wenn Griffin ihm die Kommunikationssysteme des Traumparks zur Verfügung gestellt hatte, hatte Tony etwas Zeit abgezweigt – niemals so viel, daß es jemandem aufgefallen wäre – und die Struktur der Firmen Traumpark und Cowles Industries unter die Lupe genommen. Er wußte einfach alles, was es über Alex Griffin zu wissen gab.

Tony wußte sogar, wie oft Acacia Griffin im Traumpark besucht hatte. Er wußte, daß sie zweimal zum Skilaufen nach Aspen gefahren waren. Mehr wollte er gar nicht wissen; er zwang sich, sich mit dem Wissen zufrieden zu geben, daß sie zum letzten Mal vor achtzehn Monaten telefoniert hatten.

Das war die reinste Selbstquälerei; andere Nachforschungen waren viel praktischer.

Vor sieben Jahren hatte eine dunkelhäutige Frau namens ›Madeleine‹ ihm zwanzigtausend Dollar für einen ganz besonderen Job angeboten.

Während des Prozesses hatten Zeichner des Traumparks um eine genaue Beschreibung Madeleines gebeten, um auf dem Computer ein Phantombild von ihr herstellen zu können. Tony hatte ihnen alles gesagt, woran er sich erinnerte.

Sie hatten alles überprüft und nach der geheimnisvollen Frau gesucht, jedoch keine Spur von ihr gefunden.

Später hatte er das Phantombild aus den Datenbanken des Traumparks gefischt. Jedesmal, wenn er die Sicherheitsvorkehrungen eines Firma durchdrang, die irgend etwas mit Chemie oder Entertainment zu tun hatte, forstete er die Personalakten durch und suchte nach Madeleine. Kein Glück. Bei über siebenhundert großen Firmen und ihren Tochtergesellschaften hatte er nicht das geringste erfahren.

Er suchte noch immer.

Das selbstgeschriebene Programm hatte sich den Weg durch die äußeren Sicherheitsvorkehrungen gebahnt. Nun hatte er es mit den komplizierteren inneren zu tun. Eine Stunde lang machte er weiter, testete ›Türen‹, suchte nach einem Weg in Fekeshs System.

Er fand ihn in der Buchhaltung. Er konnte keine Gelder transferieren, nicht auf dieser niedrigen Ebene, doch er konnte sich Akten ansehen, die man für eine Steuerprüfung vorbereitet hatte. Dort fand er einen Kodeschlüssel, mit dem er in die nächste Ebene eindringen konnte.

Er hielt sich am Rand dieser Ebene auf und fand dann eine Brücke zum eigentlichen System. Er war drinnen. Er konnte sich nur umsehen, aber er war drinnen …

Und während er im System war, konnte er sich auch die Personalakten vornehmen und nach Madeleine suchen.

O ja, Fekesh war auf zahlreichen Gebieten aktiv. Es fand sich zwar keine Spur der direkten finanziellen Verbindungen, die Griffin suchte, doch Fekesh hatte vor acht Jahren eine beträchtliche Summe in die Cowles Industries investiert …

Tony fiel etwas auf. Er sah sich die Aufstellung der Investitionen noch einmal an.

Interessant. Fekesh hatte zwar mehrere Millionen Dollar in die Unterhaltungsindustrie investiert, aber seitdem keinen einzigen Cent mehr bei Cowles. Tony ließ ein Suchprogramm laufen, das nach Tarnfirmen Ausschau hielt … und in der unteren linken Ecke des Bildschirms leuchtete eine kleine rote Fahne auf.

Einen Augenblick lang begriff er nicht, was sie zu bedeuten hatte. Bei über siebenhundert Versuchen hatte er sie nicht zu sehen bekommen. Vorsichtig holte er die Daten auf den Bildschirm und studierte sie.

Der Name ›Madeleine‹ wurde nicht erwähnt. Das Gesicht, das dem Phantombild des Traumparks entsprach, gehörte einer Frau namens Collia Aziz. Sie hatte Fekesh bei einem Firmenausflug begleitet und wurde als ›attraktiv‹ beschrieben.

Der Mann, der diesen Eintrag geschrieben hatte, konnte niemals in ihre Nähe gekommen sein, ihr Parfüm gerochen, ihre Körpersprache erlebt haben ... Tony riß sich zusammen. Das führte zu nichts.

Ob sie sich nun Collia oder Madeleine oder Eleanor Roosevelt nannte, Tony McWhirter würde sie niemals vergessen. Sie hatte ihn Acacia gekostet, sie hatte ihn sieben Jahre seines Lebens gekostet, *und er hatte sie gefunden.*

Und war es nicht interessant, daß die Frau, die sein Leben zerstört hatte, Beziehungen zu ausgerechnet der Firma unterhielt, für die sich Griffin interessierte?

Das automatische Suchprogramm war beendet. Über ein halbes Dutzend Tarnfirmen und Schwarzgeldkonten hatte Fekesh eine Investment-Firma gegründet, die in großem Umfang Cowles-Aktien kaufen sollte, sobald die Preise fielen.

Wie kam Fekesh darauf, daß die Preise fallen würden?

Tony lehnte sich zurück und entspannte sich. Sein Erfolg hatte neue Probleme mit sich gebracht. Fekesh hatte irgend etwas vor. Er hatte schon einmal, vielleicht sogar zweimal, versucht, den Traumpark zu zerstören. Würde er diesmal Erfolg haben?

Warum machte sich Tony McWhirter Sorgen um den Traumpark? Fekeshs Ränkespiele hatten ihn in den Knast gebracht. Es würde ihm gefallen, Fekesh einen Knüppel zwischen die Beine zu werfen.

Und wenn ihm das gelang, würde er seine Bewährung bekommen. Dafür würde Griffin schon sorgen.

Sechsundzwanzigstes Kapitel

GESPRÄCH MIT DEM BOTSCHAFTER

Alex Griffin erwachte schweißgebadet. Er mußte geträumt haben, wußte im Augenblick nicht, wo er war, sah verwirrt zum Licht an der Decke hoch und beruhigte sich dann allmählich.

Er mußte geträumt haben, konnte sich aber nicht an den Traum erinnern. Seit der Kindheit hatte Alex Schwierigkeiten, sich an seine Träume zu erinnern. Das störte ihn jedoch kaum; Alex hielt sich für einen der wenigen glücklichen Menschen, denen die Wirklichkeit ausreichte.

Doch wenn er schweißnaß aufwachte und die Traumbilder davonglitten wie Leichen, die in öligem Wasser versanken, wußte er, daß er sich etwas vormachte. Natürlich träumte er; er wollte nur nicht wissen, was dort in den Tiefen lauerte.

Er blieb einen Augenblick lang liegen, setzte sich dann auf, tastete nach seinen Hausschuhen, zog sie an und sah auf die Uhr.

Halb zwei. In fünf Stunden erwartete man ihn im Büro. Da konnte er genausogut gleich aufstehen.

Er fühlte sich nicht gut, wußte aber nicht, warum. Er war in bester körperlicher Verfassung. Das beunruhigte ihn. Vielleicht sollte er eine Diät einlegen?

Wie wäre es denn mit einem Fat Ripper Special?

Der Gedanke hatte etwas Absurdes an sich, doch er lachte nicht. Er war zu müde. Ein Teil seines Verstandes grub auch weiterhin nach diesem letzten, flüchtigen Traumbild, ohne es jedoch finden zu können.

Nachdenklich ging er unter die Dusche. Falls sich tatsächlich etwas Wichtiges in seinem Unterbewußtsein verborgen hielt, würde es früher oder später zum Vorschein kommen.

Die mitternächtlichen Straßen des Traumparks waren verlassen, doch in Alex Griffins Vorstellung wälzten sich Menschenmengen darüber. Geistesabwesend nickte er einem Wachposten zu. Er ging gern durch die leeren Straßen; in solchen Augenblicken schien der Park nur für ihn zu existieren.

Es gab natürlich Zeiten, da der Park nur für die Angestellten und deren Familien geöffnet war. Bei diesen Gelegenheiten gaben die Schauspieler stets ihr Bestes. Außenstehende hatten gewaltige Bestechungsgelder bezahlt, um zu diesen Parties zugelassen zu werden.

Wir sind die Zauberer! schien das Personal des Traumparks bei diesen besonderen Gelegenheiten zu sagen. *Wir erwekken den Traum zum Leben, und wir sind die einzigen, die das können. Auf der ganzen Welt arbeiten Menschen in Berufen, die oft kaum eine Bedeutung für sie haben, und sparen jeden Cent, um in den Traumpark zu kommen, um die perfektesten Träume der Welt zu kaufen …*

Und nun schritt Alex mitten in der Nacht über die *Straße des Ruhms.* (Das *Starship Trooper*-Spiel, immer sehr beliebt, wurde schon wieder instand gesetzt. Die *Sternenkrieger* verursachten oft gewaltige Schäden. Wenn die glubschäugigen Monstren angestürmt kamen, geriet das Adrenalin wirklich in Aufruhr.)

Diese Nacht gab es hier keine Ehepaare aus Kansas oder Kalkutta mit begeisterten Kindern im Schlepptau zu sehen. Diese Nacht verspürte er nicht jenes wunderbare Gefühl. Diese Nacht hatte er ein Auge auf die Wachposten, betrachtete er die Gebäude, erinnerte er sich an die Illusionen und plante er den Tag im Büro.

Denn irgend etwas ging im Traumpark vor. Direkt unter seiner Nase, mitten im Mars-Projekt, mitten im Fimbulwinter-Spiel. Sein Instinkt – oder unterbewußte Gedankenprozesse – hatte erkannt, daß es jede Menge Probleme gab, Probleme mit möglicherweise katastrophalen Folgen. Deshalb hatte er auch nicht schlafen können.

Oder war sein Alptraum nur eine Erinnerung an fehlerhafte Himmels-Haken, die auf den Mars und die Erde zusammenbrachen?

Eine Weile hatte Alex Griffin diesen magischen Ort nur als

Job gesehen, auch wenn er interessanter und angenehmer als die meisten anderen war. Doch das Spiel ›Schatzsuche in der Südsee‹ hatte ihn einiges über sich selbst und seine Fähigkeit, in Traumwelten zu schlüpfen, gelehrt, das er vorher nie für möglich gehalten hätte. Und er hatte etwas über den Traumpark erfahren, das man ganz einfach nicht erfahren konnte, wenn man ihn nur von außen sah.

Bei der nächsten Aufsichtsratversammlung hatte Alex den Antrag gestellt, daß jeder Angestellte mindestens ein Spiel mitmachen mußte, wollte er befördert werden.

Alex Griffin hatte seine Lektion spät und auf die harte Tour gelernt. Bei der Südsee-Schatzsuche war die Wirklichkeit auf tödliche Art und Weise in die Phantasiewelt eingedrungen. Bei dem Spiel wirkten Zombies und Monster mit, Zauberer und Diebe, ein Mord mußte aufgeklärt werden, und es gab ein wunderbares, magisches Zwischenspiel mit einem schönen Mädchen namens Acacia; das Spiel beinhaltete alle Vorstellungen, die er sich vom Traumpark gemacht hatte.

Er hatte eine Abstimmungsniederlage erlitten. Aber wie sonst sollten seine Mitarbeiter die wahre Natur des Parks kennenlernen? Wie leicht konnte ihr Zynismus wachsen, wenn sie nur die Nägel und Bolzen, aber nie das fertige Produkt sahen? Wie konnte man die Kunden verstehen, wenn man nie sah, was die Kunden sahen?

Andererseits ... wie würden sich die Kunden fühlen, wenn sie von den Männern in Schwarz wüßten, die an den Fäden zogen? Von den Bühnenhelfern, die die Dame aus dem Käfig holten und den Tiger hineinpackten? Sie sollten es nicht wissen, wollten es auch gar nicht, und es war sein Job – ihr Job –, die Illusion zu schützen. Deshalb mußte man die Gäste verstehen, die Illusion einmal mitgemacht haben.

Der Park war nun verlassen. Nur ein paar Hologrammschilder leuchteten. Einige verlorene Putzroboter rollten durch die Straßen, und einer näherte sich ihm, hielt dann inne und summte zu seinen Füßen. Er piepste entschuldigend und rollte dienstbeflissen weiter.

Alex Griffin verstand, wie er sich fühlte.

Botschafter Arbenz war zwar überrascht gewesen, hatte Alex' Bitte um ein Gespräch noch an diesem Morgen aber höflich akzeptiert. »Ich habe keine Zeit für ein privates Frühstück, doch wir können uns auf dem Weg zur Konferenz unterhalten.«

Also fuhr Alex zum Hotel Gulliver, um den Botschafter um neun Uhr abzuholen.

Das Hotel Gulliver war ein Ereignis für sich. Die Möbel sahen aus, als seien sie von Zwergen für Riesen oder von Riesen für Zwerge geschreinert worden. Die Portiere waren hilfsbereite Heinzelmännchen, die einander auf den Schultern balancierten, um den Gäste jeden Wunsch von den Augen abzulesen. Die Fahrstühle wurden von Riesen hochgezogen und wieder heruntergelassen, die, gewaltige Kabel ziehend, draußen vor den Fenstern vorbeimarschierten.

Botschafter Arbenz wohnte im Flügel der Riesen.

Alex nahm den Außenfahrstuhl. Durch die Glaswand sah er einen Riesen mit Halbglatze, der ihn mit Hilfe eines dikken Hanfseils hochzog. Der Riese keuchte und schwitzte. Obwohl sich im Seil ein Knoten befand – dort mußte es einmal gerissen sein –, konnte Alex den Fahrstuhl unbeschadet verlassen.

»Mister Griffin«, sagte der Botschafter und gab Alex die Hand. Richard Arbenz trug einen gut geschnittenen, weiten, purpurnen Anzug. Sein Haar war grau; er mochte der älteste Bewohner von Falling Angel sein, schien sich in der Erdschwerkraft jedoch sehr wohl zu fühlen. Griffin vermutete, daß Arbenz lange und hart arbeitete, um sich in Form zu halten.

»Bitte entschuldigen Sie, daß wir uns nur auf der Fahrt unterhalten können, doch ich habe heute einen vollen Terminkalender. Die Verhandlungen befinden sich in einer kritischen Phase.«

»Es wird nicht lange dauern«, versicherte Alex ihm.

Der Botschafter führte Alex hinaus und zum nächsten Fahrstuhl. »Nun«, sagte er, auf Alex' Kopf hinabsehend, »was kann ich für Sie tun?«

»Tja ...« Alex war etwas unbehaglich zumute. Arbenz war

fast zwanzig Zentimeter größer als er, obwohl er in der Erdschwerkraft gebückt ging. »In einem unserer Spiele gab es einen Zwischenfall. In dem, an dem Ihre Nichte teilnimmt.«

Arbenz merkte auf. »Einen Zwischenfall?«

Der Fahrstuhl donnerte hinab, die Tür glitt knarrend auf, und Arbenz ging rasch durch die Lobby. Alex mußte in einen Laufschritt fallen, um mit den langen Beinen des Botschafters mithalten zu können. »Vielleicht hat es nichts zu bedeuten«, keuchte er. »Es ist einer dieser unerklärlichen Fehler. Ein Hologramm-Ungeheuer hat die falsche Person angegriffen, und der Computer hat sie getötet und aus dem Spiel genommen.« Alex breitete die Hände aus. »Kein echtes Problem. Aber auch keine Erklärung.«

Auf dem Gesicht des Botschafters zeigten sich Sorgenfalten. »War es Charlene?«

Alex fühlte, wie er zu schwitzen begann. Arbenz atmete nicht einmal schwerer. »Nein, ihre Freundin Eviane.«

Sie verließen das Hotel durch den VIP-Ausgang und wandten sich dem Turm der Nacht zu, der in der Morgensonne silbern glänzte. Er schien sich bis in die Unendlichkeit zu erheben. Alex hatte zwei Jahre lang fast jeden Tag im Dachrestaurant gegessen; es hatte ihm gefallen, wie der Fahrstuhl ihn in den Himmel trug ... Aber er hatte nicht gewußt, welchem Zweck der Turm diente. Nun erinnerte er sich an das Mars-Projekt und die Brücken zu den Planeten. Der Turm der Nacht war die ganze Zeit über selbst ein Himmelshaken gewesen.

Mittlerweile hatten sich die geladenen Gäste des Traumparks an den Anblick des Botschafters gewöhnt und achteten kaum noch auf ihn. »Ein seltsames Mädchen«, sagte er. »Ich habe sie nur einmal kurz getroffen. Anscheinend versteht sich Charlene gut mit ihr. Es wurde doch niemand verletzt?«

»Nein. Aber ich möchte noch einmal auf die Drohungen zu sprechen kommen, die gegen Sie erhoben wurden.« Mit einiger Befriedigung stellte Alex fest, daß Arbenz endlich ins Schwitzen gekommen war.

Plötzlich wirkte Arbenz müde. »Ach, das Übliche«, sagte

er. »Sie halten das Mars-Projekt für einen Frevel, für eine Entweihung des Himmels. Selbst den Namen ›Falling Angel‹ halten sie für dämonisch. Das ist die absurde, pseudo-fundamentalistische Weltsicht der Moslems. Die Menschen werden der persönlichen Bereicherung halber ausgebeutet.«

Sie hatten den Turm der Nacht erreicht und betraten den Lift. Als sich die Tür schloß, verschwand der Traumpark.

Hinter den Fensterscheiben erstreckte sich verbrannter Sand und ein rosafarbener, ins Schwarze übergehender Himmel. Tot, wasserlos, fast windlos; ein Staubsturm tobte am viel zu nahen Horizont.

»Sie sagten persönliche Bereicherung. Wer will sich bereichern, indem er Sie abschreckt? Oder tötet?«

»In Anbetracht der Zahl der Verträge, die auf dem Spiel stehen, halte ich diese Frage für nicht zu beantworten. Und ich verstehe *bestimmt* nicht, warum ein *eingebildetes* Ungeheuer meine *Nichte* anfallen, aber eine *andere* Person erwischen sollte!«

Alex nickte zögernd. Das verstand er auch nicht.

Der Fahrstuhl schoß in die Höhe. Die winzige marsianische Raumhafenstadt fiel mit phantastischer Geschwindigkeit zurück. Alex schluckte, als sich der Mons Olympus über den Horizont erhob.

Was wäre passiert, wenn Charlene Dula aus dem Spiel genommen worden wäre? Wenn der Terrorist Charlene verfehlt hatte, mußte er ein Idiot sein. Aber ... war auch die Annahme idiotisch, daß Marty im Spiel bleiben würde, wenn man Charlene herausgenommen hätte?

»Herr Botschafter, wurde Ihre Nichte bei diesen Drohungen jemals namentlich genannt?«

»Nein. Aber indirekt schon, und es wurde ein Versuch unternommen, Mitch De Camps Jungen zu entführen.«

»De Camp ist der Präsident von Falling Angel.«

»Genau.«

Alex schloß die Augen, um die Information zu verdauen. Als er sie wieder öffnete, war der Mars ein auf Armlänge entfernter Basketball, und der Himmelshaken erstreckte sich unter ihnen wie ein Seil über einen Abgrund. »Na schön. Können Sie mir sonst noch etwas sagen?«

»Eigentlich nicht«, sagte Arbenz. Der Fahrstuhl hielt an. »Und jetzt muß ich Sie bitten, mich zu entschuldigen. Ich habe Termine.«

Die Innentür öffnete sich. Alex hörte Stimmen, roch Essen und hatte wieder festen Boden unter den Füßen.

»Vielen Dank für Ihre Hilfe«, sagte er und schüttelte die lange, breite Hand, die Arbenz ihm reichte. »Äh ... ich komme kurz mit hinein. Ich muß etwas überprüfen.«

»Aber bitte.«

Hinter ihnen schloß sich zischend die Tür.

Siebenundzwanzigstes Kapitel

DIE INSEL

Eviane schirmte die Augen vor einem tödlichen Glanz ab. Weit entfernt, jenseits einer gewaltigen, blauweißen Eisschicht, wartete ihr Schicksal. Nun kam ihr die Ebene zwar völlig verlassen vor, doch sie wußte es besser; in ihrem Herzen wußte sie es besser.

Der Rucksack drückte schwer auf ihre Schultern, aber ihr Herz war leicht: zum ersten Mal seit vielen Monaten ...

Jahren?

Ewigkeiten ...?

Sie erschauderte. Warum enthüllte ihr Gedächtnis keine anderen Freunde, Liebhaber? Alles lag hinter einem Schleier. Vielleicht hatte sie einen Schlag auf den Kopf bekommen.

(Nein, das ist es nicht, flüsterte eine Stimme, die ihr verwirrend vertraut vorkam. Sie konnte sich beinahe an den Namen erinnern, der zu der Stimme gehörte. Beinahe. Die Stimme hatte nicht zum ersten Mal zu ihr gesprochen, doch

ihr Klang wurde immer willkommener, wie ein alter Freund ...)

Max zog die Riemen seines Rucksacks fest und sah sie an. Er hatte einen Arm um ihre Schulter gelegt. Das Gewicht war angenehm, und sie gewann einen unaussprechlichen Trost aus seiner Nähe.

Die vergangene Nacht ... Sie hatte Panik empfunden, als wäre er ihr erster Liebhaber. Sie wollte sie verbergen, wie sie vor einer Schlacht ihre Angst verbarg, aber dann war es ganz anders gekommen.

Er war so sanft gewesen, daß ihre Panik verflog, als seine großen, starken Hände sie berührten. Er hatte sie mit solch verzehrender Zärtlichkeit berührt, daß sie schließlich die Fingernägel in seinen Rücken gegraben, ihn in die Schulter gebissen, gestöhnt und gewimmert hatte, bis er sie wie eine Frau und nicht wie ein übergroßes Kind behandelte.

Und dann hatte sich die Panik in etwas anderes verwandelt. Plötzlich verspürte sie ein verzweifeltes Bedürfnis nach menschlichem Kontakt. Was als Schrei der Einsamkeit begonnen hatte, wurde zu einem des Triumphes. Gemeinsam heulten sie gegen den Wind an, lachten und berührten sich.

Sie grinste, als sie daran dachte, wie es sich auf der anderen Seite des Felsens angehört haben mußte. Zumindest war niemand zu ihrer Rettung herbeigeeilt.

Danach hatten sie einander nur festgehalten und in der Dunkelheit geflüstert. Kein Wort über die Vergangenheit. Kein Wort über die Zukunft, was geschehen würde, wenn das Kabal besiegt war. (Max hatte gesagt: »Wenn das Spiel vorbei ist.« Selbst in der größten Gefahr hielten Männer das Leben mitunter nur für ein Spiel.) Nur Worte, wie zwei Fremde sie sprechen, wenn der Aufruhr ihrer Drüsen nachgelassen hatte und das Fleisch abkühlte.

Bei anderen Gelegenheiten, so erinnerte sie sich verschwommen, hatten sich ihre Partner manchmal einfach abgewandt, sich eine Zigarette angezündet, einen Drink geholt oder waren ins Badezimmer gegangen. Sie hatten alle körperlichen Bedürfnisse befriedigt, nur nicht das nach Vertrautheit. Im Gegenteil, sie hatten wie die Dämonen gekämpft, um keine allzu große Vertrautheit entstehen zu lassen, als sei sie das Fürchterlichste auf der Welt.

Und vielleicht, überlegte Eviane, war sie das auch.

Am Horizont zogen Wolken auf. Die zwölf anderen Abenteurer dachten über die bevorstehende Herausforderung nach, unterhielten sich über ihre Stärken und Schwächen. Charlene und ihr Begleiter Hippogryph waren nur ein paar Schritte entfernt. Bald, dachte Eviane, würden sie und Max ...

(Ihr gefiel der Klang der Namen. Eviane und Max. Wie ein wirkliches Paar. Wie ganz normale, vernünftige ...

Eviane und Max. Warum klang das einfach nicht richtig? Als sei da noch jemand. Hatte sie eine Konkurrentin? Sie sah sich in der Gruppe um. Nein, ihr Mann interessierte sich für keine andere, das *wußte* sie.)

Charlene Dula brach den Bann. Sie schloß zu Eviane auf. Ihr schmales Gesicht wirkte noch etwas verschlafen. Das Frühstück hatte die Träume nicht vollständig verscheuchen können. Sie war zehn Zentimeter größer als alle anderen und kam mit ihrem Gewicht und dem zusätzlichen Gepäck nun besser klar. Ihr Körper paßte sich allmählich den Gegebenheiten an.

»Alles in allem würde ich sagen, daß du eine hervorragende Nacht verlebt hast.« Charlene blickte sie fragend an. Vielleicht hoffte sie auf Einzelheiten.

Eviane drückte Max' Arm. Max sah zu den Wolken hoch und pfiff leise.

Schneegans blieb stehen. »Also schön«, sagte sie. »Welchen Weg schlagen wir ein?«

Eviane schloß die Augen. In der Dunkelheit, schimmernd wie eine Fata morgana, sah sie die Stadt. Die Ruinen. Sie hob eine Hand und deutete zum Horizont.

»Die Geister sagen, daß wir unser Ziel erreichen werden, wenn wir uns nach Norden halten.«

Kevin zuckte die Achseln. Die Luft war kühl, aber nicht allzu unangenehm.

Die Abenteurer gingen im Gänsemarsch weiter. Nirgendwo sahen sie Anzeichen von Leben. Keine Vögel, keine Pflanzen, nur der Wind heulte unablässig.

Eviane schaute zurück. Die Berge lagen schon weit hinter ihnen. In diesem seltsamen, magischen Land schienen Zeit und Entfernung nicht dieselbe Bedeutung zu haben wie in der Außenwelt. Ob das Kabal dabei seine Finger im Spiel hatte?

Dann sah sie wieder Max an. Seine Augen blitzten, und er schaute der Gefahr entgegen, als könne ihn nichts auf der Welt aufhalten. Er war ihr Mann, der tapferste, stattlichste ... und sie war glücklich, daß er ihr gehörte.

Und Michelle, die sich noch immer hinter der strengen, starken Eviane versteckte, kicherte wie ein zufriedenes Kind.

Sie waren etwa eine Stunde unterwegs, als das Eis zu vibrieren begann. Zuerst ganz sanft nur, ein paar Sekunden später pochte es schon deutlicher, rhythmischer, ein dumpfer Widerhall, wie von einem riesigen Gong. Sie fühlte es mehr, als sie es hörte, und doch hämmerte das Entsetzen in ihren Schläfen.

»He ...« Robin Bowles hatte es ebenfalls bemerkt.

Und da war es wieder. Diesmal erzitterte der gesamte Erdboden. Die Erinnerung an das Grabende Mammut blitzte in ihr auf und lähmte sie.

Max ergriff ihre Schulter und riß sie zurück. Auch die anderen traten von dem Ausgangspunkt der Vibrationen zurück. Die Wellen liefen die Beine hinauf, durch ihre Körper, zerrten an ihren Gehirnen und ließen sie hilflos zittern.

»Zurück!« rief Yarnall. »Um Gottes willen, zurück!«

Und das Eis spaltete sich.

Am Anfang war es nur ein winziger Haarriß, der plötzlich breiter wurde und seit ewigen Zeiten gefrorenes Wasser wie einen Miniaturgebirgszug aufwarf. Eviane taumelte zurück, griff nach Max' Hand, mußte sie aber wieder loslassen, als er von einer Eisscholle anderthalb Meter in die Höhe gehoben wurde.

Der Wahnsinn breitete sich aus, blieb nicht mehr auf das Eis beschränkt. Wolken wirbelten am Himmel, und blendende Blitze stießen hinab. Das Tosen des Sturms und das Donnern verschmolzen mit dem Kreischen des Eises, als es nur ein paar hundert Meter entfernt vollends aufbrach und sich eine dunkle Form aus dem Erdreich aufbäumte.

Das schreckliche Kreischen des zersplitternden Eises hob sich über den Wind, das Gewitter, und erfüllte Erde und Himmel mit einem in den Knochen schmerzenden Mißklang. Die Geburt des Gebirgszugs überwältigte die Sinne. Die Abenteurer konnten nicht fliehen, sich nicht verstecken, konnten nur mit offenen Mündern zusehen.

Nebel und Hagel wurden immer dichter und verwandelten den Tag in Dämmerung. Tief unter dem Eis zischte ein dunkler Ozean. Fassungslos betrachteten die Abenteurer, was sich aus dem Erdreich in die Luft erhob: ein Labyrinth, eine fensterlose, aus schwarzem Gestein gehauene Stadt. Die Winkel der Gebäude waren so fremdartig, daß Evianes Kopf buchstäblich schmerzte, als sie die Hänge musterte.

Sie drückte die Hände gegen die Schläfen und fühlte dann Max' Arme um ihren Körper. »Schatz«, fragte er beunruhigt, »bist du in Ordnung?«

Sie konnte nicht sprechen, sich nur eng an ihn drücken.

Aus der Stadt erhoben sich kristalline Türme, die eigentlich viel zu schmal waren, um dem Wind trotzen zu können, und zwischen den Türmen waren Brücken gespannt, die wie Facetten eines Edelsteins funkelten. Man schien sie auch durch die Mitte dieses perfekten Steins zu sehen: man konnte die Winkel wahrnehmen, aber nicht begreifen. Sie ergaben nicht den geringsten Sinn.

Orson kletterte von einer aufgeworfenen Eisscholle hinab und starrte die Stadt erstaunt an. »Wie auf einem Bild von Escher«, murmelte Max.

Orson schüttelte den Kopf und wandte sich dann an Kevin. »Was ist das?«

Der hagere Junge seufzte. »Mythologisch habe ich nicht die geringste Ahnung. Was den Effekt angeht, halte ich es für ein modifiziertes, dreidimensionales Binär-Hologramm einer Mandelbrot-Struktur.«

»Kevin?« sagte Orson.

»Ja.«

»Und was soll das heißen?«

Die anderen Abenteurer hatten sich mittlerweile um sie versammelt. »Was ist das?« flüsterte Yarnall. »Kennt jemand eine Eskimo-Überlieferung, in der so etwas vorkommt?«

Niemand antwortete, doch Kevin betrachtete den unermeßlichen Kristallwald der Gebäude und schüttelte langsam den Kopf. »Verdammt nochmal, das erinnert mich an etwas, aber mir fällt nicht ein, woran.«

»Eskimos ...« sagte Orson. »Aber entstammt es einem echten Eskimo-Mythos oder nur einem Werk, in dem Eskimos eine Rolle spielen?«

Trianna schloß den Kragen ihrer Jacke. »Warum ist das so wichtig?«

»Ich erinnere mich an eine Kurzgeschichte von Lovecraft, in der degenerierte Eskimos eine Gottheit anbeten ... tut mir leid, welche, fällt mir nicht ein.«

Vorsichtig setzten sie sich in Bewegung. Der Boden war zwar uneben, bot aber besseren Halt. Das Labyrinth war nur dreihundert Meter entfernt. Die Straßen zwischen den Häuserblocks waren spiegelglatt; praktisch vor ihren Augen gefror das Meerwasser und zog eine Eisschicht über alles.

Oliver war der erste, der das Neuland betrat. Er setzte vorsichtig einen Fuß darauf, sah zu ihnen zurück und nickte dann. »Versuchen wir es«, sagte er und schlug kräftig mit seiner Keule auf den Boden, als wolle er sich überzeugen, daß die Straße nicht unter ihm zusammenbrach.

Max blieb bei Eviane. »Das ist unheimlich«, flüsterte er. »Vor langer Zeit habe ich einen Film gesehen. Er wurde etwa 1910 gedreht. Ein Stummfilm, schwarzweiß, 2-D. *Nosferatu*. Darin sah kein einziger Winkel richtig aus. Hier ist es genauso, nur noch viel schlimmer.«

»Schlimmer?«

Er rieb seine Augen. »Ja. Diese Winkel hier sollten nicht

nur nicht imstande sein, die Gebäude aufrecht zu halten, es sind überhaupt keine Winkel.«

»Das ergibt keinen Sinn.«

»Das, was ich sehe, auch nicht.«

Schneegans brachte sie mit einer Geste zum Schweigen und zog sie in die Schatten zurück. »Seht doch!«

Etwas schlurfte an ihnen vorbei. Glücklicherweise war es ziemlich weit entfernt: eine riesige, schwarze Gestalt, eine unmögliche Kreuzung zwischen Spinne und Affe, mit langen, haarigen Armen und dem Gang eines Mannes, der sich wiederholt die Beine gebrochen hatte, die daraufhin in seltsamen Winkeln zusammengewachsen waren ... und sich trotzdem noch bewegen konnte, wenn auch mit seltsamen, fließenden Schritten, die Eviane in nackte Panik versetzten.

Ob aus der Vergangenheit oder Zukunft – sie *erinnerte* sich an dieses Ding. Mit einer dumpfen Gewißheit wußte sie plötzlich, daß einige ihre Freunde sterben würden. Die Welt verdunkelte sich, und einen Augenblick lang wußte sie nicht, wo sie war; dann schüttelte Max plötzlich ihre Schultern.

»Eviane? Bist du ...«

Charlene, Hippogryph und die anderen betrachteten sie beunruhigt.

»Ich bin in Ordnung.«

Oliver trat zu ihr und untersuchte sie mit einem Gerät, das er am Handgelenk trug. Seltsam, sie hatte es noch nie zuvor gesehen. Er sah ihr in die Augen. »Hattest du ... äh ... Halluzinationen?«

»Vielleicht. Dieses Ungeheuer ... es ist ein ... Amartoq, nicht wahr?«

Oliver warf Schneegans einen Blick zu und sagte etwas zu ihr, das Eviane nicht verstehen konnte. »Ja«, erwiderte die Eskimoprinzessin. »Ich wollte es euch gerade sagen.«

»Und wenn es einen mit den Nägeln kratzt, stirbt man?«

Schneegans nickte.

Eviane ergriff Robin Bowles am Arm. »Nicht! Gehen Sie nicht da rein! Sie werden sterben. Oder schlimmeres ...«

Er riß sich los. »Was ...?«

Sie wandte sich wieder an Schneegans. »Und du. Diese ... Wesen werden euch töten. Wesen ohne Köpfe.«

Schneegans brauchte einen Augenblick, um sich zusammenzureißen. »Wir müssen dort hinein, Eviane«, sagte sie dann. »Wir haben eine Aufgabe zu erfüllen, müssen lernen. Auch, wenn wir es mit Ungeheuern zu tun bekommen.« Sie lächelte bedauernd. »Ich will nicht hier sein. Ich wäre lieber an der Uni und würde eine Pizza essen. Aber wir haben einen Auftrag. Wir haben dich, und du kannst gewisse Dinge sehen. Und du wirst uns sagen, was du siehst, oder?«

Es war keine Frage.

Eviane nickte benommen. Sie schmiegte sich in Max' Arme und schluchzte.

Achtundzwanzigstes Kapitel

ZWEITE GEDANKEN

Mittlerweile war Max völlig verwirrt.

Die Frau, die er in den Armen hielt, war keine Kriegerin, nicht einmal das leidenschaftliche Geschöpf, das er in dieser Nacht kennengelernt hatte. Es schien sich um eine ganz andere Person zu handeln, die von geheimnisvollen Kenntnissen und blinder Furcht beherrscht wurde.

Hippogryph beugte sich über sie, Besorgnis in seinem runden Gesicht. »Kann ich irgend etwas tun?«

Max seufzte. »Sie wird wohl in Ordnung kommen. Vielleicht ist sie nur erschöpft. Es waren ein paar harte Tage.«

»Nur noch ein paar Stunden ...«, sagte Hippogryph. Er mußte sich fragen, ob sie so lange durchhalten würde.

Charlene Dula glitt neben sie und legte ihre langen Arme um Evianes zitternde Schultern. »Warum verschwindest du nicht für eine Weile und läßt uns Mädchen mal allein?«

»Na schön.« Max kroch um die Seite der Eismauer und sah

zu dem schlurfenden Amartoq hinüber. Er schritt aus, als hielte er Wache.

»Können wir ihn nicht umgehen?« fragte er Schneegans.

»Ich bezweifle, daß er allein ist. Das ist die Festung des Kabals. Sie ist mobil, bewegt sich wahrscheinlich am Polarkreis entlang ...«

Johnny Welsh stand plötzlich hinter ihnen. »Wieso? Ach ja ... Sie sammeln Reisepunkte. Je weiter ein magischer Talisman herumgekommen ist ...«

»Das muß es sein.«

Hebert hob sein Gewehr. »Wir haben diese wunderbare Ausrüstung von Falling Angel. Sind wir nicht stark genug, um die Festung einfach einzunehmen?«

Schneegans schüttelte den Kopf. »Wir haben mächtigere Artefakte als sie, doch sie haben das Wissen. Falls wir einfach dort hineinmarschieren, könnten sie uns die Talismane abnehmen und um so stärker werden.«

»Was können wir tun?«

Schneegans setzte sich auf das Eis und blickte zum nebligen Horizont. »Eine letzte Zeremonie. Ein letzter Bannspruch, um die Magie unserer Talismane zu aktivieren.«

Max zog den Kragen höher. »Es ist verdammt kalt!«

»Ja«, sagte Schneegans. »Ahk-lut hat sich vielleicht verrechnet. Wir haben nicht mehr viel Zeit.«

Die Abenteurer versammelten sich in einem Kreis. »Wir haben viel gemeinsam erlebt«, sagte die Eskimo-Prinzessin. »Wir haben Ungeheuer getötet und unsere Angst überwunden. Wir haben das Land der Toten durchquert. Wir sind jetzt viel mächtiger als am Anfang unserer Reise. Doch nun erwartet uns die größte Aufgabe von allen. Ich muß euch sagen, daß Eviane wahrscheinlich recht hat – nicht alle von uns werden überleben. Aber wir müssen es versuchen.«

Die anderen murmelten ihre Zustimmung. Sie wußten nicht genau, was sie erwartete, waren aber bereit, ihren Auftrag zu erfüllen.

»Wir müssen beten. Wenn sich Sedna wieder erholt hat, wird sie uns vielleicht helfen können.«

»Wie?« fragte Johnny Welsh.

»Obwohl ihr Totems und magische Objekte habt, seid ihr noch zu sehr Europäer. Wir müssen eure Verwandlung vollenden.«

Ein drittes Mal rauchten sie die heiligen Zigaretten. Max fragte sich, was die alten Tabakfirmen daraus gemacht hätten, damals, als Zigarettenreklame noch über hundert Millionen Fernsehbildschirme flimmern durfte. *Raucht Camels! Die Zigarette, die die Welt gerettet hat! Achtung: Der Bundesgesundheitsminister ist ein Mitglied des Kabals.*

Erneut stieg der Rauch auf, ohne sich an Schneefall und Wind zu stören. Eine wunderschöne Eskimofrau ohne Finger erschien in den Wolken. Sedna. Ihr Haar war noch nicht gekämmt, doch es war mehr Leben in ihr, und sie lächelte.

Er ›hörte‹ die Worte, aber nicht mit den Ohren. In seinem gesamten Körper summte es. Sogar der Wind schien von diesem Geräusch moduliert zu werden, so daß die Schneewehen beinahe zu sprechen schienen.

»Meine Kinder«, sagte sie, und Max fühlte, wie es ihn beim Klang der Worte warm durchströmte. »Ich weiß, daß ihr mich braucht, und ich will euch helfen, wie es in meinen Kräften steht.

Seht! Seht das Meer! Meine Geschöpfe geben bereitwillig ihr Leben, um diesem Bösen ein Ende zu machen.«

Erneut vibrierte der Boden unter ihren Füßen, doch es war kein Erdbeben. Eher schien es sich um einen Trommelschlag zu handeln, der Max an die Musik im Qasqig erinnerte. Keine fünfzehn Meter von ihnen entfernt bildete sich ein Riß im Eis. Ein schwarzer Ozean wogte darunter, ein von seltsamen Kräften aufgewühltes Meer, dessen Gischt vom Wind verweht wurde. Und aus dem Ozean kroch ... eine Robbe, aber kein gewöhnliches Tier. Ihre Augen waren groß und schwarz, und ihr Blick richtete sich auf Orson. Sie kroch über das Eis auf ihn zu, erschauderte und starb, als er sie berührte. Ihr Körper löste sich auf, schmolz, als bestünde er aus Eis.

Orson erstarrte mitten in der Bewegung, vollendete sie dann und hatte ein Stück weiches Robbenfell in der Hand.

»Lege es um«, sagte Schneegans.

Orson warf das braune Fell über seine Schultern. Augenblicklich änderte sich sein Gesichtsausdruck. »Oh! Es ... es ist so *warm* ...«

Während sich die Verwandlung vollzog, brachte das Meer ihnen weitere Geschenke. Ein riesiges Walroß hievte sich auf das Land, rollte sich auf die Seite und schmolz. Ein Mörderwal schnellte aus dem schwarzen, rastlosen Ozean, glitt zehn Meter über das Eis und starb. Seine Haut, das Fleisch und die meisten Knochen lösten sich auf, bis lediglich sechs schimmernde Rippen übrigblieben. Sie waren geformt wie ...

Speere. Max nahm einen in die Hand, fuhr über die glatte, polierte Oberfläche. Auf einmal machte er Bilder darin aus, die die Verbindung von Erde und Himmel darstellten, Männer und Frauen in ihrem Kampf gegen die Elemente zeigten, und Meerestiere, die sich opferten, damit die schwachen Menschen leben konnten.

Trianna hatte zu spät zugegriffen, um noch einen Speer zu erhaschen. Max gab ihr den seinen und untersuchte das Walroß. Das Tier hatte sich schon halb aufgelöst. Seine Augen waren noch vorhandenen, und sein steif erigiertes Glied. *Muß Paarungszeit sein,* dachte er.

Eviane trat neben ihn, und ihr Blick glitt von dem Walroß zu Max und wieder zurück. Max errötete.

»*Usik*«, sagte sie.

»Was? Hier, vor allen anderen?«

»Der Schambeinknochen. Seine Magie ...« Ihre Stimme klang weit entfernt.

Das Walroß hatte sich mittlerweile aufgelöst, nur der eine Knochen blieb auf dem Boden liegen. Eine magische Kriegskeule! Er griff danach ...

»Nein. Nicht.« Eviane hielt ihn fest. »Wenn du ihn nimmst, stirbst du.«

»Was?«

»Ich ... habe jemanden gesehen ...« Ihr rotes Haar wehte

im Wind, und sie erschauderte. »Ich will dich nicht verlieren«, flüsterte sie. »Ich habe schon zu viel verloren.« Sie drückte sich an ihn.

Was, zum Teufel, sollte er darauf sagen?

Nachdem sie ihre Waffen überprüft hatten, hob Yarnall die Hand. »Wenn keiner etwas dagegen hat, gehe ich voran.« Er zuckte die Achseln. »Ich lebe sowieso von geliehener Zeit. Wenn jemand sterben muß, dann ich.«

Robin Bowles nickte ernst. Er sah wie ein Yeti aus; sein schwarzes Haar und der Bart waren eisverkrustet.

Im Gänsemarsch betraten sie das Labyrinth aus ewigem Eis.

Yarnall hob eine Hand, und sie blieben stehen. Oliver der Franke trat zu ihm, und sie beratschlagten sich kurz. Dann drehte sich Yarnall um.

»Trennen wir uns. Eine Gruppe dringt von hier aus ein, während die andere die Stadt umkreist und es von hinten versucht. Was haltet ihr davon?«

Johnny Welsh hob die Hand. »Hört mal zu. Ich möchte gern als erster gehen. Ich bin nur ein komischer Fettwanst, aber ... ich möchte mich gern nützlich machen. Vielleicht bekomme ich keine zweite Chance. Wenn ihr einen Lockvogel braucht ... ihr wißt ja, ich war schon immer ein komischer Kauz ...«

Kevin, in der einen Hand ein Gewehr und in der anderen ein Speer, trat vor. Das Seelöwenfell, das er nun trug, ließ ihn nicht mehr ganz so sehr wie ein wandelndes Skelett aussehen. »Ich auch. Bei der ersten Gruppe.«

»Meldet sich noch jemand freiwillig?«

Max hob den Arm, und Eviane tat es ihm zögernd gleich.

Eine Aufgabe erwartet uns, dachte Max und drückte Evianes kleine Hand. Eine gefährliche Sache, aber schließlich sind wir ja alle Helden.

Wir alle.

Neunundzwanzigstes Kapitel

DAS LABYRINTH

Max' Atem ging rasselnd. Seine Muskeln schmerzten ... wie bei einem harten Kampf gegen einen schweren Gegner, den er aber nach Tagen endlich besiegt hatte.

Er machte sich Sorgen um Eviane. Eine Rolle spielen – das konnte er verstehen. Doch nun kam ihm in den Sinn, *daß sie diese Rolle keine Sekunde lang aufgegeben hatte.*

Vorsichtig drangen sie in die Stadt ein. Die in seltsamen Winkeln errichteten Gebäude waren vielleicht zwanzig Stockwerke hoch. Zuerst hatte Max angenommen, daß sie aus Eis bestanden. Nun sah er jedoch, daß sie aus Stein waren, aus uralten Steinblöcken, vom Eis überzogen, in die Hieroglyphen gemeißelt waren, wie er sie noch nie gesehen hatte.

Kevin hielt seine Keule fest in der Hand und schwang sie, als wolle er das feindliche Feuer auf sich ziehen. Aber alles blieb ruhig. Er sah zu ihnen zurück und grinste. Er war nervös, versuchte aber, es nicht zu zeigen.

Es war doch nur ein Spiel, oder?

Genau.

Sie erreichten einen Platz, der sie von einer Zitadelle trennte, die sich genau in der Stadtmitte befand. Die meisten umliegenden Gebäude schienen schon vor Jahrhunderten verlassen worden zu sein, doch in der Zitadelle selbst brannte Licht. Jemand lebte dort ... oder etwas. Doch die Anwesenheit von Leben inmitten dieser schwarzen Einöde stellte nicht den geringsten Trost dar.

Hinter ihm keuchte Eviane. Es ging ihr etwas besser als noch vor einer halben Stunde, sie war nicht mehr vor Furcht gelähmt, aber noch immer eine Last.

In den Ruinen bewegte sich etwas.

Das Unwesen, das durch die Straßen schlurfte, hatte den Körper eines Mannes, aber keinen Kopf. Es war groß, hielt sich in den Schatten und erzeugte beim Gehen seltsame

Geräusche. Es war nicht gerade wachsam, wirkte aber irgendwie … beharrlich.

Dann öffnete sich die Tür eines Gebäude am Rand des Platzes, und einige Menschen kamen heraus. Sie waren nackt und gingen, als ob sie schliefen.

Robin Bowles bat Kevin um sein Fernglas. Er richtete es auf die stummen Marschierer und pfiff überrascht auf.

»Was ist los?« fragte Kevin.

Bowles ließ sich neben ihm wieder in den Schnee fallen. »Einer der Burschen sieht aus wie Mik-luk. Er hat im Handelsposten für mich gearbeitet.«

»Weshalb läufte er in dieser Kälte nackt herum?«

»Magie?« Bowles rieb sich Schnee aus dem Bart. »Wenn er mich erkennt, könnte das die Chance sein, die wir suchen.«

Sie überlegten kurz. Yarnall schaute zweifelnd drein. »Aber wenn er Sie nicht erkennt, wird er Sie vielleicht umbringen.«

»Wenn ich nicht versuche, ihn zu retten, verrate ich unsere Freundschaft.« Bowles hob seine Walrippe. »Ich habe ja die Keule hier. Wenn sie nicht funktionierte, hätte Sedna sie uns nicht gegeben.«

»Dann gehen wir alle«, sagte Yarnall.

Bowles schüttelte den Kopf. »Nein. Das wäre ein unnötiges Risiko. Der Rest des Teams versucht es von hinten. Jemand muß sie informieren, was uns zugestoßen ist.«

»Wie wäre es denn mit uns beiden?« fragte Mas. »Mit Yarnall und mir?«

Bowles überlegte einen Augenblick lang und nickte dann. »Na schön.«

»Hier«, sagte Ollie und gab Yarnall sein Gewehr. »Dann habt ihr eine moderne und zwei alte Waffen.«

Eviane umklammerte Max' Arm. Sie hatte die Augen geschlossen, doch er sah, daß sie sich unter den Lidern bewegte. Sie hoffte auf Visionen. Dann öffnete sie die Augen wieder und schluchzte. »Ich sehe nichts. Sie kommen und gehen …«

Max löste sich behutsam von ihr. »Du weißt, daß wir vielleicht alle draufgehen werden«, sagte er rauh. »Wir können uns jetzt nicht davor drücken.«

Sie nickte verdrossen.

Max schnallte seinen Rucksack fester und sah über die Mauer. Der Wind hatte etwas nachgelassen. Die nackten, braunen Menschen trotteten weiter, bewacht von dem kopflosen Geschöpf. Mik-luk war der dritte in der Reihe.

Vorsichtig verließen Yarnall, Robin Bowles und Max ihr Versteck und liefen, jede Deckung nutzend, durch die Ruinen. Max hielt schließlich nach Atem ringend inne. Er kauerte hinter einem der Blöcke nieder und fuhr mit dem Finger darüber. Die Eisschicht verhinderte, daß er die in den Stein gemeißelten Bilder tatsächlich berührte. Er sah Hieroglyphen und Darstellungen, die seltsame Wesen zeigten, von denen einige wie das Ergebnis einer obszönen Kreuzung zwischen Mensch und Elefant aussahen.

Sie übten eine seltsame hypnotische Wirkung aus. Er wollte sie ausführlich studieren, doch ein Flüstern riß ihn aus seinen Gedanken.

Yarnall deutete mit seiner Keule auf Bowles, der sich keine zehn Meter von den nackten Eskimos entfernt hinter einer Mauer duckte. Sie schienen sich in einer tiefen Trance zu befinden oder mit Drogen betäubt worden zu sein. Ihr Haar flatterte im Wind, und sie starrten geradeaus zu einer niedrigen Öffnung in einem der Gebäude.

Max konnte in den Raum hineinsehen. Eine Tür hatte er nicht, nur einen Rundbogen aus Steinblöcken, die fast willkürlich zusammengesetzt schienen, von einem Erdbeben oder einer Flutwelle. Menschen konnten so massive Blöcke bestimmt nicht bewegen …

Tief in der Alkove flackerten Lichter und bewegten sich Gestalten. Als das Heulen des Windes kurz nachließ, hörte er Schreie, bei denen sich sein Magen umdrehte.

Bowles hatte recht. Niemand durfte einen Freund solch einem Schicksal überlassen, gleichgültig, wie hoch das Risiko war.

Sie waren Helden!

Er sah sich um und lief zu Yarnall. Der gab ihm einen Klaps auf die Schulter und lief gebückt zu Bowles.

Bowles drückte sich gegen die Wand und zeigte Max ein zaghaftes Lächeln, aus dem Max Furcht, Hoffnung und einen Anflug echten Heldentums las. Bowles winkte Yarnall zu der anderen Seite der Mauer. Beide zielten auf das kopflose Ding ...

Und es drehte sich zu ihnen um. Max hätte beinahe aufgeschrien.

Es hatte eine braune, faltige, an zahlreichen Stellen aufgerissene Haut, die wie ein alter Übermantel aus schwerem Leder aussah. Es hatte keinen Kopf, aber ein Gesicht. Es befand sich auf seinem Magen, das schwere Gesicht eines Widerkäuers mit hellen Augen von der Form und Größe von Mandeln.

Es war ein absolut böses Gesicht, fast die Abstraktion von Boshaftigkeit. Schlitzaugen und ein Mund, der aussah, als hätten sich die Zähne darin den Weg an die Oberfläche genagt. Die Lippen waren aufgesprungen und mit rotem und braunem Dreck verkrustet.

Das Wesen schnaubte, öffnete den Mund zu einem Schrei ... und Bowles warf seinen Speer. Er verfehlte das Ungetüm und prallte neben ihm auf den Boden.

Yarnall feuerte. Die beiden ersten Schüsse schienen nicht die geringste Wirkung zu haben, doch der dritte warf das Unwesen auf die Knie, und der vierte ließ es vollends zusammenbrechen.

Bowles stürmte vor und zerrte einen nackten Eskimo aus der Reihe. Die anderen blieben leblos stehen, anscheinend zu verängstigt, um sich zu bewegen, oder von der Kälte betäubt.

Doch in dem Augenblick, da Bowles Mik-luk ergriff, hielt der Eskimo seinerseits ihn fest und riß den Mund auf. In einem Sekundenbruchteil hatte er sich zur Größe eines Küchenofens ausgedehnt.

Bowles schrie auf und versuchte sich loszureißen. Max rannte aus seinem Versteck und sah, wie aus den Tiefen dieser seltsamen, beunruhigenden Winkel Schatten auftauchten.

»Zurück!« rief Bowles. »Zurück! Er hat schon ...«

Mehr brachte er nicht über die Lippen, dann fielen die anderen nackten Eskimos über ihn her. Bowles brach zusammen, und sie zerfetzten ihn mit ihren Nägeln und Zähnen.

Ein zweiter Amartoq tauchte vor Yarnall auf, zu nahe, als daß der Wachposten sein Gewehr hätte heben können. Der widerwärtige Mund im Bauchgesicht schnaubte, und der kopflose Troll riß Yarnall das Gewehr aus den Händen und verbog es zu einem ›U‹. Yarnall verharrte einen Augenblick lang wie erstarrt, dann rissen ihn Bowles' Schreie aus seiner Starre. Das Licht in der Alkove hellte sich plötzlich auf, und die Eskimos zerrten Bowles hinein.

Yarnall taumelte zurück, stolperte und fiel. Max sah das Gesicht des Wachpostens; die Furcht darin war nicht gespielt. Der Anblick des angreifenden Ungetüms jagte ihm einen entsetzlichen Schrecken ein.

Max schwang den *Usik* und ließ ihn zwischen die Schultern des Amartoq donnern. Das Untier grunzte vor Schmerz auf. Aus den Schatten schälten sich, leise Flüche zischend, weitere Gestalten. Max schwang die Keule gegen das Gesicht des Dings und schrie triumphierend auf, als der Amartoq zurücktaumelte und die Hände auf das Gesicht drückte.

Max stützte Yarnall und zerrte ihn mit sich. »Schnell! Wir müssen Bowles helfen!«

»Nein! Nein, Max!« Yarnall konnte wieder allein stehen. »Er hatte recht. Wir müssen gemeinsam vorgehen, sonst reiben sie uns auf.«

Aus den Schatten überall um sie herum krochen grunzend und sabbernd mißgestaltete Wesen auf sie zu und griffen mit ihren langen, schwarzen Klauen nach ihnen. Yarnall hob sein verbogenes Gewehr auf. Die beiden stolperten ein paar Meter zurück, dann wurde ihnen der Weg abgeschnitten. Drei der Geschöpfe humpelten auf sie zu; in den Augen in ihren Bauchgesichtern brannte die Gier nach Blut.

Yarnall und Max stellten sich Rücken an Rücken. Max

stach auf das nächststehende Wesen ein, das mit einer weit ausholenden Armbewegung herauszufinden versuchte, wie weit es sich gefahrlos nähern konnte.

Max fühlte zwar nicht die Wucht des Treffers, sah jedoch, daß die Klaue des Ungetüms rot aufblitzte. Der Troll roch an dem verletzten Arm und zog sich langsam zurück, doch die anderen kamen näher.

Eine Klaue schoß vor, und Max spürte ein Brennen an seiner Schulter. Seine Kleidung färbte sich hellrot. Er fluchte und wechselte den *Usik* in die linke Hand.

Die Geschöpfe waren zwar größer und stärker, aber auch schwerfälliger als er, und sie waren unbewaffnet. Immer wieder versetzten Yarnall und Max ihnen Wunden, und Max' *Usik* traf eins von ihnen mit voller Wucht und schickte es zu Boden. Der Amartoq schnaubte, und Max erwiderte die Geste.

Dann entdeckte er eine Bewegung, und auf einmal waren die Ungetüme zwischen zwei Gruppen wütender Spieler gefangen. Johnny Welsh hatte sein Gewehr geschultert, und sein Walrippen-Schwert hob und senkte sich in einem weiten Bogen.

Ein Amartoq heulte auf, als seine Hologramm-Brust bis zu den Zähnen gespalten wurde.

In den Augenwinkeln sah Max Charlene Dula, eine zwei Meter und zehn große Elfenschönheit mit langen, dünnen Armen, langen, schlanken Beinen und bleicher Haut. Mit ihren eingefallenen Wangen sah sie aus wie Elric von Melnibone. Ihr Elfenbeinschwert blitzte auf. Sie tänzelte auf diesen unglaublich langen Beinen und hatte ihre wunden Knie in der Hitze der Schlacht völlig vergessen.

Und dann kamen die anderen Gefährten. Max schrie auf und schwang seine Keule. Aus den Augenwinkeln sah er, wie Yarnall einen weiteren Hieb von einer Monsterklaue abbekam, und ...

Ein tiefes Summen erfüllte ihn, ließ seinen gesamten Körper zittern. Er hatte nicht aufgepaßt, und ein Schlag von einer Hand mit fünf Klauen hatte ihn fast verstümmelt. Er taumelte zurück und betrachtete ungläubig seinen Leib. Der sich rasch ausbreitende rote Fleck war zwar nicht besonders realistisch, aber verdammt störend. Er hob seine Keule …

Und bekam einen elektrischen Schlag.

Er hielt mitten in der Bewegung inne. Das war nicht fair! So sollte es nicht sein. Er würde sterben! Das Monstrum kam immer näher, starrte ihn mit lidlosen Augen an, und von seinem Mund tropfte Blut, da abgebrochene Zähne an seinen Lippen nagten.

Max trat gegen die Wand zurück, hob mit einer schützenden Geste den unverletzten Arm …

Und plötzlich war Orson da, warf sich zwischen seinen Bruder und das Ungetüm und stieß mit einer Schnelligkeit, die Max ihm nie zugetraut hätte, mit seinem Walrippen-Speer zu. Das Ungeheuer sah verdutzt auf seine Eingeweide und brach zusammen.

Max wollte sich wieder in das Handgemenge werfen, doch ein elektrisches Summen in seiner Unterwäsche verriet ihm, daß der Traumpark andere Vorstellungen hatte. Also verharrte Max, wo er war, legte den Arm vors Gesicht und stöhnte hilflos. Gelähmt beobachtete er, wie Orson der Barbar den Tag rettete.

Orson machte sich gut. Das Schnauben auf seinen Lippen hätte jeder blutrünstigen Dschungelkatze zur Ehre gereicht. Er parierte die Schläge der tödlichen Klauen, tauchte unter ihnen weg, teilte selbst aus und machte praktisch Hackfleisch aus den Amartoqs, die dem hilflosen Maxwell ans Leben wollten.

Was für ein Mann.

Max erhaschte einige Blicke auf den Rest des Geschehens. Trianna, mit einem Speer bewaffnet, bewegte sich mit der Anmut einer Tänzerin. Hippogryph ging mit seiner Harpune noch gewandter um als Bruder Orson und erledigte die Ungetüme mit erschreckender Geschwindigkeit. Max kam nicht umhin, den Stil seines ehemaligen Konkurrenten zu bewundern.

(Ah! Bruder Orson war einer Klaue zu spät ausgewichen und bekam einen roten Kratzer auf dem Knöchel ab. Das Monster bezahlte dafür teuer und brach durchbohrt zusammen.)

Was für ein Kampf war das! Er wogte hin und her. Sie bekamen wirklich etwas für ihr Geld geboten.

Max suchte auf dem Schlachtfeld nach Eviane und machte sie schließlich hinter einer bizarren, spiralförmigen Statue aus. Sie zielte sorgfältig mit ihrem Gewehr und gab – mit verheerender Wirkung – einen Schuß nach dem anderen ab. Ihr bleiches Gesicht war vor Konzentration verzerrt. Max beobachtete, wie ein Amartoq zusammenbrach, von ihr gleichzeitig in die Brust und die Stirn getroffen.

Kevin Titus war ein kleiner, rothaariger Wirbelwind inmitten des Chaos. Er schwang eine Keule, die fast so groß war wie er selbst. Solange er in Bewegung blieb, konnte nichts ihn berühren. Doch dann stolperte er und stürzte auf einen Block aus schwarzem Eis, stöhnte wie ein Sterbender …

Und ein Amartoq schlug ihn von hinten nieder. Sein Arm glitt durch Kevin. Er sah an sich hinab, machte plötzlich die blinkenden schwarzen und roten Lämpchen aus und sagte etwas, das Max zwar nicht verstand, aber nur ein Fluch sein konnte. »Augenblick mal … *AU!*« schrie er dann und griff sich an den Allerwertesten.

Er ergab sich dem Unausweichlichen, trat zurück und brach tot auf dem Eis zusammen. Seine Brust hob und senkte sich noch, doch er lag da wie knochenlos und funkelte rot und schwarz im Schnee.

Aha. Die Regeln waren verschärft worden; der Tod stellte nun also eine sehr reale Möglichkeit dar. Sie hatten zwei Krieger verloren. Max sah an sich hinab, auf den großen roten Fleck auf seinem Leib. Oder waren es drei?

Das letzte Ungetüm brach zusammen. Die Spieler lehnten sich, nach Atem ringend, auf ihre Waffen. Das war nicht leicht gewesen. Orson stand keuchend da, die Hände auf die Knie gestützt. Kevin lag auf dem Rücken, die Augen geöffnet, nun etwas leichter atmend. Robin Bowles war … verschwunden.

Der Kampf war heftiger gewesen und hatte länger gedauert als die vorhergehenden. Nur zehn von ihnen lebten noch.

Schneegans kam aus ihrem Versteck. Sie musterte einen

Gefährten nach dem anderen, schätzte ihre Verletzungen ein. Schließlich blieb sie neben Kevin stehen. »Kannst du gar nichts tun?« fragte er sie.

Sie wandte sich bedauernd ab. »An diesem Ort der Verdammnis können selbst die Toten noch sprechen. Wir müssen eine Zeremonie durchführen, oder er wird auferstehen und sich gegen uns wenden.«

»Eine … Zeremonie?« fragte Kevin.

»Oliver«, sagte Schneegans ernst, »wir brauchen deine Keule.«

»Jetzt wartet mal …« Kevin verstummte entsetzt.

Oliver erschien neben ihr, das Werkzeug der Vernichtung in der Hand. »Na schön. Was müssen wir tun?«

»Wir müssen ihm den Kopf einschlagen und die Arme und Beine abtrennen.«

»Seid ihr verrückt geworden? Au! Schluß damit … Au!«

Schneegans betrachtete ihn mitleidig. »Es wäre einfacher, wenn die gerade Gefallenen ihren neuen Zustand mit Würde akzeptierten.«

Kevin biß die Zähne zusammen und lag still da. Max beobachtete nicht ihn, sondern Oliver, der eine der Klingen von der Waffe entfernt hatte. Die andere ragte häßlich daraus hervor.

»Ich nehme nicht an, daß die anderen zusehen wollen«, sagte Schneegans.

»Jetzt wartet doch mal … ahh!«, sagte Kevin, ziemlich unkooperativ für eine Leiche, als Oliver die Keule hob und wieder senkte. Die Klinge hatte eins von Kevins dünnen Beinen abgetrennt. Das gesamte Glied wurde augenblicklich schwarz.

Kevin starrte es an. »Gott im Himmel! Schneegans? Ahh!«

Die Keule hob und senkte sich erneut, bis Kevin nur noch ein arm- und beinloser Rumpf war. Er sah zu ihnen auf und seufzte resigniert. »Ist das Leben nicht beschissen?«

Die Keule senkte sich noch einmal, und sein Kopf wurde schwarz. Kevin murmelte unverständliche Flüche.

Schneegans untersuchte Max sorgfältig. »Dich können wir retten, aber dazu müssen wir eine Zeremonie abhalten.«

»Nicht so eine wie bei Kevin, hoffe ich.«

Unwillkürlich mußte sie grinsen. »Nein, für dich haben wir eine etwas friedlichere vorgesehen.«

Er wollte sich aufsetzten, aber ein elektrischer Schlag warf ihn wieder zurück. »Na dann. Worauf warten wir?«

Sie berührte mit den Fingerspitzen seine Brust. »Nein, du darfst nicht aufstehen. Der Schock könnte tödlich sein.« Sie drehte sich zu den anderen um. »Eine Trage! Wir müssen ihn an einen sicheren Ort bringen!«

Mehrere Abenteurer wühlten in ihren Rucksäcken, holten Teile der aufblasbaren Unterkunft hervor und fügten sie zu einer behelfsmäßigen Trage zusammen.

Fünf Mann waren nötig, um ihn zu tragen. Trianna war die einzige Frau darunter, und sie schien mindestens so stark wie Hebert zu sein. »Ich wußte gar nicht, daß man beim Kochen so viele Muskeln bekommt«, flüsterte Max.

Sie knirschte nur mit den Zähnen und ging weiter.

Der Zug endete vor einem Haufen zusammengebrochener Steinblöcke. Vielleicht hatte es sich bei ihnen einmal um einen Tempel gehandelt, doch für keine Inuit- oder Schamanen-Zivilisation, die *er* sich vorstellen konnte.

Auch diese Blöcke waren mit den seltsamen Symbolen bedeckt. Erneut hatte Max das Gefühl, daß sie ihnen etwas Wichtiges verraten könnten, doch es war schon zu dunkel geworden, um Einzelheiten zu erkennen.

Schneegans legte ihren Rucksack ab und trat zu ihm. »Tja, Daddy hat gesagt, daß es Tage wie diesen geben würde.«

»Wie bitte?«

»Ich muß eine Heilzeremonie mit dir durchführen.«

»Hast du schon mal eine abgehalten?«

»Nur bei einem Hund.«

»Na ja, immerhin etwas.«

»Er ist gestorben.«

»Andererseits könnten moderne Medikamente …«

»… dir nicht helfen.«

»Falling Angel-Produkte! *Magie*!«

»Du bist von einem Kopflosen verwundet worden, von einem Amartoq. Ohne spirituelle Behandlung wirst du sterben.« Sie musterte einen Spieler nach dem anderen. »Alle, die von den Amartoqs verletzt wurden, kommen zu mir.«

Orson, Charlene und Johnny Welsh traten vor.

»Legt euch neben Max zu Boden«, sagte Schneegans. Sie suchte in ihrem Rucksack und zog eine flache, birnenförmige Maske hervor, die aus einem dunklen Holz bestand und mit Karibu-Haarbüscheln versehen war. Ihr Mund schien ein ziemlich surreales Lächeln mit mehreren Zahnlücken zu enthüllen, ein Auge war fast bis zu einem Schlitz geschlossen.

Schneegans setzte die Maske auf. »Jetzt müssen die anderen zurücktreten.« Sie murmelte leise vor sich hin, stimmte schließlich einen Gesang an und tanzte in einem großen Kreis um sie herum. Das Licht der Fackeln warf unheimliche Schatten auf die Mauer.

Während Schneegans langsam um die verletzten Spieler tanzte, schien sie zu einer anderen Person zu werden, die Fesseln des einundzwanzigsten Jahrhunderts abzustreifen. Sie wirkte auf einmal primitiver, als entstamme sie einer früheren, grausameren Zeit der menschlichen Geschichte.

Max, der dem Tod sehr nahe war, verdrehte die Augen und dachte über seine Rolle nach. Er fragte sich, wie viele Menschen das Band, das nach ihrem Spiel entstand, zu sehen bekämen ... und wieviel Geld es einbringen würde. Vielleicht hätte sein Agent den Vertrag prüfen sollen, bevor er ihn unterschrieben hatte.

Aber, zum Teufel mit dem Geld. Ob er nun im Sterben lag oder nicht, er verstand sein Handwerk. Die Show mußte weitergehen.

Er stöhnte und schlug um sich. Sein Körper zuckte bei jeder Bewegung der Eskimo-Prinzessin. Die anderen Spieler begriffen, worauf es ankam, und taten es ihm gleich. Orson stand sogar Schaum vor dem Mund, und er wand sich in Krämpfen. Orson hatte seinem Bruder oft genug zugesehen ...

Die anderen Spieler kauerten in den Schatten, sangen, stöhnten und schlugen in einem schnellen Rhythmus mit ihren Waffen auf den Boden. Schneegans verlor sich zusehends in ihrem Tanz. Das Donnern trampelnder Füße und schlagender Waffen, ihre Stimmen, die Fackeln und die zuckenden Schatten, die Krämpfe der Verwundeten – all das übte eine fast hypnotische Wirkung aus. Sein Körper vibrierte, hob und senkte sich in dem Rhythmus, der ihn anscheinend nicht nur vergessen machen wollte, daß es nur ein Spiel, sondern auch, daß er ein Mensch des einundzwanzigsten Jahrhunderts war.

Ein Teil von ihm kümmerte sich nicht darum, ob das Tanzen des Hexendoktors oder Schamanen echt oder falsch war, Magie oder Wissenschaft. Ein Teil von ihm verlor sich in den rhythmischen Bewegungen, ging darin auf.

Schneegans' dunkles Haar war schweißnaß. Der schiefe Mund ihrer Maske wirkte abstoßend, und er fühlte, wie sein gesamter Körper kribbelte …

Wieder ein elektrischer Schlag? Nein, eher eine gleichzeitig erhebende wie erschreckende Reaktion aus sich selbst heraus.

Schneegans schrie, schüttelte einen Knochen. Er spannte sich und erwiderte den Schrei.

Mann, das tat gut.

Der rote Fleck verblich langsam.

»*Uttoe-seek*«, sagte Schneegans und trat wiederholt mit einem Fuß auf. »*Aypok, pinayoke, sutomok.* Aiii!« Und sie drehte sich zu den anderen um, forderte sie auf, in den Gesang einzustimmen, immer und immer wieder, bis ihnen der Rhythmus in Fleisch und Blut übergegangen war. »*Uttoe-seek, aypok, pinayoke, sutomok.* Aiii!«

Und sie sprang auf und ab, zuerst auf dem einen Fuß, dann auf dem anderen. Sie beugte sich über sie und schüttelte den Knochen, und der rote Fleck wurde immer kleiner.

»*Uttoe-seek!*«

Und Charlene bog den Körper durch und schluchzte …

»*Aypok!*« Und Orson wand sich und suchte instinktiv Charlenes Hand …

»*Pinayoke!*« Und die sechs anderen Abenteurer antworteten, hämmerten mit ihren Füßen und Waffen auf den Boden.

»*Sutomok!* Aiii!« Und Schneegans' Glieder verdrehten

sich, und in ihren Pelzen wirkte sie nicht einmal mehr wie ein Mensch, und plötzlich …

Plötzlich zerfloß sie, veränderte sich, und die Pelze verwandelten sich einen Augenblick lang in weiße Federn. Ihr Hals war lang und schmal, und sie schien fast zu schweben, berührte den Boden nicht mehr. Die Fackeln flackerten, und die Schatten an den Wänden hatten auf einmal ein Eigenleben, wurden zu den Schatten von Tieren, den Totem-Tieren der Spieler. Sie sahen eine Robbe, ein Walroß, einen großen Adler mit ausgebreiteten Schwingen …

Und Schneegans, wieder menschlich, brach zusammen und rammte immer und immer wieder Hüften und Schultern auf den Boden, als versetzte man ihr Elektroschocks.

Dann lag sie still.

Einen Augenblick lang war alles ruhig.

Max rollte sich langsam herum und betrachtete die schwitzenden Gesichter seiner Gefährten. Waren das wirklich dieselben Menschen, die vor ein paar Tagen in einem Terminal ein Spiel angetreten hatten? Sie sahen so anders aus, hier in der Dunkelheit, von dem Flackern öliger Fackeln vor den Schatten geschützt, die Gesichter mit Rauch und Schweiß verschmiert. Ihre Augen hatten Tod und Vernichtung gesehen, das Ende einer Welt und den Beginn einer neuen.

Schneegans erhob sich. Sie keuchte heftig. »Verdammt«, sagte sie. »Ich hätte nicht geglaubt …«

Der rote Fleck war verblichen, fast verschwunden, und während er zusah, löste er sich vollends auf.

»Steh' auf«, sagte Schneegans. »Du bist geheilt.«

Dreißigstes Kapitel

DAS KABAL

Als sich Max benommen aufsetzte, warf Eviane die Arme um ihn und drückte ihn, bis er kaum noch atmen konnte.

Es war ihr egal, daß die anderen lachten. Ihre kleine Gruppe von zehn Personen befand sich fast allein auf der Welt. Die Überlebenden würden sich unausweichlich zu Paaren zusammenfinden. Sie steckte jetzt ihr Territorium ab, und jede Frau, die es auf Max abgesehen hatte, würde es bereuen.

Orson und Charlene erhoben sich verwirrt und umarmten sich kurz. Hippogryphs Gesicht lief dunkel an. Ihm schien das nicht zu gefallen.

Eviane konnte es ihm nicht verdenken. Sie hatte beobachtet, wie er von Anfang an in ihrer Nähe geblieben war. Er schien alle anderen, einschließlich Eviane, für eine mögliche Bedrohung zu halten. Im stillen hoffte sie, daß sich Orson in etwas drängte, das Hippogryph für ein exklusives Territorium hielt. Das geschah ihm nur recht.

Ihr Mann erhob sich, wieder vollkommen gesund. Schön zu wissen, daß die weiße Eskimomagie genauso stark wie ihre dunkle Variante war. Es gab nicht nur böse Kräfte, sondern auch solche des Lichts und der Wärme in dieser seltsamen neuen Welt. Ein tröstlicher Gedanke ...

»He! Seht doch mal!« rief Hebert aufgeregt. In einer Ecke der Höhle lagen einige Lumpen und ein paar Kisten.

Eine schnelle Untersuchung brachte die grimmige Wahrheit ans Licht: Es handelte sich um die Überreste einer Eskimoexpedition. Unter den Lumpen lagen menschlichen Knochen, die meisten davon angenagt oder gebrochen.

»Großer Gott«, sagte Hebert. »Sie müssen von diesen Wesen angegriffen und hier getötet worden sein.«

Max öffnete eine Kiste. Es befanden sich Granaten darin. »Vielleicht können wir die noch gebrauchen ...«

Orson stand vor einem der Wandbilder. »Irgendwie

machen mich diese Zeichnungen furchtbar nervös«, sagte er. »Ich bin mir nicht sicher, warum … Vielleicht ist es nicht wichtig, aber ich glaube, so etwas schon einmal gesehen zu haben.«

Charlene trat zu ihm. »Die sehen nicht wie Eskimos aus.«

»Nein, ganz bestimmt nicht. Die sehen überhaupt nicht aus wie irgendwelche Monster, mit denen wir es bislang zu tun gehabt haben.«

Die dargestellten Geschöpfe hatten Tintenfisch-Köpfe. Bei einem jedoch schien es sich um einen … Brontosaurus zu handeln?

Eviane spürte einen gewaltigen Druck hinter den Augen und kämpfte gegen die Dunkelheit an. Sie sah das Bild einer gewaltigen, sich öffnenden Tür. Etwas lauerte dahinter, ein unaussprechlich großes und schrecklich fremdes Wesen …

»Alles in Ordnung, Schatz?« fragte Max.

Sie drückte sich an ihn, duldete, daß er sie umarmte. Einen Moment lang hatte sie das Gefühl, ihren Körper zu verlassen und über ihm zu schweben. Allmählich entspannte sie sich wieder.

Schließlich ist es nur ein Spiel …

Sie nickte. Nur ein Spiel …

Danke, Michelle.

»Schon wieder diese Michelle«, sagte Max. »Wer ist diese Dame?«

»Wer? Ich …« Sie dachte einen Augenblick lang nach und löste sich dann von ihm. »Ich habe nur laut gedacht. Tut mir leid.« Sie küßte ihn flüchtig und ging zu Charlene hinüber.

Die Mondfrau übte mit ihrem Knochenschwert. »Hallo«, sagte sie, ohne aufzublicken.

»Wir haben uns kaum unterhalten können«, sagte Eviane. »Und vielleicht bekommen wir keine Gelegenheit mehr dazu.«

»Ja, wir sind bald am Ziel. Aber du scheinst dich durchaus vergnügt zu haben.«

»Charlene, kann ich dich etwas fragen?«

»Klar, alles.«

»Ich weiß, daß wir uns kennen, schon gekannt haben,

bevor all das passierte. Aber ich habe vergessen, wo das war.«

Nun hielt Charlene mit ihren Übungen inne. »Du kannst dich aber wirklich in etwas hineinsteigern, oder?«

Eviane versuchte zu lächeln, doch die Anspannung war zu groß. »Bitte. Ich weiß, daß es seltsam klingt. Stell dir doch einfach vor, ich hätte bei dem Kampf einen Schlag auf den Kopf abbekommen und litte jetzt unter Amnesie.«

Charlene schien schon wieder lachen zu wollen. »Ich weiß nie, wann du es ernst meinst und wann nicht, Eviane. Du hast dich so tief in das Spiel gekniet ...«

Eviane hob eine Hand. »Das Spiel. Alle sprechen nur von dem Spiel. Ich ... muß wissen, was ihr damit meint.«

»Ich meine ... das ganze Fimbulwinter-Spiel«, sagte Charlene verwundert. »Das alles hier. Monster, Eskimos, Kämpfe, Geister, die Schmetterlinge essen.« Charlene schaute besorgt drein. »Es ist ein kommerzielles Produkt. Man könnte sagen, daß wir den Traum eines anderen träumen.«

»Der Traum eines anderen.« Etwas in Evianes Verstand entspannte sich kurz. Das alles war nur ein Spiel, Charlene war ihre Freundin, und sie befanden sich an einem Ort namens Traum ...

Traumpark?

Der Nebel rollte wieder heran, doch diesmal sah Eviane ihm seltsam gelassen entgegen. »Tja, machen wir weiter?« sagte sie geschäftsmäßig.

»Klar«, entgegnete Charlene.

Impulsiv gab Eviane ihrer Freundin einen schnellen Kuß auf die Wange.

Die Schatten des eingestürzten Tempels boten Schutz vor neugierigen, nicht menschlichen Augen, doch Max wähnte sich keineswegs in Sicherheit.

Sie hatten zwei Gefährten verloren! Diese Erkenntnis traf ihn hart. Der Tod lauerte hinter jeder Ecke ...

Die Inselfestung sah aus wie eine Stadt, die teilweise von

einem Erdbeben zerstört worden war. Überall waren große Steinquader umgestürzt. Er hatte den unbehaglichen Eindruck, das verrückte Kind eines Riesen habe eine Stadt bauen wollen und sie dann in einem Anfall von Langeweile wieder zerstört.

Und in dem Schutt bewegten sich ... Dinge. Dinge, die nicht in die Welt gehörten, die er kannte, groteske Geschöpfe, die man sich einfach nicht vorstellen konnte. Geschöpfe, die auf der Jagd waren.

Man mußte ihm nicht erst sagen, was sie jagten.

Johnny Welsh kroch zu ihm hinüber. Sie befanden sich in einer Enklave, die von zwei in schrägem Winkel stehenden Steinblöcken gebildet wurde. Von ihrem Aussichtspunkt konnten sie auf den Versammlungsplatz des Kabal hinabsehen.

Überall in der Höhle standen Statuen. Auch sie schienen nicht von Inuit zu stammen. Sie stellten fremdartige Wesen mit ungeschlachten Körpern dar, und allein vom Betrachten wurde Max schon etwas übel.

Doch dort unten ging Schlimmeres vor. Obwohl die schlurfenden Eskimo-Zombies verschwunden waren, fand gerade eine Zeremonie statt. Sie vernahmen düstere, schwere Gesänge und dann einen Schmerzensschrei.

»Das war Robin«, sagte Johnny. »Sie haben ihn, und ich weiß nicht, was sie mit ihm anstellen, aber wir müssen ihn befreien.«

Bevor Max etwas sagen konnte, pflichtete Yarnall ihm bei. »Ich glaube, wir können auf die andere Seite des Platzes gelangen«, sagte er und deutete nach oben. »Sehr ihr diesen Rauch? Ich glaube, da ist ein Belüftungsschacht. Sehen wir mal nach.«

Die drei krochen rückwärts durch den schmalen Tunnel, bis sie die anderen Abenteurer erreicht hatten. Mit gespannten Gesichtern sahen sie ihnen entgegen. »Wir müssen Robin retten«, sagte Yarnall. »Ich brauche ein paar Freiwillige, die mich zur anderen Seite des Platzes begleiten.«

Charlene hob die Hand, dann Hippogryph, dann Max. Evianes Hand schoß einen Augenblick später hoch.

»Also gut«, sagte Yarnall. »Wie sieht es mit euren Kletterkünsten aus?«

Charlene nickte enthusiastisch. »Kein Problem. Ich fühle mich jeden Tag kräftiger.«

»Gut. Beide Gruppen arbeiten sich nacheinander vor. Jede Gruppe achtet auf die andere. Bleibt in Deckung. Wenn wir auf der anderen Seite sind, schicken wir das freiwillige Team rein …«

Er zeichnete eine Karte auf den Boden.

Ich war schon einmal hier, ich …

Eviane stolperte, doch Max hielt sie fest und verhinderte, daß sie fiel.

Das Durcheinander der umgestürzten Steinblöcke beunruhigte sie. Sie hatte während ihres Abenteuers schon öfter *deja vu*-Erfahrungen gemacht, doch hier stellte sich das Gefühl ein, daß einige dieser Winkel überhaupt keine Winkel waren, sondern schiere Illusionen. Wenn sie sie ansah, glaubte sie, eine jener verdammten optischen Täuschungen zu sehen, bei der die Tiefenwahrnehmung durcheinander geriet.

Sie wartete in den Schatten, daß Yarnall ihr das Zeichen gab, dann lief sie los. Der Platz war so gewaltig, die Hieroglyphen so verwirrend fremdartig, daß sie sich wie ein Käfer vorkam, der über eine außerirdische Cornflakes-Schachtel lief.

Das Herz hämmerte in ihrer Brust. Hippogryph erwischte ihre Hand und zog sie auf den nächsten Steinblock hoch. Seine Oberfläche war glatt und schlüpfrig. Verdammt, wenn hier jemand ausrutschte …

Sie sah hinab. Von hier oben sahen die Hieroglyphen ganz anders aus. Sie schienen zusammenzupassen, eine Bilderfolge darzustellen. Je höher sie stieg, desto besser konnte sie es erkennen. Auf über tausend Metern Länge ähnelten sie einem Comic-Strip, einer illustrierten Geschichte.

Als Max ihr auf den obersten Steinblock geholfen hatte, legte sie sich auf den Bauch und versuchte, die Geschichte, die sich unter ihr erstreckte, zu lesen. »Siehst du auch, was ich sehe?«

»Ja«, erwiderte er. »Aber ich kann mir keinen Reim darauf machen.«

Auch Trianna hielt inne, als sie sie erreicht hatte, und wischte sich eine blonde Haarsträhne aus dem Gesicht, um die Bilder unter ihr betrachten zu können.

»Kommt schon!« zischte Max. »Die Comics können wir auch später lesen.«

Eviane kroch über den Stein auf die andere Seite, von wo aus sie auf die Bastion des Kabal hinabsehen konnten. Der Gesang und Robin Bowles' Schreie waren immer lauter geworden, und Eviane drückte die Hände an die Schläfen. Schreckensbilder zogen durch ihren Kopf und verschlangen ihre dringend benötigte Zuversicht.

Als sie an die Hieroglyphen unter ihr dachte, konnte sie die einzelnen Teile, die Schatten und Umrisse sehen, aber auch eine schreckliche Gestalt, ein riesiges Wesen, das in den Zeichnungen nur angedeutet war. In ihrer Vorstellung sah sie es: Mit einem Tintenfischkopf erzeugte es Geräusche, die sich in keine menschliche Sprache übersetzen ließen.

»Bist du in Ordnung?« fragte Trianna. Eviane öffnete die Augen und sah ins Gesicht ihrer Gefährtin. Würde diese Frau sterben? Von einigen der anderen hatte sie Visionen gehabt, und eine davon war bereits eingetreten.

Sie wollten Robin Bowles retten, doch mit jeder Faser ihres Seins wußte Eviane, daß es schon zu spät dafür war.

Doch gehörte Trianna auch schon zu den Toten? Eviane versuchte, nicht auf den Wind zu lauschen, sich an das Geschöpf in ihrer Nähe zu erinnern, das Rätsel namens Michelle zu lösen und herauszufinden …

… ob Trianna sterben würde.

»Was siehst du mich so an?« fragte das Mädchen.

»Mir kam gerade in den Sinn«, log Eviane, »daß diese Sache bald vorbei sein wird und wir noch gar keine Gelegenheit hatten, uns einmal zu unterhalten. Ich kenne dich überhaupt nicht.«

Trianna lächelte. »Dazu werden wir Gelegenheit haben, wenn alles vorbei ist.«

»Das hoffe ich«, sagte Eviane.

Die Abenteurer sahen den Felshang hinab, der sie von der Bastion des Kabals trennte. In der Tat zog Rauch durch einen runden Belüftungsschacht.

»Da ist ein Weg«, sagte Francis Hebert. »Seht ihr ihn auch?«

Max legte die Hand vor die Augen. »Verdammt, ich kann nicht sagen, ob das konkav oder konvex ist. Was ist das nur für ein verrückter Ort?«

»Ich gehe als erster«, sagte Francis.

Die ersten paar Meter rutschte er hinab, dann fand er Halt. Eviane stellte fest, daß er sich alle Knochen brechen würde, sollte er ausrutschen und hinabstürzen, und hielt den Atem an.

Ollie und Orson folgten ihm. Oliver hatte sich Granaten um die Brust geschlungen, die bei jeder Bewegung leise schepperten.

Hebert zuckte zusammen, als er das Geräusch hörte. Er sah zu Oliver auf und achtete einen winzigen Augenblick lang nicht darauf, wohin er trat.

Eviane sah gute drei Sekunden, bevor ihr Schrei über die Lippen kam, was geschehen würde.

Einer der Schatten *zuckte*. Er verbarg einen anscheinend konvexen Winkel, doch als Heberts Fuß darüber glitt, war es überhaupt kein Winkel mehr, sondern ein schwarzes Loch, und Heberts Fuß blieb darin stecken. Mit einem wilden Blick versuchte Hebert sich festzuhalten.

Ollie griff noch nach ihm, doch es war zu spät. Hebert schrie nicht. Selbst im Augenblick des Todes verlor er nicht die Beherrschung; er wußte, daß ein Schrei sie alle verraten würde.

Und dann war er verschwunden.

»Ein Fehler«, sagte Max nervös. »Er hat einen Fehler gemacht.«

Ollie betastete vorsichtig die Stelle, durch die Hebert gestürzt war. Er fand nur die *Illusion* einer festen Oberfläche und einen Schatten, der ihm zu dunkel vorkam, um natürlichen Ursprungs zu sein.

Jetzt hatten sie schon drei Gefährten verloren! Nervös kletterten sie weiter, überprüften nun einen Winkel nach dem anderen und blieben in den Schatten. Langsam kamen sie dem Ort näher, an dem man Robin Bowles folterte.

Sie erreichten das Abzugsloch ohne weitere Zwischenfälle. Und hielten inne, als die Musik verstummte und Robin Bowles erneut schrie.

Das Gestein pochte unter Evianes Füßen. Sie hörte den wieder auflebenden Gesang und konnte das qualvolle Stöhnen fühlen. Was taten sie Bowles nur an? Sie erinnerte sich an diese Geräusche – *deja vu* –, hatte aber keine Vorstellung, was genau dort vor sich ging, empfand nur einen tiefen, abscheulichen Schrecken.

Sie prallte gegen Yarnalls Fuß und verschluckte einen Aufschrei. Er hielt einen Finger vor seine Lippen und glitt zur Seite, so daß sie neben ihm Platz fand.

Für Momente drang kein Rauch aus dem Abzug, und Yarnall schirmte die Augen ab und sah in das Loch hinab. Dann zog er hustend den Kopf wieder zurück. »Ich kann nichts erkennen«, flüsterte er, als ein weiterer herzzerreißender Schrei die Steine vibrieren ließ.

Charlene griff in ihren Rucksack und holte eine Schneebrille hervor. »Hier, versuche es damit«, flüsterte sie.

Eviane setzte die Brille auf, zog sie fest und tippte auf Yarnalls Schulter. Er trat zur Seite, und sie sah hinab. Ein paar Sekunden lang konnte sie ebenfalls nichts ausmachen, dann geriet Bewegung in den Rauch.

Alle paar Sekunden zog sie den Kopf von dem Loch zurück, um frische Luft einzuatmen, und sah dann wieder hinab. Schließlich konnte sie die Gegenstände und das Geschehen in dem uralten Tempel unter ihnen erkennen.

Bei dem Raum handelte es sich um eine Art Qasgiq, vielleicht sogar um das, das sie in ihrer früheren Vision gesehen hatte. Männer und Frauen saßen um ein Feuer in der Mitte, und auf einem Gestell lag Robin Bowles' Leiche.

Eviane wußte sofort, daß er tot war. Das Feuer warf gelbe

Schatten auf die Wände und enthüllt ihr mehr, als sie eigentlich sehen wollte. Robin Bowles' Leiche lag mit gespreizten Gliedern da, in seinem Leib klaffte ein großes Loch. Einer der Männer am Feuer erhob sich und griff in die Leiche. Als er die Hand zurückzog, befand sich etwas rot Schimmerndes darin, das er ins Feuer warf.

Eviane würgte. Der Wind drehte sich, und der Rauch roch plötzlich widerwärtig süß.

»Eindringling!« sagte der Mann. »Du, der du gekommen bist, unsere Macht zu brechen. Deine Seele gehört nun uns, und ich befehle dir, uns alles zu sagen.«

Robin wand sich auf dem Gestell, als lebe er noch. »Alles gesagt. Alles gesagt.«

»Nein!« donnerte der Kabalist.

»Alles. Alles.«

Eviane zog den Kopf aus dem Loch, atmete ein paar Mal tief ein und wagte dann einen weiteren Blick. Diesmal erkannte sie den Mann. Es war Ahk-lut, der Sohn Martins des Polarfuchses. Sein dunkles, vernarbtes Gesicht wirkte hager und eingefallen.

Jetzt, wo sie daran dachte ... Alle da unten sahen krank aus.

Sie wollte das eigentlich dem unaussprechlichen Bösen ihrer Praktiken zuschreiben, doch als sie nun die zwölf Mitglieder des Kabals betrachtete, sah sie, daß alle erschöpft und mitgenommen wirkten, als hätten sie einen fürchterlichen Preis für ihre nekromantischen Fähigkeiten bezahlt.

Ahk-lut griff in Robins Kröper, murmelte etwas, das sie nicht verstand, und *drehte dann die Hand ...*

Robin schrie. Sie hoffte, nie wieder einen solchen Schrei hören zu müssen, und glitt keuchend von dem Loch zurück. Yarnall nahm ihr die Brille ab, setzte sie auf und steckte den Kopf ins Loch. »Ja. Ja«, erklang Robins Stimme.

»Gut«, sagte Ahk-lut selbstzufrieden. »Sprich. Was hat dir genug Macht gegeben, unsere Barrieren zu überwinden?«

»Wir ... meine Gefährten haben selbst Magie.«

»Magie? Eine größere als die des Himmelsmetalls?«

Nein, Robin! dachte Eviane bei sei. *Wo auch immer deine Seele sein mag, laß dich nicht zwingen …*

»Draht von Falling Angel!« kreischte Bowles wie von Sinnen. »Gewoben in unsere Rucksäcke und Zelte! Es kreist und kreist, und …«

Yarnall erbleichte. »Verschwinden wir von hier. Robin hat ihnen alles erzählt. Sie werden nach uns suchen.«

»Nach uns?« fragte Charlene.

»Wenn sie diesen Draht in die Hände bekämen, hätten sie mehr Macht denn je zuvor. Vielleicht war es ein Fehler, ihn mitzunehmen.«

Die drei kletterten vorsichtig wieder hinauf, dabei ständig auf die Schatten achtend. Eviane war übel, doch sie verspürte auch eine absolute Entschlossenheit.

Schließlich erreichten sie die sieben Spieler, die in einer Nische auf sie warteten. »Was habt ihr gesehen?« fragten Johnny Welsh und Schneegans gleichzeitig.

Yarnall berichtete ihnen mit zahlreichen Ausschmückungen von der schrecklichen Leichenfledderei des Kabals.

»Ich kann Robin nicht mehr helfen«, sagte Schneegans mit bleichem Gesicht.

Orson lehnte sich gegen eine Steinplatte. »Tja, da stecken wir schön in der Klemme«, sagte er. »Wir haben Sedna befreit, und ihre Gesundung schreitet von Augenblick zu Augenblick voran. Das Kabal muß verzweifelt sein. Sie brauchen diesen Draht. Und sie wissen, daß wir hier sind.«

»Welche Möglichkeiten haben wir?« fragte Oliver.

»Wir sind zu weit gekommen, um jetzt aufzugeben. Und wir können nirgendwo hin fliehen. Solange das Kabal besteht, ist die ganze Welt in Gefahr.«

»Was schlägst du vor?« fragte Schneegans.

»Tja … der Satellit, das Himmelsmetall. Die Quelle ihrer Macht. Sie beten es an. Es *muß* hier irgendwo sein.«

»Wir können es nicht mitnehmen – du siehst doch, was es aus ihnen gemacht hat. Das verdammte Ding ist radioaktiv.«

Niedergeschlagen sahen sie sich an, in der Hoffnung, einer von ihnen habe eine Idee. »Ich schlage es nicht gern vor«, sagte Schneegans dann, »weil es ein Totem von so großer Macht ist. Doch wenn wir es nicht gefahrlos benutzen können ...«

»Auf keinen Fall«, bestätigte Yarnall. »Seht doch, wie krank die Mitglieder des Kabals sind. Lediglich ihre Magie hält diese Mistkerle noch zusammen.«

Sie nickte. »Dann müssen wir es finden und vernichten.«

»Vernichten«, wiederholte Charlene. »Wie?«

»Das ist eine gute Frage. Daddy hat darüber nie etwas verlauten lassen.«

»Vielleicht können wir es aus ihrer Reichweite schaffen«, schlug Charlene vor. »Es ist unter einem Gletscher vergraben, im Meer versenken oder es vielleicht einem dieser Landwale geben.«

»Ich glaube, einer von ihnen *ist* ein Landwal«, sagte Orson.

»Es in die Luft sprengen«, sagte Yarnall. »Oliver hat diese Granaten ...«

Johnny Welsh schüttelte den Kopf. »Die reichen dafür nicht aus.«

Orson hatte gegen die Wand gestarrt. »Hört mal«, sagte er nun geistesabwesend. »Man kann diese magischen Objekte mit Batterien vergleichen – je weiter sie reisen, desto mehr Magie enthalten sie. Aber was, wenn dieser Vergleich mit einer Batterie in mehr als nur einer Hinsicht zutrifft? Können wir sie nicht irgendwie entladen? Oder kurzschließen?«

»Schon kapiert«, sagte Max. »Schneegans, wenn wir den gesamten Falling Angel-Draht, alles, was wir in den Rucksäcken und Zelten finden, auf die Trümmer des Satelliten stürzen lassen ... könntest du dir dann einen Bannspruch einfallen lassen, der dessen Magie entzieht?«

Schneegans dachte einen Augenblick lang nach. »Ich muß darüber meditieren«, sagte sie dann, schloß die Augen, legte die Hände auf die Ohren und stimmte einen leisen Gesang an.

Eviane spürte die Aufregung der anderen. Die Idee war hervorragend. Richtig ausgeführt, konnten sie damit die Macht zerstören, mit der das Kabal den Raben gefesselt hatte, und eine ganz neue Runde in der Auseinandersetzung einleiten.

Falsch ausgeführt, würden sie jedoch alle umkommen. Sie konnte das Ergebnis nicht voraussehen ... und das war das beste daran. Die Möglichkeiten, die sie voraussah, beinhalteten lediglich Blut, Eis und Tod.

Schließlich öffnete Schneegans die Augen. »Alles klar«, sagte sie. »Wir können es schaffen.«

Sie hätten gern gejubelt, doch die abscheulichen Wesen, die die Insel bevölkerten, hätten sie hören und zu einem kleinen Imbiß vorbeischauen können. Also setzten sie sich nur im Kreis zusammen und arbeiteten den Plan aus.

Einunddreißigstes Kapitel

HERAUSFORDERUNG

Alex Griffin schirmte die Augen ab, als er den Bahnhof EnCom Plaza in San Diego verließ. Obwohl die Fahrt mit der Untergrundbahn vom Traumpark hierher nur achtzehn Minuten gedauert hatte, schmerzte das grelle Licht nach der Dunkelheit der Tunnels.

Auf den Bürgersteigen herrschte rege Aktivität, und er fühlte sich etwas unbehaglich. Wie lange war es her, daß er das Gebiet der Cowles Industries mit all seinen Modular-Gemeinden, Einkaufszentren und so weiter zum letzten Mal verlassen hatte? Über ein Jahr?

Nein, fast zwei Jahre, dachte er erstaunt.

Die Jets für die leitenden Angestellten, die Röhrenbahnen, die Ferienzentren in Aspen und auf den Bermudas ... all das gehörte Cowles Industrie, war eine völlig eigenständige Welt.

Alex fühlte sich plötzlich schmerzlich verwundbar. Die zahlreichen Menschen auf der Straße kannten ihn nicht, und die Straßengeräusche selbst waren ihm fremd geworden. Es war eine neue und irgendwie aufregende Erfahrung für ihn.

Er lief die Dutzend Stufen zum Glass Tower hinauf, dem höchsten und bekanntesten Gebäude an der EnCom Plaza, das sich wie ein Riese auf Stelzen über die anderen Wolkenkratzer erhob. Der Wachmann an der Tür hielt ihn auf und erkundigte sich, wohin er wollte.

Alex gab ihm die Kodekarte, die Fekeshs Sekretärin ihm per Boten geschickt hatte. *Na schön, Mr. Griffin. Wenn Sie weiterhin darauf bestehen, eine dringende persönliche Angelegenheit mit Mr. Fekesh zu besprechen zu haben, wird er morgen fünf Minuten Zeit für Sie erübrigen können.*

Verdammt großzügig von ihm.

Der Wachmann schob die Karte in einen Computerschlitz und überprüfte auf einem Bildschirm das Ergebnis. Er wirkte etwas respektvoller, als er zur Tür zurückkehrte. Nicht viel, aber immerhin eine Verbesserung.

»Einen Augenblick, Sir.«

Alex trat zurück, als die Tür summend aufsprang, und schritt dann in einen von zehn Zentimeter dicken Plastiglasscheiben umschlossenen Vorraum. Er fühlte ein Vibrieren, und die Haut seiner Unterarme prickelte.

Wahrscheinlich nur die Nerven.

Die Innentür glitt auf.

Der Wachmann deutete auf einen Fahrstuhl. »Penthouse«, sagte er überflüssigerweise.

Alex hatte die Pläne des Gebäudes studiert. Es gab acht Lifts, sechs davon öffentlich, einen Lastenfahrstuhl und einen, der direkt in die oberste Etage führte.

Zischend schloß sich die Tür hinter ihm.

Griffin nahm keinerlei Bewegung wahr und fragte sich noch, ob die Kabine überhaupt schon angefahren war, als sich die Tür geräuschlos wieder öffnete.

Er betrat ein luxuriöses Büro. Die gesamten Außenmauern schienen aus Glas zu bestehen, in das Holzbalken eingezogen waren. Es ergab eine interessante, irgendwie elementare Mischung: Die Erde und der Himmel verschmolzen.

Eine wunderschöne Brünette erhob sich hinter einem

Schreibtisch und gab ihm die Hand. »Mister Griffin, natürlich. Mister Fekesh erwartet Sie.«

Darauf gehe ich jede Wette ein. »Danke. Darf ich durchgehen?«

»Einen Augenblick bitte noch. Darf ich Ihnen etwas zu trinken anbieten?« Die übliche Frage.

Kaffee. »Eine Limonade, wenn Sie sie haben.«

Sie lachte melodisch. »In sechsundzwanzig Geschmacksrichtungen.«

»Dann bitte Zitrone.«

»Kommt sofort.«

Alex nahm Platz. Er wurde sich seiner Nervosität bewußt und der Tatsache, daß man ihn wahrscheinlich beobachtete. Eine leise Hintergrundmusik – was war es? Mozart? Er kannte sich mit klassischer Musik nicht aus – trug aus irgendeinem Grund zu seiner Unbehaglichkeit bei.

Ein Dutzend Männer und Frauen waren hinter ihren Schreibtischen beschäftigt, doch die wirkliche Arbeit wurde zweifellos hinter den zahlreichen geschlossenen Türen erledigt.

Die Empfangsdame kam kichernd zurück, als habe sie gerade einen guten Witz gehört. Sie gab Alex einen Plastikbecher. »Mister Fekesh läßt bitten«, sagte sie und deutete auf eine Tür am Ende des Ganges. Alex lächelte und nahm einen Schluck. Das Getränk war genau richtig gekühlt und sehr erfrischend.

Die Bürotür stand auf, und er ging hinein. Das Büro war etwas kleiner, als er es erwartet hatte, und die Luft roch leicht abgestanden. Jetzt bemerkte er etwas, was ihm vorher nicht bewußt aufgefallen war: das pneumatische Zischen, mit dem sich die Türen schlossen. Fekesh verfügte über eine autonome, zweifellos computergesteuerte Luftversorgung. Keine Schadstoffe für seine aristokratischen Lungen.

Alle Außenmauern waren aus Glas. Von hier oben konnte man die gesamte Stadt überblicken.

Die hintere Tür öffnete sich, und Kareem Fekesh trat ein. Obwohl er kleiner und schmaler als Alex war, wirkte er überwältigend beeindruckend. Es lag nicht nur an seiner Kleidung oder dem gepflegten Äußeren; ein Mann, dem vierundzwanzig Stunden am Tag ein persönlicher Friseur zur Verfügung stand, *konnte* so gut aussehen wie Fekesh. Nein, es lag daran, daß er sich wie ein vor Gesundheit strotzendes Tier bewegte. Sein Lächeln war breit und freundlich. Seine Augen leuchteten schwarz und schienen sogar zu lachen, wenn der Rest seines Gesichts ausdruckslos blieb.

Fekesh nahm hinter seinem Schreibtisch Platz und deutete auf einen Stuhl. »Bitte setzen Sie doch doch. Es tut mir leid, daß ich dieses Gespräch erst jetzt arrangieren konnte, doch es gibt immer tausend Dinge zu tun.«

»Ich verstehe«, sagte Alex.

Fekesh schenkte ihm ein Lächeln, das zu sagen schien: *Das bezweifle ich,* und faltete die Hände. »Was kann ich also für Sie tun, Mister Griffin?«

»Ich gehe davon aus, daß Sie wissen, wer ich bin«, begann Alex.

»Natürlich. Wir haben schon miteinander zu tun gehabt. Wenn nicht direkt, dann über den Videoschirm. Ich habe es mir zur Angewohnheit gemacht, über die Leute, mit denen ich arbeite, soviel wie möglich in Erfahrung zu bringen.«

»Das wird eine schwierige Unterredung werden, und ich möchte sie so weit wie möglich vereinfachen.«

»Unbedingt.«

Alex räusperte sich. »Wie Sie wahrscheinlich wissen, hat vor etwa acht Jahren jemand versucht, die Cowles Industries zu übernehmen.«

Fekeshs Gesichtsausdruck änderte sich nicht. »Und?«

»Obwohl man es nicht beweisen kann, geht man davon aus, daß Sie bei diesem Übernahmeversuch eine wichtige Rolle spielten.«

»Mister Griffin, solche Dinge fallen doch wohl kaum in den Verantwortungsbereich des Sicherheitschefs des Traumparks.«

»Nein. Aber rein zufällig ereignete sich zur selben Zeit im Traumpark ein schrecklicher Unfall. Wäre er bekannt geworden, wären die Aktien noch tiefer gefallen, was die Übernahme erleichtert hätte.«

»Tja, dann freuen wir uns darüber, daß diese Information niemals der Öffentlichkeit zugänglich gemacht wurde.«

»Möchten Sie mich über Ihre Rolle bei dieser Sache aufklären?«

Fekesh trommelte mit den Fingern auf die Schreibtischplatte. »Mister Griffin, ich bin sehr beschäftigt. Ich hatte den Eindruck, daß Sie eine dringende Angelegenheit mit mir besprechen wollten und keine, die schon ein Jahrzehnt zurückliegt.«

»Das stimmt auch«, sagte Alex. Er öffnete seine Aktentasche, zog zwei Schnellhefter heraus und schob sie Fekesh über den Schreibtisch zu. »Ich weiß, daß Sie beim Mars-Projekt eine wichtige Rolle spielen. Vielleicht wird Ihnen das, was ich zu sagen habe, etwas seltsam vorkommen.«

»Ja.« Fekesh öffnete einen Hefter und blätterte ihn durch. Sein Gesichtsausdruck blieb unverändert.

»Ich spreche von einem schrecklichen Unfall, der sich vor etwa acht Jahren im Traumpark ereignete. Eine Frau, die bei der Sabotage – so können wir es wohl nennen ...«

Fekesh runzelte fast unmerklich die Stirn.

»... ohne eigenes Wissen mitwirkte, kehrte vor kurzem in den Park zurück, um an dem gleichen Spiel teilzunehmen, bei dem sie verletzt wurde. Jemand hat versucht, sie aus dem Spiel zu nehmen.«

»Jemand?«

»Jemand. Das deutet darauf hin, daß sich derjenige, der für den ersten Zwischenfall verantwortlich war, noch im Traumpark aufhält. Das deutet darauf hin, daß ... etwas Großes passieren wird.«

»Das mit dem Mars-Projekt zu tun hat?«

»Wie Sie meinen Informationen entnehmen können, wissen wir, daß die Cowles Industries erneut angegriffen werden. Gleichzeitig haben Sie sechsundzwanzig Prozent ihrer flüssigen Geldmittel in unbekannten Aktien angelegt. Und Sie haben mit dem Mars-Projekt zu tun.«

»Ich fürchte, ich weiß nicht, worauf Sie hinauswollen.«

»Worauf ich hinauswill? Sie sollen wissen, daß ich Ihnen auf den Fersen bin, falls etwas Ungewöhnliches passieren sollte.«

Fekesh schien zu gähnen, ohne dabei den Mund zu öffnen. »Mister Griffin, ich frage mich, was Ihre Vorgesetzten davon halten, daß Sie mir auf diese Art drohen?«

Alex' Lippen zuckten. »Wer droht Ihnen denn?«

»Unsinn. Beleidigen Sie nicht meine Intelligenz.« Er blätterte die Schnellhefter durch. »Sie haben hier ja einige Informationen über meine finanziellen Aktivitäten zusammengetragen. Ich frage mich, wie Sie an sie gekommen sind.«

Griffin lächelte dünn. »Wir haben auch unsere Quellen.«

»Die sich Zugang zu unseren Computerdateien verschafft haben müssen. Wir haben auch eine Sicherheitsabteilung, Mister Griffin, und ich möchte behaupten, daß sie effizienter arbeitet als die des Traumparks.« Er lächelte mit seinen erstaunlich weißen Zähnen. »Sagen Sie, Mister Griffin, haben Sie jemals daran gedacht, die Firma zu wechseln? Wir zahlen Mitarbeitern, die in ihrem Job gut und ihrem Arbeitgeber treu ergeben sind, hervorragende Prämien.«

»Auf mich trifft beides zu.« Mehr sagte er nicht, zeigte nur ein Lächeln.

»Na ja. Sprechen wir später einmal darüber. Aber was diese andere Sache betrifft ...« Er warf wieder einen Blick auf die Schnellhefter. »Wir können Sicherheitslecks genauso wenig tolerieren wie Sie, Mister Griffin. Ich fürchte, wir werden etwas dagegen unternehmen müssen. Datendiebstahl verlangt – wie soll man es ausdrücken? – eine endgültige Lösung.«

Griffin richtete sich auf. »Ich denke nicht ...«

»Das ist offensichtlich. Aber Sie hätten besser nachgedacht, bevor Sie hierher kamen. Ihrer Akte entnehme ich, daß Sie einmal für den Militärischen Nachrichtendienst gearbeitet haben. Aber in den letzten acht Jahren haben Sie in einem Phantasieland gelebt. Anscheinend haben Sie vergessen, was in der wirklichen Welt vor sich geht. Nun gut, ich werde Sie daran erinnern müssen.« Er sah auf seine Uhr. »Würden Sie mich jetzt bitte entschuldigen?«

Griffin stand auf. Er suchte nach einer schlagfertigen Erwiderung, doch ihm fiel keine ein.

Aber das war sowieso nicht wichtig. Also ging er.

Zweiunddreißigstes Kapitel

TRÄUME EN GROS

Es war groß, widerlich und klang hungrig.

Das Ding schlurfte an ihrer Höhle vorbei, haarig und bräunlich-weiß, und schnüffelte in ihre Richtung.

Schneegans hielt die Falling Angel-Spule wie ein Kreuz in der Hand. Ihre Augen waren geschlossen, und die Spule leuchtete schwach.

»Winigo«, flüsterte sie, eher ein Gebet als eine Erklärung. Schließlich drehte sich das Untier um und ging weiter.

»Was, zum Teufel, war das?« fragte Johnny.

»Sah aus wie der Abscheuliche Yeti«, meinte Orson.

»Wir nennen sie ›Winigos‹. Menschenfresser. Ich hätte uns eigentlich vor ihm völlig unsichtbar machen müssen.«

»Es ist doch davongezogen«, sagte Trianna.

»Es kam zu nahe. Ich bezweifle, daß es nur ein Winigo war.«

»Was dann?«

»Ich glaube, das Kabal übernimmt seine Tiere. Es sieht durch ihre Augen, hört durch ihre Ohren.«

»Oh, Scheiße.«

»Augenblick mal. Wenn sie nach uns suchen, können sie ihr Sanktum nicht mehr völlig abschirmen, oder?«

Yarnall dachte darüber nach. »Würde ich auch meinen. Aber wir müssen sie ablenken. Wie wäre es, wenn einige von uns in den Bergen ein paar Granaten zünden? Die anderen könnten sich dann in den Tempel schleichen. Wir müßten schnell vorgehen. Ein Überraschungsangriff, und der Satellit ist hinüber.«

Schneegans blickte zweifelnd drein. »Das würde niemals funktionieren ...«

»Hört mal«, mischte Max sich ein, »wer hat dieses Robbenfell bekommen?«

Charlene hob nervös die Hand. »Ich.«

»Eine weiße Robbe auf dem Schnee. Kaum zu sehen, oder? Vielleicht auch kaum wahrzunehmen?«

Schneegans verbarg ein Grinsen. »Das klingt vernünftig. Was haltet ihr davon?«

»Wir bilden drei Teams. Zwei führen Ablenkungsmanöver durch, während sich das dritte, angeführt von Charlene unter dem Schutz des Robbenfells, in den Tempel schleicht.«

»Die Götter betrachten unseren Plan wohlwollend«, erklärte Schneegans. Sie erwähnte nicht das Gespräch, das sie von der Spielzentrale gehört hatte.

Moment mal! Das stand nicht im ursprünglichen Szenario. Sie sollen sich zurückziehen, das gestrandete Eskimo-Kanu und das Dynamit finden!

Tja, hatte Welles gekichert, *sie wollen es eben auf andere Art versuchen. Kommen wir damit klar?*

Hmmm ...

Wieder Gelächter. *Verdammt, Boß, verkaufen wir nun Träume en gros oder nicht?*

Na schön, dann versuchen wir es eben.

Max schob Trianna und Orson in die Schatten zurück und bedeutete ihnen, still zu sein.

Sie standen auf einem schmalen Sims hoch über dem Tal. Auf der anderen Seite des Felsvorsprungs bewegte sich etwas, und er war sich nicht sicher, ob er dem Wesen begegnen wollte. In den Tiefen seiner Eingeweide regte sich Furcht.

Dann bemerkte er, daß Johnny Welsh an ihm vorbeisah, hin zu einem langen, hornigen, haarigen Bein, das sich um die Ecke schob.

Bei ihrer Klettertour hatten sie in der Ferne etwas gesehen, bei dem es sich um eine riesige Spinne handeln könnte, eine Mischung zwischen einem Schneider Wipphopp und einer Tarantel. Das konnte ein Bein des Wesens sein. An einem Gelenk war ein scharfer Widerhaken in dem Chitin verankert.

Ein zweites Bein – mit einem zweiten Widerhaken –

tastete suchend um die Ecke, und dann erschien der fast zwei Meter große Torso der Spinne. Das Wesen verharrte einen Augenblick lang, genauso überrascht, sie zu sehen, wie es auch bei ihnen der Fall war. Es hatte schwach leuchtende, schwarze Facettenaugen, und Max konnte die Spiegelung seines Gesichts, verzerrt vor Schock und Angst, auf ihnen erkennen. Die Spinne öffnete das Maul und enthüllte eine schwarze, rot umrandete Mundhöhle. Sie zischte leise und griff an.

In keinem Biologiebuch hatte Max jemals so ein Geschöpf gesehen. Es schien die Beine in alle Richtungen biegen zu können und bewegte sich mit verwirrender Schnelligkeit.

Ein Schuß erklang. Max warf einen Blick zurück und sah, daß sich Trianna auf alle viere hatte fallen lassen, um Johnny die Möglichkeit zum Zielen zu geben. Den Karabiner über der Schulter, gab er einen zweiten Schuß ab.

Die Spinne wurde langsamer, leckte an dem Blut und stürmte dann weiter.

Eviane beobachtete Hippogryph. Irgend etwas schien nicht zu stimmen, doch sie konnte nicht den Finger darauf legen.

Sie hatten ein Boot gefunden, darin Vorräte und Dynamit. Das Kanu war beschädigt und blutbefleckt, und …

Sie rieb sich die Schläfen.

Im Boot lag der Teil eines menschlichen Fußes, als sei etwas aus den Tiefen emporgestiegen und habe die Insassen verschlungen. Aber sie sollten den Satelliten nicht entladen. Sie sollten das Boot und das Dynamit finden und ihn in die Luft sprengen …

Das war ein anderes Spiel.

Spiel?

Wie konnte das ein Spiel sein?

Und doch …

Und doch hatte sie gesehen, wie das Licht durch eins dieser Ungeheuer fiel und eine Keule einfach hindurchglitt.

Konnte das alles ein monströser Scherz sein?

Aber warum? Wer kannte die Antworten? Max hatte immer wieder versucht, ihr zu sagen, es sei nur ein Spiel …

Sie beobachtete Hippogryph und dann Ollie. Verdammt, es sah ganz so aus, als habe Ollie trotz aller Gefahren einen höllischen Spaß an der Sache.

»Das wäre kein schlechter Ort, um die Granaten zu zünden«, sagte er.

Eviane starrte ihn an. Sein Gesicht kam ihr so bekannt vor ... hatte sie ihn früher schon einmal gesehen? Oder Hippogryph?

»Eviane? Was hältst du davon?«

Sie blickte von dem Hügel hinab auf das Gestein, das von hier oben wie eine riesige Hieroglyphe aussah. »Klar. Klingt vernünftig«, sagte sie. Dann sah sie zum Himmel empor. Dinge bewegten sich in den Schatten, und Eviane wurde sich plötzlich ihrer Verletzbarkeit bewußt.

Während Ollie und Hippogryph die Granaten vorbereiteten, beobachtete Eviane die Schatten. Alles war so ... verschwommen. So vertraut und gleichzeitig unvertraut.

Wer war Michelle?

»Das hätten wir geschafft.« Die beiden Männer hatten acht flache, silberne Zylinder zu zwei Bündeln zusammengefügt und mit Schnee bedeckt. Der Wind, der vom Plateau hinüberwehte, erzeugte ein unheimliches Heulen.

Ollie zog den Ring seines Granatenbündels. Mit einem leisen *Plop* und einem weißen Blitz zündeten sie.

»Kommt schon!« rief Hippogryph, als er sein Bündel zündete, und lief auf die Deckung der Ruinen zu.

Eviane folgte ihm, so schnell sie konnte. Als sie über die Schulter zurücksah, züngelten Flammen in den Himmel.

Wenn sie damit keine Aufmerksamkeit erregen würden! Jetzt mußten sie nur noch ...

Sie hatten den Rand der Ruinen gerade erreicht, als sie darin Bewegungen ausmachten. Vier Amartoqs traten aus dem Labyrinth, Keulen und Speere in den Händen.

Ja, sie hatten Aufmerksamkeit erregt. Aber zu viel und zu früh.

Schneegans machte im Osten die falsche Dämmerung aus, als die Granaten zündeten. Sie wartete einen Augenblick. Dem Plan zufolge sollte die zweite Gruppe im gleichen Augenblick zuschlagen, doch als nach einer Minute noch nichts geschehen war, begriff sie, daß etwas schiefgegangen sein mußte.

Also war die von Max angeführte Gruppe auf Schwierigkeiten gestoßen.

Was für ein Pech! Aber sie durfte sich nicht den Kopf über ihre Gefährten zerbrechen, sondern mußte sich auf die vor ihr liegende Aufgabe konzentrieren.

Charlene hatte die Tür des Kabalsanktums erreicht. Orson schlich auf Zehenspitzen hinter ihr, um etwas sehen zu können.

Sie versteckten sich hinter einem der riesigen, umgestürzten Steinquader und warteten. Yarnall hatte über ihnen Position bezogen, um sie bei Gefahr zu warnen.

Aus der Tempelöffnung kamen drei Gestalten, zwei männliche und eine weibliche. Sie waren nackt und traten in den eiskalten Wind, als sonnten sie sich am Strand von Hawaii.

Unter den Blicken den Abenteurer begannen die Gestalten zu zerfließen, veränderten ihre Form und Farbe. Zuerst kauerten sie sich auf alle viere nieder, und dann streckten sich ihre Leiber. Federn, Fangzähne und Klauen entsprossen ihnen. Wo gerade noch drei Menschen gestanden hatten, nickten nun drei Wolffalken einander zu und sprangen heulend in die Luft. Kräftige Schwingenschläge trugen sie nach oben.

»Eine bessere Chance werden wir nicht bekommen«, sagte Schneegans. »Einige von ihnen sind fort, die anderen in tiefe Meditation versunken. Also, los geht's.«

Charlene schlang den Robbenpelz um ihre Schultern und …

Sie verblich. Ihre Kleidung schien zu verdampfen, und einen Augenblick lang stand sie, ohne peinlich berührt zu sein, völlig nackt da. Dann wurde auch ihre Haut durchsichtig, und die Innenorgane pulsierten im Licht.

Schließlich wurden auch die Organe unsichtbar und dann die Knochen. Nur ein leichtes Flimmern der Luft verriet, wo sie sich befand. »Mann«, lachte sie und klatschte in die Hände, »das ist ja toll!«

Schneegans räusperte sich. »Bringen wir es hinter uns«, sagte sie.

Charlene betrat die Tempelöffnung, gefolgt von Yarnall. Die Steine des Ganges waren gesprungen und von den Elementen abgeschliffen, und Charlenes Schritte ließen kleine Staubwolken aufwirbeln.

Vor ihnen bewegte sich irgend etwas mit schweren Füßen, und sie drückten sich gegen die Mauer und versuchten, die Luft anzuhalten.

Dann sahen sie die Gestalt: ein Troglodyt, eckig, dunkelhäutig und haarig. Mit einer rinderartigen Nase schnüffelte er, als versuche er, sie aufzuspüren. Charlenes Messer hob und senkte sich, und der Troglodyt sank auf die Knie. Dann fiel er bäuchlings auf den Staub, zuckte noch einmal und lag still da.

»Kommt weiter«, flüsterte Charlene. In dem matten Licht war sie nur ein bloßes Schimmern.

Vor ihnen lag irgendeine Kammer, in der Fackeln brannten. Charlenes geisterhafte Hand erschien und winkte sie heran. Schneegans erreichte die Schwelle als letzte.

Der Raum war etwa fünf Meter hoch. Am anderen Ende kauerte die etwa doppelt mannsgroße Statue eines Mongolen. Sie mochte aus Gold oder Silber bestehen, war jedoch mit einer dicken Staubschicht überzogen. Ihre dicken Lippen kräuselten sich zu einem spöttischen Gelächter.

Zu ihren Füßen brannte ein Feuer. Davor lag Robin Bowles Leiche auf einem Gestell ausgestreckt. Sechs Männer und Frauen saßen in einem Halbkreis um Bowles herum.

In der Mitte des Tempels befand sich der Satellit, der mit einer solchen Macht leuchtete, daß Charlene unwillkürlich eine Gänsehaut bekam.

Früher mochte er einmal ein Zeugnis der Kreativität des

Sowjetreichs gewesen sein. Nun war er kaum mehr als ein unregelmäßig geformter Schlackehaufen, ein Meteorit mit Eisenkern, das künstliche Produkt einer fortgeschrittenen Kultur.

Und doch ...

Etwas von der ursprünglichen Aufgabe war erhalten geblieben. Hatte es sich um einen Wettersatelliten gehandelt oder um ein militärisches Aufklärungsgerät?

Nun war es ein Objekt der Macht. Es war benutzt worden, um das gesamte Gleichgewicht der Welt umzustürzen. Es beherrschte den Raben, die Sonne, das Schicksal von Millionen, *Milliarden*, denn es stellte nun einen Angelpunkt zwischen einer technischen und einer magischen Welt dar.

Auf Zehenspitzen schlich Charlene zu dem Gerät. Sie war eher eine perfekte Reflektion ihrer Umgebung als wirklich unsichtbar. Wenn sie stillstand, konnte man sie kaum ausmachen; man bemerkte allerhöchstens ein leichtes Flimmern in der Luft. Doch wenn man genau wußte, wo man sie suchen mußte, konnte man das magische Falling Angel-Material erkennen – die Hoffnung der Menschheit.

Die Reihen der *Angakoks* waren ausgedünnt. Zwei Frauen, vier Männer. Sie waren – überraschenderweise – jung, aber krank und geschwächt. Einer war größer als die anderen. Seine Stimme erhob sich lauter, seine Augen waren geöffnet, aber blind.

Ahk-lut.

Orson bedeutete Charlene, zum Satelliten zu gehen.

Robin Bowles, tot, aber in nekromantischen Bannsprüchen gefangen, bewegte sich und drehte sich zu Charlene um.

Charlene konnte ihn nicht ansehen. Aus den Augenwinkeln erkannte sie, daß man ihm stellenweise die Haut abgezogen und Organe entnommen und ins Feuer geworfen hatte; doch er war noch bei Bewußtsein. Seine Augen konzentrierten sich auf Charlene; mit seiner neu gewonnenen Weisheit, der Perspektive des Todes, konnte die Magie des Robbenfells ihn nicht täuschen.

Charlene hielt inne und erwiderte seinen Blick.

Er blinzelte.

Dann ging sie weiter, so nahe an Ahk-lut vorbei, daß er hätte die Hand ausstrecken und sie am Fuß festhalten können. Doch die blinden Augen sahen in die Unendlichkeit. In seiner Trance und dem Dunkel verloren, nahm er nichts mehr wahr.

Das Licht des Feuers warf wild und unregelmäßig die Schatten der Kabalisten gegen die Wand, als tanzten sie um das Feuer. In der Tat ... die Schatten waren aktiver, lebendiger als die sitzenden Gestalten. Sie ähnelten immer weniger menschlichen Schatten, verwandelten sich zusehends im Umrisse schrecklicher, alptraumhafter Dinge. Es war, als kenne die seltsame Flamme die wahre Natur der Seelen der Kabalisten und würde *diese* Wirklichkeit erhellen und nicht die der bloßen körperlichen Tarnung.

Ein nervöses Zittern unterdrückend, näherte sich Charlene dem Satelliten. Sie hätte die Hand ausstrecken und ihn berühren können, wagte es aber nicht.

Es ist nur ein Spiel.

Warum hatte sie dann eine Gänsehaut? Woher kam die Furcht in ihren Eingeweiden? Warum breitete ihr der Anblick des Kabals, dieser sechs Männer und Frauen, ein solches Entsetzen?

Wenn sie sich nicht konzentrierte, würde sie es niemals schaffen. Charlene klappte den ersten Rucksack auseinander und legte ihn auf den Satelliten.

Hoffentlich erwies sich Orsons Idee als zutreffend ...

Vorsichtig machte sie weiter. Fünf Rucksäcke, an den Rändern mit Falling Angel-Material verstärkt, mit fast unzerbrechlichen Kristallkohlenstoffasern. Ein Rucksack nach dem anderen landete auf dem Satelliten.

Zuerst tat sich nichts. Dann erklang ein Summen, und die Schatten hielten in ihrem obszönen Tanz inne.

Aber die Rucksäcke ... sie verschmorten. Es hatte den Anschein, als verändere die Magie ihren Aggregatzustand, als nähmen die verstärkenden Fasern in den Rucksäcken mehr Energie auf, als sie speichern konnten. Rauch stieg empor.

Die Kabalisten erhoben sich wie aus einem langen, tiefen

Traum. Ahk-luts vernarbte Augen waren noch immer blind. Charlene wich rückwärts gehend zurück. Mittlerweile schmolzen die Rucksäcke, veränderten tatsächlich ihre Form und glühten wie vor Hitze. Kleine Feuer huschten über die in dem Stoff verborgenen Drähte.

Die Kabalisten erwachten langsam aus ihrer Trance. Orson stand einen Augenblick lang wie erstarrt da, dann trat er vor und hob seinen Elfenbeinspeer.

Schneegans ergriff seinen Arm. »Nein«, flüsterte sie. »Du hättest keine Chance.«

Orson warf noch einen bedauernden Blick zurück. Ahk-lut wirkte so hilflos, so verletzbar. Er kämpfte mit sich und stimmte dann zu: »Okay, verschwinden wir von hier.«

Sie drehten sich um und rannten los. Hinter ihnen wurde das Summen des Satelliten ohrenbetäubend laut.

Ein Armatoq mit breiten Schultern tauchte aus den Schatten auf und schlurfte unbeholfen auf sie zu. Orson stieß mit dem Speer zu. Das Geschöpf schlug die Waffe fast nachlässig zur Seite. Es griff mit geschwärzten Klauen nach Orson, und die unsichtbare Charlene stach zu.

Ihr Speer senkte sich in den Rücken des Wesens; es stieß einen Todesschrei aus, der ihnen das Blut in den Adern zu gerinnen lassen drohte. Einen Augenblick lang standen sie wie erstarrt da, und dann hörten sie ein anderes Geräusch, das tödliche Schlurfen von Füßen auf dem nackten Felsen.

Es kam von der Höhlenöffnung. Sie saßen in der Falle.

Dreiunddreißigstes Kapitel

WENN DER SCHLÄFER ERWACHT

Die zweite Spinne tänzelte auf acht langen, behaarten Beinen um den Felsvorsprung. Sie zischte, und Max' Nackenhaare richteten sich auf. Sie hatte eine Schulterhöhe von einem Meter und fünfzig. Er konnte den Blick nicht von ihren Kiefern wenden ...

»Scheiße!« sagte Johnny Welsh und drückte sich gegen die Felswand. Trianna drängte sich auf dem schmalen Sims an ihm vorbei, während Max versuchte, die Spinne aufzuhalten, die mit absurder, verwirrender Behutsamkeit um den Felsvorsprung kroch.

Er zielte auf ein Bein und war erleichtert, als sein *Usik* hindurchglitt. Dann erinnerte er sich, wie wenig dieser eine Treffer ausmachte.

Das Bein blitzte rot auf, doch die Spinne ließ sich davon nicht aufhalten. Auch Max drängte sich an Johnny vorbei, der mit dem Gewehr auf das Untier zielte.

»Vorsicht!« rief Trianna. Die Spinne holte mit einem Bein aus und traf den Gewehrlauf. Funken sprühten, und Johnny stöhnte auf. Dann riß er das Gewehr hoch und schoß.

Das rechte Auge der Spinne blitzte wie bei einem Flipper-Spiel auf und erlosch dann, doch das Untier wurde nicht langsamer. Es holte mit einem Keulenbein zu einem halbkreis-förmigen Schlag aus, und Johnnys Bein wurde rot.

Johnny humpelte zurück und schoß erneut, einmal, zweimal, dreimal. Als das Spinnenwesen schließlich zusammenbrach, war es fast überall rot gefärbt. Es blieb auf dem Felsvorsprung liegen und stürzte dann hinab.

Die drei Abenteurer gingen zu einer breiteren Stelle des Simses weiter und sahen sich dort Johnnys Bein an. Das Rot war etwas verblichen, aber noch vorhanden.

»Besser als ein Biß«, sagte Trianna seufzend. »Dann hätte sich das Gift wohl im gesamten Körper ausgebreitet.«

»Was sollen wir jetzt tun?«

Sie dachte einen Augenblick lang nach. »Tja, wir können einen Verband anlegen, und wenn du vorsichtig bist, kommst du vielleicht durch.«

Johnny zog den Gürtel aus den Hosenschlaufen und band das Bein damit ab. »Ob das reicht?«

»Hoffentlich«, sagte Max. »Gehen wir weiter.«

Die Amartoqs sammelten sich in dem Dschungel der zerklüfteten Kristalle. Eviane beobachtete sie, bis sie spürte, wie sich der große Felsblock unter ihren Füßen bewegte.

Hippogryph senkte verwirrt seinen Speer. Die kopflosen Wesen zischten und drohten ihm mit den Fäusten.

»Was, zum Teufel, geht da vor?«

»Ein Erdbeben?« Aber Eviane wußte es besser. Es handelte sich nicht um die Bewegungen tektonischer Platten oder eines schmelzenden Eislabyrinths; die fühlten sich anders an. Nein, die Bewegung unter ihren Füßen wurde absichtlich und kontrolliert hervorgerufen.

Hinter ihnen hatte sich eine Spalte von mindestens fünf Metern Breite geöffnet. Aus der Dunkelheit des Erdreichs drangen Geräusche hinauf. Irgend etwas *bewegte* sich dort unten, und sie wollte nicht wissen, was es war.

Ollie sah hinab. »Großer Gott!« rief er. Sein Gesicht verzog sich vor Entsetzen, und er taumelte zurück.

Die kopflosen Amartoqs griffen an.

Es waren sechs. Sie bewegten sich mit grimmiger Sicherheit. Ihre Arme hingen so tief, daß ihre Klauen den Boden berührten. Die Gesichter in den angeschwollenen Leibern starrten zu ihnen hinüber.

Sie waren langsam, und nur das rettete die Abenteurer.

Eviane schrie auf und sprang vor. Als sie ihren verzauberten Speer zurückzog, war er blutbefleckt.

Alles schien in Zeitlupe zu geschehen – bis auf die Tatsache, daß die Amartoqs nicht mit den flinken Abenteurern mithalten konnten. Eis und Stein färbte sich rot vor Blut. Ein Monster nach dem anderen fiel, und Eviane kämpfte Seite an Seite mit Hippogryph, der seinen Speer gekonnt schwang.

Ihr Speer war in der Tat eine magische Waffe! Er drang mühelos in das Fleisch der Ungetüme ein, und mit jedem Stoß tötete sie eins.

Als das letzte zusammenbrach, begriff Evianne, daß etwas nicht stimmte.

Hippogryph sah zu den Steinblöcken hinüber. Die sechs Amartoqs, die sie besiegt hatten, waren nur der Anfang. Dutzende, vielleicht hunderte tauchten zwischen den Steinen auf. Ihre langen Klauen scharrten auf dem Eis und Stein wie Fingernägel auf einer Schiefertafel.

»Wir sind tot«, sagte sie fast unbeteiligt.

Die Geschöpfe schlurften noch einen Meter vor, und plötzlich schauten die eingefallenen Bauchgesichter fragend drein. Auf ihnen zeigte sich etwas, bei dem es sich nur um Furcht handeln konnte. Sie blieben stehen.

Instinktiv drehte sich Eviane um ... und der alte Alptraum begann erneut.

Die Spalte war breiter geworden. Das unförmige Ding mit dem Tintenfischkopf, das Ding aus der Tiefe, wand sich langsam heraus. Es war ein unvorstellbar schreckliches Wesen, und Ollie blieb nur noch die Zeit, »Cthul-« zu rufen, bevor ein Fangarm ihn umschlang, hochhob und dann in das schreckliche, aufklaffende Maul zerrte.

»Ollie!« schrie sie, und sein Blick traf den ihren. Sie glaubte, eine Botschaft darin zu sehen: *Ich werde nicht einfach so sterben!*

In dem Augenblick, bevor der abscheuliche Mund ihn verschluckte, hatte Ollie eine Granate von seinem Gürtel gerissen. Mit einem metallenen Geräusch zündete er sie.

Es folgte ein kurzer, trotziger Schrei, und Ollie verschwand in einem grellen Blitz. In dessen Licht erhaschte Eviane einen Blick auf das Ding, das sich in der Dunkelheit verbarg, und wünschte sich augenblicklich, er wäre ihr erspart geblieben.

Das Wesen zischte vor Schmerz auf. Der verletzte Tentakel schoß in die Spalte zurück, die sich mit einem ohrenbetäubenden Donnern wieder schloß.

Beißender Rauch hing in der Luft. Das Eis war von Leichen übersät. Auf der anderen Seite des Plateaus lag ein zerschmetterter, verkohlter Körper. Sie wandte sich um.

»Komm«, sagte Hippogryph. »Die anderen brauchen uns.«

Sie starrte ihn an. Sie hatte den Tod vorausgesehen, aber nicht für Ollie. Nun sah sie ihn auf Hippogryphs Gesicht. Irrte sie sich, oder war er wirklich für ihn bestimmt?

Er drehte sich um; ihr Blick war ihm unangenehm.

Schneegans sah es, konnte es aber nicht glauben. Orson verteidigte Charlene, als sei er ein ganz anderer Mensch.

Erhellt von dem sich entladenden Satelliten, bewegte sich sein stämmiger Körper nicht mit Anmut, aber mit großer Kraft. Sie hörte, wie er murmelte: »Und jetzt kämpft Orson der Barbar gegen das verdammte Untier, das seinen Weg blockiert ...«

Ein Schlag des Amartoqs, und seine linke Schulter wurde rot. Er wechselte das Schwert unbeholfen in die rechte Hand, stolperte dabei, und ein zweiter Schlag verfehlte ihn deshalb um Zentimeter.

Orson schwang das Schwert wie der Held von *Der Gefangene von Zenda,* verlor das Gleichgewicht und stolperte erneut.

Das Gesicht im Bauch des Ungetüms lachte häßlich. Der Armatoq schwang die Klauen und griff langsam, aber zielsicher wieder an.

Yarnall sprang mit einer so schnellen Bewegung vor, daß Eviane unwillkürlich erschreckte, zerrte Orson zurück und schoß dem Amartoq mitten ins Bauchgesicht. Das wütende Schnauben löste sich in einem roten Nebel auf.

Orson rang um Luft und hielt sich die Schulter. »Autsch! Ich glaube, ich habe mir den Arm ausgerenkt.«

»Ich habe auch ein paar Prellungen abbekommen«, flüsterte Charlene ihm mitfühlend ins Ohr, und Schneegans hörte das Schmatzen eines unsichtbaren Kusses. »Mein Held.«

Orson strahlte und richtete sich auf. »Ich bin bereit«, knurrte er.

Yarnall ging voran.

Irgend etwas ging vor, und Max spürte es. Der Boden bebte, hier und überall. Risse spalteten die Steinblöcke, die die Wände und Schluchten bildete. In der Ferne veränderte sich die bizarre Geometrie der fremden Stadt.

Sie konnten nichts unternehmen, mußten auf die anderen warten.

»Da drüben!« Trianna zeigte in den Himmel, in dem sich dunkle Gestalten abzeichneten. Max erkannte etwas Vertrautes an ihnen. »Runter!« rief er.

Das Kabal hatte die Gestalt von Wolffalken angenommen, um die Abenteurer zu jagen.

Der Himmel hinter ihnen leuchtete heller.

Alles in Max schrie danach, sich zu verstecken, doch seine Neugier obsiegte. Er kletterte nach oben, um besser sehen zu können.

Sah die Sonne wirklich etwas heller aus? Fühlte sie sich wirklich etwas wärmer an?

»Max!« Es war Orsons Stimme, und dann sah er seinen Bruder, auf Charlene gestützt, die sichtbar wurde und wieder verschwand.

»Wir haben es geschafft. Der Satellit scheint durchzubrennen ...«

»Seit wann?«

»Keine Ahnung. Aber er scheint sich zu entladen. Die Kabalisten in seiner Nähe gingen drauf. Wir kamen gerade mit heiler Haut davon.« Orson sah sich um. »Wo ist Eviane?«

»Keine Ahnung. Hoffentlich ist ihr nichts passiert.«

Johnny Welsh' leuchtete nur noch schwach rosa. »Wenn sie es genauso schwer hatten wie wir, kommen sie vielleicht nicht zurück.«

Hinter ihnen erklang ein Rascheln, und Eviane kletterte über die Felsen auf sie zu. Ihr Haar war zerzaust, ihr Gesicht eingefallen. »Wir müssen hier raus«, sagte sie. »Die ganze Insel bricht auseinander.«

Vierunddreißigstes Kapitel

STERNENKAMMER

Sie saßen zu fünft an dem U-förmigen Schreibtisch in Harmonys Büro, Izumi und Sandy Khresla auf der einen, Harmony und Alex auf der anderen Seite. Millicent Summers vervollständigte die Runde.

Über die Videowand liefen zahlreiche Bilder.

Im Spielbereich A sahen sich die Delegierten verschiedene Ausrüstungsgegenstände und Vorführungen zum Terraforming des Mars an. Von hier oben wirkten sie wie Ameisen. Alex stellte fest, daß er sich kaum für sie interessierte.

Das Spiel im Bereich B näherte sich dem Ende. Alle neun noch lebenden Abenteurer flohen über ein unstabiles Eisfeld. Marty Bobbick half Charlene Dula gerade wieder auf die Füße. Auf der anderen Seite neben ihr half ihr ein stämmiger Bursche namens Orson hoch, obwohl Marty es allein geschafft hätte. Noch eine Komplikation. Normalerweise hätte Alex gelächelt, doch er fühlte sich nicht danach.

Auf dem letzten Schirmsegment sah man Bilder von Kareem Fekeshs Büro, aufgenommen von einer Kamera ohne Metallteile, die in Alex' Aktentasche eingebaut war. Sie hatte alles aufgezeichnet, vom Wachmann an der Tür über die Größe und Lage des Fahrstuhls und die Vorzimmer mitsamt Notausgängen und Überwachungskameras bis hin zu dem Büro, in dem Fekesh Besucher empfing.

»Wir haben alles gesehen bis auf sein eigentliches Büro«, sagte Izumi. »Seine Form kennen wir aufgrund des Grundrisses. Es ist nicht groß. Wir haben Bilder vom Belüftungssystem und Privatfahrstuhl, und wir haben Magnetfelder festgestellt, die auf eine unabhängige Energieversorgung und einen Computer von der Größe eines LapCray 20 schließen lassen, und da es nur einen von dieser Größe gibt ...«

»Das brauchen wir doch alles nicht«, schnappte Harmony.

Fekesh' Gesicht war deutlich auszumachen. Millicent Summers beobachtete es mit einem seltsamen Ausdruck, und Alex fügte den Gründen, weshalb er den Mann nicht mochte, noch Eifersucht hinzu.

»Ihre Schlußfolgerung?« sagte Harmony barsch.

Millicent schüttelte ihre Erstarrung ab und wurde wieder ganz geschäftsmäßig. »Nach auf den uns zur Verfügung stehenden Fakten können wir ziemlich sicher sein, daß Fekesh eine wichtige Rolle beim Tod eines Traumpark-Angestellten spielte, eine indirekte beim Tod eines weiteren, und daß er sich der Bestechung mindestens eines Angestellten schuldig gemacht hat, der noch ... äh ... hier beschäftigt ist.« Sie hielt inne. Alle wußten, wen sie meinte.

»Können wir gerichtlich gegen ihn vorgehen?«

»Das bezweifle ich. Nicht, wenn wir nicht die Frau finden – es scheint sich nur um eine zu handeln –, die den Angestellten getötet und Tony McWhirter angeheuert hat. Sie ist die Verbindung. Ohne sie haben wir nichts in der Hand.«

»Verdammt, Griff«, sagte Sandy Khresla, »selbst, wenn wir sie finden, können wir nicht zu den Bullen gehen. Wir haben Straftaten vertuscht.«

»Das heißt, er kommt ungeschoren davon?«

»Wir wissen nicht einmal sicher, ob er es war«, sagte Millicent grimmig. »Oder in welchem Ausmaß er schuldig ist. Vielleicht hat einer seiner Untergebenen eigenmächtig gehandelt, und er hat ihn bereits gefeuert. Und im Augenblick hilft er uns, das Mars-Projekt durchzuziehen. Wir müssen ihn als Verbündeten betrachten.« Sie hielt einen Augenblick lang inne. »Andererseits gab es vor vier Jahren während einer Sicherheitsinspektion einen schweren Industrieunfall bei der Colorado Steel. Fekesh konnte sich danach günstig ein Aktienpaket sichern, mit dem er die Kontrolle über das Unternehmen ausübt.«

»Das ist kaum ein Beweis«, sagte Harmony.

»Ach, Thadeus!«

»Aber es deutet auf ein methodisches Vorgehen hin. Alex, er muß als unschuldig gelten, bis wir seine Schuld ohne jeden Zweifel bewiesen haben. Das bedeutet aber nicht, daß wir uns nicht vor ihm schützen können.«

Griffin betrachtete seine Fingernägel, nahm dann einen

Bleistift und rollte ihn hin und her. »Wie ich es sehe«, sagte er schließlich, »müssen wir in erster Linie Tony McWhirter schützen. Ihn augenblicklich in Schutzhaft nehmen, seinen Fall neu aufrollen. Ich lasse nicht zu, daß er umgebracht wird.

Zweitens müssen wir ›Madeleine‹ finden, falls das möglich ist. Sie ist die Verbindung. Drittens müssen wir ein Auge auf das Mars-Projekt halten. Setzt Welles daran, sobald dieses Eskimo-Spiel vorbei ist. Irgend etwas wird dort passieren.« Der Bleistift zerbrach in seiner Hand. »Ich fühle es.«

»Sonst noch was?«

»Tja, vielleicht gibt es noch eine andere Verbindung.« Griffin drückte auf einen Knopf, und das Band, das Vail im Spielbereich B aufgezeichnet hatte, wurde abgespielt. Es enthielt alle psychologischen Daten.

Millicent schaute betroffen drein.

Griffin räusperte sich. »Doktor Vail wurde wegen dieser Verletzung der Privatsphäre bereits zur Rechenschaft gezogen. Ich bezweifle allerdings, daß er sein Verhalten daraufhin ändern wird. Und auf welch geschmacklose Art und Weise das Band auch entstanden sein mag, können wir es doch nicht ignorieren. Oder erhebt jemand Einwände?«

Alle blieben stumm. Dann murmelte Harmony leise: »Also war es doch richtig.«

Griffin sah Izumi an. »Sind die Effekte vorbereitet? Sind Sie sicher, daß wir es durchziehen können?«

Izumi nickte vorsichtig. »Die Prothesen sind ausgezeichnet. Aber Sie wissen, daß wir ihre geistige Gesundheit aufs Spiel setzen.«

»Wir ergreifen jede erdenkliche Vorsichtsmaßnahme. Aber das *muß* ich einfach wissen. Und danach ...« Die zerbrochene Bleistifthälfte zersplitterte in Alex' Hand. »Und danach haben wir vielleicht ein paar Möglichkeiten mehr.«

Fünfunddreißigstes Kapitel

HEILIGE WAFFEN

Der erste Wolffalke stieß aus dem Himmel. Das menschliche Gesicht in seiner Brust schnatterte obszön. Max holte mit dem *Usik* aus, doch der Hybride wich aus. Max mußte aufpassen, nicht das Gleichgewicht zu verlieren.

Die Luft wurde wärmer, und die Insel hinter ihnen leuchtete immer heller. Die magische Energie des Satelliten war von den Rucksäcken kurzgeschlossen worden und löste sich auf. Die Morgenröte hatte sich aus dem Himmel und über die Insel gesenkt. Ihr Licht tanzte und warf bizarre, ständig wechselnde Schatten über die unmöglichen Winkel.

Ein Heer von Armatoqs und Spinnenwesen war hinter ihnen, im Augenblick bloße Punkte auf dem Eis, doch sie holten schnell auf. Die Wolffalken waren die Augen der monströsen Horde; sie behielten die Abenteurer in Sicht und trieben die Verfolger zur Eile.

»Diese verdammten Mischwesen ... sind die Anführer«, keuchte Orson. »Sie sind das Kabal. Die anderen Ungeheuer ... lassen sie ... ihre Drecksarbeit machen.«

»Was, zum Teufel, sollen wir jetzt tun?«

Eviane sah über das Eis. In der Ferne nahm sie ein Schimmern wahr, wie von einem Schneesturm. »Da lang!« sagte sie. »Seelumkadchluk!«

»Sind wir in Sicherheit, wenn wir rüberkommen?«

»Nein«, sagte sie, »aber auf vertrautem Boden.«

Sie alle waren hundemüde und hatten eine fürchterliche Angst. Daran änderte auch das Wissen nichts, daß der Tod der anderen nur simuliert war. Es kam nur auf das Überleben an.

Schneegans blickte über das Eis zurück. Wie Bluthunde, die entflohene Sklaven jagten, holten die Ungeheuer auf.

Unter ihren Füßen knirschte es.

»Was ist denn *jetzt* los?«

»Scheiße, keine Ahnung.« Max öffnete seine Felljacke. Es wurde allmählich ziemlich warm.

Orson faßte sich an die Stirn. »Wir Trottel! Es wird wärmer, und das Eis schmilzt. Die Druckverhältnisse ändern sich, und das ganze Ding wird platzen.«

Wie auf ein Stichwort brach das Eis vor ihnen mit einem donnernden Tosen auf, und ein gewaltiger, blauweißer Torpedo schoß in die Luft und schlitterte über das Eis auf sie zu. Eine häßliche, vertraute Gestalt, die eines Mörderwals mit baumstammähnlichen Armen.

Hippogryph schrie frustriert auf. Er hatte seinen Rucksack geöffnet und lud hektisch sein altmodisches Gewehr.

Yarnall hatte seine moderne Waffe schon in der Hand und schoß. Das Ungetüm ließ sich nicht aufhalten. Yarnall wich zur Seite aus und versuchte, das Gleichgewicht zu bewahren, doch das Eis erzitterte bei jeder Bewegung des Landwals.

Yarnall verharrte einen Augenblick zu lang, und das Untier erwischte ihn.

Es war ein überfälliger Tod; dieses Schicksal hätte ihn schon vor zwei Tagen ereilen sollen. Das machte es aber nicht angenehmer. Er schrie auf, als sich die Zähne des Wals um ihn schlossen. Einen Augenblick lang zeigte sich eine fast humorvolle Resignation auf seinem Gesicht, dann verschluckte das Ungetüm ihn.

Hippogryph feuerte seine Muskete ab. Das Geschöpf erzitterte; hellrotes Blut sprudelte aus ihm hervor. Hippogryph lud schon wieder nach, als Schneegans rief: »Heilige Waffen! Wir brauchen geheiligte Waffen!«

Max betrachtete den geschwungenen *Usik* in seinen Händen und stürmte vor. Der Mörderwal versuchte ihm auszuweichen, doch Max war schneller. Er hämmerte mit dem *Usik* auf eine blauschwarze Wand aus monströser Haut.

Na ja, eigentlich *hindurch*. Der *Usik* drang, eine breite, rote Spur ziehend, durch den gewaltigen Kopf, und das gesamte Geschöpf färbte sich rot und sank wieder in die Tiefe.

Der Wind heulte lauter und trieb Schnee auf, obwohl die Sonne noch heller brannte. Die Spieler kletterten einen

Hang hinauf, von dem aus sie die Ungeheuer sehen konnten, die kaum noch hundert Meter entfernt waren.

Im Himmel kreisten die Wolffalken.

»Es sind zu viele«, sagte Max. »Wir werden auch draufgehen.«

Eviane sah in den Himmel. »Nein. Irgend etwas wird passieren.«

Ein Spinnen-Ungetüm erreichte sie zuerst. Es war langsam und brauchte zu lange, um den Hang zu erklimmen. Sie schnitten ihm die Beine unter dem Körper weg.

Die Geschöpfe griffen in Wellen an. Max stand Schulter an Schulter mit Eviane, und bei jeder Berührung mit dem verzauberten *Usik* ging ein Ungeheuer zu Boden. Er hörte, wie die anderen keuchten und stöhnten und Triannas Triumphschrei plötzlich erstickt wurde.

Die Zahl der Monster schien kein Ende zu nehmen. Sie schwärmten von der fernen Insel heran und kämpften und starben, bis das Eis unter ihnen von ihrem Blut rot gefärbt war.

Johnny Welsh verlor den Halt und rutschte mitten zwischen die tobenden Monster hinab, Wesen mit Armen und Keulen und Fangzähnen. »Haltet durch!« rief er, und dann verschwand er in der üblen Masse, die sich über ihm schloß.

Max sah, wie die Ungetüme übereinander kletterten, um sie zu erreichen …

Und dann brach das Eisfeld auf.

Eine Gletscherspalte öffnete sich. Monster rutschten schreiend und heulend hinein; innerhalb eines Augenblicks waren zwanzig der unheiligen Geschöpfe verschwunden. Die am Himmel kreisenden Wolffalken schrien vor Wut auf. Ein Drittel ihrer Macht hatten sie verloren; nun blockierte die Gletscherspalte ein weiteres Drittel.

Eins der Vogel-Tiere kam zu nahe, und Trianna spießte es auf. Es stürzte in den Schnee und starb.

»Kommt schon!« Orson ergriff Charlenes Hand, und sie zogen sich über das Eis zurück. Überall um sie herum öffneten sich weitere Risse; einer davon versperrte ihnen schließlich den Weg.

Max sprang wie ein großer, unbeholfener Schwan darüber. Eviane tat es ihm gleich; sie kam unsicher auf dem Eis zu stehen und mußte die Arme ausbreiten und das Gewehr loslassen, um nicht das Gleichgewicht zu verlieren. Es fiel in das dunkle Wasser, und sie sah ihm nach, als überlege sie allen Ernstes, es zurückzuholen.

»Vergiß es!« sagte Max und hielt sie am Parka fest. »Ich will dich jetzt nicht mehr verlieren.«

Orson hielt den Atem an, sprang und – verfehlte das rettende Ufer. Mit einem lauten Klatschen landete er im Wasser. »Hilfe!« rief er.

»Ach, Scheiße!« sagte Max und sprang ihm nach. Das Wasser war ungewöhnlich warm – die Spielgestalter hatten wirklich was drauf. Und es schien sich eine Eisschicht unter seinen Füßen zu befinden, denn so flach konnte das Wasser doch gar nicht sein.

Aber er hatte keine Zeit, darüber nachzudenken. Etwas bewegte sich im Wasser. Aus den Augenwinkeln sah er einen Tantakel. Er hob den *Usik* und versetzte dem Ding einen Schlag, bevor es näher kommen konnte. Hände griffen ins Wasser, zerrten Orson heraus und griffen dann nach ihm.

Evianes Augen strahlten, und sie gab ihm schnell einen Kuß.

»Kommt schon!« rief Schneegans. »Es ist nicht mehr weit!«

Hinter ihnen brach das gesamte Eisfeld auf. Gewaltige Blöcke hoben oder senkten sich und stürzten in monströsen Gischtwolken ins Wasser. In der Ferne schrien die Wolffalken.

Und dann ...

Die Sonne veränderte sich immer schneller. Es war noch wärmer geworden, und die Luft flimmerte wie bei einer Fata morgana. Ein Kribbeln verlief durch seinen Körper, und er wußte ...

Seelumkadchluk! Die Wirklichkeit lag unmittelbar vor ihnen.

Sechsunddreißigstes Kapitel

MICHELLE

Die Erde donnerte und senkte sich dann. Vor ihnen lag das Dorf, neben dem sie vor einer Ewigkeit die Bruchlandung gemacht hatten. Die ausgebrannten Trümmer ihres Flugzeuges erinnerten sie an glücklichere Zeiten.

Ein Dutzend Eskimos, die verstreut am Rand der Bucht standen, sahen sie und riefen ihnen etwas zu, als die Abenteurer die letzte Strecke über das Eis zurücklegten. Die immer dünner werdende Schicht löste sich praktisch unter ihren Füßen auf. Einer nach dem anderen stürzten sie ins Meer.

Evianes Beine brannten vor Erschöpfung; schließlich warf sie sich ins Wasser und schwamm dem Ufer zu. Kleine Eisblöcke trieben um ihren Kopf. Das kalte Wasser machte ihr kaum etwas aus; ihre Zähigkeit kam ihr zugute.

Schneegans taumelte ans Ufer, an dem sie von Martin, ihrem Vater, erwartet wurde. »Mein Kind!« Er umarmte sie dankbar. »Du hast uns gerettet!«

»Daddy, wir haben noch ein Problem. Das Kabal kommt.«

»Das Kabal kann in dieser Welt weder seine Ungeheuer noch seine Geisterformen einsetzen, aber es kann uns mit Gewehren angreifen, wie es es ja schon einmal getan hat. Schnell!« Er zog sie auf den Handelsposten zu, während die anderen Abenteurer ihm folgten.

Sieben waren übriggeblieben. Orson und Max, Eviane, Schneegans, Charlene, Trianna und Hippogryph. Ihnen allen merkte man die Anstrengungen deutlich an.

Die Eskimo holten Kisten aus dem Handelsposten. »Waffen!« bellte Martin der Polarfuchs. »Manchmal benötigt man die Waffen des Geistes, und manchmal Smith and Wessons.«

Ein Eskimo drückte Eviane ein Gewehr in die Hand. Es fühlte sich schwer und fremd an, und …

Ein Schuß ließ die Abenteurer hinter einem Gebäude in

Deckung gehen. Eviane fand sich in einem Stapel Brennholz wieder. Etwas segelte durch die Luft ...

»Eine Granate!« rief Orson. Sie zogen die Köpfe ein; unmittelbar darauf ertönte die Explosion. Ein Eskimo wurde durch die Luft geschleudert.

Überall um sie herum wurde geschossen. Eviane rollte sich zusammen und drückte die Hände vor ihr Gesicht.

Charlene ließ sich zu ihr neben sie fallen. »Eviane! Warum kämpfst du nicht?« Sie musterte sie besorgt.

Eviane konnte nicht antworten. Sie hörte den Lärm hinter ihnen; es war keine Explosion, sondern das Brüllen eines großen Tieres, und Eviane wußte, noch als sie sich umdrehte, was sie sehen würde. Sie rang um Luft, wie immer, wenn der Alptraum zurückkehrte.

Das Ungetüm, das sich aus dem Meer erhob, war ein Ausbund des Wahnsinns und der Alpträume, größer als jedes andere Wesen, das sie je gesehen hatte. Es war ein Wurm mit zahlreichen Körpersegmenten und einem aufklaffenden Schlund.

Martin näherte sich dem Untier steifbeinig, ohne auf die Schüsse und Explosionen zu achten, die das Dorf in ein Schlachtfeld verwandelt hatten. »Blasphemie!« rief er. »Wieviel Macht habt ihr gestohlen, um euch in dieser Welt manifestieren zu können? Du gehst zu weit, Ahk-lut! Ich, dein Vater, verstoße dich! Ich, dein Vater ...«

Die titanische Gestalt stieß ein Geräusch aus, bei dem es sich nur um ein Gelächter handeln konnte, und die gesamte Welt erzitterte vor seinem bösartigen Spott.

Martins magische Gesten waren anscheinend wirkungslos. Das Ungetüm stapfte vorwärts, und die Eisscholle, auf der Martin stand, zerbarst und füllte die Luft mit kaltem Nebel und Eissplittern. Martin verschwand im Meer.

Ahk-luts schrecklicher Geist tauchte ihm nach.

»Was war das?« keuchte Max.

»Ein Terichik«, sagte Schneegans. Sie hatte die Augen weit aufgerissen. »Ich habe nur von ihnen gehört, noch nie einen gesehen. Es ist Ahk-lut, mein Bruder. Er wird uns alle töten.«

Wie ein Berg erhob sich der Terichik kreischend aus dem kalten, nachtdunklen Meer. Der vielgliedrige, wurmähnliche Körper schüttelte mit einem fürchterlichen Heulen Tonnen von Wasser und Eis in den Ozean, und der Wind peitschte Schnee durch den dunklen, nach Salz schmeckenden Nebel. Der Terichik riß das gewaltige Maul auf, und endlose Reihen scharfer Zähne funkelten, als er seinen geistlosen Zorn hinausschrie. Sein Atem war ein kalter, übelriechender Wind.

Bei den Menschen unter ihm handelte es sich um Krieger und Zauberer, eine Prinzessin und Gemeine. Sie waren schwaches Fleisch im Weg des Terichik, die wie Zweige in einem tosenden Sturm schwankten. Sie flohen aufs Land zurück, fort vom Meer, rannten vorbei an den Trümmern des zerstörten Inuitdorfs: zertrümmerte Häuser, eine große Steinhütte mit eingedrücktem Dach, zersplitterte Boote, verstreut wie tote Insekten.

Max starrte zu dem Geschöpf auf und sah dann auf den geheiligten *Usik* in seiner Hand. Magie gegen Magie. Warum nicht?

Eviane schrie auf, als sie sah, wie Max den Terichik angriff, und erinnerte sich an eine andere Gestalt, die ihr Leben verloren hatte, während sie einen magischen *Usik* schwang.

Max starb einen guten Tod. Er war der größte Krieger von ihnen, doch die Hoffnung, daß sein verzauberter *Usik,* der Schambeinknochen des heiligen Walrosses, gegen den Terichik standhalten könne, war schlichtweg töricht. Obwohl ihm ein Ungetüm gegenüber stand, das größer was als zehn Mörderwale, schrie Max trotzig auf und sprang vor.

Seine Magie, sein Mut, seine Kraft reichten nicht aus. Der Terichik zerschmetterte ihn. Seine Schreie hallten noch lange in ihren Köpfen, nachdem sein Körper in dem klaffenden Schlund verschwunden war.

»Nein!« rief Eviane hinaus und rannte ins Freie.

»Nein!« brüllte Hippogryph hinter ihr.

Sie hörte ihn, drehte sich um, atmete zu schnell, viel zu schnell.

Die Kugel eines Kabalisten traf ihr Herz. Der elektrische Schlag, der *Das Ende* bedeutete, warnte sie. Sie sah, wie sich der rote Fleck über ihren gesamten Körper ausbreitete, und erkannte ...

Ich bin nicht tot! Dann ...

Es ist ein Spiel!

Und ...

Eine Reihe von Bildern strömte durch ihren Verstand, kollidierte und brach zusammen. Sie schrie es heraus. »Ich bin Michelle! *Ich* bin Michelle!«

Sie drehte sich um und schoß auf die Kabalisten.

Einer von ihnen brach zusammen. Es erschien kein roter Fleck auf seinem Gesicht; statt dessen zerplatzte einfach sein Kopf.

»Nein!« Hippogryph sprang schreiend zurück. »O nein!«

Und drehte sich um, sah, wie Michelle ihn anstarrte, das Gewehr in der Hand, den Kopf leicht zur Seite geneigt.

Sie ging auf ihn zu. »Du«, sagte sie.

Er war verwirrt; es geschah alles so schnell. »Augenblick mal. He, hör mir zu ...«

Michelle zielte mit dem Gewehr auf ihn. »Verdammt. Du hast mir das Gewehr in die Hand gedrückt. Ich vergesse nie eine Stimme. Gesichter kann ich mir nicht merken. Aber wäre ich nicht so verdammt durcheinander gewesen, hätte ich es schon vor zwei Tagen gewußt. Ich hätte es gewußt!«

Die anderen Spieler drehten sich zu ihnen um.

»Hör zu.« Hippogryph leckte nervös über seine Lippen und sah auf die Gewehrmündung. »Ich hatte es nicht so geplant ...«

»Lügner!« Sie schoß zwei, drei Mal.

Marty spürte die Treffen, fühlte, wie sein Parka zerriß, hörte ein Klicken, als Michelle Sturgeon versuchte, noch einmal auf ihn zu schießen.

Blut füllte die Löcher in seinem Parka aus und tropfte

hinab. Marty ließ sein Gewehr fallen. Ungläubig riß er die Jacke auf und sah, wie rote Eingeweide aus Löchern in seinem Leib quollen.

Hippogryph schrie. Er riß die Jacke wieder zu und stolperte in den weißen Nebel hinaus. Sie hörten, wie seine Schreie leiser wurden und dann abrupt abbrachen.

Noch eine Explosion. Eviane fluchte und drückte die Hände auf die Ohren, nur um sie wieder herabzunehmen; sie würde sie noch brauchen, um zu kämpfen.

Sie waren einen Augenblick zu lange abgelenkt worden, und die gewaltige Gestalt des Terichiks bäumte sich über ihnen auf.

Orson schrie etwas und deutete nach oben.

Der gesamte Himmel wurde von einem Schatten verdeckt, der so langsam entstanden war, daß keiner von ihnen es bemerkt hatte. Plötzlich, einfach so, war der Rabe da. Er füllte den Himmel aus, war so groß, daß man es sich einfach nicht mehr vorstellen konnte; seine Flügelspannweite bestimmte den Horizont.

Er jagte an ihnen vorbei, und der Wind der unmöglich großen Schwingen warf sie fast zu Boden. Dann verschwand er wieder in den Wolken.

»Wir sind *am Ende*!« rief Orson. »Ich dachte, er wolle uns helfen. Warum …«

»Da!« Charlene deutete zum Horizont.

Auf Beinen von der Größe von Rotholzbäumen, gekleidet in Pelze und in der Hand eine Streitaxt von der Größe eines Wolkenkratzers, kam Torngarsoak, Herr der Jagd und Sednas Geliebter. Vom Raben gerufen und von schrecklicher Rache getrieben, war sein rundes, wettergegerbtes Gesicht vor Zorn verzerrt. Seine Augen sprühten Blitze, die Aurora borealis um seine Ohren war ein Glorienschein.

Der Terichik schrie vor Schreck auf, wich zischend zurück und schluckte Luft, blähte sich wie eine wütende Kobra auf. Ahk-lut und Torngarsoak waren nun etwa gleich groß, doch der Herr der Jagd schien von des Terichiks Bemühungen kaum beeindruckt.

Mit einer blitzschnellen Bewegung stieß der Terichik zu, doch Torngarsoak wich zur Seite aus. Er stampfte mit dem Fuß auf und schickte eine Flutwelle gefrorenen Wassers ans Ufer. Plötzlich stand der Jäger bis zu den Schenkeln in den Fluten. Es hätte ihn eigentlich behindern müssen, doch sein Sprung trug den Terichik an Torngarsoak vorbei, und nun stand Sednas Geliebter hinter dem Untier; mit jedem Schritt wühlte er Eisschollen auf, die einen Frachter zerquetscht hätten.

Ahk-lut fuhr herum, doch Torngarsoaks Axt zuckte durch die Luft, und Ahk-lut konnte gerade noch rechtzeitig den Schlangenkopf einziehen.

Die Schwere der Waffe verlieh Torngarsoak einen beträchtlichen Schwung. Der Herr der Jagd verfehlte sein Ziel, und der Terichik griff ihn und zwang ihn, erneut auszuweichen.

Die beiden Widersacher umkreisten einander im flachen Meer, suchten nach Angriffsmöglichkeiten, nach Schwächen des Gegners, während die Abenteurer gebannt zusahen.

Torngarsoak schwang die Axt …

… und ließ sie fallen, sprang vor, ergriff mit beiden Händen den Hals des Terichiks und spreizte die Beine, um besseren Halt zu haben. Das Untier zischte, wand sich, schlängelte sich um ihn und versuchte, ihm mit den Zähnen die Kehle zu zerfleischen. Torngarsoak hielt stand, und die beiden Widersacher stürzten gleichzeitig ins Meer.

Der Terichik schlug die Zähne in Torngarsoaks Arm, und der Herr der Jagd schrie vor Schmerz auf, ließ jedoch nicht los, obwohl Blut aus den Wunden floß. Die beiden rollten auf den Strand, und Eskimos wie auch Abenteurer flohen vor ihnen, und das geschwärzte Skelett des Düsenflugzeugs wurde von ihnen zerquetscht.

Schließlich kam Torngarsoak auf dem Terichik zu liegen und drückte ihm mit den Händen das Leben aus dem Leib. Der Gott warf den Kopf zurück und lachte laut auf, ein schreckliches, urwüchsiges Lachen, während das Blut sein Gesicht hinablief.

Der Terichik zuckte und begann plötzlich zu schrumpfen.

Torngarsoaks erhob sich, wischte das Blut aus seinem Gesicht und ging zur Brandung. Er nahm seine Axt, drehte sich um und beobachtete, wie der Terichik weiterhin kleiner wurde. Dann hob er die blutverschmierte Hand zu einem Gruß, wandte sich wieder um und schritt geradewegs ins Meer.

Weit hinter ihm brach eine schwarze Masse durch das Eis. Sie war so groß wie der Terichik, zu groß, um von Kugeln verletzt zu werden. Eviane wollte trotzdem schon schießen, als sie das Gesicht unter den nassen schwarzen Locken erkannte.

Sedna lächelte und tauchte wieder unter. Torngarsoak ging weiter, bis sich das Eis über seinem Kopf schloß.

Die Spieler gingen zu dem toten, geschrumpften Terichik. Er war jetzt nur noch elefantengroß, veränderte ständig seine Gestalt, bis er die eines Mannes annahm – die Ahkluts.

Und schließlich standen sie vor der starren, nackten Leiche des Eskimo-Zauberers. Also war er doch nur ein Mensch gewesen. Ein toter, besiegter Mensch.

Einen Augenblick lang herrschte verblüfftes Schweigen, und dann kamen die Eskimos, Männer, Frauen und Kinder, aus ihren Verstecken und starrten staunend die Leiche an.

Die fünf Überlebenden umarmten sich und sahen sich an. Sie waren schmutzig und erschöpft.

Dann gingen die Lichter an, und das Spiel war vorbei.

Siebenunddreißigstes Kapitel

GESTÄNDNISSE

Griffin fühlte sich angewidert. Er hätte nichts lieber getan, als das elende Subjekt vor ihm zu verprügeln oder zu begraben, doch er mußte professionell vorgehen und seine Fragen stellen. Er wußte noch nicht, was er danach mit ihm machen würde.

»Na schön, ›Hippogryph‹, wieviel haben sie dir bezahlt?«

Mit einer gewaltigen Anstrengung sah Marty auf. Zum ersten Mal seit vielen Stunden konzentrierte sich sein Blick, und zum ersten Mal standen Tränen in den Augen. »Griff? Ich verstehe nicht. Ich bin tot. Sie hat mich erschossen ...«

»Sie hatte jedes Recht dazu!«

Marty wandte den Kopf ab. »Griff, woher hatte sie die Kugeln?«

Griffin trat zurück. »Sie wurden erwischt«, sagte Vail.

»Erwischt?«

»Hier.« Vail schaltete sein Band ein.

Marty blickte mühsam zum Monitor. Er sah sich und Charlene in der Eishöhle, die Stirn gerunzelt ...

Harmony schien so einiges zu empfinden: Rechtfertigung, Zorn und Ekel. Sandy Khresla und Tom Izumi zeigten kaum unterdrückte Wut. Dwight Welles blickte mit fast akademischem Interesse drein.

Ihn interessiert das kaum, dachte Griffin.

Vail hingegen genoß die Vorführung. »Achten Sie auf die Anzeigen. Sie erzählen Charlene Dula gerade, daß Sie Eviane nie zuvor gesehen haben. Ihr Blutdruck, der Puls und die Hautleitfähigkeit machen einen Satz nach oben, sehen Sie? Sie haben nicht nur gelogen, Sie waren noch dazu nervös.«

»Also habt ihr mich ... umgebracht? Mit Magie?« Marty sah sich im Verhörraum um und begriff, daß es keine Hoffnung mehr für ihn gab. Er saß auf der Kante seines Stuhls, die Arme an den Bauch gedrückt.

Er war geschlagen. Er hatte seit über sechsunddreißig Stunden nicht mehr geschlafen oder gegessen, und was Griffin betraf, würde er auch in den nächsten sechsunddreißig Stunden keinen Schlaf finden. Er brauchte Antworten. Um den Rechtskram konnte man sich später vor Gericht kümmern, falls Marty lange genug lebte, um vor Gericht gestellt zu werden.

»Es war nicht das Geld«, sagte er und seufzte. »Ich weiß, welchen Anschein es haben muß. Aber am Anfang wollte ich dem Park nicht schaden.«

Niemand sagte etwas.

»Ihr wißt ja, wie es war. Cowles' Verwandte leiteten den Park und die Firma, und alles fiel auseinander. Da kam diese Frau zu mir.«

»Erzähle uns von ihr.«

»Sie nannte sich ›Madeleine‹, aber ich wußte, daß das nicht ihr richtiger Name war. Sie sagte, sie repräsentiere eine Gruppe von Investoren, die neues Blut in die Firma bringen wollten. Sie brauchten Informationen, bevor sie eine so gewaltige Investition tätigten. Also half ich ihnen.«

»Aus reiner Herzensgüte?«

»Nein ...« Er errötete. »Du mußt nicht so mit mir sprechen. Ich verlange keinen Anwalt. Ich weiß, was ich getan habe, und das es falsch war. Vielleicht habe ich acht Jahre gebraucht, um damit ins reine zu kommen. Laß mich reden.«

»Ich höre.«

»Ich bekam Geld, und ... andere Vergünstigungen.«

»Sie war sehr hübsch.«

Marty sagte nichts.

»Du hast es wohl auch für einen Scherz gehalten, echte Munition in das Spiel zu bringen?«

»Nein, das kam erst später. Aber da steckte ich schon zu tief drin, und ... Sie hatten es darauf abgesehen, daß die Aktien fallen, um dann billig kaufen zu können. Mir hatten sie einen leitenden Posten versprochen. Griff, es war eine so *ungeheure* Bestechung ...«

Alex sah die Anspannung in Izumis Gesicht und reagierte

eine halbe Sekunde zu spät. Der stämmige Japaner bewegte sich mit verblüffender Schnelligkeit und schlug Marty ins Gesicht.

Martys Kopf zuckte zurück, und als Toms Hand die tödliche *Shuto*-Position für einen Schlag gegen die Kehle bildete, riß Alex den kleineren Mann zurück und warf ihn gegen die Wand. »Nein!« sagte er.

»Es war ein Unfall«, sagte Izumi heiser. »Marty und ich haben trainiert. Ich bin ausgerutscht. So etwas kommt vor.«

»Nein«, wiederholte Alex.

Marty wischte sich Blut aus dem Gesicht. »Ich ... ich glaube, meine Nase ist gebrochen«, sagte er leise.

»Reden Sie lieber«, riet Vail ihm freundlich. »Sonst müssen Alex und ich den Raum ein paar Minuten verlassen.«

Marty schluckte hart. »Ich wollte nicht, daß jemand getötet wurde. Ich dachte ... dachte ...« Er begrub das Gesicht in den Händen und stöhnte auf. »Ich weiß nicht, was ich dachte. Sie haben den Traumpark zwar nicht bekommen, müssen aber Geld mit den Aktienmanipulationen gemacht haben. Und ich wurde befördert.«

Alex war gnadenlos. Er warf das Foto einer Frau auf den Tisch. »Ist sie das?«

Marty warf einen Blick darauf: eine hübsche Brünette mit einem sinnlich geschwungenen Mund. »Ja. Ja, das ist Madeleine. Ich hätte mich fragen müssen, woher du wußtest, daß sie hübsch war.«

»Dreh' das Bild um.«

Marty gehorchte. Auf der Rückseite befand sich ein Foto derselben Frau, die Kehle von einem Ohr bis zum anderen durchgeschnitten. »Sie hieß in Wirklichkeit Collia Aziz. Vor zwei Tagen fand man sie in Altadene in einem Müllcontainer. Fekesh geht kein Risiko ein.«

Harmony schaute betroffen drein, doch die Sprache hatte es ihm nicht verschlagen. »Wie haben Sie mit dieser Frau Kontakt aufgenommen?«

»Eine Telefonnummer.« Er nannte sie ihnen, und Griffin notierte sie. »Nur für Notfälle. *Sie* setzte sich immer mit mir in Verbindung. Ich habe den Namen Fekesh nie gehört, bis Harmony ihn ein Jahr später aufspürte.«

»Aber die ganze Zeit über hast du für sie spioniert?«

Marty nickte. »Und ich bekam jeden Monat einen zusätzlichen Tausender überwiesen. Keine Ahnung, wie. Er war einfach auf dem Konto.«

»Was ist mit Michelle passiert?«

»Ach, verdammt, das arme Mädchen. Griff, ich erkannte sie. Es jagte mir einen furchtbaren Schrecken ein, und ich rief die Nummer an. Madeleine rief eine Stunde später zurück und gab mir am nächsten Tag ein als Routinebericht getarntes Virusprogramm. Ich gab es in den Hauptcomputer ein, und dann machte es automatisch weiter.«

Griff drehte sich zu Welles um. »Ist das möglich?«

»Absolut. Einer meiner ständigen Alpträume. Wir sind nicht darauf eingerichtet, uns vor unserem eigenen Sicherheitspersonal zu schützen.«

»Na schön, Marty. Und dann?«

»Den Rest kennt ihr. Woher sollte ich denn wissen, daß man bei einem Fat Ripper niemanden töten und aus dem Spiel nehmen kann?«

»Marty, was hat Fekesh jetzt vor?«

Marty blinzelte. »Jetzt?«

»Er hat etwas vor. Es hat wahrscheinlich mit dem Mars-Projekt zu tun.«

Marty erbleichte. »Davon weiß ich nichts.«

»Warum solltest du auch? Na gut.« Alex drückte auf einen Knopf, und zwei Wachmänner kamen herein. »Weg mit ihm.«

»Warte. Sie hat auf mich geschossen. Griff? Wie hätte sie mich töten können und … Griff!«

»Wir haben deinen Parka und die Weste vertauscht. Und jetzt schafft ihn *raus*!«

Marty wurde hinausgetragen, und Alex ließ sich auf einen Stuhl fallen. Über eine Minute lang saß er einfach da, stumm, das Gesicht düster und nachdenklich.

Vail ergriff als erster das Wort. »Das ist eine schöne Scheiße. Ich untersuche lieber die Spieler. Diese Sache hat ihr psychologisches Gleichgewicht durcheinandergebracht. Hoffentlich sind sie alle in Ordnung.«

Griffin räusperte sich. »Doktor Vail, könnte ich kurz mit Ihnen sprechen?«

Norman Vail kniff die hellblauen Augen zusammen. »Ja?«

»Sie haben sie erkannt.«

»Ach?«

»Sie müssen sie erkannt haben. Sie waren vor acht Jahren schon hier. Sie müssen Michelle Sturgeon erkannt haben, als sie mit ihr die psychologischen Tests durchführten.«

»So unwahrscheinlich es klingt«, sagte Vail ruhig, »nein, ich habe sie nicht erkannt.«

»Natürlich werden Sie es nie eingestehen, Norman«, schnaubte Sandy Khresla. »Sie sind nicht der Typ dafür.«

»Ich will Ihnen sagen, was passiert ist«, meinte Alex.

»Ich bin ganz Ohr.«

Griffin sah einen Augenblick lang zur Decke und ordnete seine Gedanken. »Vor acht Jahren waren Sie genauso sauer wie Harmony. Sie kamen einfach nicht an Fekesh heran. Sie müssen versucht haben, Michelle zu helfen, doch die Ärzte in Brigham sagten Ihnen, Sie sollten sich da raushalten. Es war lange her, und plötzlich spielte sie wieder im Fimbulwinter mit.

Sie hatten zwei Möglichkeiten. Sie konnten sie bloßstellen und entfernen oder mitspielen lassen und hoffen, sie würde in ein Wespennest stechen. Sie war der Lockvogel, und es klappte besser, als Sie erwartet hatten.« Er sah Vail in die Augen. »Wie hört sich das an?«

»Alex, ich wußte gar nicht, daß Sie so eine Phantasie haben.«

»Vail, so ein kaltblütiger Hund wie Sie ist mir noch nicht untergekommen. Aber wie Sie sagten, wo, wenn nicht im Traumpark, würden Sie ein Heim finden? Und Sie waren bereit, Michelles geistige Gesundheit aufs Spiel zu setzen, um Marty zu entlarven. Mein Gott, Sie müssen sich ein Grinsen verkniffen haben, als ich Sie überreden wollte, sie wieder ins Spiel zu bringen. Sie hätten nicht mal im Traum hoffen können, daß es *so* gut läuft.«

»Sind Sie jetzt fertig?« sagte Vail höflich. »Ich habe noch zu tun.«

Alex verlor die Beherrschung. »Die Wahrheit, verdammt!« schrie er.

Doch Vail hatte schon die Türschwelle erreicht. Alex wollte ihm nachsetzen, als er sich noch einmal umdrehte. »Wir alle tun, was wir können, Alex«, sagte er. In diesem Augenblick sah er älter aus als seine vierundsechzig Jahre. »Sie haben es selbst gesagt. Wo sonst? Wo sonst, wenn nicht im Traumpark?«

Dann war er fort.

Griffin sah ihm nach. Dreißig lange Sekunden herrschte Schweigen im Raum, Schweigen, das Alex schließlich brach.

»Scheiße«, sagte er leise. »Na schön.« Er drehte sich zu den anderen um. Welles beobachtete noch die Tür. »Dwight, ich brauche Sie.« Anscheinend zögernd löste sich Welles aus seiner Erstarrung. »Irgend etwas wird passieren, und zwar bald. Wir wissen nicht, wo, aber wahrscheinlich im Spielbereich A. Wir wissen nicht, was.« Er dachte kurz nach und fügte dann hinzu: »Und wir wissen nicht, wann. Wunderschön. Ein ganz normaler Arbeitstag.«

Achtunddreißigstes Kapitel

SPIELERPROTOKOLL

Gwen hörte Johnny Welsh' Stimme über dem Lärm, angespannt und müde, aber glücklich. »He, Robin! Für einen Toten siehst du aber ziemlich gut aus!«

Bowles bestätigte das Kompliment mit einem königlichen Nicken. Gwen mußte sich eingestehen, daß er gut aussah. Bowles hatte wahrscheinlich schon zwanzig Stunden geschlafen; er hatte seinen ehemaligen Thron im Phantom-Bankett wieder eingenommen und war von hübschen jungen Dingern umgeben, die auf einer Reihe von Wandmonitoren Höhepunkte des Fimbulwinter-Spiels verfolgten.

Gwen legte den Arm um Ollies Hüfte. Verdammt, es war schön, wieder in der Zivilisation zu sein. Und in den nächsten sechs Wochen keine Spiele!

Na ja, zumindest in den nächsten vier.

Sie bemerkte Dr. Vail in der Menge der Spieler, der Gäste und der anderen Besucher des Mars-Projektes; der Arzt schien sich wohl zu fühlen, daß ihn anscheinend kaum einer kannte. Gwen fragte sich, wie all die Versuchskaninchen hier reagieren würden, wüßten sie, daß der große, gepflegte Mann einer der verrücktesten Wissenschaftler des Traumparks war.

Trianna, die sich bei Johnny Welsh aufhielt, drückte ihm einen Kuß auf die Wange und schlenderte zu ihnen herüber. Sie umarmte Gwen und Ollie. Kleine Tränen funkelten in ihren Augen. Ich weiß nicht, wieso«, sagte sie, »aber ich fühle mich ... irgendwie anders.«

»Magie«, sagte Ollie ernst.

Norman Vail kam zu ihnen und stellte sich Trianna vor. »Ich bin Arzt hier«, sagte er. »Hoffentlich hat es Ihnen gefallen.«

»Sehr«, sagte Trianna. »Noch besser als ...« Sie nahm Gwen am Arm. »Haben die Herren etwas dagegen, wenn wir uns mal kurz die Nase pudern?«

»Aber nein.«

Trianna zog Gwen zur Seite und hielt ihre Handgelenke fest. »Ich wollte dir nur sagen, daß ich in der letzten Nacht zum ersten Mal seit fast einem Jahr keine Alpträume mehr gehabt habe.«

»Ist ja toll.«

»Und ... ich wollte dir auch noch sagen, ich habe gewußt, daß du auf uns aufpaßt, bei jedem Schritt des Weges. Ich weiß, daß ich mich manchmal seltsam benehme, aber du hast es dir niemals anmerken lassen.«

»Schätzchen«, sagte Gwen lachend, »im Vergleich zu den anderen Spielern, mit denen ich normalerweise arbeite, habt ihr euch völlig normal und vernünftig benommen.«

Trianna lachte, bis sie weinte.

»Tja, du hast Hebert, Kevin und Johnny ermutigt, einen schönen Tanz um dich aufzuführen, selbst bei deinen überflüssigen Pfunden«, sagte Gwen lächelnd. »Diesen Panzer wirst du besser wieder los – es funktioniert so nicht.«

»Das glaube ich auch, oder?«

»Und vergib dir für diese Abtreibung, Schätzchen. Schau nicht so schockiert drein, du hast genug Hinweise gegeben. Du hast dich eben mit ein paar Männern eingelassen, die dich nie wirklich gesehen haben, nur deinen Körper und dein Gesicht.«

Triannas Mund klaffte auf. »Woher weißt du das?«

»Und einmal wurdest du schwanger und warst noch nicht bereit für ein Kind?« fuhr Gwen fort.

Trianna errötete. »Schlimmer. Die Beziehung klappte nicht, und ich trieb ab, obwohl er das Kind wollte.« Ihr schönes Gesicht rötete sich bei dem Versuch, die Tränen zurückzuhalten. »Ich habe dafür bezahlt«, sagte sie leise. »Etwas ging schief, und nun kann ich nie wieder Kinder bekommen.«

Gwen nahm sie in den Arm. »Am schwersten ist es, sich selbst zu verzeihen. Wenn du mir danken möchtest, versuche es.«

»Ja.« Trianna schob sich eine lange, blonde Haarsträhne aus dem Gesicht. »Na ja, Charlene hat Johnny und mich zu Falling Angel eingeladen, und wir haben akzeptiert.«

»Wir?«

»Wir.« Trianne sah wieder zu Johnny hinüber. Er hatte sein Publikum fest im Griff. Plötzlich konnte sich Gwen kaum noch vorstellen, wie er im Spiel mit einem Speer in der Hand die schrecklichen Amartoqs getötet hatte. Im Gegensatz zu Trianna benötigte Johnny seinen Schutzschild noch immer.

»Ich wünsche euch viel Glück«, sagte Gwen und kehrte zu Ollie und Vail zurück. Sie saßen mittlerweile gemeinsam mit Eviane/Michelle, Max und dessen Bruder Orson am Rand einer Holobühne. Charlene war auch da; sie saß neben Yarnall, der ein dummes, selbstzufriedenes Lächeln zeigte.

»Worüber freust du dich so?« fragte Gwen ihn.

»Welles gefiel meine Darstellung so gut, daß er mir für beide Tage den doppelten Bonus zukommen läßt und mir gesagt hat, ich könne jederzeit wieder bei einem seiner Szenarios mitspielen.«

Auf der Bühne war die Inselsequenz zu sehen; mehrere Spieler kämpften sich vorsichtig durch die Schatten.

»Rl'yeh«, sagte Orson. »Das ist aus Lovecrafts ›Berge des Wahnsinns‹. Ich bin erst darauf gekommen, als ich es hier auf dem Bildschirm sah.«

»Da hat der Wunderknabe einmal gepatzt«, schnaubte Max. »Wenigstens bist du lebendig herausgekommen.«

»Wissen Sie«, mischte sich Vail ein, »ich habe Sie beide spielen sehen, und ich würde sagen, Sie wären noch besser, wenn es um Punkte ging. Sie würden sich gut ergänzen.«

»Ich die Muskeln, er das Gehirn?« erwiderte Max.

Gwen kicherte und sah zu Michelle hinüber. Sie betrachtete interessiert das Geschehen auf der Holobühne. Eine Reihe hinter ihr saß, Dr. Vail. »Wie geht es Ihnen, Michelle?« fragte er mit übertriebener Beiläufigkeit.

»Gut.« In ihrem Gesicht war nicht die geringste Spur von Schuld oder eines Traumas auszumachen. »Machen Sie sich keine Sorgen um mich, Doktor Vail. Dieser nette Alex Griffin hat mich schon überredet, noch eine Woche im Park zu bleiben. Alle sind furchtbar um mich besorgt, aber das ist überflüssig. Ich weiß, welche Therapie ich brauche, und ich habe sie schon.«

Max grinste breit und küßte sie.

»Aber wenn wir irgend etwas für Sie tun können ...« sagte Vail.

»Melde ich mich bei Ihnen. Bestimmt.«

Vail ging zu Charlene weiter, die auf einer Couch lag, die Füße auf Heberts Schoß. »Und wie fühlen wir uns?«

»Etwas verwirrt«, erwiderte sie, während Hebert mit starken, geübten Daumen ihre Schultern massierte. »Niemand will mir sagen, was wirklich mit Marty passiert ist. Ich glaube, Michelle weiß es.«

Michelle wandte den Blick ab.

»Eine Sicherheitsangelegenheit«, erwiderte Vail.

»Das hat Mister Griffin auch gesagt. Und Michelle hat diesen komischen Blick in den Augen.« Charlene seufzte und ließ sich in die Kissen zurückfallen. »Ach, Mist. Meine Beine tun so weh, daß ich eine Amputation in Betracht ziehe. Warum mache ich mir da Sorgen um Marty? Trotzdem ...«

Gwen folgte Vail durch den Raum. Auf seine Bitte machte sie hier eine Notiz, teilte ihm da ihre Meinung mit. »Nur ein schneller Überblick«, sagte er. »Wir werden die Teilnehmer in den nächsten Monaten immer wieder untersuchen. Wir möchten gern wissen, ob wir die berufsmäßigen Schauspieler vielleicht stärker berücksichtigen sollten als die Spieler.«

»Warum denn das?« fragte Gwen.

»Im Prinzip müßte es genauso wie bei den Anonymen Alkoholikern funktionieren. Wir müssen ihnen beibringen, was sie lernen wollen. Harmony meint, man könnte in die Heimspiel-Kassetten eine Schauspieler-Option einbauen, aber das kostet vielleicht mehr, als hereinkommen würde.«

Trianna tanzte mittlerweile mit Johnny Welsh. Selbst mit ihren überflüssigen Pfunden strahlte sie eine solche Sinnlichkeit aus, daß die Hälfte der Anwesenden ihnen zusahen. Das Gewicht würde verschwinden, wenn sie zum Mond flog; bei niedriger Schwerkraft läßt der Appetit nach. Vielleicht würde sogar Johnny etwas abnehmen.

Acht wahrscheinliche Erfolge.

Ein Fragezeichen: Marty Bobbick. ›Hippogryph‹ war auf spektakuläre Weise aus dem Spiel genommen worden. Gwen war sich nicht sicher, ob sie überhaupt wissen wollte, wo er war und was für eine Geschichte er zu erzählen hatte.

Wenn es unter dem Traumpark Kerker gäbe, wie sähen die Kerkermeister aus?

Und wie die Ratten?

Es war ein gutes Spiel gewesen. Einige Spieler hatten sich offenbart, einige waren ihr ein Geheimnis geblieben. So, wie es sein sollte. Aber im großen und ganzen: ein durchschlagender Erfolg.

Und sie selbst? Sie hatte Obst zum Nachtisch bestellt, und es hatte ihr geschmeckt. Und ein Salat als Hauptgericht, und er hatte ihr geschmeckt. Und eine Folienkartoffel und Hähnchenstreifen. Kein Fett oder Zucker. Und dabei mußte sie nicht unbedingt Gewicht verlieren ...

Aber was würde Ollie denken, wenn sie diesen winzigen Monokini anziehen würde, den sie im Blue Lagoon Shop gekauft hatte, den skandalösen, der drei Nummern zu klein war?

Sie konnte sich vorstellen, wie er reagieren würde. Und wenn nicht, konnte sie ja problemlos wieder zunehmen ...

Ja, dachte sie zufrieden, es war ein sehr gutes Spiel gewesen.

Neununddreißigstes Kapitel

LEVIATHAN

Erschöpft stand Alex Griffin im Sicherheitsraum über dem Spielbereich A und wartete.

Worauf?

In den drei Tagen seit Martys Geständnis hatte er sich mit dem Problem herumgeschlagen, ohne es lösen zu können. Sie hatten den Spielbereich B überprüft, sämtliche Ausweise der Gäste noch einmal unter die Lupe genommen und ließen sämtliche neuralgischen Punkte überwachen. Er sollte sich jetzt eigentlich besser fühlen, doch das war nicht der Fall.

Er *wußte*, daß etwas nicht stimmte.

Seine Knöchel waren weiß, so fest hatten sich seine Hände um das Geländer des Balkons geschlossen. Er war hungrig, er war hundemüde, und doch beobachtete er weiterhin die Menge.

Botschafter Arbenz und seine Nichte Charlene verfolgten die Schlußzeremonie in der ersten Reihe. Die Gäste neben ihnen sahen aus wie Zwerge. Der Angestellte, der die Gäste von Falling Angel zwischen die Delegierten aus China und

Japan postiert hatte, hatte einen Tritt in den Arsch verdient. Bei den zahlreichen Wachleuten, die er eingesetzt hatte, war Arbenz bestimmt sicher wie in Abrahams Schoß ...

Alex suchte zum vierten Mal die Bestätigung dessen, was ein Blick auf den Computerausdruck ihm verraten hatte.

Fekesh war nicht hier.

Einige seiner Repräsentanten waren anwesend, doch »dringende Geschäfte« hatten Fekesh davon abgehalten, die Zeremonie persönlich zu verfolgen. Mit Bedauern, beste Grüße, et cetera.

Alles war in Ordnung, alles lief perfekt, und Alex Griffin hatte eine Heidenangst. Er zwang sich zur Ruhe.

Cary McGivvon stand neben ihm und nippte an einer Tasse Kaffee. »Wollen Sie bestimmt keinen?«

»Nein, danke.« Das Aroma trieb ihn noch in den Wahnsinn. Er mußte sich Bewegung verschaffen. »Ich gehe nach draußen. Ich kann einfach nicht still sitzen.«

»Alles klar, Chef. Ich bleibe an der Holovision.«

»Und seien Sie nett zu Dwight Welles. Wir haben es mit einem ausgeklügelten Anschlag zu tun, und er hat einen sehr guten Überblick.«

Alex ging die Wendeltreppe des zweistöckigen Sicherheitsgebäudes hinab, das man hinter der Bühne in der gewaltigen Kuppel errichtet hatte. Heute war das Finale, und über zwölftausend Gäste beobachteten die letzte Zusammenfassung des gesamten Projekts.

»Sie alle haben Kinder«, sagte der Sprecher. *»Viele von Ihnen haben Enkelkinder ...«*

In dem tiefschwarzen Illusionshimmel der Kuppel führten zwei Phoenix F1-Raketen ein Rendezvous durch. Dann füllte sich der Himmel mit weiteren Raketen, Lichtsegel-Fahrzeugen und mit Hunderten von Kilometern langen Tauen aus Falling Angel-Draht. Die große Zukunft der Menschheit im All wurde dargestellt, untermalt von Orchestermusik und präsentiert mit den besten Tricks, die Cowles aus dem Hut zaubern konnte.

Alex ging durch eine Seitenreihe. Was hatte Fekesh vor?

»... und wie immer ist der Mensch unverzichtbar. Er muß die

Maschinen überwachen, die Umgebung prüfen und die Belohnung fordern ...«

Der Himmel explodierte, als ein Komet auf die Marsoberfläche schlug und neues Leben, neue Möglichkeiten mit sich brachte. Rotes und blaues Licht huschte über Alex' Gesicht, durch den Raum, und das Publikum, aufgeschreckt von dem stereophonen Donnern, applaudierte heftig.

Alex bemerkte es kaum. Seine Ohren waren wie taub. Er musterte die Gesichter der Anwesenden.

Gewächshäuser und Kuppelstädte entstanden auf der Oberfläche des Planeten.

»... mittlerweile genug Atmosphäre für Flugzeuge. Die Frage lautet jedoch: Wie können wir an diesem Projekt Geld verdienen?«

Während Alex zum vorderen Teil der Kuppel weiterging, erklärte der Sprecher, daß praktisch auf jedem Schritt des Weges ein Vermögen zu machen sei. Von der Ausbeutung von Kometen und der Marsoberfläche bis zur Herstellung von Atomkraftwerken und Lichtsegeln; vom Entwurf von Lebenssystemen für die Oberfläche des Marsmondes Phobos bis zu neuen Spielkassetten. Die Kuppel vibrierte geradezu vor Geschäftssinn.

Die Gäste waren soweit. Nach einer Woche des behutsamen Vorspiels waren sie gewissermaßen bereit, zu Falling Angel und Cowles ins Bett zu kriechen.

Der Boden erzitterte, und einen Augenblick lang war Alex überrascht. Dann drehte er sich zu der großen Bühne um, wo Minenmaschinen, Oberflächentransporter und andere Fahrzeuge zu einer Parade anrollten.

Die Musik war von John Philip Sousa. Mein Gott, jetzt mußten sie nur noch die Flagge der Vereinten Nationen hissen, und der halbe Raum würde aufspringen und salutieren.

Mitch Hasagawa stand vor einem riesigen Vorhang und betrachtete das Spektakel geradezu verträumt.

»Jetzt hören Sie aber auf«, sagte Alex zu ihm. »So toll ist das ja nun auch nicht.«

»Was?« Der stämmige Sicherheitsmann schüttelte den Kopf.

Alex war nicht der einzige, der in letzter Zeit wenig geschlafen hatte. »Die Vorführung.«

Mitch lächelte und versuchte, ein Gähnen zu unterdrükken, doch es gelang ihm nicht. »Genau, Chef.«

Alex ging weiter und berührte sein Kehlkopfmikro. »Cary«, fragte er, »seit wann hat Mitch Schicht?«

Eine lange Pause.

»Cary?«

Noch eine Pause. »Äh … hier bin ich, Chef.« Sie klang benommen. »Äh … seit etwa neun Stunden, glaube ich.«

»Mein Gott, trinken Sie noch einen Kaffee, ja? Sie klingen fürchterlich. Und schicken Sie jemanden, der Mitch ablösen kann.«

»Klar, Boß.« Cary schaltete aus.

Alex sah in die Dunkelheit. Wo war sein anderes Personal? Er entdeckte eine uniformierte Frau neben der Bühne und beobachtete sie eine Minute lang, bevor er zu ihr ging.

Sie bewegte sich schwerfällig. In der rechten Hand hielt sie einen Kaffeebecher.

Das Blut rauschte in seinem Kopf. *Endlich.* Er berührte das Kehlkopfmikro. »Cary! Wie viele Ihrer Leute haben heute Kaffee getrunken?«

Die Pause war diesmal noch länger.

»Cary?«

Hinter ihm erklang ein Poltern, und ein nun schwitzender Alex drehte sich um.

Der Leviathan IV-Minenroboter. Er schien sich nicht im Rhythmus mit den anderen Fahrzeugen zu bewegen.

Bildete er es sich nur ein? Mußte er sich nicht so bewegen? Der Leviathan war riesig, etwa so groß wie ein Panzer, und bot drei Mann Besatzung Schutz vor jeder lebensfeindlichen Umgebung.

Griffin hatte plötzlich einen häßlichen, schrecklichen Verdacht. Was hatte Fekesh bei der Colorado Steel durchgezogen? Ein Arbeitsunfall während einer Sicherheitsinspektion.

Und was war vor acht Jahren im Traumpark geschehen?

Ein Unfall im Spielbereich B während eines feindlichen Übernahmeversuchs.

Und was war vor drei Tagen passiert?

Er berührte sein Kehlkopfmikro. »Cary!«

»Äh ... ja?«

»Lassen Sie niemanden mehr an diesen Kaffee ran! Haben Sie verstanden?«

»Klar ... Boß.« Verträumt.

Er unterdrückte einen Fluch, tippte auf seiner Uhr Millicents Kode ein und war erleichtert, als er ihre scharfe, wachsame Stimme vernahm.

»Hallo?«

»Millie, hier Alex. Keine Zeit. Medizinisches Personal in den Spielbereich A. Fekesh hat eine Droge in den Kaffee der ...«

»Was? Alex, mein Gott!«

»... der Sicherheitsabteilung geschmuggelt. Und treiben Sie Dwight Welles auf.«

Alex dankte seinem Magengeschwür und hielt den Minenroboter im Auge. Sein Ohrstöpsel piepste. »Hier Welles. Alex, was ist los? Ich habe seit zwei Tagen nicht mehr geschlafen ...«

»Sie werden noch eine Weile auf Schlaf verzichten müssen. Schalten Sie sich in das Programm von Spielbereich A ein!«

»Mein Gott!« Welles klang beleidigt, kam dem Befehl aber innerhalb von zwanzig Sekunden nach.

»Ich bin drin.«

»Gut. Jetzt nehmen Sie den Leviathan unter manuelle Kontrolle.«

»Verstanden, Chief. Hmm ... nichts.« Welles sprach mit sich selbst. »Wieder nichts! Die Handkontrolle ist blockiert. Hier stimmt etwas nicht.«

Griffin hatte sich schon in Bewegung gesetzt. In der Dunkelheit konnte er nur die erhellten Fahrzeuge ausmachen, nicht den Menschen, der eins von ihnen übernehmen wollte. Er lief durch eine Phantasielandschaft an Robot-

Jeeps vorbei. »Welles, komme ich irgendwie in das Ding rein?«

»Augenblick, ich hole die Daten auf den Bildschirm. Die Kuppel ist verschlossen, aber unten befindet sich ein Noteinstieg, direkt zwischen den Ketten. Da könnte man sich hineinquetschen.«

»Toll.« Der Leviathan rollte mittlerweile.

»Sagen Sie mir Bescheid, sobald er vom programmierten Kurs abweicht.«

»Verstanden, Chief. Bislang ist alles normal – ich kann nur von hier aus keine Kontrolle ausüben.«

Griffin zog eine kleine Stablampe aus der Jackentasche. Die Gäste waren Milliarden Dollar schwer, reich genug, um die Cowles Industries zu vernichten, Expansionspläne aufzuhalten, Kredite zu verweigern und den Zugang zu neuen Technologien zu blockieren. Die Zukunft des Unternehmens und des Mars-Projektes lag in seinen Händen.

»Können Sie die Energie abschalten?«

»Nein, das Ding hat eine autonome Energieversorgung.«

»Ist ja großartig.«

Der Leviathan kam nun direkt auf ihn zu. Griffin mußte gegen seine Angst ankämpfen.

Er legte sich auf den Bauch und leuchtete mit der Stablampe direkt zwischen die Ketten. Welles hatte recht gehabt; da war eine Luke, aber es gab kaum genug Platz.

Und wenn das Ding nach rechts oder links abbog?

Das Donnern mechanischer Teile füllte seine Welt aus, als sich der Panzer über ihn schob.

»Und es wird Gefahren auf der Marsoberfläche geben ...«

Griffin war den Lautsprechern zu nahe; sein Körper vibrierte wie eine Stimmgabel. Ihm wurde schlecht, und seine Gedanken trieben auf einem Meer der Übelkeit dahin.

Konzentriere dich auf deine Aufgabe, du Arschloch!

Als der Leviathan über ihn hinwegrollte, hielt sich Alex an der vorderen Stoßstange fest. Der Tank zerrte ihn mit; sein Rücken war bereits aufgescheuert, und er würde es höchstens noch ein paar Sekunden lang durchhalten. Er atmete tief ein und griff einmal, zweimal blindlings nach der Luke.

Und dann hatte er sie gefunden. Mit zitternden Fingern zerrte er an dem Schnappriegel und war mehr als froh, daß die Techniker des Traumparks ihre Wartungspflichten ernst nahmen. Der Riegel war gut geölt und öffnete sich augenblicklich.

Er zog sich die enge Luke hoch. Verdammt, wollten sie auf dem Mars Zwerge als Minenarbeiter einsetzen? Dann fiel ihm ein, daß es sich um eine Nachbildung im Maßstab zwei zu drei handelte.

»Griff? Ein Problem. Jemand hat gerade das Programm übernommen.«

Er zog und strampelte. Haut, Fett und Muskeln konnten nachgeben, aber die Knochen nicht.

»Es muß ein Virus sein«, fuhr Welles fort. »Es hat mich noch nicht ausgeschlossen, ich kann noch alles beobachten. Die Sensoren des Leviathans führen ein Suchprogramm durch.«

»Und was suchen sie?«

»Oh, Scheiße, das Virusprogramm fragt die Namensschilder ab. Verdammt! Es hat sein Ziel gerade gefunden.«

»Wen, Welles?«

Alex fiel plötzlich ein, wie man in Afrika Affen fing. Sie steckten die Hand in ein Gefäß, und wenn sie sie um den Leckerbissen zur Faust ballten, bekamen sie sie nicht wieder heraus.

»Sein Ziel ist Botschafter Richard Arbenz. Der Leviathan ist aus der Fahrzeugphalanx gebrochen und verläßt die Plattform!«

Griffin zerrte sich mit letzter Kraft in die Kabine hoch. »Wo ist die Computerverbindung?«

»Sie müßten sie sehen. Wir haben den Leviathan von Rockwell geborgt. Sie benutzten ein Manuellsystem ...«

»Wo?«

»Ein kleiner Kasten in der Zentraleinheit. Unter dem Hauptmonitor ...«

Es gab einen schrecklichen Knall, als der Minenroboter die Plattform verließ. Jemand schrie.

Zu spät! Zu spät!

Wütend, erschöpft, verängstigt drehte sich Alex zur Seite, streckte sich, mit den Beinen noch immer in der Falltür stekkend, und ergriff den Kasten. Er zog und zerrte und drehte, fluchte heftig, und dann gab etwas nach.

»Chief! Ich hab' die Kontrolle zurück!«

»Dann übernehmen Sie, verdammt!«

Charlene schrie auf, und Botschafter Arbenz lächelte still vor sich hin. Nicht einmal nach einem dreitätigen Fantasy-Rollenspiel hatte sich seine Nichte an die Magie des Traumparks gewöhnt.

Doch als der Minenroboter auf ihn zukam, *direkt* auf ihn zu, verspürte er ebenfalls eine gewisse Beklemmung. Und als diese funkelnden Stahlklauen nach ihm griffen, *direkt* nach ihm …

Die Maschine hielt inne, zögerte …

Und fuhr dann weiter, vollendete die Bewegung. Er fühlte, wie sich die Klauen sanft um ihn schlossen und hochhoben, so vorsichtig wie eine Mutter ihr Kind. Ein triumphaler Tusch erklang.

Hier oben, hoch über der Menge, sah er, wie Sicherheitspersonal durch den Raum eilte und die anderen Gäste sich fragten, was sie gerade gesehen hatten.

Botschafter Arbenz richtete sich lächelnd in den Klauen auf und applaudierte.

Nach einem kurzen Zögern fiel eine verwirrte Charlene ein, und nach ein paar Sekunden folgten die anderen Gäste ihrem Beispiel.

Vierzigstes Kapitel

ALPTRÄUME EN GROS

Kareem Fekesh war außer sich.

Über eine Kamera hatte er in der Sicherheit seines Büroturms in San Diego das gesamte Fiasko beobachtet. Arbenz hätte tot, das Mars-Projekt gescheitert sein müssen. All die Cowles-Aktien, die er ohne Deckung gekauft, all die Aktien, die er fest zu einem bestimmten Termin geordert hatte ...

Der Verlust würde ihn nicht vernichten, doch er würde ihn spüren.

Alles war schiefgelaufen. Nicht mehr lange, und die Polizei von Kalifornien würde ihm einige Fragen stellen. Na wenn schon. Er würde nicht zur Verfügung stehen. Niemand konnte ihn in den Vereinigten Staaten festhalten.

Doch zuerst eine persönliche Sache, eine Ehrensache.

Er überwachte das Kismet-126-Programm, während es nach dem Narren suchte, der ihn fertiggemacht hatte. Welcher Computertechniker des Traumparks hatte die Fähigkeiten dazu?

Das Programm hatte zweiundzwanzig mögliche Kandidaten ausgewählt. Fekesh hatte sich Zugang zu den Personalakten des Traumparks verschafft und konnte daher genau feststellen, was sie in den letzten fünf Tagen getan hatten.

Bislang war er noch nicht fündig geworden. Vielleicht ein Helfer von außen? Er überprüfte jedes Telefonat, das Griffin oder seine Assistentin getätigt hatten.

Er kam noch immer nicht weiter. *Geduld. Wer nach vierzig Jahren Rache nimmt, hat übereilt gehandelt ...* Doch die Umstände hatten sich geändert, und nun war Eile geboten.

Er setzte das Kismet-126-Programm auf Griffins persönliche Identifikationsnummer an und verfolgte deren Bewegungen durch den Park. Ah, da war er zu Millicent Summers gegangen, seiner Sekretärin. Wußte sie vielleicht ...

Und dann hatte er von ihrem Büro aus im Gefängnis

Chino angerufen und mit einem Anthony McWhirter gesprochen.

McWhirter. Klang dieser Name vertraut?

Fekesh' Finger berührten die Return-Taste, um ein Suchprogramm zu starten. Statt dessen schlug er plötzlich in die Hände und lachte laut, erfreut von der Symmetrie des Lebens. Er hatte McWhirter gegen den Traumpark benutzt, und nun hatte Griffin es ihm mit gleicher Münze heimgezahlt. Vielleicht sollte er dem kleinen Trottel das Leben schenken …

Aber nein. McWhirters Tod würde als *unmittelbare* Warnung dienen. Griffin selbst würde erst später sterben, doch zuerst sollte er *bangen*. Fekesh drückte die Return-Taste.

McWhirter verschwand. Collia Aziz lag tot in einem Müllcontainer, den Kopf auf verdrucktem Endlospapier. Getrocknetes Blut aus dem Schnitt in ihrer Kehle verklebte ihr Haar.

Fekesh warf sich zurück. Der Stuhl kippte um, und er war wieder auf den Füßen, bevor ein Feind ihn erreichen konnte. Seine Finger huschten über die Tastatur, und der Bildschirm wurde dunkel. Was war das gewesen? Wer konnte eine Aufzeichnung des Mordes an der armen Collia in seinen Computer eingespeist haben?

Er fuhr sich mit der Hand über die Stirn und räusperte sich. Dann stellte er den Stuhl wieder auf und setzte sich. Mal sehen, wie er an McWhirter herankam, selbst, wenn der im Gefängnis saß …

Auf eine Berührung seiner Fingerspitze zeigte der Bildschirm einen männlichen Orientalen, der mit gespreizten Gliedern vor einem weißen Hintergrund lag. Neben seiner ausgestreckten Hand lag die Fellmütze eines Eskimos. Der Schädel des Mannes war gespalten, und Blut ergoß sich auf den Schnee. Izumi mußte gerade ums Leben gekommen sein, als dieses Foto entstanden war.

Fekesh schrie nicht auf.

Er schob den Stuhl vom Bildschirm zurück. Er drückte die Return-Taste, und der Bildschirm zeigte einen Toten, der von einem herabgefallenen Tragbalken zerquetscht worden war. Fekesh starrte das Bild ein paar Sekunden lang an, erkannte den Mann jedoch nicht.

Irrelevant. Fekesh stand auf, nahm seine Aktentasche und drückte mit der Hand kräftig auf eine Ecke. Das Plastik gab nach, und auf einmal hielt er einen Pistolengriff in der Hand.

Sie hatten ihn hier in seinen Privatbüros in die Enge getrieben! Er war hier nicht mehr in Sicherheit und mußte nun akzeptieren, was er sich nie hätte vorstellen können: Der Traumpark versuchte, ihn zu beseitigen.

Aber hier hatte er Heimrecht.

Er drückte auf einen Knopf an der Wand, und ein Panel glitt zurück und enthüllte eine Fahrstuhltür. Mit einem dumpfen Summen glitt der Fahrstuhl hinauf, und dann öffnete sich die Tür.

Er rechnete nicht mit einem Meuchelmörder. Das war zu melodramatisch. Er senkte die Aktentaschen-Waffe und wollte den Fahrstuhl betreten, als ihn nackte Angst überkam. Mit hastiger Paranoia setzte er vorsichtig einen Fuß auf den Boden …

… und er glitt einfach hindurch. Da war nichts. Sein Fuß war im Teppich verschwunden. Dann wuchsen Zähne aus den Türbalken. Fekesh zerrte den Fuß zurück, verlor das Gleichgewicht und fiel auf den Hintern, ohne die Augen vom Fahrstuhl zu nehmen. Scharfe Zähne …

Eindeutig die Handschrift des Traumparks. Aber wenn sie seine Aufmerksamkeit auf den Fahrstuhl lenken wollten … *was geschah dann hinter ihm*? Fekesh fuhr herum und riß den Aktenkoffer hoch.

Nichts.

Nichts? Sieh noch mal hin. Nichts?

Ein leeres Büro, ein leise summender Computer. Der Mann auf dem Bildschirm mußte einer derjenigen sein, die bei dem Unfall gestorben waren, der ihm die Kontrolle über Colorado Steel verschafft hatte.

Fekesh schwitzte nun; das Herz hämmerte in seiner Brust, und er lockerte seine Krawatte. Was wurde hier gespielt? Er lief zum Schreibtisch zurück und schaltete das Telefon ein.

»Es tut mir leid«, sagte die spöttische Tonbandstimme einer Telefonistin, »aber dieser Apparat ist zur Zeit nicht in Betrieb.«

Die Nummer seines Sicherheitsdienstes war tot. Die Alarmschaltkreise waren tot. Der Fahrstuhl hingegen lebte. Aber was war mit der Feuertreppe?

Verdammt, hätte er sich denken können, das Schloß klemmte. Alles war tot, unbrauchbar, verklemmt, und er rang nun nach Atems. Er taumelte zu den Luftschächten ...

Bei Allah! Die Luftumwälzungsanlage funktionierte noch. Aber ...

Er schrie auf.

Die Anlage pumpte die Luft *hinaus*!

Luft. Luft.

Er zog die Jacke aus und drückte sie gegen die Öffnung. Die Luft zischte durch den Stoff.

Er zielte mit dem Aktenkoffer auf das Wandbild der Skyline von San Diego, schoß aber nicht. Das Glas war kugelsicher, die Kugel wurde zurückprallen. Er würde sich selbst erschießen. Er ließ die Aktentasche fallen, nahm einen Stuhl und schlug damit gegen das Glas, während er um Atem rang und Flecke vor seinen Augen tanzten.

Und es bekam einen Riß. Er schlug erneut zu, und aus dem einen Sprung wurden viele, die durch das gesamte Glas verliefen ...

... und hinab in den Boden. Unter seinen Blicken wurde der Boden durchsichtig und dann alles andere, die Stühle, die Schreibtische, sie verwandelten sich in zerbrochenes Glas und verschwanden, und er schwebte auf Händen und Knien über San Diego. Und dann ...

Dann löste sich seine Kleidung auf, seine Haut, seine Organe und sein Fleisch, und dann die Knochen. Er war *weg*. Es gab keinen Kareem Fekesh mehr.

Er hatte noch die Zeit, sich von sich selbst zu verabschieden, ein körperloses Bewußtsein, das über San Diego schwebte. Dann sackte die Stadt nach unten. Kareem Fekesh schoß mit der Geschwindigkeit einer Rakete in den Himmel, die Erde schrumpfte zur Größe eines Tennisballs, und er bekam keine Luft mehr. Etwas glitt auf riesigen goldenen Schwingen durch das schwarze Sternenmeer.

»Griffin …«, flüsterte er. Oder glaubte es zumindest.

Er sah nur noch Schwarz und Rot, Schwarz …

Und dann nichts mehr.

Epilog

»Ein tragischer Unfall, so nennen es die Zeitungen.«

Alex Griffin, der behutsam an einem Tisch am Fenster saß, drehte sich zu Millicent um. Sein Rücken war noch schrecklich wund, und sein linker Ellbogen war bandagiert. »Wie geht es Fekesh?«

Es war acht Uhr fünfundvierzig. Als hätte sie seine schlechte Stimmung erahnt, war Millicent vor zehn Minuten mit einer Kanne des besten koffeinfreien Kaffees, den er jemals getrunken hatte, auf seiner Schwelle erschienen. Sie saß nun an seinem Schreibtisch und sah auf den Monitor. Als Freundin und Helferin, die sie immer gewesen war, hatte sie sein Unbehagen gespürt, sich aber entschlossen, ihn lieber abzulenken als seine Aufmerksamkeit darauf zu richten.

»Tja«, sagte sie langsam, »er hat aufgrund des Sauerstoffmangels einen beträchtlichen Gehirnschaden davongetragen.«

»In medizinischen Begriffen ist er also kaum mehr als eine Pflanze.«

»Nicht ganz. Massive motorische Störungen, immer wiederkehrende Alpträume. Gedächtnisschäden. Das geistige Niveau eines Zehnjährigen.«

Alex räusperte sich. »Und die letzten Aufzeichnungen, die er auf seinem Computer gemacht hat?«

»Woher wissen Sie, daß Sie danach fragen müssen?« sagte Millicent argwöhnisch, während sie weiterhin das Nachrichtenfax verfolgte. »Ein Ruf zu den Waffen. Er bat seine Gefolgschaft, sich hundertprozentig für das Mars-Projekt einzusetzen.«

»Ist ja interessant.«

»Sogar faszinierend. Nichts deutet darauf hin, daß der Aufruf gefälscht sein könnte ... wenn Sie sich das fragen sollten. Noch interessanter ist die Tatsache, daß er im Augenblick zu krank ist, um das Land zu verlassen. Diese Klinik in La Mesa – arbeitet da nicht auch Vail?«

»Ein paar Stunden im Monat.« Alex lächelte. »Ich bin sicher, daß Fekesh die beste Pflege bekommt.«

»Cowles gehört ein Anteil der Klinik.«

»Das überrascht mich gar nicht.«

»Und er hat neulich ein beträchtliches Aktienpaket der Firma erworben, die Fekesh' Fahrstuhl wartet. Mein Gott, Alex, ich weiß nicht, vor wem ich größere Angst habe: vor Ihnen oder Vail!«

»Sie brauchen doch nicht bei jedem kleinen Zufall gleich eine Verschwörung zu sehen. Streuung der geschäftlichen Aktivitäten, so lautet die Devise der Zukunft.«

Millicent ging zu Griffin ans Fenster und setzte sich so dicht neben ihn, daß sich ihre Knie berührten. »Griff, wieviel haben Sie damit zu tun?«

»Nicht das geringste.« Sein Gesicht war völlig unschuldig ... bis ihm dann plötzlich etwas einfiel. »Ich habe nur die Dose geöffnet. Und diese Dinge sind hinausgeflogen.« Er hielt in seinem Inneren nach Schuld Ausschau, fand aber keine. Trotzdem ... »Ich glaube nicht, daß ich diese Dose je wieder öffnen werde.«

Er fragte sich, ob sie der Sache nachgehen würde. Sie saß über ihn zu Gericht. Alex fragte sich, welches Urteil er gefällt hätte. Er stand unter Schmerzmitteln, war aber noch ganz flink auf den Beinen gewesen, als er zu den Magiern ging und Izumi, Khresla und Welles losschickte und Vail.

»Und was haben Sie am Abend des siebzehnten Juni getan?« fragte Millie.

Das Hummer-Essen? »Dasselbe wie am Abend des fünfundzwanzigsten Juni.«

Sie lächelte. »Das ist heute.«

»Die Hoffnung blüht ewig.«

Er sah, wie sie sich etwas entspannte. »Was für eine Hoffnung meinen Sie?«

»Das Fischessen mit meiner schönen Ex-Sekretärin.«

»Die viel zu gut für Sie war.«

»Berichtigung. Die viel zu gut war, um meine Sekretärin zu sein.«

»Aha.«

Ihre Finger glitten über einen Schnellhefter auf seinem Schreibtisch, und sie öffnete ihn. Darin lag ein Bild von Marty Bobbick. »Der arme Marty.«

Alex' Stimmung verschlechterte sich wieder. »Das hat niemand gewollt. Vail schwört, nichts damit zu tun zu haben. Ich schwöre es ebenfalls.«

»Auch nicht ein bißchen?«

»Er hat seit fast zwei Wochen nichts mehr gegessen. Wenn sie ihn zwangsernähren, übergibt er sich. Sie geben ihm jetzt Fusionen, doch Marty reißt sie sich immer wieder aus dem Arm. Gesetzlich können wir ihn nicht zwingen, etwas zu essen.«

Sie schüttelte den Kopf. »Versuchen Sie die Traumpark-Diät«, sagte sie. »Verlieren Sie ein Pfund pro Tag, ohne je wieder Hunger zu haben.«

»Mein Gott«, sagte Griffin. »Sie haben aber eine morbide Ader, was?«

Millicent erschauderte. »Hören Sie, wenn vielleicht einer der anderen Spieler mit ihm spricht ...«

Die Bürotür öffnete sich, und ein großer, schlanker Mann trat ein. Er sah etwas bleich und ausgezehrt aus, doch sein Lächeln war echt.

»Griffin«, sagte er, ihm vorsichtig die Hand gebend. »Sie haben Ihr Versprechen gehalten.«

»Und Sie das Ihre, Tony McWhirter«, erwiderte Alex. »Sie sind auf Arbeitsurlaub draußen und unterstehen der Aufsicht des Traumparks. Als der rechtmäßig gewählte Sheriff des Traumparks teile ich Ihnen hiermit mit, daß Sie sich von diesem Büro nicht weiter als drei Kilometer entfernen dürfen.« Alex' Stimme wurde weicher. »Die einzige andere Vorschrift lautet ... machen Sie die verlorene Zeit wett, Tony.«

Die beiden Männer musterten sich unbehaglich. Dann sah sich Tony im Büro um und schaute durch die Fenster auf den Park.

Das Mars-Projekt war beendet. Der Park war wieder für die Öffentlichkeit geöffnet, zeigte sein öffentliches Gesicht. Seine Lichter brannten hell und wunderschön.

»Ich ... fühle mich so seltsam«, sagte Tony. »Ich kann nicht glauben, daß Sie mir so eine Chance geben.«

»Sie haben Ihre Strafe verbüßt«, sagte Griffin. »Fangen wir neu an. Ich will Sie hier in der Sicherheitsabteilung haben. Bis wir genau wissen, wie die Lage ist, werden Sie in Schutzhaft bleiben. Für alle Fälle.«

»Das weiß ich zu schätzen.«

McWhirter nickte Millicent zu. Sein Blick verweilte auf ihr, bis er plötzlich vor Verlegenheit errötete. Überstürzt verließ er das Büro.

Millicent sah ihm nach. »Das könnte der Anfang einer wunderbaren Freundschaft sein.«

»Ja«, seufzte Alex. »Beruhend auf Ehrlichkeit und Vertrauen.«

»Beruhend auf Phantasie«, sagte sie.

»Das wäre nicht der schlechteste Anfang.« Sein Arm legte sich um ihre Taille.

Es war nicht seine Schuld. Nichts von dem Tod, der Täuschung, der Unbillen, die das Mars-Projekt und die Vergangenheit der Cowles Industries umgaben, war ihm anzulasten. Aber sein schmerzender Rücken, die geprellten Rippen und der Anblick von Tonys hagerem Gesicht hatten ihn daran erinnert, daß das alles in seinen Verantwortungsbereich fiel. Er hatte sein Bestes gegeben. Und er mußte Vail glauben.

Vail *konnte* einfach nicht irgendwie in Martys Kopf gegriffen und *gedreht* haben …

Er dachte an Kareem Fekesh in La Mesa und an Vails liebevolle Pflege und erschauderte.

Er mußte es auf sich beruhen lassen. Wenn er nur noch eine Woche oder so damit leben konnte, würde er vielleicht darüber hinwegkommen und seinen Job erledigen können.

Er fühlte sich alt und müde.

Millicent küßte ihn sanft auf die Wange. »Weißt du, was wir machen?« sagte sie leise.

»Was denn?«

»Wir beide tragen uns als Partner in diesem Schiffbruch-Spiel nächste Woche ein.« Sie hielt inne. »Ich hätte nichts dagegen, dein Freitag zu sein.«

»Ein Spiel von einer ganzen Woche?«

»Tropische Sonne, Schildkröteneier ausgraben, in halb erloschenen Vulkanen nach Schätzen suchen …«

»Ich weiß nicht. Ich habe verdammt viel zu tun.«

Sie versetzte ihm einen sanften Stoß in die unverletzte Seite. »Ich weiß zufällig, daß du noch drei Wochen Urlaub hast, und Harmony würde dir weitere drei Wochen geben, ohne mit der Wimper zu zucken. Wenn du dich weigerst, lasse ich dich von Vail psychiatrisch untersuchen.«

»Mit welcher Begründung?«

Sie drehte seinen Kopf mit warmen, weichen Handflächen. Ihre Lippen öffneten sich leicht, als sie sie auf die seinen drückte. »Wenn du mich zurückweist, mußt du einfach verrückt sein.«

Er lachte. Kein lautes Lachen, doch es enthielt ein Versprechen, den ersten Sonnenstrahl, der durch stürmische Wolken fiel. Es würde alles in Ordnung kommen. Solange er Freunde wie Millicent und Harmony hatte, konnte er alles überstehen.

Sie umarmten sich und beobachteten, wie die Eingangstore geöffnet wurden.

Die Besucher würden über die Effekte staunen und sich in die Abenteuer stürzen. Eine Zeitlang würden sie den Alltag vergessen. Doch wenn sie wüßten, was hinter der Magie lag …

Zumindest diese eine Frage konnte er beantworten. Die meisten Menschen wollten die Fäden gar nicht sehen, wollten nicht wissen, was hinter den Spiegeln lauerte. Sie brauchten Träume. Magie. Das war schon immer so gewesen.

Alex konnte das Lachen der Menschen nicht hören, die einzelnen Gesichter, in denen sich freudige Erwartung spiegelte, nicht sehen. Doch er konnte den Fluß der Besucher, die Flut des Lebens sehen, als sie wieder einmal über die Straßen des Traumparks strömten.

Wir sind die Zauberer, erinnerte sich Griffin stolz. *Wir erwekken den Traum zum Leben.*

Und wir sind die einzigen, die das können.

Nachwort

Dieser Roman war ein ehrgeiziges Projekt. *Traumpark* (Bastei-Lübbe 22072) war eine Mischung aus Fantasy, Science Fiction und Kriminalroman. *Das Mars-Projekt* ist aus demselben Holz geschnitzt. Unsere Absicht war es, Dutzende verschiedener Informationsfäden zu einer nahtlosen Tapisserie zu verweben.

Beim Fimbulwinter-Spiel erwies es sich als recht schwierig, Daten über die Geisterwelt der *Inuit*, zusammenzutragen. Die *Eskimos*, wie wir sie nennen, sind keine einheitliche Gruppe, sondern setzen sich aus zahlreichen Stämmen und kleinen Nationen zusammen. Sie haben viele unterschiedliche Gebräuche und Sprachen. Einige Inuits sind noch Jäger in der ›primitiven‹ Auffassung ihrer Vorfahren, viele sind moderne Menschen. Wie zu erwarten war, laufen die traditionellen Stammesstrukturen in Gefahr, durch den Kontakt mit der westlichen Kultur und Technik zerstört zu werden.

Mythen sind der erste Schritt zur Wissenschaft, ein Versuch, das Unbekannte zu erklären. Die Inuit leben in der gnadenlosesten Umgebung der Erde. Sie haben eine komplexe Mythologie entworfen, die von Wettergöttern bis hin zu den üblichen xenophobischen Geschichten über ›Kannibalen hinter dem nächsten Berg‹ alles umfaßt. Sie haben keine einheitliche Weltsicht, die man wahrhaftig den ›Weg der Inuit‹ nennen könnte.

Alle Naturmagie des Spiels wurde Inuit-Legenden entnommen, wenn auch nicht denen eines einzigen Stammes. Dasselbe trifft auf die Götter, Archetypen, Ungeheuer und die wilden Tiere zu, mit Ausnahme der Wolffalken. Hier nahmen die Autoren den allgemeinen Mythos, daß Inuit-Schamanen sich in bizarre Vögel, Tiere und Fische verwandeln können, und ließen das Kabal kreativ werden.

Viel leichter war es, das Mars-Projekt zu schaffen.

Die Pläne für das Terraforming des Mars schließen allgemein Kometeneinschläge und gengeschneiderte Algen ein, die eine atembare Atmosphäre schaffen und/oder die Luft und das Wasser freisetzen sollen, das einst Flußbette in den Mars gegraben hat.

Die Himmels-Haken wurden ziemlich genau beschrieben. Solche Vorrichtungen wären in der Herstellung sehr teuer, im Betrieb aber sehr billig. Eine jede davon würde der Menschheit das Sonnensystem öffnen. Eine jede könnte bei einem Unfall schreckliche Katastrophen verursachen und wäre leichter und sicherer auf dem Mars zu betreiben.

Traumpark, unser erster gemeinsamer Roman, wurde ziemlich bekannt und gilt bei vielen Lesern schon als moderner Klassiker. Er war seit seinem Erscheinen ständig lieferbar, soll verfilmt werden und diente sogar als Vorlage eines Spiels.

Seit der Veröffentlichung von *Traumpark* haben uns zahllose Leser um eine Fortsetzung gebeten. Wir müssen eingestehen, daß wir damit gezögert und gewartet haben, bis die richtige Idee kam, im richtigen Zusammenhang und zur richtigen Zeit. Sieben Jahre sind seit den Ereignissen in *Traumpark* verstrichen, doch die Traumpark-Technologie hat sich nicht großartig geändert. Wir gehen damals wie heute davon aus, daß sich in der Mitte des einundzwanzigsten Jahrhunderts die Computer- und Hologramm-Technik beträchtlich weiterentwickelt haben wird. Im Traumpark selbst kann man fast schon wahlweise über Realitäten verfügen. Die Autoren finden es faszinierend zu beobachten, wie die Menschen damit umgehen.

Der Traumpark ist ein ganz besonderer Ort für uns beide, eine Spielwiese, auf der wir das kollaborative Spiel ›Kannst du das übertreffen?‹ gleichzeitig auf einem Dutzend Felder betreiben können. Wenn es Ihnen halb soviel Spaß macht, den Roman zu lesen, wie uns, ihn zu schreiben, war er die lange Wartezeit und die Mühe wirklich wert.

Larry Niven und Steven Barnes
Los Angeles
25. Mai 1989

SCIENCE FICTION BESTSELLER

Die sorgfältig ausgewählten Bände dieser Reihe sind besondere Leckerbissen für Feinschmecker der Science Fiction-Literatur.

Band 22 072

**Larry Niven/
Steven Barnes**

Traumpark

Traumpark ist ein riesiger Vergnügungspark, der die ausgefallensten Wünsche seiner Besucher erfüllt. Er bietet simulierte Reisen in phantastische Traumwelten und hält für den Reisenden die bizarrsten Abenteuer bereit.
Absolute Unversehrtheit und Rückkehr der Besucher von Traumpark in die reale Welt sind garantiert – bis in einer der Traumwelten ein echter Mord verübt wird ...

»Ein absolut erstklassiger Roman ... er ist (1) ein packendes Reiseabenteuer, (2) eine ausgefeilte Mordgeschichte, (3) eine Fantasy um den Zauber einer exotischen Kultur und (4) ein aufregendes Strategiespiel. Das ist mehr als genug, um dieses Buch zu einem Erlebnis zu machen!«

– Isaac Asimov's Science Fiction Magazine

BASTEI LÜBBE

Sie erhalten diesen Band im Buchhandel, bei Ihrem Zeitschriftenhändler sowie im Bahnhofsbuchhandel.

SCIENCE
FICTION

Band 24 079

Larry Niven/Steven Barnes

Die Landung der Anansi

Deutsche Erstveröffentlichung

Larry Niven und Steven Barnes haben sich in den letzten Jahren zu einem der erfolgreichsten Schriftsteller-Teams der SF entwickelt. Nach ihrem packenden Thriller TRAUMPARK, der die Unterhaltungsindustrie und die Suche der Menschen nach immer neuen Nervenkitzeln zum Thema hatte, legen sie mit DIE LANDUNG DER ANANSI einen technisch orientierten SF-Roman vor, in dessen Mittelpunkt eine mutige Raumpilotin steht.

BASTEI LÜBBE

Sie erhalten diesen Band im Buchhandel, bei Ihrem Zeitschriftenhändler sowie im Bahnhofsbuchhandel.

Band 24 003

Larry Niven

Ringwelt

Expedition zur Ringwelt, dem größten Wunder der Milchstraße. Ein gigantischer Ringplanet, erbaut von einer längst vergessenen Rasse kosmischer Ingenieure. Sechshundert Billionen Quadratmeilen Oberfläche – die dreimillionenfache Oberfläche der Erde.
Drei Millionen Planeten flach ausgewalzt und wie eine endlose Landschaft aneinandergefügt. Drei Millionen Welten in Reichweite eines Flugzeuges. Die Lösung für das Bevölkerungsproblem einer ganzen Galaxis.

BASTEI LÜBBE

Sie erhalten diesen Band im Buchhandel, bei Ihrem Zeitschriftenhändler sowie im Bahnhofsbuchhandel.

Band 23 089

Larry Niven,
Jerry Pournelle,
Steven Barnes

Der Held
von Avalon

Deutsche
Erstveröffentlichung

Lichtjahre von der Erde entfernt glauben zweihundert Siedler ein Paradies gefunden zu haben. Avalon nennen sie ihre neue Welt der blühenden Blumen und fruchtbaren Felder. Doch Avalon birgt ein tödliches Geheimnis. Nur Cadmann Weyland erkennt die Gefahr. Seine Warnungen werden jedoch in den Wind geschlagen. Bis eines Tages ein Ungeheuer aus längst vergangenen Zeiten auftaucht. Und wie einst der legendäre Beowulf steht Weyland allein, denn er ist der einzige kampferprobte Mann der Kolonie.

BASTEI
LÜBBE

Sie erhalten diesen Band im Buchhandel, bei Ihrem Zeitschriftenhändler sowie im Bahnhofsbuchhandel.

ORSON SCOTT CARD

›Ein Wunderkind der neuen Science Fiction‹

Science Fiction Times

BASTEI LÜBBE Taschenbücher

Orson Scott Cards Werke wurden ausgezeichnet mit dem NEBULA, dem HUGO und dem WORLD FANTASY AWARD!

WOLFGANG HOHLBEIN
CHARITY
Die beste Frau der Space Force
Dunkel ist die Zukunft
Die Königin der Rebellen
In den Ruinen von Paris
Die schlafende Armee
Hölle aus Feuer und Eis
BASTEI LÜBBE
Taschenbücher
Die rasanteste Frau des Universums
und ihr unerbittlicher Kampf
um das Schicksal der Erde.
WOLFGANG HOHLBEIN –
niemand schreibt spannender!